전망의 발견

전망의 발견

양 진 오
평론집

실천문학사

두 해 전 아니면 세 해 전의 일이다. 참으로 부담스러운 원고청탁서 한 통이 배달되었다. 작품 해설을 의뢰한 원고청탁서가 아니었다. 나의 비평관을 짧은 분량으로 한 편 작성해 주기를 요구한 청탁서였다. 분량이 길지 않은 글이었지만 워낙 곤란한 주제여서 생각처럼 빠른 시간 내에 작성할 수 없었다. '비평정신의 회복 아니면 새로운 구상'이란 제목으로 원고를 작성해 가까스로 보낼 수 있었다. 마침 『작가』 2003년 봄호에 이 글이 실렸다. 이 자리에 그 글의 몇 대목을 일부 옮겨보기로 하겠다.

우리 시대의 비평을 둘러싼 비판과 논쟁이 일회성 소동으로 끝나지 않고 생산적인 결과를 확보하기 위해서는 비평가 스스로 첨예한 자의식을 지니고 있어야 할 것이다. 왜 하필이면 비평을 하게 되었으며 어떤 비평을 하려는지 묻고 또 묻는 자의식의 포로가 되어야 한다. (중략) 비평은 우리가 몸담고 있는 '지금─여기'의 시간성과 공간성 그리고 사회성과 역사성이 복합적으로 얽힌 자리에서 생성되고 있다는 점을 기억하면서 비평가들은 작품과의 만남을 준비해야 한다. 여전히 작가들은 비평가들을 불신하리라. 여전히 독자들은 비평가들을 불신하리라. 그러나 비평가들은 작가와 독자의 불신에 상심하기보다는 비평정신의 새로운 구상에 관해 치열한 고민을 거듭해야 한다. 비평가 모두가 분발해야 할 상황이며 시점이다.

『작가』에 실린 원고를 다시 읽으려니 마음 한 켠에서 자괴감이 일어난다. 실제 이 책에 수록된 원고들은 '비평정신의 회복 아니면 새로운 구상'과는 다소 거리가 먼 까닭이다. 오히려 이 원고들은 나의 비평적 자의식과 실제 비평의 괴리를 확인시켜 주는 예들이 되어버린 게 아닐까 하는 우려를 주기까지 한다. 그러나 이 원고들이 비평정신의 새로운 구상을 보여주는 성공적인 사례가 된다고는 생각하지 않지만 새로운 구상에 다가서려는 노력을 투영한 사례라고는 말하고 싶다.

그동안 한국사회를 현란하게 장식한 1990년대적 거품들이 물러가고 있다. 한국 사회를 전적으로 서구화된 사회로 해석하거나 인간을 오로지 욕망의 주체로 규정하는 데 기여한 프랑스 담론의 거품도 물러갔고, 기원은 존재하지 않으며 전적으로 패스티시화된 현실만이 존재한다고 강변한 미국 중심의 포스트모더니즘 거품도 물러갔다. 1990년대적 거품이 물러간 자리에 얼굴을 내민 건 현실이었다.

나는 현실이 자명한 리얼리티, 고정된 리얼리티로 구성된 실체라고 주장하는 소박한 리얼리즘을 신뢰하지 않는다. 그렇기에 나는 현실을 전적으로 이해 가능한 삶의 영역으로 생각하지는 않는다. 그러나 더욱 내가 신뢰하지 않는 건 현실이 허구의 구성물에 불과하다고 강변하는 이론들이다. 현실에 관한 수많은 이론이 있겠으나 정말로 좋은 문학은 현실의 비밀과 모순, 성격을 독자들에게 구체적으로 현전시키면서 동시에 현실에 대한 비판적 성찰을 도모한다.

근래 들어 한반도의 현실, 지역의 현실, 아니 그동안 간과되어 온 여러 형태의 현실들과 접속하거나 그런 현실에 착근하려는 문학 작품이 눈에 띄게 증가하고 있다. 오랜 구속 끝에 문단으로 복귀한 황석영은 분단 체제가 유지되는 한반도의 현실을 민중 연희의 형식을 빌려 조명해 주었고, 송기원, 우애령, 전성태, 김종광 등은 그들 특유의 스타일로 지역과 지방 민중의 현실을 조명해 주었다. 유용주는 1980년대의 민중서사와는 다른 방식으로 노동자의 현실을 구성했으며, 공선옥은 삶과 한판 겨루는 억척 어미들의 현실을 재현했다.

작가는 나이로 대접받는 존재가 아니라 작품으로 인정받는 존재여야 한다는 점을 널리 알리기라도 하듯 박완서, 김원일 등도 각각 그들이 탐구한 삶의 현실을 능숙하게 작품으로 만들어냈으니, 이 모든 사례들은 문학은 삶의 경험적 현실과 접속할 때 더 큰 감동의 울림을 준다는 진실을 다시 한 번 깨닫게 한다.

이 책의 1부에서는 1990년대의 주류문학과는 다른 경로를 걸어간 한국문학의 새로운 동향을 파악해 보려고 했다. 이 새로운 동향의 미학적 특징과 주제의식, 시대적 성격 등을 읽어내되 어떤 전체적인 흐름을 관통하는 해석의 코드를 발견해 보려는 문제의식이 1부의 글들에 반영되어 있다. 2부는 작품론이나 작가론에 가까운 글들이다. 한 편의 작품, 한 작가의 문학 세계를 조망하되 되도록 그 작품과 작가의 고유한 개성을 확인해 보려 했지만 막상 다시 읽어보니 부족한 대목이 한둘이 아니다. 3부는 서평 형태로 쓰인 글들이다. 서평이란 글쓰기를 개인적으로는 한 나라의 문화적 수준을 판단하는 척도로 여기고 있는데, 실제 이 글들은 그런 척도의 모범사례 같지는 않다.

책의 제목을 '전망의 발견'으로 정했다. 문학이 이 황량하고 음험한 시대에서 유토피아적 전망을 제공해 주는 참으로 매혹적인 텍스트가 될 수 있음을 알게 되면서 문학을 전공하게 되었고, 그 유토피아적 전망을 발견해 보고 싶어서 문학평론을 하게 되었다. 내가 읽은 수많은 작품들이 언제나 아름다운 전망을 보여준 건 아니었지만 그래도 문학은 그 어떤 텍스트보다 인간에 관한, 인간을 위한 전망을 깊고 구체적이고 다양한 방식으로 자주 들려주었다. 요컨대 나에게 있어 문학평론은 그 아름다운 전망을 발견하는 행위에 다름 아니다.

이 책은 여러 사람에게 빚지고 있다. 특히 실천문학사 식구들에게 진 빚은 너무도 크고 깊다. 이 식구들의 이름을 하나하나 호명하며 고마움의 마음을 전한다. 그리고 나에게 아름다운 전망을 비밀스럽게 보여준 작가들에게도 이 자리를 빌려 감사의 인사를 전한다.

2003년 4월
경주의 연구실에서
양진오

| 차례 |

제1부 새로운 동향

제2부 작품의 현존

제3부 작품의 단상

제 1 부 　 새로운 　 동향

민중과의 해후, 우리 문학이 걷는 길

__유용주 · 우애령 · 송기원의 소설

1. 21세기의 문학의 길

21세기 초반의 한국 소설문학은 이제 어떤 길을 걸어가려는 걸까? 지난 1990년대의 한국 소설문학이 걸어간 길을 계속 걸어가려는 걸까? 아니면 개척되지 않은 전혀 새로운 길을 걸어가려는 걸까?

그러나 이러한 질문이 현명한 질문처럼 생각되지 않는다. 왜냐하면 21세기가 도래했다 하여 어느 순간 소설문학의 활로가 갑작스레 바뀐다고 생각할 수는 없기 때문이다. 그렇지만 21세기에도 소설문학의 현실적 전개 양상은 1990년대적 경향의 지속이라고 얘기하기 어려운 방향으로 나가고 있는 것 같다. 종래와는 다른 길을 걸어가는 작품들이 계절마다 착실하게 출간되는 실정이어서 21세기 초반의 우리 소설문학의 지형도는 오로지 1990년대적 소설의 반복이라고 말하기는 어려울 듯하다.

이 글의 관심은 21세기 초반 우리 소설문학이 걸어가는 또 하나의 길의 의미를 탐색하는 데 있다. 이렇게 말하고 보니, 마치 이 또 하나의 길에 엄청난 무게와 의미가 있어 보인다. 그러나 이 길이 탄탄대로가 될지 그렇지 않을지 현재로서는 속단할 수 없다. 그러나 이 길이 예사롭지 않게 보이는 것만은 사실이다. 그 이유를 설명하면 이렇다.

여러 문학 장르 중 소설만큼 인간의 존재를 각별하게 탐구하는 장르가 없다고 말하는 것은 어디까지나 원론적인 수준의 발언이다. 이 원론적인 수준의 발언이 작품에 실천적으로 구현되는지 그렇지 않은지는 별개의 문제다. 우리나라의 모든 소설 작가들이 이 원론적인 수준의 발언에 왜 동의하지 않겠는가? 그러나 더 중요한 일은 동의 여부가 아니라 이 원론적인 수준의 발언을 의미 있는 문학적 성과물로 만들어내는 작가의 문학적 실천에 있다. 인간 존재를 탐구한다는 말의 의미를 벼리고 벼리면서 작품을 만들어내는 작가의 전위적인 장인의식이 이 시대에 각별하게 요청되는 것이다.

소설문학은 이 원론적인 수준의 명제를 배반할 때 큰 위기에 봉착할 수밖에 없으며, 이는 소설의 본질적 성격과 관련된다고도 이야기할 수 있다. 지난 1990년대 우리 소설문학은 1980년대 주류문학이 갈 수 없었던 전인미답의 길을 걸어갔다. 특히 1990년대 한국 사회의 현실이 정보화, 세계화, 포스트모더니즘 등 새로운 담론들이 출현할 정도로 1980년대 한국 사회의 현실과는 전적으로 다르게 변화되어 감에 따라 소설문학 분야에서도 다양한 분화가 일어난다. 1990년대 한국소설은 마치 한국소설의 가능성의 극한을 실험하려는 듯 새롭고도 낯선 세계, 반미학이 미학이 되어버리는 세계, 스타일에 대한 반란이 스타일이 되어버리는 세계로 독자들을 초대했다.

그런데 1990년대 우리 소설의 광채는 위기 증세를 동반한 광채로 보인다. 그 위기 증세는 1990년대 우리 소설이 지나칠 정도로 민중 존재에 관한 고찰을 간과하며 진행된 데에서 온다. 소설이란 장르가 본래 시정인들의 이야기이고, 이 시정인들이 오늘날 경제적·정치적·문화적 권력에서 추방당하고 버림받은 민중 존재들과 별 차이가 없다고 할 때 1990년대 소설은 오늘날의 시정인들인 민중 존재들과 그 거리를 너무도 멀리하면서 역동적인 활력을 상실한 문학이라는 비판을 받을 수 있다. 요컨대 1990년대 우리 소설문학은 1980년대의 민중주의 소설과는 다른 방식으로 민중의 세계와 존재를 상상하는 능력에 관한 새로운 노력을 펼치지 않았다는 비판에서 자유로울 수 없다는 얘기다.

그런데 21세기 벽두에 출간된 몇몇 한국소설은 현실 사회의 모든 서열적 위계에서 추방당한 존재인 민중 존재와의 대화적 관계를 진지하게 모색하면서 1990년대 소설이 가지 않았던 문학의 길을 가려한다는 판단을 조심스럽게 내리게 한다. 그러면 누구의 어떤 소설들이 이 길을 걸어가고 있는지 살피기로 하자.

2. 노동자는 어떻게 성장하는가 : 유용주의 『마린을 찾아서』

유용주의 장편소설 『마린을 찾아서』(한겨레신문사, 2001)는 우리 독자들에게 익숙한 소설의 하위 장르 하나를 연상시킨다. 그 장르의 이름은 성장소설이다. 한 미성숙한 주인공이 정신적 위기의 과정을 체험하면서 그를 둘러싼 삶의 환경을 이해해 가는 인생 경로를 그리는 성장소설은 현재 독자들의 각광을 받는 소설의 주요 장르로 인정받고 있다.

집을 떠난 한 어린아이가 있었다. 아니, 더 정확하게 말해, 가난때문에 집을 떠나게 된 아이가 있었다. 그 아이는 중국집 배달부, 제과점, 금은방 등등을 전전하다가 어느새 이성을 사랑하고 시를 사랑하는 청년으로 성장하게 된다. 그리고 이 청년은 입대를 하며 신고 간난의 20대를 마무리하고 있다. 이렇게 정리될 수 있는 『마린을 찾아서』의 기본 줄거리는 성장소설의 그것과 상통한다.

그런데 『마린을 찾아서』는 성장소설은 성장소설이되 성장의 주체가 노동자라는 점에서 일반적인 성장소설과는 구분된다. 그동안 발표된 우리 성장소설의 성장 주체들은 어린이, 대학생, 예술가들이었다. 이 주인공들은 그들이 처한 환경 속에서 정신적 위기를 경험하며 자기의 새로운 정체성을 탐구하거나 인생의 진리나 예술의 진리를 탐색하는 영혼의 모험을 시도한다. 유용주의 『마린을 찾아서』는 독자들이 익히 알고 있는 성장 주체 옆에 또 한 명의 성장 주체를 편입시키고 있다. 그 주체의 이름은 노동자이다.

유용주의 이 소설이 노동자를 성장 주체로 설정한다 해서 『마린을 찾아서』를 1980년대적 노동소설의 연장일 것이라고 지레 판단할 필요는 없다. 유용주의 이 소설은 노동자의 성격을 서술하는 방식이 1980년대의 노동소설과는 다르다. 1980년대의 노동소설이 노동자를 그려내는 방식에는 철두철미하게 정치적 동기가 개입되어 있었다. '민중주의의 실현'으로 요약되는 정치적 동기가 노동자를 당대의 역사적 지평 내에 존재하는 사회적 인간으로 탄생시키는 미학적 원인으로 작용했는데, 문제는 정치적 동기의 과잉이었다. 정치적 동기의 과잉이 노동자를 추상적 존재로 변질시키고 노동소설의 세계를 구체성이 결여된 추상의 세계, 구호의 세계로 만들어버리는 결과를 낳게 했다. 유용주의 소설은 이와 같은 오류에서 한 발 옆으로 비키고 있다.

작가는 가난 때문에 집을 떠나 객지에서 고단한 삶을 살아야 하는 소년의 인생 행적을 정치적 계기와 연결시키지 않는다. 중국집 배달원, 유림상회 배달원, 경호제과점 기술자, 금은보석 정금소 기술자 등을 거치는 동안 소년은 청년으로 자라나게 되는데, 이 과정에는 정치가 성장의 계기로 작용하지 않는다. 그렇다면 어떠한 성장 계기가 작용하는 걸까? 그 계기는 두 가지인데 하나는 이성과의 사랑이며, 다른 또 하나는 예술에 대한 동경이다.

중국집 배달원에서 금은보석 정금소에 이르는 주인공의 인생살이는 삶의 성숙을 동반하는 인생살이는 아니다. 이 인생살이는 정신적 위기를 동반하거나 자아의 정체성을 확인하는 차원이 아니다. 엄밀히 말하자면, 성숙 없는 반복의 인생살이다.

그런데 성숙 없는 반복의 인생살이는 어느 한순간 균열되어 버리고 만다. 반복적으로 전개되던 주인공의 생활을 새로운 방향으로 이끌어간 두 매개체는 이미 말한 바와 같이 이성과 예술이다. 『마린을 찾아서』의 마린은 이성의 순수 절대적 상징이거니와 주인공은 열병을 앓으며 '소녀도 아줌마도 누나도 어머니도 아닌 최초의 여자'를 연모하는 이성 체험을 겪는다. 이 소설의 서사적 분기는 바로 여기서 촉발된다. 그런데 '최초의 여자'를 탐색하는 과정에서 주인공은 예기치 않은 자기 변모를 시도하게 되는데, 정동교회에서 운영하는 야학에 입학하여 학업을 지속하는 일이다. 대학생으로 짐작되는 '최초의 여자'에게 구애하기 위해서는 학력 상승이 필요하다는 판단에 따라 주인공은 야학에 입학하게 된다.

그런데 주인공은 정동교회 야학에서 또 하나의 열병을 앓게 되었으니 그 열병의 제목은 문학병이었다. 주인공은 사랑의 열병과 예술의 열병을 앓으며 과거와는 다른 인생으로의 진입을 경험한다. 생존 문제의 해결이 일생일대의 꿈이었던 한 청년 노동자가 이 두 가지 열병을 앓으며 생애 최초로 생존 문제를 뛰어넘어 사랑의 욕망과 자기 표현의 형이상학적 욕망에 빠지게 된다.

여기서 잠깐 살펴볼 대목이 있다. 1970년대 우리나라의 노동 현실을 떠올릴 때 자연스레 전태일을 생각하게 된다. 그리고 황석영이 『객지』에서 보여준 살벌하기 그지없는 노동 현장을 떠올리게 된다. 그런데 전태일과 『객지』로 상징되는 1970년대 한국의 현실 모순과 『마린을 찾아서』의 주인공은 직접 만나지는 않는다. 1970년대 한국의 현실 모순은 이 소설의 전경으로 나오지 않고 배경 — 배경 중에서도 아주 희미한 배경 — 으로 나온다. 그런 까닭에 소설의 주인공이 수행하는 성장의 경험은 1970년대의 사회적 맥락과 긴밀하게 연결되어 있다고 보기 어렵다.

그렇다면 이 소설은 당대 민중의 현실성을 결여한 소설인가? 그렇지는 않아 보인다. 검정고시와 예비고사 도전의 성공과 실패 등 주인공의 교육 체험에는 1970년대만이 아니라 현재까지 작동하는 참혹한 현실성이 깔려 있다. 흔히 근대 사회의 특징을 봉건 체제의 해체, 예속 신분으로부터의 해방 등에서 찾지만 사실 근대 사회야말로 전형적인 계급사회의 특징을 보여주고 있다. 겉으로는 그렇게 보이지 않을지라도, 근대 사회에서의 신분 상승 — 사회과학의 용어로 말해, 계급의 이동 — 은 생각처럼 자유롭게 성취되는 일이 아니다. 근대 사회에서 한번 결정된 신분의 대부분은 영구적으로 지속되는 경우가 많다.

이 참혹한 현실성 앞에서 소설의 주인공은 처절하게 좌절하고 있다. 대학생인 마린처럼 대학생이 되고 싶었던 주인공은 야학을 다니면서 몇 번의 검정고시를 통과하고 끝내 대학입학 예비고사를 치르는 등 우리 사회의 상징 자본을 얻기 위해 각고의 노력을 펼치지만 그 노력은 바라는 성과로 나타나지 않는다. 게다가 이성과의 최초 정사는 대학생 마린이 아니라 창녀였으며, 창녀와의 섹스는 주인공에게 참담한 환멸을 선사한다. 결국 주인공은 자포자기하는 심정으로 특전사에 자원입대하지만 우습게도 옴 판정을 받고 귀가해야 했다. 이처럼 주인공의 인생 스토리는 그의 희망과는 반대로 실패와 환멸로 마무리되고 있다.

그런데 우리들이 주목해야 할 점은 바로 이 대목이다. 주인공이 처절하게 실패하고 환멸에 빠지는 대목의 의미를 우리는 거듭 살펴볼 필요가 있다. 주인공이 보여준 '최초의 여자'와 예술에 대한 동경은 달리 말하자면, 자발적인 욕망과 표현에 대한 갈구라는 의미를 지닌다. 주인공은 강요에 의해서 혹은 어쩔 수 없이 '최초의 여자'를 연모하거나 예술을 동경한 게 아니다. 그 연모와 동경은 주인공의 자발적인 연모였고 동경이었다. 비록 주인공의 연모와 동경은 실패와 환멸로 마무리되었지만, 주인공은 이 과정 속에서 자기 운명을 자기가 결정하려는 진정한 의미의 각성한 인간으로 탄생하고 있다.

요컨대 실패와 환멸은 역설적으로 주인공에게 인생살이의 경험 진폭을 더욱 깊게 하는 긍정적인 계기로 작용한다. 그는 그의 본래 자리로 되돌아온다. 그는 인생을 다시 출발해야 하는 단계로 되돌아온다. 주인공은 그의 욕망과 동경을 현실화할 수는 없었지만, 자기 운명을 자기가 결정하는 경험을 체험함으로써 긍정적인 자기 변모를 시도하게 된 것이다.

우리는 소설의 주인공에게서 정치적으로 각성한 노동자의 이미지를 발견하기 어렵다. 그 대신 이성과 예술을 만나면서 급격하게 자기의 인생 행로를 선회한, 그렇지만 아무런 결과를 얻을 수 없었던, 그런 점에서 다시 새롭게 시작해야 하는 자리에 선 젊은 노동자를 보고 있다. 유용주의 소설은 말하고 있다. 노동자라는 존재는 정치만을 먹고사는 존재가 아니라는 사실을. 노동자는 보석 세공을 하다가 우연히 듣게 된 킹 크림슨의 〈에피타프(Epitaph)〉에 강렬하게 유혹받으며 음악의 세계에 입문할 수도 있고, 엉겁결에 만난 이성을 아쿠아마린 보석으로 상상할 수도 있고, 야학 선생이 가르쳐준 시에서 예술을 동경하면서 자기의 삶을 자기가 결정하는 존재로 성장할 수 있다고 유용주는 말하고 있다.

그러나 우리는 유용주에게 이런 말을 할 수도 있다. 의도적으로 정치로부터 도망가지는 말라는 말을.『마린을 찾아서』는 1970년대의 한국 사회의 현실에서 너무 멀리 떨어져 있다고. 그래서 문제라는 말은 아니지만 정치와 소설의 만남에 대해, 달리 말해 정치와 노동자의 만남에 대한 각별한 문제의식이 언젠가는 그의 또 다른 소설에서 성숙하게 표출되기를 바란다고 말하고 싶다.

3. 지방 민중은 어떻게 살아가는가 : 우애령의 『당진 김씨』

서울에만 사람이 사는 건 아니다. 서울에서 멀리 떨어진 궁벽한 산골에도 사람은 살고 있다. 우리나라는 지나칠 정도로, 아니 비정상적이라는 말조차도 적절한 표현이 안 될 정도로 서울 중심적인 나라다. 대한민국이 아예 서울을 위해 존재하는 나라처럼 여겨질 정도다. 그러나 사람살이의 환경이 서울 중심적으로 조성되어 있지만 사람살이는 서울에서만 이루어지지 않는다는 이 엄연한 사실을 깨닫게 하는 소설이 있다. 우애령의 소설집 『당진 김씨』(창작과비평사, 2001)가 그 예이다.

우애령의 소설이 이 시점에서 의미 있게 읽히는 이유는 우리 문학이 방관하는 지방 민중들의 사람살이의 진실을 주목하고 있기 때문이다. 우애령의 『당진 김씨』는 말한다. 이 소설집은 사람살이의 애환을 그리되 우리들이 습관적으로 망각하는 존재인 지방 민중들의 사람살이를 다루고 있노라고. 그래서일까? 우애령의 『당진 김씨』에는 인간이 보인다. 우리 문학이 인간을 떠나 자기 자족적인 미학의 세계로 가버린 게 아닌가 하는 우려, 우리 문학이 인간을 떠나 가상현실의 세계로 가버리는 게 아닌가 하는 우려를 우애령의 『당진 김씨』는 불식시킨다. 최근 적지 않은 소설들이 대중문화 및 포스트모더니즘 등 인공 도시의 현실을 폭넓게 수용하면서 민중 존재들의 활기와 단절되었다는 자기 한계를 보여주었다는 점을 감안할 때 우애령의 작업은 소중한 소설적 성과로 인정받을 수 있다.

우애령이 이 소설집에서 그려내는 인간들은 충청도 당진 근처의 지역, 달리 말해 중앙 서울과는 대극적인 위치에 놓인 지방에 거주하는 농부이거나 그 가족들로서 기본적으로 선심을 소유한 지방 민중들이다. 우애령의 탁월한 이야기 구성 능력은 이 착한 지방 민중들의 희로애락을 때로는 유머러스하게 때로는 곡진한 슬픔으로 엮어나간다. 독자들은 우애령이 엮어가는 지방 민중들의 신산스런 사연을 읽으면서 어느새 그들과 일치된 존재가 되어버릴 만큼 정서적 공감을 거듭하게 된다.

그런데 우애령이 그려내는 인물들이 선심을 소유한 민중이라는 진술은 약간의 설명이 필요하다. 이 인물들의 선심은 그들의 삶의 스타일과 긴밀한 연관이 있다. 이 인물들의 삶의 스타일은 자연 친화적인 삶의 스타일로 요약될 수 있다. 그 인물들은 "내 애시당초 말했드끼 그저 땅 팔 놈은 땅이나 파는 게 상수여"(「당진 김씨」), "거기 불이 서 있으문 안되유. 안되구말구유. 아, 그 콩이며 깻잎이며 벼며 전부 다 밤에 어둔 디서 푹 자야 지대루 큰단 말이유. 그런디 밤새두룩 불을 켜놓으믄 원제 자믄서 부쩍부쩍 크지유?"(「가로등」)라고 말할 정도로 자연 친화적인 성향을 풍요롭게 보여준다. 요컨대 우애령 소설의 인물들은 인공 친화적인 도시인들의 삶의 스타일과는 전적으로 다르다. 이들은 토지에 착근된 존재들이다. 이들은 눈앞에 보이는 이익에 연루된 삶을 살아가기보다는 토지에 뿌리내린 생명체들이 만들어내는 공동체적이고 유기적인 삶을 살아간다.

자연 친화적인 삶의 스타일은 인간관계의 궁극적 방향을 갈등의 해소와 화해로 귀결시키는 삶의 스타일이기도 하다. 우애령 소설의 인물들은 그들의 생활 현장에서 겪게 되는 갈등 때문에 인간관계를 파탄으로 이끌고 가는 우인들은 아니다. 우애령 소설의 감동은 바로 이 대목에서 우러나온다. 그의 소설에서는 꼬이고 맺힌 갈등들이 '자연스럽게' 풀린다. 그의 소설은 고달프고 신산스런 삶을 살아가는 지방 민중들이 인간이 인간에 대해 베풀어야 하는 윤리와 도덕의 정신을 보존하는 존재라는 점을 부각시킨다. 그리고 이 윤리와 도덕은 오랜 세월 동안 지방 공동체에서 전수되는 생활의 윤리와 도덕이며 자연으로부터 물려받은 태생적인 가치라고 그의 소설은 말하고 있다.

「자두」라는 단편을 예로 보기로 하자. 자두나무집 김씨가 재취 처를 얻어왔다. 김씨네가 죽은 지 열 달밖에 안 되어 하게 된 재혼이었다. 동리 사람들, 특히 김씨네와 절친했던 여성들이 보기에 영 섭섭할 일이었다. 더구나 김씨의 새로운 마누라는 도시풍의 인물이어서 동리의 여성들이 곱게 볼 까닭이 없다. 「자두」에서 김씨의 새마누라는 환영받지 못하는 이방인으로서 동리의 여성들과 대립관계를 형성하고 있다.

그런데 엄밀히 말하자면, 이 대립관계는 동리의 여성들이 구축한 배타적인 대립관계이다. 일방적인 대립관계의 설정이라고 말할 수 있다. 「자두」의 결말은 이러한 대립관계의 해소에 초점을 맞추고 있다. 결혼에 실패하여 자살해 버린 동리 이장 막내처남의 사건을 계기로 김씨의 새마누라는 이방인에서 동리 공동체의 한 사람으로 인정받기 시작한다. 동리 여인들 스스로 그들의 마음을 열어버린다. 알고 보면 재취로 들어온 김씨의 새마누라도 불쌍한 사람이라는 연민이 그들의 마음 본바닥에 자리하고 있었다. 이처럼 「자두」에는 지방 민중들의 넉넉한 열린 마음, 그 마음이 생성하는 인간관계의 훈기가 결말에 아로새겨져 있다.

「자두」만이 아니다. 「자전거」란 단편에서도 독자들은 풀리지 않을 것 같은 갈등이 풀리는 아름다운 화해의 한 장면을 확인할 수 있다. 「자전거」에 나타나는 인간관계의 갈등은 대단히 해결하기 어려운 성격을 띤다. 아이처럼 자전거를 타고 다니며 소일하던 바보 어른 임씨가 장씨 형제들이 몰던 트랙터에 받히어 죽는 사건이 일어난다. "촌로들이 기억하는 바로 마을이 생기고 처음" 일어난 중대 사건이었다. 임씨의 나이 든 어머니가 이 사건을 호락호락 넘어갈 리 없다. 장씨 형제로서는 감당하기 어려운 위로금 지급을 임씨의 어머니가 요구한다. 이 두 집 사이를 동리의 이장이 오가며 중재를 하지만 해결의 기미가 좀처럼 보이지 않는다. 그런데 이 해결의 기미가 보이지 않던 사건은 바보 아들 임씨가 어머니에게 현몽함으로써 쉽게 해결된다. 죽은 아들의 순수한 심성이 분노한 어머니를 달래어 노파, 며느리, 장씨 형제, 이장 모두가 화해하는 결말로 「자전거」는 마무리된다.

이처럼 우애령 소설의 인물들은 대부분 선심을 지닌 지방 민중들로서 그들은 다양한 갈등이나 악화된 상황을 화해의 결말로 반전시키는 낙관적인 삶의 태도를 유지한다. 이들이 보여주는 낙관적인 삶의 태도는 기본적으로 인간에 대한 열린 신뢰, 그리고 인간은 인간적 도리를 어떻게 하더라도 지키며 살아가야 한다는 인간적 덕성에서 나온다. 우애령 소설의 인물들은 서로가 서로에게 휴머니스트처럼 존재하고 있다.

그런데 이 인물들의 휴머니즘은 작가 우애령의 휴머니즘으로 보이기도 한다. 우애령이 동시대 지방 민중들을 바라보는 시선은 참으로 따스하다. 그의 시선에는 냉소와 비판보다는 따스한 연민과 이해가 녹아 있다. 어떻게 보자면 이 소설집은 동시대 지방 민중들에 대한 작가의 따스한 연민과 이해가 만들어낸 수작이라고 이야기할 수 있다. 소설집의 처음에서 끝까지 지방 민중들에 대한 작가의 애정은 지속되고 또 지속되고 있다.

그런데 여기서 하나 짚고 넘어가야 할 문제가 있다. 우애령이 지방 민중들에게 보여주는 연민과 애정은 어느 순간 어색해 보인다. 왜냐하면 작가의 연민과 애정은 지방 민중들의 삶에 '개입하지 않는' 연민과 애정으로 보이기 때문이다. 작가의 연민과 애정은 관찰자의 연민과 애정이다. 바로 이와 같은 면모가 우애령의 소설을 이문구의 소설과 달라지게 한다. 이문구의 소설에서도 지방 민중들을 바라보는 작가의 연민과 애정의 시선을 느낄 수 있다. 그런데 더 결정적인 차이는, 이문구의 소설은 우애령과는 달리 지방 민중들과 '함께' 만들어내는 연민과 애정이라는 데 있다. 이문구의 소설에서 작가와 지방 민중들의 관계가 운명공동체의 관계로 보이는 반면, 우애령의 소설에서는 작가와 지방 민중들의 관계가 때때로 관찰자와 관찰 대상의 관계로 보인다는 얘기다.

연민과 애정, 풍자와 해학이 중요한 게 아니라 작중 인물들과 작가의 관계 설정이 더 중요해 보인다. 『당진 김씨』에서 보이는 작가의 관찰자적 태도에 관한 새로운 방향 설정은 앞으로 우애령이 풀어가야 할 과제가 아닐까 한다. 이와 같은 과제가 현명하게 해결되지 않는 한 "이제 이 마을에 마누라를 패지 않는 새사람 정씨가 나타날지, 여전히 두들겨패는 헌사람 정씨가 나타날지는 마을 사람 모두가 두고 지켜볼 일이다"(「대화」)와 같이 즐겨보는 듯한 방임적 결말이 얼마든지 나올 수 있는 법이다.

그럼에도 불구하고 우애령의 소설집은 우리 소설문학의 수확임이 분명하다. 우애령의 소설에는 주목할 만한 새로운 문학적 형식, 특기할 만한 미학성이 보이지는 않는다. 그러나 그의 소설은 너무도 재미있게 읽힌다. 독자를 압도하는 작가의 활발한 입담과 능청스런 충청 방언의 활용, 깊은 연민을 불러일으키는 인물의 창조 등을 통해 우애령은 도시인들에게서 볼 수 없는 지방 민중들의 훼손되지 않은 인간적 덕목을 독자들에게 확인시키는 소중한 성과를 거두고 있다. 요컨대 우애령의 소설은 우리 시대의 지방 민중들의 활력과 만나면서 창조된 성과라고 할 수 있다.

이런 점에서 우애령의 소설집은 도시적 삶의 스타일에 길들여진 우리를 반성하게 하는 힘을 지닌다. 만인을 익명으로 존재하게 하고 만인을 야수로 존재하게 하는 도시적 삶의 스타일을 우애령의 소설은 조용하게 그러나 참으로 강렬하게 반성하게 한다. 그의 소설은 문학이 민중들과 만날 때 어떠한 활력을 얻을 수 있는가를 증명하고 있다.

4. 선과 명상에서 민중 열전의 세계로 : 송기원의 단편들

작가가 걸어가는 문학의 길은 일직선의 길은 아니다. 그 길은 휘어지기도 하고 때로는 예상을 불허하는 새로운 방향으로 펼쳐지기도 한다. 어떤 경우에는 여러 갈래의 길로 동시에 나뉘어 버리기도 한다. 그래서 한 작가가 걸어가는 문학의 길의 총체적인 모습을 파악하는 것은 풀기 어려운 수수께끼로 비유될 수도 있다.

송기원이란 작가가 있다. 소설과 시의 두 장르에서 발군의 역량을 발휘해 온 송기원. 우리는 그가 걸어온 1980년대 문학의 길을 현실주의의 길로 부를 수 있다. 그런데 송기원은 1990년대 중반부터 현실주의의 길이 아닌 전혀 새로운 길을 걸어간다. 이 놀라운 변화로 인해 얼마나 많은 독자들이 당황했을까? 이 변화를 두고 훼절이라고 부를 필요는 없다. 시간을 두고 파악해 보건대, 송기원이 걸었던 현실주의의 길과 선과 명상의 길이 서로 다른 두 길로 보이지는 않는다. 문제가 있다면 이 두 길이 사실은 다른 길이 아니라 같은 길의 바깥과 안이라는 점을 그 자신이 독자들에게 제대로 설명하지 못하거나 않고 있다는 데 있다.

이런 점에서 『인도로 간 예수』(창작과비평사, 1995), 『청산』(창작과비평사, 1997), 『안으로의 여행』(문이당, 1999), 『또 하나의 나』(문이당, 2000) 등은 1980년대의 송기원을 알고 있는 독자들에게는 그의 문학적 관심이 현실주의에서 선과 명상, 내면의 탐색 등으로 이동했으며, 이제 송기원 문학은 현실주의의 길에서 이탈해 버린 문학으로 이해되는 증거로 받아들여질 수 있다. 그러나 한 작가의 문학적 변모에 관한 논의는 더 오랜 시간을 두고 신중하게 판단해야 한다는 사실을 인정하게 하는 또 다른 증거들이 나오고 있다.

최근 들어 송기원은 민중 열전이라고 불러도 좋을 연작들을 계간지에 심심치 않게 발표하고 있다. 이와 같은 사례가 안으로의 여행을 일단 접어두고 밖으로의 외출을 기획하는 차원인지, 아니면 안과 밖의 세계를 동시적으로 탐구하는 차원인지 아직 속단하기 어렵다. 그럼에도 불구하고 최근 송기원의 민중 열전들은 선과 명상의 세계를 탐구하는 과정에서 발생한 민중 존재와의 대화적 관계의 상실을 회복하는 중요한 의미를 띠고 있다.

최근 발표되는 송기원의 민중 열전은 유사한 서술 양상을 반복하여 보여주고 있어서 흥미롭다. 자전적 성격의 서술 양상을 그의 민중 열전은 반복적으로 보여주고 있다. 송기원은 그의 유년 내지 소년 시절의 세계로 독자들을 초대하여 밑바닥 세계의 불우한 인간들을 만나게 한다. 이 인간들은 대부분 간난신고의 생존 고통을 겪고 있거나 친구들에게 왕따를 당하거나 비정상적인 지능을 지닌 불우한 처지의 어린아이들이다. 「울보 유생이」(『실천문학』 2001년 겨울호)의 유생이는 "으레 새까맣게 때똥이 내려앉은 손등으로 두 눈을 문질러대며 징징거리는 모습"의 어린아이인데, 외삼촌의 집에서 고아처럼 양육되고 있다. 그리고 「바보 막둥이」(『창작과비평』 2002년 봄호)의 막둥이는 "정신이 모자란 대신에 허우대만은 남달리 우람한" 어린아이이다.

이 두 소설의 울보와 바보는 하나같이 동네에서 왕따를 당하는 불우한 처지인데, 소설의 화자인 '나'도 여느 친구들과 다름없이 울보와 바보를 놀리고 조롱하는 천덕꾸러기로 설정되어 있다. 그런데 이 두 소설을 주목해 읽어야 하는 이유는 '나'의 성숙해지는 시선 변화에 있고, 그 시선 변화가 작가의 문학적 동기를 구축하기 때문이다. 그러니까 송기원의 문학은 문학개론의 지식으로 형성되는 문학이 아니라 밑바닥 세계에서 고통스럽게 살아가는 불우한 인간들에 대한 동정과 이해에서 형성되는 문학이라는 점이 그의 단편들을 통해 확인되고 있다.

도대체 '나'는 왜 이 불우한 처지의 아이들을 괴롭히며 장터의 똘마니로 살아가는가? 여기에는 '나'의 신분 조건이 영향을 미친다. 그 신분 조건을 설명하면 이렇다.

중학생이 되어 이제 막 사춘기에 접어들면서부터, 사생아이자 가난한 시골 장터의 장돌뱅이라는 자신의 출신 성분에 대하여, 그리고 그런 출신 성분이 이 사회에서 얼마나 음습하고 더러운 밑바닥에 자리잡은 것인가에 대하여 자학적 고민을 하기 시작한 나로서는 그의 간난신고가 남의 것이 될 수 없었다. (「울보 유생이」, 109쪽)

스스로 고등학교를 자퇴하고 기꺼이 건달들의 똘마니가 될 무렵, 나는 사생아에다가 시골 장터의 가난한 장돌뱅이 출신이라는 자신의 삶의 조건에 대하여 정도 이상으로 추악하고 음습하게 여기던 터이었다. 당시 내가 치를 떨다시피 싫어했던 말들은 내일이니, 희망이니, 은총이니, 장미니, 영혼이니, 박하향기니, 5월의 아침이니 하는 따위들이었다. 그런 식으로 똘마니가 된 내가 자신에 대하여 취할 수 있는 일이란 한껏 자기 혐오에 빠지는 것밖에 없었다. 그랬다. 나는 자기 혐오에 빠져 허우적거리듯이 건달들의 싸움판에 뛰어들어 닥치는 대로 주먹을 휘둘렀다. (「바보 막둥이」, 165쪽)

이 예문들에서 확인할 수 있는 것처럼 '나'의 자기 혐오는 '나'가 시골 장터의 가난한 장돌뱅이 출신이며 사생아라는 신분 조건에서 유래한다. 천둥벌거숭이가 되어 유생이를 괴롭히고 막둥이를 조롱하고 무죄한 시골 사람들에게 폭력을 휘두르는 데에는 '나'의 부끄러운 출신 성분이 한몫하는 것이다. 작가의 말마따나 '나'는 정도 이상으로 '나'를 학대하고 주변의 불우한 아이들을 괴롭히고 있다.

그런데 '나'의 지독한 자기 혐오를 교정해 주는 존재들은 '나'가 우습게 여긴 유생이나 막둥이였다. '나'는 불우한 처지의 아이들에게서 동류의식을 느끼게 되고 나아가 문학의 동기를 발견한다. 이런 점에서 보자면 이 두 소설은 민중 열전의 형식을 빌린 작가의 반성적 자서전이라고도 그 성격을 이야기할 수 있다. 그 반성의 한 대목을 인용하면 다음과 같다.

모르기는 해도 내가 자신의 삶이 아닌 타인의 삶에 동류의식으로 끼어든 것은 그때가 처음이었을 터이다. 그 동류의식이 굳이 유생이나 그의 어머니에 대한 연민이라고 해도 좋다. 그러나 보다 눈을 넓혀 나 자신의 문학으로까지 그 범위를 넓혀본다면, 그때 나는 최초로 문학이란 것을 시작했는지도 모른다. 대저 문학을 한다는 것은 무엇인가. 내가 살아낸 삶의 고통과 쓰라림과 막막함을 바탕으로 하여 다른 사람의 고통과 쓰라림과 막막함으로까지 그 외연을 넓히는 일이 아닌가. 그리하여 결국은 나와 다른 사람이 다 함께 동류의식을 갖는 일이 아닌가. (「울보 유생이」, 109쪽)

시골의 유명한 악동에 불과했던 '나'는 울보와 바보에게서 새로운 진실을 한 가지 깨닫는다. 그 진실은 불우한 처지의 인간들에게도 인간적 진실이 있다는 진실이며, 문학은 타자들의 고통을 이해하는 태도로부터 시작되어야 한다는 진실이다. "대저 문학을 한다는 것은 무엇인가. 내가 살아낸 삶의 고통과 쓰라림과 막막함을 바탕으로 하여 다른 사람의 고통과 쓰라림과 막막함으로까지 그 외연을 넓히는 일"이라는 것을 '나'는 울보와 바보를 통해 깨닫게 된다. 울보와 바보를 괴롭힌 일은 바로 자기 자신을 괴롭힌 일이며, 울보와 바보를 이해하는 일은 바로 자기 자신을 이해하는 일이 된다는 사실을 '나'는 깨닫게 된다.

이 깨달음이 사실 독창적이라거나 전적으로 새로운 내용이라고 말하기는 어렵다. 그러나 선과 명상의 길을 걸어가면서 민중 존재들과의 대화를 멀리한 작가에게서 나온 깨달음이기에 그 의미는 각별하다. 본래 송기원 소설의 뿌리는 세속의 시장과 인생의 밑바닥에 닿아 있다. 『너에게 가마 나에게 오라』가 송기원 소설의 뿌리를 확인시켜 주는 대표적인 예이거니와, 송기원 소설은 세속 사회의 활달함과 밑바닥 인생들의 장터 기질을 유감없이 보여주면서 민중들의 훈기를 역동적으로 문학화하는 특징을 보여주었다.

선과 명상의 길이 왜 의미 없단 말인가? 그러나 송기원이 몇 권의 소설에서 선보인 선과 명상의 세계 안으로 독자들이 들어가기는 어려웠다. 독자들과의 공감과 괴리된 선과 명상의 세계였다. 그러나 더 큰 문제는 작가가 그의 1980년대 문학과 1990년대 문학을 단절적인 관계로 만들어버렸다는 데 있다. "문학을 한다는 것은 무엇인가. 내가 살아낸 삶의 고통과 쓰라림과 막막함을 바탕으로 하여 다른 사람의 고통과 쓰라림과 막막함으로까지 그 외연을 넓히는 일이 아닌가"와 같은 깨달음에서 그의 문학이 다시 출발하기를 독자의 한 사람으로 바라고 있다.

그리고 한 가지 바람이 더 있다. 앞으로 발표될 민중 열전은 지금까지 발표된 사례보다 더욱 치열하게 자기 탐구적이며 동시에 문학에 대한 발본적인 반성이 첨가된 민중 열전이 되기를 바란다. 지금까지 발표된 민중 열전들도 나름대로 의의가 있고 의미가 있는 작품들이지만, 자기 탐구와 문학에 대한 반성의 수준은 앞으로 발표될 민중 열전에서 더 깊어지고 넓어질 수 있으리라 여겨진다. 송기원은 더 세속 세계 안으로 들어와야 한다. 지금보다 좀더 과감하게!

5. 다시 민중들과의 만남을 기대하며

이제 다시 민중이라니? 그러나 우리 문학은 이제 다시 민중 존재들과의 대화를 준비해야 할 시점에 이르렀다. 대량 해고의 허용과 계약제의 전면적 도입, 잠재적 실업의 현재적 실업화의 신속한 가능성, 정규직 노동자에서 비정규적 노동자로의 강제적 전환 등으로 요약될 수 있는 우리 사회의 구조적 성격은 지금도 지속적으로 현실 사회의 위계적 서열에서 추방된 존재들을 끊임없이 탄생시키고 있다. 신자유주의적 세계화에 합류한 우리나라는 앞으로 기업의 자유

는 최대한 보장하고 노동조합의 활동은 최대한 억제하며 사회보장
은 축소하는 시장절대주의 사회로 급속하게 이행해 갈 것이다.

　과연 이 사회에서 인간의 운명은? 그리고 소설문학의 운명은? 이
제 신자유주의적 세계화에 합류한 우리나라 문학은 민중 존재들과
의 대화를 회복하면서 새로운 진로를 기획해야 한다. 물론 이 새로
운 진로의 기획을 작가들한테만 맡길 일은 아니다. 비평가와 독자들
모두가 새로운 진로의 기획을 설계하는 일에 참여해야 한다. 그리고
온고지신의 지혜로 1980년대의 민중주의 방식에서 취할 것은 취하
고 버릴 것은 버리면서 새로운 진로를 열어갈 새로운 방식을 탐구해
야 한다. 21세기 초반의 한국 소설문학이 보여주는 민중 존재들과의
대화가 단절되어 버리기보다는 꾸준하게 지속되기를 바란다.

(『실천문학』 2002년 여름호)

여성문학의 위기, 어디에서 오는 걸까

1. 상투화되는 여성적 글쓰기

이제 우리나라에서 '여성문학'이라는 표현은 고유한 권리와 독자성을 확보한 관용어처럼 쓰이고 있다. 지난 1990년대부터 본격적으로 전개된 우리나라의 여성문학은 우리 문학사에서 유례를 찾아보기 어려울 정도로 여성성과 여성정체성의 성격을 문학적으로 피력하는 결과를 활발하게 낳았다. 참으로 눈부신 활약과 성과를 여성 작가들은 우리들에게 보여주었다.

1990년대의 문학 독자들이 오로지 여성문학에만 심취했다고는 볼수 없다. 1990년대에도 조정래의 대하역사소설이 많은 독자들에게 팔리고 읽혔다는 사실이 이를 반증한다. 그러나 이 시기의 독자들은 정치적 억압환경의 퇴조, 대중문화의 확산과 새로운 멀티미디어 매체의 등장이 불러일으키는 문화적 감수성에 신속하게 적응하는 또다른 면모를 보여주면서 남성 작가들의 이성적 어법에 식상한 반응을 보여주기도 했다. 남성 작가들의 소설은 1990년대의 새로운 독자들이 기대하는 변모된 문화적 감수성에 부합하는 미학적 형식과 내용을 신속하게 만들어내지 못했다. 문식성의 능력을 획득한 여성들이 문학 독자로 합류하면서 1980년대와는 전적으로 다른 문학적 글쓰기를 수행하는 여성 작가들의 출현을 기대하는 분위기가 우리 사회에 확산되어 간 것이다.

여성을 억압하는 사회적 제도를 폭로하고 비판하는 소설, 사회제도에 갇히지 않는 여성의 욕망을 전유하는 소설들에 대해 신세대 여성 독자들만이 아닌 많은 독자들이 호의적인 반응을 보여주었으니 이 땅에 여성문학의 시대가 만개하게 된 것이다. 새로운 문학의 출현을 예고하는 독자들의 성원과 기대, 일상의 경험을 중시하는 1990년대의 변모된 사회 문화적 환경에 힘입어 여성문학은 대단히 빠른 속도로 1990년대의 주류문학으로 정착되어 간다. 그리하여 여성문학은 여성문학에 가해진 적지 않은 오해와 비판에도 불구하고 당당하게 자기 권리를 성취한 모습을 보여주게 된다.

여성문학이 이렇게 일시적 유행으로 그치지 않고 자기 권리를 성취하게 된 데에는 무엇보다도 작가와 독자 모두가 우리 사회의 가부장제적인 질서를 여성 억압의 부조리한 제도로 여기는 '합의된 이해'가 강력한 원동력으로 작용했다. 상식에 속하는 말이지만, 어떤 특정 장르의 사회적 확산은 한두 작가의 활약만으로 가능한 것이 아니다. 여기에는 그러한 장르의 존립과 확산이 가능하도록 하는 사회적 조건이 전제되어야 한다. 여성문학의 경우도 그렇다. 공적 영역은 물론이거니와 사적 영역을 지배하는 우리 사회의 가부장제적인 질서의 작용이 있었기에 이에 대한 반발로 여성문학은 본격적으로 우리 사회에서 전개될 수 있는 자체 동력을 확보할 수 있었다. 역설적이지만, 여성문학의 활발한 확산을 가능하게 한 사회적 조건은 우리 사회의 안과 밖에서 여전히 강한 힘을 발휘하고 있는 가부장제였다고 할 수 있다.

현재 이 시점에서 그 누구도 여성문학의 활발한 확산에 대해서 별다른 반론을 제출할 비평가는 없는 것처럼 보인다. 그러나 이 확산을 작품의 질적인 수준을 동반한 확산으로 인정해야 할지 그렇지 않을지 단언하기 어렵다. 그리고 이 어려움은 시간이 흐를수록 비평가들을 곤혹스럽게 만드는 딜레마로 이어지는 느낌을 준다. 그러나 이 판단의 어려움을 무릅쓰고 이렇게 말하고 싶다. 여성문학의 사회적 확산이 작품의 심화로 연결되지 않는 모습을 날이 갈수록 보여주고 있으며, 이는 여성문학의 위기를 자초하는 내적 원인들로 전화되어 갈 수 있다는 점을 말이다.

이런 판단을 내리게 된 독서 체험을 간단히 소개하기로 하겠다. 지난 연말에 전경린의 신작 장편소설 『검은 설탕이 녹는 동안』(문학동네, 2002)을 읽을 기회가 있었다. 전경린의 초기 작품에 매혹된 독자였기에 전경린 문학을 따라다니는 비판적 비평과는 상관없이 그의 신작을 꾸준하게 구입해서 읽고 있었다.

그런데 참으로 실망스러운 건 전경린의 최근작들이 초기작들에 비해—특히 최근 장편이 초기 단편들에 비해—그리 썩 좋게 여겨지지 않는다는 판단을 작가의 신작이 출간될 때마다 재삼 확인하게 된다는 데 있다. 특히 이 신작 장편은 즐거운 독서 체험이 될 수 없었다. "한국문학은 이제 제대로 된 청춘의 비망록을 가지게 되었다"는 서영은의 표지글은 과장된 표현으로 들렸다. 전경린 초기의 역동적인 스타일은 간데없었다. 『검은 설탕이 녹는 동안』이 전경린의 작품이기는 하되 '전경린적인 것'이 전혀 없는 졸작이라는 인상이 강하게 다가왔다. 되다 만 소설, 그 이상도 그 이하도 아니라는 독후감을 저작하게 하는 작품이었다. 『검은 설탕이 녹는 동안』은 너무도 빨리 이 세상에 태어나버린 미숙아의 형상을 어설프게 취하고 있었다. 스케치라고 해야 할까? 대충대충 듬성듬성 서술된 작품, 그래서 구체의 세계가 아니라 추상의 세계에 머물고 있는 작품 같다는 인상을 이 신간은 주고 말았다.

『검은 설탕이 녹는 동안』 이전에 출간된 『열정의 습관』(이룸, 2002)도 독자의 기대에 부합하지 않는 수준 미달의 작품이었다. '전경린이 왜 이럴까?' 하는 아쉬움을 강하게 주는 작품이었다. 그 아쉬움을 절망으로 바뀌게 한 작품이 바로 이 신작이었다.

독자들에 따라서는 나의 독후감을 여성적 글쓰기를 이해하지 못하는 남성 독자의 폭력, 여성문학의 몰이해에서 빚어진 남성 독자의 횡포 정도로 치부해 버릴 수도 있다. 그러나 정말 그런가?

전경린의 이 신작 장편을 읽으며 나는 다시 한 번 여성적 글쓰기의 기능과 의미를 되새기게 되었다. 오늘날 여성적 글쓰기라는 말은 그 탄력을 잃어버린 상투어로 전락하고 있다는 인상을 준다. 남성적 글쓰기, 여성적 글쓰기라는 특권적 표현을 그리 신뢰하지 않는 비평가로서 이 말 자체를 쓰고 싶은 마음은 없지만 여성적 글쓰기라는 표현이 작품의 미달 수준을 은폐하는 상투어로 정착되어 간다는 우려를 물리치기가 쉽지 않다.

서구와 우리나라의 여성주의 이론가들은 일관되게 여성적 글쓰기의 존재를 자명한 실체로 인정하면서 여성적 글쓰기는 이성과 질서를 표방하는 남성적 글쓰기와 그 성격이 다르다는 말을 여러 차례 밝혀왔다. 또한 여성적 글쓰기는 플롯 처리가 정연한 서사를 지향하기보다는 감각, 감성, 이미지를 지향한다는 것도 수차례 밝혀왔다. 오랜 세월 동안 가부장제적인 억압구조에 감금된 여성의 목소리를 복원하기 위해 설정된 여성적 글쓰기는 피억압자로서의 여성의 경험을 재현하는 데 풍요로운 결과를 많이 낳았다는 걸 우리들은 잘 알고 있기에 여성적 글쓰기의 위상을 함부로 폄하할 수 없다.

역사적으로 여성이란 존재가 서양이든 동양이든 남성들이 창안한 제도와 질서에 감금된 불평등의 존재였다는 점은 부인할 수 없는 사실이며, 여성적 글쓰기는 이 불평등의 역사를 전복하고 남녀평등의 인간관계를 재구성하려는 차원에서 출발하고 있다는 점 또한 부정하기 어려운 사실이다. 남성이든 여성이든 역사적 사실로 입증되는 성차별 관행과 경험을 부정해서는 안 되는 것이기에 여성적 글쓰기의 기능과 의미는 얼마든지 긍정적으로 고려될 수 있다고 생각한다.

　　문제는 여성적 글쓰기의 상투화에 있다. 우리 사회에서 여성적 글쓰기는 욕망이 요동치는 여성의 내면을 섬세한 문체로 파악하는 행위, 여성 존재의 육체적·정신적 정체성을 확인하는 행위, 비합리와 환상으로 요약되는 여성의 실존적 공간의 의미를 탐구하는 행위 등으로 폭넓게 이해된다. 그러나 여성적 글쓰기가 어떻게 이해되든 이 이해는 근본적으로 성차별적 억압구조의 해체와 새로운 인간관계의 재구성이라는 전복적인 정치성과 긴밀하게 연관될 때 그 진정성을 깊게 확보할 수 있다고 나는 생각한다. 요컨대 여성적 글쓰기의 생명력은 세계적이면서도 국지적 차원의 삶의 현장과 부단하게 접속해야만 그 활발한 동력을 확보하게 된다는 것이다.

　　만약 여성적 글쓰기가 삶의 현장과 접속하면서 보편적 존재로서의 여성의 문제를 치열하게 탐구하는 방향으로 입장 선회를 하지 않고 예전처럼 자아와 욕망의 범주에 갇혀버린다면 여성적 글쓰기는 상투적인 스타일로 굳어버릴 공산이 크다. 상투화된 여성적 글쓰기는 현존하는 성차별적 사회구조와 인간관계와 타협하기에 그리 좋게 볼 수 없다. 아니, 좋게 볼 수 없는 게 아니라 차라리 위험하다고 이야기할 수 있다. 도취된 나르시스트의 최종 행적은 죽음이라는 자기 파멸이었다. 이처럼 상투화된 여성적 글쓰기, 자기 황홀경에 빠진 여성적 글쓰기는 언젠가는 문학적 파멸에 도달할 수도 있다.

서사성이 빈약하고 감각이 충만한 전경린의 신작을 두고 여성적 글쓰기의 한 사례라고 이야기할 수 있겠지만 이 신작은 여성적 글쓰기라는 말이 내포하는 그 어떤 해체와 재구성의 정치성도 살려내지 못하고 있다는 점을 우리는 한편 주목해야 한다. 또한 작가는 이 신작에 여성 성장소설의 구도를 설정하고 있지만 이 구도는 한낱 장식과 같아서 성숙된 문학적 의미를 만들어내지 못하고 있다는 점도 우리는 주목해야 한다. 이 소설의 기본 구도는 여성 성장소설이되 이 구도를 압도하는 건 작가의 감각이다. 전경린이 현존하는 그 어떤 작가보다 감각의 실존을 중시하는 작가라는 사실은 잘 알려져 있다. 작가라는 존재가 감각의 현존과 실존을 중시한다는 건 익히 알려진 일이지만 그렇다고 해서 문학이 전적으로 감각의 산물이 아니라는 것도 엄연한 문학의 진실이기도 하다. 『열정의 습관』도 그렇거니와 이 신작 장편소설에는 감각만으로 쓴 작품이 아닌가 싶은 혐의가 들 정도로 작가의 감각이 과잉 노출되어 있다. 여성 작가는 감각적 글쓰기를 수행하는 존재라고 굳이 강변하면 할말이 없지만 문학은 감각만으로 완성되는 게 아니라는 걸 우리는 잊어버려서는 안 되는 게 아닐까?

『염소를 모는 여자』의 타오르는 정념과 도저한 허무가 안겨주는 신선한 충격을 기억하던 독자로서는 전경린의 최근 행보를 문학적 추락으로 받아들이게 된다. 그런데 더 큰 문제는 이러한 문학적 추락이 단지 전경린 한 작가에게만 해당되는 문제로 여겨지지 않는다는 데 있다. 이건 어쩌면 우리나라 여성문학이 근본적인 딜레마에 빠진 게 아닌가 하는 판단을 낳게 하는 상징적 사건처럼 여겨질 수도 있다.

상투화된 여성적 글쓰기를 우려하는 사람들이 적지 않지만 이를 반기는 쪽도 적지 않다. 상투화된 여성적 글쓰기를 언제나 반기는 쪽은 상업주의이다. 여성의 말하기와 글쓰기를 환전적 가치로 계산하는 상업페미니즘에서는 여성의 존재론적 고통을 적당하게 그린 작품들을 두 손 들고 환영한다. 그러나 이러한 환영이 마냥 좋은 일은 아니다. 작가들에게는 마약과 같은 환영이기에 말이다.

2. 여성문학이 역동적인 생명력을 얻기 위해서는

정말 우리나라의 여성문학은 위기에 봉착한 걸까? 우리는 이 순간, 좀더 이 질문을 차분하게 사유해 볼 필요가 있다. 근거 없이 유포되는 위기론만큼 유해한 것이 없기에 여성문학 위기론을 말하기에 앞서서 이 말의 의미를 좀더 각별하게 살펴볼 필요가 있다는 것이다.

'한국문학'이라는 용어가 작가들의 차이와 이질성을 동질화시키는 모순성을 지닌 것처럼 여성문학이라는 용어도 이와 같은 모순성을 똑같이 지니고 있다. 말의 주술성은 참으로 놀라운 것이어서 여성문학이라는 말을 구사하는 순간 여성문학을 구성하는 여성 작가들과 작품들의 이질성이 희석되기 마련이다. 그런 까닭에 여성문학의 위기라는 표현도 여성문학 내부에 존재하는 다양한 차이와 경향들을 희석시킨 채 여성 작가들의 모든 문학은 위기에 빠졌다는 오해를 줄수 있다. 그러므로 우리는 여성문학 중에서도 어떤 성격의 여성문학이 위기에 봉착하고 있는가를 살펴보아야 한다.

이렇게 살펴볼 경우 여성문학 중에서도 주류 여성문학의 작가들과 그들의 스타일을 자연스럽게 떠올리게 된다. 여기에 해당하는 여러 여성 작가들의 이름을 떠올릴 수 있고, 거론된 작가들의 작품들이 지닌 의미를 이야기할 수 있겠지만 이 자리에서는 단 한 명의 작가를 거론할 생각이다. 바로 신경숙이다. 신경숙은 우리가 좋아하든 싫어하든 여성문학 논의에서 제외할 수 없는 비중을 지닌 작가로 인정받고 있다. '신경숙 미학', '신경숙 현상'으로 불릴 정도로 1990년대 여성문학에서 괄목할 만한 입지를 구축한 작가로 평가받는 신경숙은 우리나라 여성문학의 성취와 퇴락을 동시적으로 보여주는 흥미로운 작가임이 분명하다.

1985년 『문예중앙』 신인상을 수상하며 작가 등단을 선언한 신경숙은 그동안 독자들의 성원을 받은 여러 권의 작품집을 출간했다. 수상한 문학상도 한둘이 아니어서 이 자리에서 일일이 그 이름을 기억하기 어려울 정도다. 독자들마다 신경숙 작품을 이해하는 방법이 각각 다른 까닭에 신경숙 문학의 성취와 한계에 관한 견해도 다양한 차이를 드러낼 수밖에 없다.

그래도 신경숙의 여러 작품 중에서 성취의 사례에 속하는 건 『외딴 방』(문학동네, 1995)이 아닐까 한다. 창작과비평사가 주관하는 만해문학상의 수상작이기도 한 이 작품은 당시 심사위원들로부터 "자신의 고통스러운 노동자의 경험에 물러설 듯 물러설 듯 다가가는 그 혼신의 고투는 '리얼리즘의 승리'를 실감케 하는 것"이라는 상찬을 받기도 했다. 그런데 놀라운 건 신경숙의 적지 않은 작품들 중에서 성취의 사례로 간주할 만한 게 『외딴 방』 외에는 없다는 것이다. 이 말을 작가가 듣는다면 섭섭할 일이겠으나 『외딴 방』의 성취는 『외딴 방』에서 끝나버리고 이후의 작품에서 지속되지 않는다고 나는 생각하고 있다. 비교적 최근작에 해당하는 『기차는 7시에 떠나네』 (문학과지성사, 1999)나 『바이올렛』(문학동네, 2001)은 『외딴 방』과 비교하자면 그 수준이 훨씬 밑에 놓이는 것들이어서 신경숙 문학의 새로운 성취라고 내놓고 말하기에는 그리 적절한 예가 될 수 없다.

흔히 여성적 글쓰기의 대표적인 사례로 인정되는 신경숙의 작품은 삶의 비극성이나 소멸할 수밖에 없는 인간의 존재론적 한계를 잘 살려낸 성취들로 많은 독자들에게 받아들여지는 것 같지만 사실 그의 문학은『외딴 방』이후 오히려 퇴락의 양상을 거듭하는 사례들을 선보이고 있다. 이렇게 얘기할 수 있는 근거를 제공하는 건 신경숙의 글쓰기 방식이다.

신경숙은 소설의 서사 전개를 다분히 자폐적 성격의 여성 인물의 기억과 감각, 이미지로 구성하는 방식에 깊은 애착을 지닌 작가이다. 이런 이유로 많은 비평가들이 신경숙의 문학을 여성적 글쓰기의 전형으로 지목하고 있지만 아이러니하게도『외딴 방』은 이러한 글쓰기 방식의 한계를 극복하고 있기에 성취의 사례에 속하고 있다는 것을 알아야 한다.『외딴 방』의 서사 전개도 작가의 다른 소설처럼 여성 인물의 기억과 감각 등으로 구성되고 있지만 그것은 부분으로서의 개인과 전체로서의 사회와의 관계 속에서 이루어지고 있기에 자폐적 수준을 뛰어넘는다.『외딴 방』에도 신경숙 특유의 섬세한 문체로 여성 인물의 내면을 묘사하는 장면들이 적지 않지만 이 장면들은 상투적 장면으로 읽히지는 않는다. 그런데『외딴 방』이후 신경숙은 여성 인물의 기억과 감각으로 서사를 전개하는 방식에 아주 강하게 이끌리면서 소설의 세계를 작위와 우연의 세계로 대체하는 문제점을 노출하게 된다.

그 단적인 예가『오래전 집을 떠날 때』(창작과비평사, 1996)이다. 작가는 이 작품집에서 환영적인 존재를 설정하여 소멸하는 인간의 불모성을 그려내려 했지만 이 의도는 성공의 결과를 낳지는 못한다. 이 작품집에서 우리가 볼 수 있는 건 퇴행하는 신경숙의 글쓰기 방식이다. 이 작품집은 자폐적인 성격의 여성 인물을 설정하여 그 인물의 기억과 감각으로 소설의 서사를 완성하려는 방식이 성공의 결과를 낳기 어렵다는 점. 싫든 좋든 소설의 서사는 부분으로서의 개인과 전체로서의 사회와의 역동적인 교섭관계에서 확보된다는 점을 오히려 이야기해 주고 있다. 최근작에 해당하는 『기차는 7시에 떠나네』, 『바이올렛』 등에서도 우리는 개인의 기억과 감각, 이미지에 붙들린 작가의 모습을 다시 만나게 된다. 전경린의 신작들이 감각의 과잉으로 작성된 사례라면 신경숙의 신작들은 기억의 과잉으로 작성된 사례라고 말할 수 있다. 이렇다 보니 『외딴 방』의 성취는 외딴 성취로 머물고 있으며 신경숙의 문학은 서사 부재의 문학으로 퇴행하고 마는 것이다.

그러나 어찌 이 문제가 신경숙만의 문제일 수 있을까? 현재 주류 여성문학이 처한 곤경이라고 인정해야 하지 않을까? 이렇게 말하는 게 일반화의 오류를 초래할 수도 있기에 조심스럽지만 적지 않은 여성 작가들의 글쓰기 방식이 감각과 기억, 이미지에 기대어 있다는 점도 부인하기 어려운 일이다.

이제 여성문학은 역동적인 생명력을 얻기 위해서 여성의 범주에 갇힌 문학이기를 거부해야 한다. 남녀의 대립구도를 설정해 놓고 다분히 자폐적인 여성 인물의 기억이나 감각, 아니면 남성 혐오의 심리를 드러내는 여성 인물의 욕망에 기대어 여성 존재의 의미를 조명하는 여성 작가들의 작업은 재고되어야 한다.

앞으로 여성 존재에 대한 탐구는 그 자체만을 향한 탐구가 아니라 이 시대의 여러 문제들과의 동시적인 탐구가 되어야 한다. 우리 사회에서 여성 존재가 오랜 시간 동안 홀대받아 온 게 사실이고 그 동안 우리 여성문학이 이 홀대받은 여성 존재를 적극적으로 복원한 것도 사실이지만 여성문학의 생명력이 좀더 장기 지속적으로 유지되기 위해서는 여성 존재를 현실 사회의 여러 문제들과 얽혀 있는 존재로 고찰해야 한다. 여성의 존재론적 의미가 단지 남편과의 관계 속에서만이 아니라 노동의 문제, 계급의 문제, 지역의 문제, 경제의 문제 등과의 동시적 관계 속에서 해명되어야 한다는 것이다.

　이런 방식이 필요한 이유는 여성문학에서 흔하게 볼 수 있었던 소설의 단순대립구도를 극복하기 위해서이다. 실제적으로 성차별적인 억압구조가 우리 사회에 작동하는 게 사실이지만 그렇다고 해서 소설의 세계를 남녀의 이항대립구도로 단순하게 환원하는 방식을 독자들이 언제까지 지지할 수는 없다. 마치 이러한 구도는 과거 1980년대 노동소설에서 볼 수 있었던, 노동자는 선한 존재이고 자본가는 악한 존재라는 단순한 이항대립구도를 재연하는 인상마저 주고 있어서 이에 대한 반성이 각별하게 요청된다.

　이른바 고개 숙인 아버지의 존재를 옹호하는 『아버지』류의 대중소설들에서 볼 수 있었던 여성 혐오의 심리가 문제가 되듯 여성문학에서 자주 발견되는 남녀관계의 단순한 대립구도 설정도 문제가 될 수 있다. 그렇기에 여성문학은 여성 존재를 탐구하되 여성의 범주에 갇혀서는 안 되며, 여성적 가치를 탐구하되 여성적 가치만 탐구해서는 안 된다. 이제 이 탐구는 더 깊고 넓어져야 한다. 여성문학은 다른 길을 걸어야 할 시점에 도달했다. 그리고 그 길을 걸으면서 그동안 받아온 영예와 영광을 잊어버리고 새로운 여성문학에 관해 숙고해야 할 단계에 도달했다.

(『실천문학』 2003년 봄호)

지방, 언어, 민중의 의미

__전성태·김종광·민경현의 소설

1. 이들은 누구인가

지난 1990년대의 우리 소설문학은 다채롭고 복잡한 지형도를 그리며 우리 문학 영토의 외연을 확장해 온 것으로 보인다. 이 다채롭고 복잡한 문학 지형도는 한 가지 성격을 명확하게 드러내며 전개되었다. 1980년대 문학에 대한 안티테제로서의 성격이다. 요컨대 지난 1990년대의 우리 소설문학은 1980년대의 민중주의·민족주의 서사가 두드러지게 구축한 계몽 이념적 문학의 성격을 탈피하며 새로운 문학의 영토를 개척하려고 노력한 열망의 표현으로 평가된다.

20세기 막바지 10년 동안 많은 신인의 소설이 1980년대와는 다른 차원의 새로운 문학으로 존재하고자 노력하며 독자들에게 접근했다. 문단 안팎으로 문학의 위기를 선언하는 담론이 끊이지 않고 제기되는 상황이었으나 이 상황을 무색하게 만드는 신인들의 주목할 만한 작품이 출현해 온 것이다. 1990년대의 신인들은 시대 변화에 부응하는 실험적인 새로운 서사 전략을 실험했고, 윤리와 정치의 범주에서 이탈된 일상과 욕망의 주제들을 탐구했다. 이들에 의해 사건 중심의 소설이 아니라 이미지 중심의 소설 개념이 대두되었고, 창조로서의 문학이 아니라 혼성 모방으로서의 문학 개념이 대두되었다. 요컨대 지난 10년 동안의 20~30대의 젊은 작가들은 자기 문학이 새로운 문학이 되어야 한다는 각오를 다지며 문학 창조의 쇄신에 열의를 다했다. 예컨대 신경숙, 윤대녕, 박상우, 구효서, 장정일 등의 문학을 우리는 1990년대 문학의 지형도를 새롭게 그린 문학 쇄신의 표현으로 기억하고 있다. 이들의 문학은 우리 문학의 체질이 바뀐다는 판단을 독자들에게 심어주기에 충분할 만한 변모의 특징을 지니고 있었다. 이 작가들의 소설의 형식과 내용은 1980년대의 주류문학인 민중주의·민족주의 문학과는 다른 차원에 존재하는 형식과 내용이었다.

그런데 흥미롭게도 이들은 언제나 신인이거나 새로운 문학의 근거로 존재할 수는 없었다. 이들의 뒤를 이어 일련의 젊은 작가들이 신속하게 출현했다. 예컨대 김영하와 백민석은 신경숙, 윤대녕, 박상우, 구효서, 장정일과는 또 다른 문학적 경향을 만들어내며 독자들에게 다가왔다. 멀티미디어 체험의 소설화, 혼성 모방의 가능성, 시뮬라크라의 미학과 같은 포스트모던 비평 개념을 우리 문학계에 제공한 이들의 소설은 우리 문학의 영토가 아주 멀리까지 확장되었다는 판단을 내리게 한다.

그러면 이제 누구 차례인가? 어떤 작가들이 문학 쇄신의 움직임을 보여준다고 거론될 수 있을까? 그런데 대답은 생각처럼 그리 간단하지 않다. 오늘날 우리는 이 물음에 대한 답변을 더 복잡하게 만드는 몇몇의 젊은 작가들을 만나고 있다. 그들이 바로 전성태, 김종광, 민경현이다. 이들은 현재 젊은 나이이고 한 권 정도의 소설집을 출간했다는 점에서는 신인의 반열에 속하지만 이 신인들의 문학은 동시대의 작가들과는 달리 이전의 문학적 전통에 회귀하는 특징을 보여주고 있다. 오히려 이 세 명의 젊은 작가는 '낡은' 문학을 반복하는 인상을 준다. 그런데 그들의 낡음은 위력적이다. 역설적이지만 그들의 낡음은 오늘날의 독자들에게 고루하다기보다는 신선하다는 감탄을 주고 있다. 여기서 잠깐 아래 예문을 읽어보기로 하자.

보리밭에서 쏟아지는 황금빛과 짙은 적요에 여자는 고개를 들 수가 없었다. 바싹 마른 보릿대가 터지는지 밭에서는 틱틱, 삭정이 타는 소리가 났다. 여자가 머뭇머뭇 한 발을 내디뎠을 때, 발치에서 정적을 깨며 꿩이 푸드득 날아올랐다. 연이어 새들이, 복병처럼 보리밭에 숨어 있던 새떼가 하늘을 검게 뒤덮으며 날아올랐다.
여자는 아득해졌다. (전성태, 「길」, 『매향』, 실천문학사, 1999, 25쪽)

전성태의 소설 「길」의 마지막 장면이다. 이 장면은 왜 전성태가 동시대의 젊은 작가들과 다른가를 암시하고 있다. 전성태의 「길」은 유토피아의 모색과 좌절 등 우리 현대소설의 기본 서사 모델에 합류하는 소설이다. 전성태의 이 소설은 인간들이 자기 행복을 성취하기 위해 길을 떠나되 결코 유토피아를 발견할 수 없다는 인생의 아이러니적 비극을 통찰하게 한다. 그런데 전성태의 문학적 통찰은 이미 황석영의 「삼포 가는 길」이나 임철우의 「사평역」에서 구현된 바 있다. 이처럼 전성태의 소설은 동시대의 작가들과 연대하기보다는 선배 작가들이 구축한 문학적 전통에 닿아 있다는 얘기다.
더는 우회하지 않고 말해 보기로 하자. 전성태, 김종광, 민경현의 소설이 만들어내는 문학적 경향을 우리는 뭐라고, 또는 어떻게 불러야 할까? 1980년대 민중주의 문학의 변형? 아니면 갱신? 복고로의 퇴행? 아니면 위장된 신세대 작가들의 출현? 그러나 이 모든 판단이 오히려 그들의 문학을 왜곡하여 바라보게 할 수 있다는 점에서 썩 적절한 것으로 여겨지지는 않는다. 이들의 어떤 작품들은 문학적 복고주의로 보이게 한다는 비판을 낳게 하고, 이와는 반대로 이들의 어떤 작품들은 문학적 미학주의로 보이게 한다는 판단을 낳게 한다. 이처럼 이들의 문학을 파악하는 비평의 관점은 일목요연하게 정리되기 어려운 측면을 지닌다. 전성태, 김종광, 민경현의 소설을 어떻게 읽고 이해해야 하는 걸까?

2. 유토피아 동경의 소멸과 지방의 관찰

작가가 된다는 건 인간의 행복을 성취시키는 유토피아를 강렬하게 동경하는 정신적 각성을 긍정적으로 수락한다는 걸 의미한다. 설령 발견하려는 유토피아가 영원히 부재하는 유토피아로 머문다 해도 유토피아의 동경 태도를 의미 있는 행위로 받아들이는 존재를 작가로 볼 수 있다. 그러나 이와 같은 지적은 오늘날 의미를 잃어버린 고전적 수사처럼 들린다. 이 수사는 오늘날의 작가보다 과거의 몇몇 작가들에게서 효력을 얻고 있다. 예컨대 황석영과 임철우에게서 이와 같은 수사는 긍정적 의미를 획득할 수 있다.

황석영의 「삼포 가는 길」이나 임철우의 「사평역」은 억압과 착취가 없는 아름다운 유토피아(「삼포 가는 길」에서는 삼포의 세계, 「사평역」에서는 눈 내린 어둠 저 너머의 세계)를 강렬하게 동경하는 소설이다. 두 작가는 부재하는 유토피아의 동경을 의미 있게 받아들이면서 유토피아와 당면 현실의 비극적 괴리를 긴밀한 구성과 유려한 문체로 그려내었다는 평가를 받는다. 황석영과 임철우가 보여준 유토피아의 동경 태도는 전성태, 김종광, 민경현의 소설 밑바닥에 스며들어 있다. 이 세 작가는 억압과 착취가 없는 아름다운 유토피아를 동경하며 소설을 쓰는 고전적 위상의 작가의 출현을 고대하지 말아야 한다는 비판을 멈추게 한다. 그들은 환멸의 현실 너머에 있는 아름다운 유토피아를 동경하는 작가임에 틀림없다. 한 예로 김종광의 소설 「경찰서여, 안녕」의 밑바닥에는 억압적 훈육기관으로 상징되는 경찰서 저 너머의 세계에 대한 동경이 깔려 있다. 경찰서 탈출을 결행하는 어린 강수의 머리에 떠오른 영상은 무엇이었나?

그리고, 그리고 또 무엇인가가, 이제까지 떠오른 얼굴들과는 다른, 전혀 다른 무엇인가가 보였다. 감나무였다. 그리고 또 보였다. 감나무에 쇠줄로 묶인 채, 문 밖 불빛 가득 피어 있는 들판을 향해 고통스럽게, 있는 힘을 다해, 한없이 짖고 있는 검둥이가. (김종광, 「경찰서여, 안녕」, 『경찰서여, 안녕』, 문학동네, 2000, 32쪽)

감나무에 묶인 검둥이는 경찰서에 갇힌 어린 화자 강수이며, 길이 보이지 않는 구조에서 탈피하고 싶다는 대학생 출신의 전경 명오의 은유가 아닌가. 김종광의 소설은 바로 여기서 시작한다. 억압적 현실 저 너머로의 탈피를 꿈꾸며 그의 소설은 시작하고 있다. 전성태의 소설도 그러하고 민경현의 소설도 그러하다. 황석영의 「삼포 가는 길」을 연상시키는 전성태의 소설 「길」은 유토피아의 행복을 동경하는 소설의 한 예가 되며, 민경현의 여러 소설들은 세속의 애증과 번뇌를 뛰어넘은 절대 화평의 세계를 동경한다.

그런데 이들의 유토피아 동경은 황석영이나 임철우의 소설에서처럼 치열하게 전개되지는 않는다. 그렇다고 이 세 작가의 유토피아 동경이 허위적 포즈의 차원에 머문다는 얘기를 하는 건 아니다. 그들의 유토피아 동경은 지속적으로 심화되는 동경으로 보이지 않는다는 이야기이다. 그러니까 그들의 유토피아 동경은 1980년대 민중주의 서사에서 흔히 보이는 전망의 개념이나 낙관적인 역사 발전의 개념으로 심화되지 않는다는 이야기이다. 그들의 괴로움은 바로 여기에 있다. 21세기는 황석영의 「삼포 가는 길」과 임철우의 「사평역」과 같은 소설을 가능하게 하는 세기는 아니라고 그들은 판단할 수 있다. 유토피아를 동경하면서도 동시에 이 동경의 태도를 회의하는 자기 모순에서 이들은 자유롭지 않은 작가들이다. 요컨대 이 젊은 작가들은 선배 작가들이 보여준 유토피아의 동경을 의미 있는 문학적 태도로 여기면서도 환멸화된 현실에서 유토피아 동경을 통한 미래 전망이 과연 가능하냐는 회의에 봉착하고 있다. 이런 까닭에 그들의 유토피아 동경은 그들 소설 전반에 걸쳐 투영되기보다는 배경의 차원으로 혹은 은유적으로 반영되고 있다고 할 수 있다. 문학적 태도로서의 유토피아 동경이 점차 소멸되어 가는 자리에는 사회적 변방 및 지방에 대한 관심과 관찰이 부각된다.

그런데 전성태와 김종광이 농촌 지방의 세계를 그리든 민경현이 세속 초월의 세계를 그리든 그들이 그려내는 세계는 탈도시, 탈문명, 비근대, 자연 친화, 비합리의 영역이라는 코드를 공유하는 특징을 보여주고 있다. 특히 민경현이 그려내는 세속 초월의 세계는 비근대적 성격을 띠기도 한다. 예컨대 민경현의 소설 중 「꽃으로 짓다」, 「인멸」, 「내영」은 세속 세계와 절연된 산사를 배경으로 씌어진 소설로, 여기서 산사는 세속 세계와 대립되는 공간이라기보다는 아예 세속 세계의 속성을 초월한 '신기와 주술이 걸려 있는 정원'과 같다. 이 세속 초월의 세계에서 중요한 건 회화의 절대 미학을 완성하려는 노사의 장인성이거나 절대 미학에 도전하는 젊은 화가의 욕망과 죽음이다. 이처럼 민경현의 소설이 비근대적인 세속 초월의 세계를 그려낸다면 전성태와 김종광은 좀더 다른 성격의 지방 세계를 그려낸다.

전성태가 그려내는 지방 세계는 잃어버린 낙원의 이미지를 환기시킨다. 그의 소설에서 묘사되는 지방은 현존하는 농촌의 재현으로 이해되기도 하지만 더 중요하게는 그 원형을 상실하여 돌아갈 수 없는 낙원과 같다.

> 귀청에 눌어붙는대도 너나없이 성가시다 타박 않고 마냥 정겨워 할 두 마디가 있다면 그것은 고향일 거였다. 하지만 그 고향이라는 말도 예전처럼 마냥 정겨운 대로 남아 있는 것은 아니었다. 삼팔 따라지가 아니더라도 나는 이미 그에 못지않은 실향민 의식에 젖어지냈다. 고향이라는 것이 주는 푸근함은 조상이 묻혀 있고 일가붙이가 터전을 일구고 있다는 자체만이 전부는 아닐 것이었다. (중략) 이 모든 것이 한데 버무려진 그 어름에 고향이라는 말은 남아 있을 것이었다. 이런 것들이 사라진 고향이 옛말 그대로 온전하다는 것은 어쩌면 어불성설이었다. 내 실향민 의식은 바로 그런 것들의 상실감에 있었다. 그런 심정이었던지라 고향길이 선뜻 내키지 않는 것은 당연했다. (전성태, 「歌手」, 『매향』, 217~218쪽)

전성태의 소설에서 지방은 도시 외지인들에게 손가락질받는 촌티 행색을 그대로 노출해 보이거나(「태풍이 오는 계절」), 형제들이 재산 분규를 일으키는 난장판이거나(「금굴배미 형제」), 정체 불명의 어중이 떠중이들이 모인 동네(「못난 부족이 그린 벽화」)로 묘사된다. 그런데 이보다 전성태가 중시하는 지방의 의미는 「歌手」에서 확인되듯 상실한 낙원으로서의 고향이다. 그의 모든 소설에는 상실한 고향이 문학적 원형으로 존재하고 있는 것이다.

그렇다면 김종광은? 김종광은 이 두 작가와는 다르다. 김종광은 신속하게 도농 복합의 지방 세계와 변두리 농촌을 그려낸다. 작가는 전성태처럼 지방을 낭만주의자처럼 그리워하지 않고, 민경현처럼 지방을 탈속화시키지 않는다. 전성태와 민경현이 지방의 본원적 아우라를 드러내 보이려고 애쓰는 반면 김종광은 도농의 경계가 이질 혼성화된 지방을 주목하면서 농담과 풍자, 해학의 카니발적 향연을 서술하고 있는 것이다.

자기가 속한 세계를 전체적으로 조망하며 미래 전망을 만들어가는 유토피아 모색의 태도가 점차적으로 소멸되어 가는 자리에 그들의 문학은 싹트고 있다. 아쉽게도 이들의 문학 밑자리에 흐르는 유토피아의 동경은 만개하지 않고 있다. 그 동경은 성장을 멈춘 동경처럼 보인다. 그들의 문학은 세계의 전체적 관찰과 파악을 포기하고 부분의 현실을 극대화하여 조망하는 문학으로 읽힌다. 반복해 말하자면, 그들의 문학은 세계의 전체적 조망이 아니라 부분으로서의 지방과 한정된 공간에 조망이며 세계의 전체적 통찰이 아니라 지방의 국부적 통찰로 읽힌다는 이야기다. 역설적으로 그들의 문학은 전체의 현실보다는 부분의 현실에 몰입할 수밖에 없는 우리 젊은 작가들이 당면한 우울하고 답답한 창작의 현주소를 확인시킨다. 전성태, 김종광, 민경현 소설에서 보이는 사회적 지방과 변방 관찰에는 이러한 심층적 의미가 내재되어 있다.

3. 언어 미학의 진수

이들의 소설은 문학의 오래된 명제, 그렇지만 여전히 유효한 설득력을 지니는 명제 하나를 떠올리게 한다. 문학은 일상 언어를 낯설게 만든 언어라는 러시아 형식주의의 명제이다. 언어적 조형력이 유난히 돋보이는 이들의 문학은, 문학은 그 정의가 어떻게 규정되든 근본적으로는 언어적 구성물이라는 점을 환기시킨다. 언어적 구성물 그 자체가 문학은 아니지만 문학의 자기 표현은 언어를 통해 이루어진다는 문학의 오랜 진실을 이들의 문학은 우리에게 확인시킨다.

전성태, 김종광, 민경현은 젊은 언어주의 작가로 보인다. 이들을 1980년대 민중주의 소설의 후예로 보든 그렇지 않든 이들의 소설은 언어의 미학성을 쟁취하는 소설이라는 점에서는 이견이 나올 수 없다. 언어 놀이의 소설, 언어 축제의 소설로 손색이 없는 면모를 이들의 소설은 보여주고 있다. 이 작가들의 소설 언어의 미학은 다음과 같은 차이를 나타낸다. 그 차이는 방언 서술의 구현(전성태, 김종광)과 묘사의 형상적 구현(민경현)으로 정리될 수 있다. 그 몇 가지 예를 보기로 하자.

댓잎싹이 몬자서 우우우 울먼 필경에는 저어 감은돌이재로 눈이 마악 몰레와서무네 금방 보리밭 몰랑이 흐옇게 되야. 그람 그 해 보리농새는 대풍이라고 온 동네가 기양 갱아지들모냥 들뜨는디, 그럴 것이 거긴 양지뜸이라 고런 눈 쌓인 삼동이 드물었거덩. 유월 타작마당이 끝나믄 보리밭마동 북데기를 모닥그라서 사무 태와싸. 그래야 풍넨든다고. 그 매운 냉기가 또 으뚱게나 고롷게 흐열꼬! 온 부락이 기양 자우룩한 눈 속이야. (전성태, 「매향」, 『매향』, 26쪽)

"할망구 어떤가? 신성일이 뺨치나?" "이른 점심 자시더니 가관이시네유. 생전 안 닦던 오토바이 광을 내질 않나, 신성일이 들으면 기겁할 말씀 하시질 않나." "임자 결전의 날이 밝았구만." 아내는 중천에 뜨겁게 떠 있는 해를 흘깃 보았다. "날 밝은 지가 언젠디." 덕호는 오토바이에 올라타서 시동을 걸었다. "오늘은 어떤 다방이서 죽치실 거래유? 긴급 사항 있으면 바로바로 연락혀드려야쥬?" "해튼 할망구하고는. 국가고시 보러 가는 길이여." "구까고시 다방

유? 알겠슈, 댕겨오슈."(김종광, 「많이많이 축하드려유」, 『경찰서여, 안녕』, 61~62쪽)

방언 서술은 우리 소설문학에서 꽤 오랜 전통을 지니고 있다. 이 전통을 창조한 작가가 김유정이며, 이 전통을 이어받은 작가가 이문 구라는 건 문학사의 상식이다. 이들의 소설 언어는 현장 실감을 구체적으로 반영하는 생활의 리얼리티를 획득한 유명한 사례들이다. 그런데 우리가 더 살펴야 할 논의의 주제는 방언의 미학적 효과이다. 더 자세하게 말해, 전성태와 김종광 소설에서의 방언이 과연 어떤 미학적 효과를 보여주느냐를 살피는 게 중요하다는 것이다.

문학 장르 중에서 소설 장르처럼 언어의 현실을 주목하는 장르도 없다. 소설 장르는 공식 언어의 권위성을 조롱하며 민중 언어의 입담과 농담을 받아들이기도 하고, 표준 언어의 교양성을 해체하며 구체적인 일상 현장에 뿌리를 대고 있는 생활 언어들을 받아들이기도 한다. 요컨대 소설 장르는 국가의 공식 언어의 일방통행을 거부하며 이질적이고 다양한 언어들의 형태와 내용과 이미지를 드러내 보이는 공간이다.

전성태와 김종광의 소설에서의 방언 서술의 미학적 효과는 바로 이러한 면에서 살펴질 수 있다. 이들의 소설에서 방언 서술은 토속적 취향으로만 성격이 국한되어 이해되어서는 곤란하다. 이 두 작가의 방언 서술은 국가의 공식 문화에 규율되지 않는 실체적 민중의 구체적인 생태와 삶의 풍속을 반영한다. 요컨대 두 작가의 방언 서술은 실체적 민중의 생활 경험의 세목들, 예컨대 그들의 애환, 갈등, 능청, 의뭉, 익살, 해학, 속물근성 등을 생기 있게 반영하는 구술의 언어이고 리듬의 언어이며 육성의 언어이다. 요컨대 이들의 소설 언어는 생활 현장과 괴리된 박제적 소설 언어에 대한 반론이고 생기

54

잃은 문어적 스타일에 대한 반론이다.

그렇다면 민경현은? 민경현의 언어는 전성태와 김종광과는 또 다른 차원에서 언어의 미학성을 쟁취하고 있다. 민경현의 언어는 묘사의 형상적 구현으로 그 특징이 정리될 수 있다. 민경현 소설의 언어는 때로는 서술의 언어이기를 포기하려고 든다. 그 대신 그의 소설의 언어는 한 폭의 회화를 지향하려고 하고 이 지향에 작가 스스로 매혹되고 있다. 그의 소설 중 한 대목을 살펴보기로 하자.

이놈의 비가 지랄이다. 겨우내 마른 산에 나무 밑둥이 들썩거릴 지경으로 하늘서 내리는 물은 이 땅에 없나 싶더니 엊그제 동편 하늘을 잡아먹듯 몰려온 먹장구름이 무에 삼천대세 만에 내리는 비라도 되는 양 기어코 계곡수를 콸콸 넘치게 하고야 말았다. 새벽예불에 맞춰서는 제법 이른 휘파람새 소리도 들리고 날이 밝으면 갠 하늘이 뽀얗게 제석봉 동쪽 끄트머리서 올라설 것 같더니, 웬걸 한번 싸지른 우신(雨神)의 소맷자락이 여적 마르기 멀었는가보다. 이왕 내릴 양이면 애배부른 계집 불은 오줌통에서 터져나오듯 쏴아! 하고 쏟아붓다가 곶감 베어문 애새끼마냥 뚝! 하고 그쳤으면 좀 좋으련만 처마끝 기왓골을 따라 포실포실 흙구멍이 패는 낙숫물 소리는 날이 밝도록 짜장 이어지고 있었다. (민경현, 「꽃으로 짓다」, 『청동거울을 보여주마』, 창작과비평사, 1999, 8쪽)

작가의 풍부한 불교 체험이 반영된 소설인 「꽃으로 짓다」의 도입 장면이다. 소설의 도입을 묘사 장면으로 처리하는 작가의 솜씨가 마치 화가를 연상시킨다. 이 소설 자체가 불화의 완성을 위해 고투하는 노승의 번민이 중요한 문학적 주제로 부각되는 소설이거니와 작가 또한 언어의 회화성을 추구하는 화가처럼 보인다. 산사에 폭우

내리는 풍경을 묘사한 이 장면은 민경현 소설에서 흔히 묘사의 한 예에 불과하다고 말해도 될 만큼 그의 소설에는 묘사 장면이 산재해 있다.

이렇게 볼 경우, 민경현은 스토리텔러로서의 작가가 아니라 묘사가로서의 작가의 개념에 가깝게 서 있다. 이 소설만이 아니라 민경현의 여러 소설들, 예컨대 「내영」, 「인멸」 등에서도 출중한 묘사 장면을 심심찮게 만날 수 있다. 이처럼 민경현 소설의 언어는 문자가 아니라 회화가 되고자 하는 언어이며, 서술이 아니라 묘사를 지향하는 언어이다. 동시대의 젊은 작가 중에서 민경현만큼 세련된 묘사를 풍부하게 자기 소설에 풀어넣는 작가는 없다 해도 틀린 말은 아니다.

비교해 설명하자면 전성태, 김종광의 소설 언어가 민중들의 입담이 활발하게 펼쳐지는 동적 이미지를 띤다면 민경현의 소설 언어는 작품을 한 폭의 회화로 표현하는 정적 이미지를 띠고, 전성태, 김종광의 소설 언어가 입말의 구술성을 지향한다면 민경현의 소설 언어는 회화성을 지향한다고 그 차이가 설명될 수 있다.

그런데 이 차이보다 중요하게 고려되어야 할 건 이 작가들이 보여주는 언어에 대한 태도이다. 이들에게 언어의 미학성은 좀 과장되게 말하면 문학의 목적처럼 보일 정도다. 낡은 문학처럼 보이는 이들의 문학이 사실은 낡은 문학이 아니라 독자들에게 신뢰를 주는 문학이라는 판단을 낳게 하는 근거는 바로 여기에 있다. 지난 1990년대의 문학 지형도에 편입되어 있는 소설 중에 언어를 홀대하는 소설이 전혀 없었다고 말하기 어려운 형편이다. 언어와의 미학적 긴장을 상실한 인상을 주는 신세대 소설이 한두 편이 아니었다. 그에 비해 이들의 소설은 신인으로 보기에는 의심이 들 정도로 탁월한 언어 조탁 능력을 보여주고 있다. 그들은 소설이 언어적·문체적 차원에서 시작하고 발전하는 장르이며 죽은 언어에 탄력을 주어 되살려내는 장르라는 걸 현명하게 터득하고 있다.

4. 해학의 민중, 풍자의 민중, 주술의 민중

우리가 이 세 작가의 소설에서 주목하게 되는 또 하나의 문학적
현상은 작중 인물의 성격이다. 이들 소설에서의 작중 인물들은 우리
사회의 주변부와 변방에 생존하는 궁핍의 인물들과 근대의 생활 스
타일과 거리가 먼 승려, 무당으로 표현되고 있다는 점에서 포괄적
개념으로서의 민중에 가깝다. 그런데 이 소설의 작중 인물들을 민중
적 인물로 부를 때 우리는 1980년대 민중주의 문학에서의 민중과의
차이를 밝힐 필요가 있다.

잘 알려진 대로 1980년대의 민중주의 소설은 전형적 상황과 전형
적 인물로서의 민중을 중시했다. 그렇다 보니 1980년대 민중주의 소
설에서의 민중은 필연적으로 정치적 성격을 드러내는 인물이었다.
정치적 성격을 드러낸다는 말은 인물의 성격이 합리적이며 이성적
이라는 말과도 상통한다. 당대의 사회적 모순을 파악하고 그 모순의
해결을 위해 문제를 제기하고 투쟁하는 민중은 달리 말해 이성의
정신으로 자신의 삶을 운용하는 합리적 취향의 인간으로 설명될 수
있다.

그런데 이들의 소설에서 민중은 정치적 성격이 구현된 민중을 탈
피한다. 한 평론가의 지적처럼 이 인물들은 구조적인 사회 개념이나
역사적 인식의 구도 아래 재현되어 있지 않고 그들의 갈등 또한 사
회적 모순의 어떤 표현과 동떨어져 있다. 요컨대 정치적 계기와 합
리적 계기가 탈각된 민중의 초상을 이 소설들은 보여주고 있다는 이
야기다.

그만큼 이 젊은 작가들의 소설에서 민중은 이성의 논리에 길들여지지 않은 인물들로 존재한다. 비유하자면 생기발랄한 활어, 날것 그대로의 민중이다. 이들은 날것 그대로의 민중의 실체를 생생하게 독자들에게 보여주고자 한다. 도대체 이들은 어떤 인물들로 그려지고 있는가?

가령, 소돼지를 잡을 때마다 뼈와 살점을 잘 추리던 박딸보는 타관의 큰 도축장에서 일을 했다고 알려져 있었지만, 정작 어느 장날에 멀리서 온 장꾼에게 목덜미가 잡혀 끌려다니는 졸경을 치렀다. 그의 전직은 소도둑이었던 것이다. 가장 나중까지 고물수집상을 하던 신씨의 처 되는 장끼미댁은 성미가 삶은 두부만큼이나 무른 여자였으나, 처녀 적에 이발소에서 면도해 주는 일을 업으로 삼으며 지내다가 추근대는 손님의 먹통을 면도날로 그어버리고 야반도주한 전력을 가진 여자였고, 군대 얘기라면 게거품을 물고 자랑을 늘어놓던 채 하사는 징집기피자로 이태를 뒤란의 토굴에서 숨어지내다가 코고는 소리를 단속하지 못한 바람에 발각되어 군에 다녀온 위인이었다. (전성태, 「못난 부족이 그린 벽화」, 『매향』, 167쪽)

전성태 소설에서의 민중은 '못난 부족'들이다. 농토를 소유하고 농사짓는 사람도 드물어서 고물수집상, 두부장수, 돼지흘레꾼, 대장장이, 멍석이나 가마니 짜는 사람, 갈퀴 매는 이, 석축 쌓는 인부 따위들이 '못난 부족'의 주인공들이다. 어디 이뿐인가. 실성한 여자, 실성한 여자를 따라다니는 모자란 아이, 도망가듯 길을 떠난 행색 초라한 남자와 여자, 폐병으로 죽어가는 젊은이 등이 전성태 소설의 민중 범주에 등록된 인물들이다. 요컨대 전성태 소설에서의 민중은 바보, 병신, 불구 등이 적지 않다. 전성태 소설에서는 제대로 된 작중 인물이 없다 해도 과언이 아닐 정도다. 독자들은 아예 기대하지 말아야 한다. 전성태의 소설에서 1980년대적 의미의 민중의 초상화를 발견할 수 있지 않을까라는 기대는 애초부터 포기해야 한다.

이런 점에서 전성태의 소설은 바보 열전으로 그 문학적 의미가 정리될 수 있다. 전성태는 열성의 인간인 바보들의 의외의 우행과 해학과 연민을 통해 인간의 아름다운 본성을 환기시키면서 우회적으로 동시대 현대인의 독선과 인격 타락을 비판한다.

전성태 소설에서 보이는 민중의 이와 같은 특징은 김종광의 소설에서도 발견된다. 김종광 소설에서의 민중들도 정치적 성격을 탈피하고 있다. 김종광 소설의 민중들은 익살꾼의 유형을 보여준다. 익살꾼 중에서도 단연 수준급의 익살꾼들을 우리는 김종광의 소설에서 어렵지 않게 발견하게 된다. 그 익살의 압도적인 표현을 우리는 「많이많이 축하드려유」, 「모종하는 사람들」에서 볼 수 있다. 오토바이 면허를 따기 위해 모인 인물들(「많이많이 축하드려유」), 하루 일당 받고 공공근로 나온 이들(「모종하는 사람들」)은 폐부를 찌르는 한마디의 능청스런 익살을 말하기 위해 모인 연기자로 보일 정도다. 그 한 대목을 보면 이렇다.

"그 새끼는 북한놈들 줄 소 있으면 나한티나 주지 뭐 하는 짓거린지 모르겄어." "요새 사료값이 금값이라는디 키울 수는 있으시대유?" "아따 못 키우면 잡아먹으면 되지 뭐가 걱정여." "그 사람은 재산이 을매나 많간디 북한 동포까지 돕고 그런대유?" "쓰고 써도 다 못 쓰고 죽는대요." "내가 스산 농장께서 살아봤는디 굉장하드만. 간 약한 사람은 떨어질 지경여. 이건 완전히 나라여, 정주영 나라." "대통령 헌다구 나온 적도 있었잖어유?" "나 그때 돈 고물 좀 떨어질라나 허구 그 사람 찍었었는디." "반 종필이 여기 있었구만

요." "그류, 난 종필이라면 이가 갈류." "그 소 갖다 줘서 이쪽 소값이나 올라갔으면 좋겠네유." "소값이 그런다구 오르간디요." 여럿이 얼려 먹으니 말 반찬이 없을 수 없었다. 이러저러한 화제가 출몰했는데 황소떼 몰고 북한 간 노인은 몇 마디로는 정리가 안 되는 인물이었던지, 좀 오래 머물러 있었다. (김종광, 「모종하는 사람들」, 『경찰서여, 안녕』, 124쪽)

　마치 김종광 소설의 민중들은 거만하지만 재치 없는 알라존에게 자신의 지혜를 발휘하여 승리를 거두는 그리스 희극의 에이론을 연상시킨다. 이 에이론들의 사회적 지위와 경제적 능력은 볼품없으나 그들이 뱉어내는 말에는 해학과 풍자의 기운이 묻어 있다. 우리가 전성태와 김종광의 소설에서 확인할 수 있는 건 비장한 태도로 투쟁하는 민중이 아니라 바보 민중이며 에이론의 민중이다. 이념형 민중이 물러간 자리에 이성적 판단력은 부족하지만 훼손되지 않은 인간성을 보존한 민중, 익살떨며 웃음을 유발하지만 해학과 풍자의 언어를 드러내는 민중들이 자리를 잡고 있는 셈이다.

　민경현의 소설은 어떠한가? 민경현의 소설에서 우리는 회화의 절대 미학을 완성하기 위해 고투하는 일련의 스님들과 해원의 소망으로 치성하는 여성 무당들을 만날 수 있다. 스님들은 예술가소설의 주인공이며, 여성 무당들은 한을 풀려는 제의적 드라마의 주인공이다. 이 주인공들은 하나같이 합리적 이성과는 거리가 먼 인물들로서 비합리적이며 비의의 주술적 세계에 속한 인물들이다. 구도자적 존재를 연상시키는 민경현 소설의 인물들은 자기 존재의 목적성을 뚜렷하게 인식하고 있다. 스님에게 그 목적은 회화의 완성이며, 무당에게 그 목적은 해원의 완성이다. 회화의 완성과 해원의 완성을 위해 매진하는 이들의 모습은 합리적 판단을 중시하는 근대적 인간상과 거리가 멀다. 작가는 이들에게서 합리적 계기를 제거하고 그 대신 종교적이고 주술적인 이미지를 부각시킨다. 이에 대한 한 예가 「청동거울을 보여주마」다.

「청동거울을 보여주마」의 겉과 안에는 제의적 상상력이 배어 있다. 이 작품에는 무녀 두모실댁, 그녀의 딸 세화, 세화와 한때 동거한 소설의 화자가 등장한다. 소설의 기본 구도는 죽은 딸의 해원이다. 이 해원을 성취하기 위해 굿 한판이 준비되어 있다. 이 굿에 화자가 무녀 두모실댁과 동행한다. 그들은 고향을 방문하게 되고 그 해원은 이루어지게 된다. 여기서 죽은 여성 세화는 천성적으로 타고난 신기를 소유한 여성으로 그려진다. 억제하기 어려운 신기의 충동을 지닌 세화는 멕시코로 여행을 가서 주술적인 제의를 경험하고 헤로인 중독으로 죽고 만다. 세화라는 여성에게서 우리는 이성과 합리로 설명되지 않는 신들린 영혼을 발견하게 된다. 이처럼 민경현 소설의 인물들은 전성태, 김종광 소설의 인물들과는 달리 종교와 주술에 침윤되어 있다. 달리 말해, 민경현은 인간의 존재 방식을 종교와 주술로 환원시키고 있다. 이를 통해 민경현은 정신과 영혼이 결여된 근대 계몽적 인간이 아닌 원형으로 부를 만한 인간상을 독자들에게 보여주고 있다.

요컨대 이 젊은 작가들의 소설에서 민중의 초상에는 정치적·합리적 계기가 박탈되어 있다. 1980년대 소설의 민중들이 대단히 계획적으로 세계 변혁을 기획했다는 점에서 이성적이라면 이들은 그들에 비해 즉흥적이며 비합리적이고 때로는 주술적이기까지 하다. 요점을 더 이야기하자면, 이들 소설에서의 민중적 인물들은 근본적으로 합리성의 범주 바깥에 존재하는 해학의 민중, 풍자의 민중, 주술의 민중으로 보인다.

5. 마무리

전성태, 김종광, 민경현의 소설이 주목을 받는 까닭은 그들이 새로운 형식과 내용을 돋보이게 드러내는 작가여서가 아니라 그동안 추구된 새로운 문학에 대한 의미 있는 반성으로 이해될 수 있는 측면을 지니고 있기 때문이다. 이 젊은 작가들의 소설은 새로운 문학에 강박적으로 집착해 온 1990년대의 우리 소설문학이 사실은 숙고해야 할 문학의 미학적 범주——예컨대 구조와 문체의 문제, 작중 인물의 성격화의 방식——를 소홀하게 다루었다는 걸 반성하게 한다.

그리하여 이들의 소설은 소설의 본래 모습을 되돌아보게 한다. 이들 문학의 진정성은 바로 여기에 있다. 이들의 소설을 1980년대 민중주의 소설의 갱신으로 보든 아니면 퇴행으로 보든 그건 그리 중요한 논제는 아니다. 전성태와 민경현은 김종광에 비해 더 문학적 전통에 가깝게 위치해 있고, 김종광은 이 두 작가에 비해 그 전통에서 다소 멀리 위치해 있다. 달리 말해, 김종광은 문학적 전통을 나름대로 갱신하려고 하고, 전성태와 민경현은 그 전통에 잇닿아 있다. 그런데 이 차이보다 더 중요하게 살펴져야 하는 건 이 젊은 작가들이 그동안 문학 쇄신의 명목으로 외면당해 온 우리 현대소설의 전통을 과감하게 수용한다는 점이다. 디지털 시대, 정보화 시대, 세계화 시대로 불리는 이 첨단 시대에서 문학적 전통에 주목하며 자기 문학의 영양분으로 받아들이는 이들의 문학은 분명 희귀한 사례이다. 급속한 사회 변동에 따라 새로운 문학의 형식과 내용이 요구되는 시점이지만 그럴수록 우리들에게 감동과 매력을 준 문학적 전통에 대한 회고는 중요하다. 이들은 이 회고의 중요성을 인식하며 소설을 쓰고 있다.

그러나 여기서 그들의 역할이 그쳐서는 안 된다. 이 세 작가는 앞으로 그들의 문학을 갱신해야 하는 과제에 더 충실해야 한다. 어떤 과제인가? 작가들에게 위험한 유혹은 미학적 나르시시즘이다. 구조의 완성, 서사의 완결, 지방의 관찰, 언어의 조탁 등에 스스로 매혹되어 이 범주에서만 소설을 쓴다면 그들은 자기 세계에 갇혔으되 그 갇힘을 즐기는 미학적 나르시시즘의 추종자들이 될 수 있다.

미학적 나르시시즘은 기만적 미학이다. 미학적 나르시시즘은 대화하는 미학이 아니기에 독단의 문학으로 변질될 위험을 지니고 있다. 한 예로 그들은 그들의 문학에서 압도적으로 표현되는 지방 관찰이 당대의 객관적인 현실에 대한 문제 제기 내지 파악과 무관하게 이루어진다는 비판을 경청해 들어야 한다. 그리하여 당대 세계와의 소통 없이 자기 세계에 안주하는 또 하나의 고립된 미학주의자들로 존재할 수 있다는 문제 제기를 이 시점에서 받아들여야 한다.

구조주의자의 표현을 빌려 말하자면, 그들의 문학은 참 잘 빚은 항아리와 같다. 구조적으로 안정되어 있고 문체는 유려하다. 되다만 소설조차 새로운 소설이라는 이름으로 출간되어 왔던 사례와 비교해 보자면 이들의 소설은 분명 칭찬받아야 할 성과다. 문제는 항아리의 내용물이다. 잘 빚은 항아리를 연상시키는 그들의 소설이 앞으로 어떤 내용물을 비축할 수 있을지 궁금하다. 겉모습은 아름답게 보이고 내용물은 없는 항아리일지, 겉모습은 물론이거니와 내용물도 볼 만한 항아리일지 앞으로 이들의 행보는 더 큰 주목을 필요로 한다.

(『문학동네』 2001년 가을호)

중견, 그들의 문학

_김원일 · 황석영 · 이문구의 소설

1. 단상

불과 한두 해 전만 하더라도 한국문학은 죽을 수밖에 없는 운명에 놓인 시한부 환자와 같은 취급을 받아왔다. 말기암 환자와 다름없다는 판정을 한국문학은 몇 년 전부터 줄곧 받아왔다. 그러나 21세기 벽두의 한국문학은 그와 같은 취급이 부당한 오해였고 박해였다는 것을 적극적으로 증명하고 있다. 그 우울한 예언들과는 다르게 21세기 벽두의 한국문학은 문학의 죽음을 예언하는 문학위기론의 얄팍한 논리를 일거에 붕괴시키며 전개되고 있다. 문학위기론의 허상을 거듭 확인하는 현상을 우리는 이 가을에 목격하고 있는 것이다.

이 현상을 주도적으로 그리고 활기차게 이끌어가는 이들은 누구인가? 우리 시대 중견 작가의 반열에 오른 이문구, 김원일, 황석영, 김주영, 박완서 등이 이 현상을 주도하고 있다. 분명 우리 시대의 중견 작가로 불려도 괜찮은 이들은 '작가는 작품으로 말하는 존재'라는 명제를 훌륭하게 입증하고 있다. 또한 중견 작가는 처음부터 끝까지 작품의 형식으로 발언하고 사유하고 독자들로부터 평가받는 존재라는 점을 당당하게 확인시키고 있다. 중견 작가들의 연이은 신작 발표로 말미암아 21세기 한국문학의 시작은 왜소하지 않다. 여기서 나는 이런 생각에 도달하게 된다. 한국문학이 원하는 작가는 '늙어버린 작가'가 아니라 언제나 작품으로 평가받으려는 치열한 작가정신을 소유한 작가라는 것을. 인생의 심층을 파고드는 이들의 예리한 상상력과 주제의식, 개성적인 문체는 한국문학을 더욱 성숙하게 만들어주는 원동력이라는 것을 우리는 인정할 수 있다.

우리는 확약해야 한다. 이제 함부로 문학위기론을 유포하지 않기로 말이다. 특히 문학비평은 문학위기론을 유포하며 자기 생명을 이어가는 그 기막힌 모순에 빠지지 않기로 말이다. 이 시점에서 중요한 건 문학위기론의 유포가 아니라 인생의 희망과 좌절 그리고 이 시대의 희망과 좌절, 현실의 모순과 비합리성 그리고 전망을 탐구하고 기획하는 문학적 실천의 확산과 지속이다. 문학비평은 문학적 실천의 확산과 지속을 넓히고 전개하는 전위의 역할을 부지런히 고민해야 한다. 이 글은 그와 같은 심정을 되새기며 씌어지고 있다.

2. 가족은 어떻게 붕괴되는가 : 김원일의 『가족』

김원일이 두 권짜리 장편소설 『가족』(문이당, 2000)을 출간했다. 『노을』, 『겨울 골짜기』, 『불의 제전』 등 우리 문단에서 일찍부터 그리고 일관되게 분단문학의 계보를 형성해 온 김원일이 이 계보에서 일탈하여 『가족』을 출간했다. 그런데 김원일의 일탈은 우리 독자들에게 익숙한 가족 서사로 환원하는 일탈이라는 점에서 그리 생경한 느낌을 주지는 않는다.

가족 서사는 그 기원을 상고대 신화로 거슬러 올라갈 수 있을 정
도로 오래된 문학적 전통을 확보하고 있다. 이런 까닭에 한국문학사
는 가족 서사를 창조하고 전승한 문학사라고 말해도 괜찮을 정도다.
김원일의 『가족』이 독자들에게 안정된 의미를 제공하는 서사가 될
수 있는 이유를 이미 한국문학사가 제공해 주고 있는 셈이다. 그런
데 『가족』에 대해 더 물어야 할 문제는 이런 장점의 확인이 아니다.
『가족』이 과연 어떤 성격을 띠는 가족 서사인가를 확인해야 한다.

종래의 가족 서사와 마찬가지로 『가족』은 가족의 갈등과 화해의
양상을 당대 한국 사회의 지평과 세대적 관계틀 속에서 전개해 나간
다. 좀더 자세히 살펴보면 다음과 같다.

냉면 요식업으로 성공한 1세대가 있다. 그러나 1세대의 성공은 오
래가지 않는다. 3세대에 이르러 1세대의 성공 기반은 붕괴되어 버린
다. 붕괴의 속도는 더디지 않다. 쏜살처럼 빠르다. 『가족』의 가족들
은 파경의 쾌속선에 올라탄 우울한 여행객으로 보일 정도다. 파경의
절정을 확연하게 보여주는 인물은 손자 세대의 둘째아들 시규다. 시
규는 마약중독에 걸린 채 노숙하는 걸인으로, 강도 행각에 참여하는
타락한 인물로, 행려병자의 신세로 인생을 마감하는 인물로 나타난
다. 한마디로 말해 완벽하게 붕괴되어 버린 인간의 전형이다. 장손
인 용규는 어떠한가? 용규는 자본주의의 메카인 미국에서 벤처 기
업인으로 성공하여 화려한 삶을 살아가지만 윤리감각이 결여된 인
물이다. 사랑 없는 섹스에 중독된 인물, 황금광 같은 인물이다. 큰아
들 용규의 생존방식 또한 윤리가 부재한 인간의 사례에 해당한다.

그런데 김원일의 이 소설을 단지 가족의 붕괴사로 읽는 건 온당
한 독서가 아니다. 왜냐하면 『가족』은 단지 한 실향민 가족의 붕괴
를 그리는 소설이 아니라 한 가족의 붕괴를 통해 세기말의 전도 현
상을 그리는 소설이기 때문이다. 그 전도 현상에 들어가는 항목들은

배금주의로의 경도, 신앙에의 맹목적 집착, 마약중독, 섹스의 탐닉 등이다. 요컨대 독자들은 이 소설을 읽으며 한 가족의 붕괴만을 읽는 게 아니라 세기말 한국 사회의 풍속, 가치관의 붕괴, 정신의 붕괴를 읽는 것이다.

한편 『가족』은 가족 붕괴의 양상과 함께 좀 모호하기는 하지만 삶의 새로운 대안을 조심스럽게 보여주기도 한다. 그 대안을 모색하는 3세대들은 셋째 선결과 막내 준이다. 선결은 1980년대 학생운동권 출신으로서 보육원에 투신한 인물로 그려진다. 나름대로 1980년대의 감각을 소중하게 여기며 살아가는 인물로 그려지고 있다. 그러나 선결은 이 소설에서 구체적인 미래 전망을 발견하는 인물로 그려지지는 않는다. 그녀는 자선행위에 몰두하지만 그녀와 자선행위는 겉돈다는 인상을 준다.

반면 준은 어떤가? 친구와 동업하여 문을 연 카페에서 세월을 보내는 준은 19세기 프랑스 파리의 미술가들과 클래식 음악에서 삶의 위안을 얻으려고 하는 인물로 현실 부적응자에 가깝다. 작가는 이들보다 마약중독자로 살아가다가 폐인처럼 죽은 김시규의 아들에게서 그 가능성을 보려고 한다. 독자들은 이 가능성을 이 소설의 13장에서 발견할 수 있다. 13장에는 시규의 아들 환과 용규의 아들 동호가 합심하여 남한산성으로 소풍 가는 장면이 나오는데, 이 장면은 자라나는 세대들의 연대와 상호 이해라는 의미로 읽힌다.

그러나 『가족』의 가족은 표류의 이미지를 더 떠올리게 한다. 이 소설에서 작가는 자라나는 세대들에게 애정의 시각을 투사하지만 그 시각은 소설의 전체적 시각으로 구조화되지는 않고 있다. 소설의 전체적 시각은 작가의 특유한 허무주의에 영향을 받아 우울하고 어둡다. 이 자라나는 어린 세대에게서 삶의 새로운 대안을 발견할 수 있다고 자신 있게 말할 만한 소설 내적 근거는 충분하지 않다. 그럼에도 불구하고 김원일의 『가족』은 가족의 문제를 남녀의 이항 대립적 성적 차이로 환원하여 이해하는 방식을 뛰어넘어 이 문제를 한국 사회의 지평과 보다 확대된 가족의 관계 내에서 조명해 보려고 한다는 점에서는 긍정적인 평가를 받을 수 있다.

그러나 『가족』은 독자들에게 친숙하게 읽히면서 동시에 안타까움을 주기도 한다. 그 안타까움은 어디서 오는 걸까? 나는 그 안타까움을 이 소설의 세태성에서 찾고 싶다. 가족의 붕괴는 세태의 현상이며 동시에 세태를 뛰어넘는 깊은 차원의 인간 비극을 함축한 사건이다. 요컨대 이 소설은 이 시대의 가족을 붕괴하게 만드는 사회적이고 개인적인 요인들, 조건들을 집요하게 물고 들어간다는 인상을 주지 않는다. 그러니까 『가족』은 가족 구성원들의 근본적 불화상태의 연관관계를 총체적으로 서사화하는 소설로 읽히지는 않는다는 것이다. 더 자세하게 말하자면, 『가족』은 작중 인물들을 붕괴 상황으로 몰아가는 환경과 붕괴되어 가는 작중 인물들의 아이러니한 비극적 관계가 서사의 세계로 구성되지 않고 있다는 맹점을 보여주고 있다. 김원일의 예전 소설들이 보여준 그 끔찍한 비극성을 이 소설에서는 체험할 수 없어서 대단히 안타깝다.

3. 다시 세상의 한복판으로 귀환하기 : 황석영의 『오래된 정원』

「삼포 가는 길」과 「객지」, 『장길산』, 『무기의 그늘』의 작가 황석영이 『오래된 정원』(창작과비평사, 2000)을 출간했다. 1989년 3월에 방북하여 1993년 4월에 귀국, 그리고 5년여에 걸친 감금의 시간. 그 인고의 시간을 견디어온 작가가 오랜만에 독자들에게 두 권짜리 장편소설을 선사하고 있다.

이 기회에 다시 물어보기로 하자. 황석영은 누구인가? 현존하는 작가 중에서 누구보다도 유토피아의 현현을 치열하게 열망하는 작가가 아닌가. 20세기 한국 현대 단편문학의 백미로 평가받는 「삼포 가는 길」을 읽어본 독자라면 누구나 감지할 수 있다. 작가가 얼마나 억압과 모순이 없는 아름다운 세상의 도래, 곧 삼포로 표현되는 유토피아의 세계를 갈구하는가를 확인할 수 있다. 그 갈구는 「삼포 가는 길」에서 「객지」로, 「객지」에서 『장길산』으로, 그리고 『오래된 정원』으로 끈질기게 이어지고 있다.

한 남자가 18년 만에 출옥한다. 변혁운동에 복무하다가 18년간의 감옥살이를 끝내고 세기말에 출옥한 장기수 오현우. 그는 갈뫼를 방문한다. 왜 하필 갈뫼인가? 갈뫼는 수배자의 신분으로 도망 다니던 오현우가 몸을 숨겼던 잠행지였다. 한윤희와 함께 몸을 숨기던 잠행지. 체제의 폭력으로부터 그들을 방어하는 지상 공간, 사랑의 소통을 서로 확인한 공간, 그 유토피아가 바로 갈뫼였다. 그 갈뫼를 18년 만에 출옥한 오현우가 방문하고 있다. 요컨대 오현우의 갈뫼 방문은 — 비록 그 갈뫼가 더는 유토피아의 이미지를 띠지는 않지만 — 자기 재생을 위한 과거로의 내면적 여행이라고 그 의미를 설명할 수 있다.

그는 갈뫼에서 암으로 죽은 한윤희가 남긴 일기와 편지를 읽으며 지난 18년과 체포되기 이전의 행적을 추체험하고 한윤희의 행적을 상상하게 된다. 여기서 한윤희가 남긴 일기와 편지를 읽는 오현우의 행위는 각별한 의미를 띤다. 이 행위를 죽은 연인에 대한 회고 정도로 이해해서는 안 된다는 얘기다. 이 행위에는 두 가지 의미가 내포되어 있다. 하나는 기억상실증에 빠진 독자들의 단단한 망각을 일깨우는 의미이다. 한윤희의 기록물들은 독자들에게 묻는다. 당신이 살아온 그 영광과 좌절의 1980년대를 왜 망각하느냐고. 나아가 한윤희의 기록물들은 독자들에게 요구한다. 평범한 젊은이들을 투사로 살아가도록 강요한 그 끔찍한 폭력의 시대를 기억하라고. 그리하여 독자들은 한윤희의 기록물들을 읽으며 1980년대의 경험들을 다시 상상하고 기억하고 재구성하게 된다. 이런 점에서 한윤희의 기록물들은 이 소설을 기억의 서사로 읽히게 하는 구성적 장치로 평가받을 수 있다.

또 하나의 의미는 무얼까? 그것을 우리는 변화된 현실을 좀더 차분하게 그리고 구체적으로 이해해 보려는 작가의 현실인식 행위로 볼 수 있다. 작가가 방북을 결행한 1989년과 2000년의 현실은 상전벽해라는 말을 떠올릴 정도로 다른 현실이기에 작가에게 좀더 차분한 현실 대응력과 이해력이 요청되고 있음을 추측할 수 있다. 한윤희의 기록물들을 읽으며 1980년대를 기억하고 변화된 현실을 관찰하던 오현우는 아래와 같은 내적 각성에 도달하게 된다.

당신은 그곳을 찾았나요?
윤희가 내게 묻는다. 집으로 돌아오는 중이라오,라고 나는 대답할 것이다. 인가를 찾아서 산을 넘고 언덕을 내려오는 중이라고. 멀리 마을의 불빛이며 연기 나는 굴뚝이 보인다고. 당신이 살고 겪어온 길을 따라서 나는 휘적휘적 걷기 시작했다고. 나는 내 젊은 얼굴 뒤편에 떠오른 그네의 눈길 이쪽에 서서 중얼거렸다.
다녀올게.
타향으로 출발하는 사람처럼 나는 마당을 한바퀴 휘둘러보고 나서 집을 나섰다. 순천댁이며 토담의 막내 부부와도 인사를 나누고 과수원길을 걸어나와 택시를 타고 처음 찾아오던 그대로 갈뫼를 떠났다. (『오래된 정원』 하권, 312쪽)

그곳, 즉 유토피아의 세계 혹은 오래된 정원의 세계를 찾았느냐는 윤회의 질문은 작가가 자기 자신에게 던진 질문으로 읽히기도 한다. 작가는 당당하게 전망을 제시하지는 않는다. 그렇다고 비애의 어조로 후회하지도 않는다. 알고 보니 1980년대라는 게 한줌의 추억도 아니었다고 눈물 흘리지도 않는다. 그 대신 그는 이렇게 대답한다. "집으로 돌아오는 중"이라고. "나 다시 인간의 세상으로 귀가한다"고 작가는 담담하게 고백하고 있다. 이 고백은 독자들로 하여금 작가 황석영의 저력을 느끼게 한다.

지난 시절 유토피아의 열망을 표현한 작가들의 몇몇을 우리는 기억하고 있다. 그들 중 몇몇은 우리들의 곁을 떠나 전혀 다른 세계로 떠나버렸다. 김지하는 율려사상으로, 박노해는 더욱 관념적인 도덕의 세계로, 그리고 몇몇은 초월의 명상세계로 가버렸다. 이들의 행보를 비판할 마음은 전혀 없다. 어떻게 그들의 행보를 비판할 수 있을까? 그들의 행보는 그들의 자유이며 자기 실존의 치열한 선택이 아닌가.

그러나 솔직히 말하건대, 이들이 행보를 마냥 환영할 수는 없었다. 삶의 연륜이 부족하여 그들이 행보에 내포된 의미를 이해하기 어려운 거라고, 아마도 그들의 행보는 빛나는 의미를 지니는 거라고 스스로 위로해 보아도 이 실망은 줄어들지 않았다. 왜 그런 걸까? 이 선배들의 행보는 너무도 우리들과 거리를 두고 있다. 김지하의 율려론이나 박노해의 또 다른 계몽적 발언은 이제 그들이 다른 세계로 초월해 버렸다는 아득함을 갖게 하기에 충분했다. 그러나 황석영의 『오래된 정원』은 명징한 기쁨을 제공하는 희망의 근거였다. 그래서 이렇게 얘기하고 싶다. "집으로 돌아오는 중"이라는, "당신이 살고 겪어온 길을 따라서 나는 휘적휘적 걷기 시작했다"는 작가의 고백이 참으로 고맙다고. 비록 유토피아를 발견하거나 그 세계에 도달하지는 못했지만 다시 인간의 세상 속으로 귀가하리라는 작가의 고백,

세상 바닥으로 복귀하리라는 작가의 고백이 고맙다고.

4. 충청 방언의 승리, 그리고 너무도 피곤한 작가 :
이문구의 『내 몸은 너무 오래 서 있거나 걸어왔다』

　이문구가 오랜만에 한 권의 소설집을 여름에 출간했다. 1993년에
『유자소전』을 내고 7년 만에『내 몸은 너무 오래 서 있거나 걸어왔
다』(문학동네, 2000)를 세상에 선보였다. 이문구의 소설을 좋아하는
독자의 한 사람으로서 밀려드는 반가움을 외면하기 어려웠다.
　언제나 그렇지만 이문구의 소설은 충청 방언의 미학이며 승리라
는 판단에 도달하게 한다. 이번에 출간된 신작 소설집에서도 그 판
단을 다시 하게 되었다. 이 소설집을 읽어가다 보면 어느새 세상의
모든 사람들은 온통 충청 방언을 말하는 사람들밖에 없다는 착각에
자연스레 빠지게 된다. 요컨대 이문구의 소설은 충청 방언의 향연장
이라고 비유해도 과언이 아니다.
　그런데 이문구의 소설이 충청 방언의 활용으로 말의 토속성이나
지방성을 보여준다는 그 점 때문에 주목하는 건 아니다. 이문구의
소설에서 충청 방언은 근대 세계의 허위적이며 위선적인 교양주의
를 비판적으로 폭로한다는 점에서 주목받을 만하다. 그러니까 이문
구 소설의 충청 방언은 토속어의 재현 정도로 그 의미가 평가되어서
는 안 된다는 얘기이다. 비표준적인 언어, 비공식적인 언어라는 취
급을 받는 방언으로 고집스레 소설을 쓰는 이문구의 창작행위에서
우리는 통제적이고 획일적인 중앙 언어에 자기의 육성을 발언하는
작가의 모습을 발견하게 된다.
　그런데 그의 싸움이 진정 문학적이라고 느껴지는 이유는 그의 충

청 방언이 풍자와 해학을 동반하고 있기 때문이다. 방언으로 서술된다고 해서 무조건 좋은 소설이 아니라는 점, 중요한 건 방언 그 자체가 아니라 방언의 예술적 표현이라는 점을 이문구의 소설은 증명해 보여주고 있다. 이 소설집에서 이문구의 풍자와 해학은 가히 무림고수의 수준을 연상시킨다. 궁금하다. 그 수준은 어디에서 오는 걸까? 이 수준은 기법의 차원은 아니다. 기법은 어디까지나 기법이다. 그 수준은 인간적 도리를 유별날 정도로 옹호하는 작가의 성숙한 삶에서 비롯된다. 이 소설집에 실린 단편 한 대목을 보기로 하자.

이립은 아무 주는 것 없이도 그냥 보고 싶지 않은 사람이 있다는 것이, 있어도 자못 적지 않게 있다는 것이 항상 마음에 걸리는 일의 하나였다. 그것은 사람이 사람을 옹호하지 않을 수 있는가 하는 자기 비판과 갈등의 빌미인 까닭에 문제도 보통 문젯거리가 아니었다. 그뿐만 아니라 자유기고가라는 자기의 직업부터 장차 스스로 위선을 하거나 부정을 하거나 반드시 어느 한쪽을 택하지 않을 수 없게 하는 일이기도 하였다.

무슨 글이 됐건 인간을 옹호하지 않는 글은 쓴 일도 없거니와 쓸 수도 없는 노릇이 아니던가. (「더더대를 찾아서」, 283~284쪽)

"무슨 글이 됐건 인간을 옹호하지 않는 글은 쓴 일도 없거니와 쓸 수도 없는 노릇"이라는 작중 인물 이립의 발언에서 우리는 작가의 윤리적 인간주의를 발견할 수 있다. 이 윤리적 인간주의에서 작가의 풍자와 해학은 기원한다. 옹호될 수 없는 인간들, 사건들은 작가의 풍자와 해학의 주된 대상이다. 예컨대 그의 풍자와 해학은 이런 식으로 나타난다. 「장평리 찔레나무」의 이은돈은 인간의 도리가 결여된 인간 그래서 옹호될 수 없는 인간으로 묘사된다. 이은돈은 "까치

등쌀에 과수원 못 헌더구 길조를 해조루 바꾼 뒤루 얼마든지 잡어두 안 걸려요. 아무나 잡어 파니께 값두 팍 내려서 요새는 마리당 천 원 안팎일 텐디, 한 여나믄 마리 사서 냉장고에 냉동시켜 두쇼. 정동진이나 거기께 워디서 새천년 해맞이 허구 올 적에 가져가게. 이 인간 이은된이두 나이가 들어서 그런지 몸이 전만 못 해요"라고 발언하는 속물 근성의 소유자이다. 건강 보존을 위해 까치마저 마다하지 않고 먹어보려는 이 시대의 속물이다. 이와 같은 속물들을 이문구의 언어는 모른 체하지 않는다.

이문구의 언어는 이 속물들의 허위성을 드러내고 위선을 폭로하며 나아가 훈계한다. 해야 할 것과 하지 말아야 할 것을 구분할 줄 아는 안목을 확보하며 살아가야 한다는 훈계를 그의 언어는 전달한다. 나무 연작이라고 불러도 될 이 소설집의 작품들, 예컨대 「장평리 찔레나무」, 「장석리 화살나무」, 「장천리 소태나무」, 「장이리 개암나무」, 「장척리 으름나무」, 「장곡리 고욤나무」 등은 인간적 도리에 관한 안목이 없는 인간이라면 그 인간이 농투성이 속물이든 정치가이든 학자이든 예외 없이 비판적인 풍자의 대상으로 포괄한다. 예컨대 이런 식이다. 「장곡리 고욤나무」의 한 부분을 읽어보기로 하자.

기출 씨가 그토록 이를 갈아댄 그 나쁜 놈들이란, 대개 농촌지역의 부동산 투기를 근절시키는 길이 도시의 유휴자금 유입을 막아 부재지주의 농지 거래를 끊는 것이며, 경자유전의 원칙에 따라 농지 거래는 재촌(在村) 농민들 사이에서만 이루어지도록 조치하는 것이며, 전업농(專業農)의 농지 확대를 돕기 위해서는 무슨 수를 써서라도 농지값이 묶이도록 누르는 것이라고 뒤떠들고 부추기고 덩달아서 북 치고 장구 쳤던 정부 당국자와, 오로지 당의 두목만을 쳐다보고 사는 여야 정객들, 책상 위에서 농사 짓는 학자들, 시끄러워야 돌아다보는 기자들, 그리고 농촌의 농자도 모르면서 입만 산 일부 직업적 재야인사들까지도 싸잡아넣은 것이었다. (「장곡리 고욤나무」, 249~250쪽)

정부 당국자는 북 치고 장구 치는 놀이꾼으로, 여야 정치가는 두 목만을 쳐다보는 모리배로, 학자는 경험 없는 선비 등등으로 풍자된다. 참으로 신랄하고 과감하다.

이문구의 『내 몸은 너무 오래 서 있거나 걸어왔다』는 산업화와 도시화의 격랑에도 불구하고 인간적 품위를 지키려는 인간의 자존을 그린 점에서, 인간의 도리를 결여한 속물들을 과감하게 비판적으로 풍자한다는 점에서, 충청 방언의 화려한 보고라는 점에서 주목할 만한 작품집임에는 분명하지만 또 하나 앞으로 전개될 작가의 문학적 행보를 추측하게 한다는 점에서도 주목할 만한 작품집이라고 말하고 싶다. 그동안 이문구는 충청 방언으로 능란하게 소설을 만드는 작가로 평가받아 왔다. 그런데 이 말들과 거리를 두고 싶은 작가의 심경을 이 작품집은 보여주기도 한다. 충청 방언의 수사학에서 묵상의 세계로 이탈하고 싶다는 심경을 잘 보여주는 예가 바로 「장동리 싸리나무」이다. 이 소설의 주인공 하석귀는 바람결에 설레이는 물결, 난초에 대한 관심, 달빛에 완전히 자기 자아를 의탁하는 인물로 형상화되고 있으니, 이 인물은 이문구의 소설에서 여타 주인공들과는 다르게 내면을 형성하며 살아가는 인물로 보여진다.

내면의 형성이란 무엇을 의미하는가? 서로 대화를 주고받는 관계로 살아가는 인간이 아니라 단독자로 침묵의 심적 공간을 확대하며 살아가는 삶이 내면을 형성하며 살아가는 게 아닐까. 그 심적 공간 안에 자연의 품목들을 받아들이는 삶이 곧 내면을 형성하며 살아가는 삶이 아닐까. 어쩌면 제목처럼 작가의 몸은 '너무 오래 서 있거나 걸어온 몸', 즉 삶의 피곤을 진득하게 느끼는 몸일 수 있다. 어디 작가의 몸만 그러할까? 작가의 마음 또한 피곤에 물든 마음일 수 있다. 몸과 마음이 피곤한 작가는 내면을 그리워하는 법이다.

이런 우려를 해본다. 혹 작가의 몸과 마음에 달라붙은 삶의 피곤함이 작가의 탁월한 풍자와 해학의 능력을 무디게 만드는 독이 되어버리면 어쩌나 하는 우려를. 어떤 독자는 이렇게 이야기하기도 했다. 이문구의 풍자와 해악의 날카로움이 예전 같지 않다고. 두고 볼 일이다. 작가의 다음 작품들을. 그리고 그 작품들을 읽어보며 과연 작가의 풍자와 해학의 수준이 어떠한가를 살펴볼 마음이다. 무디어져 가는지, 여전히 날카로운지.

(『실천문학』 2000년 겨울호)

해원하는 영혼과 죽어가는 노인들

__황석영의『손님』과 김원일의『슬픈 시간의 기억』

1

인간의 광기는 지구상의 어떤 생명체가 만들어내는 광기보다 무섭고 잔인하다. 사슴을 집요하게 뒤쫓는 사자의 본능보다 인간의 광기가 더 잔인하다. 사자의 본능은 놀랍도록 절제된 본능이다. 우리가 흔히 야수라고 부르는 동물들이 보여주는 잔인함보다 인간의 광기는 잔인하고 혹독하다. 인간의 광기는 절제되지 않는 광기이며 확산될수록 사방에 죽음을 불러일으키는 광기이다.

황석영의『손님』(창작과비평사, 2001)은 우리들을 인간의 집단적 광기가 만들어낸 비극의 현장인 황해도 신천으로 안내한다. 도대체 황해도 신천에서 어떤 사건이 일어난 걸까? 황해도 신천을 방문한『손님』의 요섭에게 안내원은 격정적으로 설명한다. '미국놈'들이 북상하며 인민을 대량 학살했노라고. 그런데『손님』에서 이 학살 사건은 '미국놈'들이 일으킨 학살 사건이 아니라 동족이 동족을 학살한, 숨기고 싶은 만행으로 그려진다. 더 자세하게 말해, 황해도 지역의 지주 세력인 기독교도들이 공산주의자와 그에 동조하는 민간인들을 보복적으로 살해한 사건으로 그려지고 있다.

기독교도가 사람을 죽인다? 누구보다 포용력이 넓은 신앙인들이 사람을 죽인다? 그러나 황석영은 이 소설에서 황해도 신천에서 자행된 대량 학살의 주동자들이 아이러니하게도 신천 지역의 기독교도라는 점을 명백하게 묘사하고 있다. 이로써 『손님』에서 기독교도들은 그 이유가 어디에 있든 동족을 죽인 학살의 주동자들로 그려진다. 그런데 중시해야 할 점은 『손님』에서의 기독교들이 식민지 시대에 동척에 빌붙어 토지를 소유하여 부를 형성한 지주들이며, 공산주의자들은 이 과정에서 경제적으로 소외된 소작인이라는 사회 경제적 관계를 형성한다는 점이다. 그렇기 때문에 이 소설에서 그려지는 기독교도와 공산주의자들의 적대적 대립은 지주와 소작인의 사회 계급적 대립으로도 환원되어 이해되는 측면을 지니기도 한다. 북한 지역에 수립된 새로운 공화국이 공산주의 체제를 지향해 나감으로써 이 두 계급의 대립은 양보할 수 없는 갈등을 예고하였으며, 이 갈등은 한국전쟁 직전까지 심화되다가 전쟁 중에는 황해도 신천 지역에 대량 학살이라는 파행을 낳게 된다. 이로써 『손님』에서의 대량 학살은 외세에 의해 주도된 학살이 아니라 기독교와 공산주의라는 두 외래 손님을 받아들인 우리 동족들이 일으킨 내전으로 묘사되고 있다.

그런데 여기서 우리가 더 문제 삼아야 할 건 학살 사건의 주동자인 요한의 정신구조이다. 요한은 어떤 인물인가? 학살 사건의 주동자인 요한은 독자들로 하여금 두고두고 숙고해야 하는 문제성을 던지는 인물이다. 요한의 문제성을 제공하는 소설의 한 단락을 인용해 보기로 하자.

하나님 아부지 저이넌 성령으 적인 공산당으 압제럴 받으멘서 믿음얼 지케왔습네다. 하나님께서넌 주 안에서 그 힘으 능력으로 강건하여지고 마귀으 계책얼 능히 대적하기 위하여 하나님으 전신 갑옷얼 입으리고 하셨습네다. 우리 싸움언 피와 살에 대한 것이 아니오 정사와 권세와 이 어둠의 세상 주관자덜과 이길 수 있넌 유일한 방법언 하나님으 능력얼 으지하고 이 전쟁얼 위해 하나님으 무기럴 사용하며 우리 자신얼 준비시키는 것입네다. (203쪽)

요한에 따르면 공산당은 기독교도를 압제하는 마귀들이며 공산당과의 싸움은 하나님의 권위와 영광을 드러내는 성전이다. 우리는 여기서 중세의 유럽 전역을 풍미했던 마녀 사냥을 연상하게 된다. 요한의 발상법이 바로 마녀 사냥의 발상법과 상통한다는 것이다. 요한은 마치 마녀 사냥을 집행하는 사제처럼 국면 전환기에 찬샘골을 장악한 공산주의자들과 그 동조자들을 추적하여 죽고 또 죽인다. 우리는 요한에게서 사랑의 실천을 강조하는 기독교도의 품성보다는 오랜 세월 피억압자로 살아온 동족을 더욱 억압하는 광기 어린 전쟁주의자의 이미지를 발견하게 된다.

논란의 여지를 무릅쓰고 이렇게 얘기해 보기로 하자. 참으로 끔찍스럽게도 요한은 그의 살해 행위를 종교적 신념으로 합리화하고 있다. 그는 한국전쟁 중에 사람을 죽인 게 아니라 악마의 자식들을 죽인 거라고 믿고 있다. 그러나 이 믿음은 허구적인 알리바이다. 그는 종교의 자유를 위해 싸운 선지자처럼 말하고 행동한다. 그러나 이 또한 허구적인 알리바이다. 왜냐하면 요한의 진짜 갈등은 종교적 갈등이 아니라 사회 계급적 갈등이기 때문이다. 지주 출신의 요한은 그의 갈등을 종교적 갈등처럼 위장할 따름이다. 그는 고통받는 선지자처럼 행동하지만 이 행동에는 진정성이 없다. 한국전쟁 중에 자행된 그의 동족 살해는 좀더 솔직하게 말하자면 지주로서의 경제 사회적 위치를 상실하지 않으려는 유산 계급의 광기적 보호 행위이다. 그리고 요한의 기독교는 이 추악한 보호 행위를 합리화는 기제로 작용한다. 이런 점에서 요한은 종교의 논리로 그의 사회적 갈등을 위장하고 나아가 동족 살해를 합리화하는 허위적이고 배타적인 정신 구조를 소유한 인물로 보인다.

그런데 황석영의 신작 소설『손님』이 주목을 받는 진짜 이유는 동족 살육 사건을 충격적으로 폭로하기 때문이 아니다.『손님』이 독자들에게 신뢰받을 수 있는 이유는 이 처참한 살육 사건을 의미 있게 마무리하려는 작가의 문학적 태도와 인식이 '깊고 넓기' 때문이다. 작가에게 이 소설은 한반도의 불행한 20세기를 의미 있게 마무리하는 시대의 별곡(別曲)처럼 보인다. 이 의미 있는 마무리를 위해 작가는 신천 사건의 핵심적 쟁점들을 예리하게 관찰하는 인식을 놓치지 않으면서 우리나라의 민중 연희 형식 중 하나인 굿 형식을 이 소설에 도입하고 있다. 이로써 작가는 외래 손님의 자격으로 국내에 들어온 기독교와 공산주의의 비극적 파행을 우리의 전통 연희 형식으로 서사화하는 셈이다.

굿의 효력은 어디에 있는가? 그 효력은 억울하게 죽은 영혼과의 개방적인 대화에 있다.『손님』의 작가 황석영은 억울하게 죽은 영혼들을 불러내어 말을 건네고 죽은 영혼 스스로 억울한 사연을 말하게 하는 무당의 역할을 한다. 이렇다 보니『손님』은 작가의 신념과 가치관이 일방적으로 전달되는 소설로 읽히지 않는다. 이 소설은 기독교도와 공산주의자로 구분되어 죽은 자들이 생존시에 서로에게 전할 수 없었던 진실을 전하는 소설, 즉 죽은 자들이 대화하며 사건의 진실을 다층적으로 구성하는 소설이다. 요컨대『손님』은 일관되게 인물들의 대화적 관계가 구조화된 소설이다. 죽은 자는 부재하지만 살아 있는 자들의 삶 안으로 부단히 개입해 오는 영혼들이며 살아 있는 자들은 죽은 자들을 현재적 영상으로 목격하는 등 이들은 대화적 관계로 그려지고 있다. 이 대화적 관계가 감동적으로 표현된 장은 8장 '시왕'편이다. 8장에서 요한에게 죽임당한 자들과 요한의 영혼이 한 자리에 모여 서로 은폐된 진실을 토로한다. 이렇게 작가는 마치 무당처럼 죽은 자들에게 말문을 열어준다. 죽은 자들은 한번 말문이 트이자 서로에게 그리고 이 시대의 독자들에게 앞으로는 되풀이하지 말아야 할 우리 시대의 비극 한 토막을 하소연하며 천도한다. 이 장면은 오랫동안 기억될 만큼 인상적이다. 신천 사건에 연루되어 죽은 모든 이들이 영혼의 행렬을 만들어 사라지는 장면은 『손님』의 아름다운 한 장면이다.

죽은 영혼들의 대화 혹은 죽은 자와 산 자들 간의 대화를 유도하는 『손님』의 형식을 우리는 환상적 리얼리즘 혹은 전통적 연희 형식의 창조적 변용, 출옥 이후 작가가 고민해 온 20세기의 우리 현실에 관한 서도동기(西道東器)적 표현이라고 불러도 괜찮다. 더 중요한 건 이 소설을 통해 작가가 침체된 우리의 리얼리즘 문학에 탄력을 제공했다는 데 있다. 여기에는 작가의 오랜 고뇌와 모색이 반영되어 있다. 방북, 망명, 투옥, 출옥 등의 험난한 여정을 거치는 동안 작가는 우리의 20세기를 고뇌했고 그 고뇌를 수용할 우리의 소설 형식을 모색한 것으로 보인다.

2

인간이라면 누구나 두 가지 리얼리티를 인정할 수밖에 없다. 바로 탄생과 죽음의 리얼리티이다. 태어난 인간은 언젠가는 죽기 마련이다. 어떠한 인간이든 자기 생명을 소진하며 죽어간다. 눈부시게 진전된 의료 기술에 힘입어 인간의 생명주기는 과거에 비해 연장되었다. 그러나 현재의 의료 기술이 인간을 영생의 존재로 만들어주지는 못한다. 인간이란 존재는 끝내 죽음의 운명을 회피할 수 없다.

김원일의 『슬픈 시간의 기억』(문학과지성사, 2001)은 인간은 언젠가는 죽을 수밖에 없는 존재라는 점을 환기시킨다. 죽어가는 존재로서의 인간이라는, 착잡하지만 회피할 수 없는 리얼리티를 김원일의 이 책에서는 잘 보여주고 있다. 네 편의 연작소설로 구성된 이 소설은 독자들에게 조용히 말을 건넨다. 이 소설을 읽는 당신도 언젠가는 눈을 감게 된다고, 삶은 어쩌면 죽어가는 과정의 다른 이름이 아니겠냐고.

괜히 주눅들지는 말기로 하자. 받아들여야 하는 삶의 리얼리티는 받아들이면서 김원일의 이 소설이 우리 소설문학에서 차지하게 될 위상에 관하여 물어보기로 하자. 김원일의 이 소설은 그동안 '젊은' 작가들에 의해 주도되었던 우리 소설문학이 간과한 주제 하나를 환기시킨다. 그 주제를 편한 대로 '노인소설의 확대와 심화'로 부르기로 하자.

죽어가는 노인의 고독과 소외, 의식의 망각화 현상을 다룬 소설이 최근 들어 틈틈이 출간되고 있다. 박완서의 『너무도 쓸쓸한 당신』, 최일남의 『아주 느린 시간』 등이 그 예에 해당한다. 이광수가 『무정』에서 20대의 젊은이들에게서 문학의 근대성을 발견하려고 한 이래 우리 소설문학은 '늙음'보다는 '젊음'을, '노년'보다는 '청년'의 존재를 주목해 왔다. 지난 1990년대의 문학만을 보더라도 그렇다. 지난 1990년대의 문학은 20~30대 젊은이들의 풍속을 관찰하고 그 관찰의 결과를 드러내고자 한 문학이었다 해도 과언은 아니다. 이런 사정을 염두에 놓고 볼 때 분명 박완서와 최일남의 소설은 주변부적 존재로 방치되었던 노인들을 적극 포용한 적절한 문학적 사례로 여겨진다. 이 두 작가의 소설에서 우리는 치매 걸린 노인, 병든 노인, 유유자적하는 노인 등 다양한 노인들을 만나게 된다. 이 노인들의 이미지는 쓸쓸하며 고독하고 애처롭다.

그런데 김원일의 소설 『슬픈 시간의 기억』의 노인들은 박완서나 최일남 소설의 노인들보다 더 쓸쓸하고 더 고독하고 더 애처로운 노인들로 보인다. 특히 김원일 소설의 노인들은 죽음에 마주한 노인들이라는 점에서 그 이미지의 울림이 강렬하다. 김원일의 소설에서 죽어가는 노인들은 주목할 만한 특색 하나를 우리 노인소설에 추가하고 있다. 이 노인들은 인생을 완성하는 노인, 분열된 자아를 통합하는 노인들이 아니다. 우리는 흔히 노인의 존재를 인간 존재의 완결판으로 이해한다. 그러나 이와 같은 이해는 오해라고 김원일의 소설은 반론을 펼친다. 김원일의 소설은 노인이라는 존재에 고착된 허위적 관념을 거세하여 노인의 생생한 면모를 드러내 보여준다. 예컨대 「나는 누구인가」, 「나는 나를 안다」, 「나는 두려워요」, 「나는 존재하지 않았다」 등 네 편 연작소설의 노인들은 다가오는 죽음을 위엄의 자세로 받아들이거나 낭만적으로 대응하는 등 죽음을 초월하는 태도를 보여주지 못한다. 그와는 반대로 이 노인들은 죽어갈수록 분열되는 존재이며 일상의 욕망에 사로잡힌 존재로 그려진다. 이처럼 김원일의 소설은 노인에게 고착된 허위적 관념을 탈각시켜 노인을 '인간'으로 환원시킨다. 그 결과 우리는 통합과 완성의 인격체가 아니라 분열과 미달의 인간형인 노인을 이 소설에서 만나게 된다.

이 소설을 이런 맥락으로 읽을 경우 우리는 또 하나의 특색을 발견하게 된다. 바로 미시 묘사의 출중함이다. 이 소설은 하나의 돋보기로 비유될 수 있다. 이 소설을 읽는 일은 느린 화면에 포착된 노인들의 외형과 그들의 심리를 아주 느리게 그리고 천천히 바라보는 일이기도 하다. 예컨대 이 소설의 묘사는 이런 식이다.

한여사는 영양크림 통에서 장지 손가락으로 크림을 찍어 이마,
양 뺨, 콧등, 턱에 흰 점을 찍는다. 양 손가락으로 원을 그리며 피부
에 크림이 고르게 스며들게 오랫동안 마사지한다. 다음은 분첩을
열고 촉촉한 피부에 파우더 가루를 퍼프로 토닥거려 준다. 그네가
사용하는 밝고 옅은 핑크 톤은 피부가 깨끗하고 싱싱해 보이는 느
낌을 주는 색이다. 닭볏같이 검붉고 주름이 엉긴 목도 빼놓을 수 없
다. 꼼꼼하게 세밀하게 주름살에 더 신경을 써서 분을 먹이면 고랑
이나 금이 어느 정도 감추어진다. 깊은 주름은 아무래도 손가락을
사용할 수 없다. 그네는 떨리는 손가락으로 분가루를 문지르고 쓸
어붙인다. (16쪽)

정지된 한 장면을 보는 착각을 일으킬 정도로 묘사가 세밀하다.
묘사가 워낙 세밀하여 독자들은 화장 뒤에 몰래 감추어진 한여사의
주름살을 훔쳐볼 정도다. 육체의 노쇠가 완연한 노인의 얼굴과 주름
살 투성이의 얼굴을 위장할 화장품을 떨리는 손가락으로 찍는 한 노
인의 느린 움직임을 독자들은 확연하게 관찰하게 된다. 그런데 미시
묘사의 출중함은 노인들이 죽어가는 마지막 장면에서 한층 위력을
발휘한다. 작가는 한여사, 초정댁, 윤선생, 김중호 노인이 죽어가는
과정을 느리게 반복적으로 그리고 되도록 미시적으로 묘사한다. 이
노인들의 고별 장면은 미시 묘사의 압권을 이룬다고 말해도 좋을 정
도로 장관을 이룬다.
그렇지만 죽어가는 노인들을 미시적으로 묘사하고 있기 때문에
이 소설을 좋은 소설이라고 평가하는 것은 아니다. 죽어가는 노인들
이 미시적으로 묘사되는 과정에서 우리는 숙고해야 할 중요한 문제

를 만나게 된다. 어떤 문제인가? 국가의 역사를 공적 역사로 부를 수 있다면 한 개인의 탄생 성장 죽음의 역사를 사적 역사로 부를 수 있다. 그런데 공적 역사이든 사적 역사이든 모든 역사는 자기 모순을 은폐하고 합리화하는 경향을 띤다. 요컨대 어떤 역사이든 은폐와 합리화의 속성을 충분히 띨 수 있다는 것이다. 그리고 역사를 은폐하고 합리화하는 인간의 책략은 생각처럼 쉽게 교정되지 않는다는 것이다. 그 책략은 죽어가는 그 순간에 반성되기보다는 오히려 굳건하게 고정되기도 한다. 우리는 그 예를 김원일의 이 소설에서 확인하게 된다.

여기 네 명의 노인이 있다. 이 네 명의 노인들은 죽어가는 과정에서 그들이 감추려고 한, 슬프고 때로는 추악한 사건을 생생한 현재적 과거로 기억하게 된다. 이 네 명의 노인 중 하나인 「나는 나를 안다」의 주인공 노인 초정댁의 사례는 충격적이다. 초정댁은 활달하고 유쾌하며 낙관적인 노인의 이미지를 보여준다. 입담이 만만치 않아 주변의 할아버지들을 뜨악하게 만들고 여전히 며느리를 주눅들게 만드는 성격의 소유자. 초정댁은 교수로 재직 중인 그의 막내아들을 애지중지한다.

그런데 독자들은 죽어가는 초정댁이 은폐하려 하는 숨겨진 진실을 발견하게 된다. 막내아들은 남편의 아들이 아니었다. 이 아들은 초정댁의 욕정과 부실한 남편 대신 건강한 남자에게서 자식을 받아내겠다는 초정댁의 치밀한 계산이 만들어낸 산물이다. 그리고 초정댁은 자기의 계획을 성공시키기 위해 성적 파트너이며 아들을 잉태하게 한 우씨를 고의적으로 죽이기까지 한다. 보통 고약한 부정행위가 아니다. 그러나 이 부정행위를 자책하며 죽어가는 초정댁이 괴로워하지는 않는다. 초정댁은 그의 죽음으로 이 끔찍한 사건을 영원히 은폐하려고 한다. 초정댁의 죽음에는 윤리성의 개념이 동반하지 않는다. 그 대신 자기의 행위를 합리화하는 책략이 끝까지 따라붙는다. 소설 「나는 나를 안다」는 독자들에게 말한다. 개인사는 복잡 다단한 사건으로 구성되어 있으며, 그 개인사의 주인공은 은폐와 합리화의 욕망과 책략을 끝까지 포기하지 않는다는 사실을.

요컨대 작가의 미시 묘사는 죽어가는 노인들의 탄력 잃은 외양만을 돋보기처럼 확대하여 보여주는 게 아니라, 그 노인들의 은폐와 자기 합리화의 욕망과 충동 그리고 알리바이적 책략을 생생하게 보여주기에 그 문학적 효과가 더 의미 있어 보인다.

인간은 죽어가는 존재라는 리얼리티를 강력하게 환기시키는 김원일의 소설 『슬픈 시간의 기억』은 노인이란 존재가 인생을 의미 있게 마무리하거나 통합하는 존재이기보다는 오히려 죽어가면서 자기 분열을 더 일으키거나 자기 모순을 합리화하는 무력한 존재, 음모의 존재라고 말하고 있다. 이처럼 이 소설은 노인을 인격 완성이나 통합의 존재로 파악하는 우리들의 인식이 사실은 허구적 이상에 불과하다는 점을 깨닫게 한다. 김원일의 이 신간 소설은 삶의 막바지에 도달한 인간의 다양한 '비극'을 예리하게 서술한 노인소설의 훌륭한 성과임이 분명하다.

(『문학과사회』 2001년 가을호)

가족의 상처, 정치성, 회고, 풍자의 의미

__이혜경 · 김하기 · 전성태 · 김종광의 소설

1. 복원되는 가족의 상처

이혜경이 오랜만에 독자들에게 복귀신고를 했다. 그의 복귀를 기다려온 독자들, 그의 소설의 매력을 익히 알고 있는 독자들에게는 『창작과비평』과 『문학동네』 2001년 봄호에 각각 발표된 소설 「대낮에」와 「일식」을 읽는 일이 유쾌하고 즐거운 독서체험이 될 수 있다.

이혜경의 평판작 『길 위의 집』의 도입은 인상적이다. 치매에 걸려 집 나간 어머니 윤씨가 있다. 어렵사리 집으로 데려온 윤씨를 걱정스레 쳐다보는 딸이 있다. 그 딸이 일어나더니 거실 문을 열고 오빠들에게 일갈한다. "다 입 닥치라고." 오늘의 작가상 19회 수상작이기도 한 이 작품에서 이혜경은 가족은 신성하다는 우리들의 오래된 통념을 신랄하게 비판하고 있다. 작가는 가족이 우리들의 통념과는 달리 억압적 관계의 실체일 수 있음을, 그리고 이 관계 속에서 어머니 윤씨의 불행, 더 나아가 어머니 윤씨로 대변되는 이 나라 어머니들의 불우한 인생을 날카롭게 묘사하고 있다. 이리하여 이혜경의 『길

위의 집』은 흔한 가족 비판 소설이 아니라 남성의 기득권이 작용하는 가족의 억압적 구조와 이 구조에 희생되는 여성의 가련한 운명을 주조한 소설로 독자들에게 기억된다. 이어 1998년에 이혜경은 작품집『그 집 앞』을 출간한다.

그리고 참으로 오랜만에 발표한 두 편의 소설이 「대낮에」와 「일식」이다. 그의 이 두 소설은 어떠한가? 이 두 소설은 그의 문학적 역량이 여전하다는 평가를 낳게 하는가 아니면 우려를 자아내게 하는가? 결론을 앞당겨 얘기해 보겠다. 「대낮에」에서는 그의 여전함을 읽을 수 있었지만 「일식」에서는 그렇게 말하기 어려웠다.

먼저 「대낮에」를 살펴보기로 하자. 「대낮에」의 도입 단락에서 우리는 이혜경의 이혜경다움을 볼 수 있다. 도입 단락을 천천히 읽어보기로 하자.

> 지붕의 박공이 마무리되었다. 지붕은 오랫동안 닫혀 있는 암자의 쪽문에서 볼 수 있는, 세월이 느껴지는 동록빛이었다. 그 자체로는 썩 마음에 드는 빛깔이었다. 문제는 집 주위가 녹색투성이라는 것이었다. 연둣빛 잔디에 메타세쿼이아를 닮은 진초록 나무, 게다가 동록색 지붕이라니. 수틀을 소파에 기대어놓고 몇 발짝 떨어져서 보니, 오래 묵혀둔 집처럼 스산했다. 수본대로라면 환한 빨강 지붕이었다. 같이 십자수를 배우는 다른 여자들은 순순히 빨간 실을 꿰었는데 왜 나는 빨강이 너무 상투적이라고 생각했을까. 연녹색에서 진녹색까지 농담을 두어가며 지붕을 절반쯤 수놓았을 때 이미 그르쳤다는 걸 알았다. (「대낮에」, 『창작과비평』 2001년 봄호, 146쪽)

이 도입 단락은 집 한 채를 전경화한다. 진짜 집이 아니라 십자수로 만들어진 집이다. 이 십자수 집을 만드는 인물은 소설의 화자이다. 화자에 따르면 집 지붕의 색깔은 마음에 드는데 집 주위의 색깔이 문제이다. 화자는 깨닫는다. 자기가 만든 집은 오래 묵혀둔 스산한 집이며 이미 그르친 집이라는 것을.

이 도입 단락은 예사롭지 않다. 아무런 의미 없는 형식 단락으로 읽히지는 않는다. 이 단락은 소설의 전체적 의미를 상징하는 중요한 단락으로 읽힌다. 이 단락에서 작가는 앞으로 전개될 우울한 가족 드라마를 예고하고 있다. 알고 보니 오래 묵혀둔 집처럼 스산한 집은 바로 화자의 집이었다는 사실을 독자들은 인지하게 된다.

화자의 집에 어떤 일이 일어나는가? "어느 날 집을 나가서 종적이 없다"는 시아버지의 생존 사실을 알리는 전화를 화자가 받는다. 이 전화는 한 가족의 균열을 일으키는 소리 상징처럼 들린다. 특히 시아버지의 생존 소식을 듣는 남편의 반응은 예사롭지 않다. "주머니를 다 비우고 재킷을 벗던 남편이 흠칫했다. 침묵, 어디선가 무덤을 열고 망령이 살아나고, 그 망령의 기미를 탐색하느라 숨소리까지 죽인 침묵"으로 서술될 정도로 남편의 반응은 민감하다. 남편과 시누이의 전언으로 복구되는 시아버지의 이미지는 자식들에게 치유하기 어려운 정신적 상처를 준 '폭력적'인 아버지이다. 그러나 주소를 옮기고 전화번호를 바꾸며 잠적을 시도해도 시아버지의 생존을 알리는 전화 연락은 끊이지 않는다. 마치 한 번 맺은 혈육의 인연은 결코 뗄 수 없다는 진리를 알리기라도 하듯 이 전화는 울리고 또 울린다. 이럴수록 화자 가족의 균열은 심각하다. 그 균열은 시간이 흐를수록 확대되고 깊어진다.

그런데 우리가 더 주목해야 하는 점은 시아버지의 생존 사실이 화자에게 고통스러운 기억을 회고시키는 계기로 작용한다는 데 있다. 남편이 아버지의 존재를 악몽으로 받아들이듯 화자는 신혼 초에 자기에게 자행된 남편의 폭행을 악몽으로 기억한다. 이처럼 가족의 비극적 운명을 복원하는 작가의 솜씨는 예리하다. 이 예리한 작가의 솜씨는 시아버지—남편—딸로 이어지는 폭력 혹은 나쁜 피의 유전 현상, 가족관계의 단절화와 소외, 기억의 회복과 복원이라는 주요한 주제들을 만들어낸다.

요컨대 이 소설은 독자들로 하여금 우리 시대의 집의 정체를 되묻게 한다. 집, 더 정확하게 말해 집을 구성하는 가족들은 행복의 관계가 아니라 상처의 관계로 존재한다는 착잡한 리얼리티를 이 소설은 생각하게 한다. 더불어 이 소설은 또 하나의 중요한 문제를 독자들에게 환기시킨다. 남편의 처지를 딱하게 여긴 아내가 주소와 전화번호를 바꾸며 이 세상에서 의도적으로 자기 가족을 실종시키려 하지만 그러면 그럴수록 화자의 무의식에 잠복된 악몽의 기억들은 뚜렷하게 복원된다는 사실. 감추면 감출수록 드러날 수밖에 없는 것이 가족의 상처이며 인간의 상처라고 이 소설은 말하고 있다.

「대낮에」가 기본적으로 가족 서사의 범주에 해당하는 소설이라면 「일식」은 그렇지 않다. 「일식」에도 남편과 아내의 역할을 맡은 두 남녀 인물이 등장하기는 하지만 그들은 이 소설의 주제를 형상화하는 인물로 존재하지 않는다. 남편과 아내의 역할은 소설의 배경으로 물러가 있다. 그 대신 「일식」에는 사랑을 잃은 여성의 심란한 심리가 두드러지게 묘사되고 있다. 이 소설에는 사랑을 잃은 자의 외로움과 고통스러움, 그리고 다시 사랑을 이어보려는 안타까움과 간절함이 착종되어 흐르고 있는 것이다.

이 흐름을 이끌어가는 인물은 영월이라는 이름의 여자이다. 보지 말아야 할 일식 현상을 보고 눈멀어버린 사람처럼 영월은 하지 말아야 할 사랑을 하고 마음의 고통을 느끼며 살아가는 인물이다. 이 소설은 영월의 내면 고통과 마음의 방황을 집중적으로 주조하고 있다. 요컨대 작가는 사랑의 욕망과 그 욕망의 좌절이 불러일으키는 마음의 방황과 동요를 세밀화처럼 그려내고 있다.

일식 현상을 사랑의 상징으로 처리할 줄 아는 안목, 사랑을 잃은 여성의 마음 방황을 그려내는 작가의 어법은 훌륭하지만 왠지 이 소설은 1990년대의 주류문학으로 정착된 여성소설의 형식과 내용을 반복한다는 인상을 준다. 남녀의 사랑은 부질없으며 헛것에 불과하다는 판단, 관계의 구속성에 얽매여 자기의 욕망을 스스로 억압하는 여성의 존재론 등은 친숙하지만 친숙한 만큼 관습적이라는 느낌을 준다.

그런데 더 큰 문제는 영월의 마음 방황이 감상으로 흐를 가능성을 노출한다는 데 있다. 「일식」을 두고 '감상적인' 연애소설이라고 단언할 수는 없다. 그러나 「일식」이 낭만과 감상의 경계를 위태롭게 오가는 양상을 보인다는 점. 이 위태로운 양상이 후반부에 돌출하면서 소설의 탄력을 떨어뜨리고 있다는 점을 외면하기 어렵다.

살펴본 대로 이혜경의 문학적 역량은 녹슬지 않았다. 그러나 작가의 이 역량이 또 하나의 문학적 관습으로 변질되지 않기를 바란다. 비유컨대, 문학적 관습은 작가의 영혼과 육체를 마비시키는 치명적인 독과 같다. 그 독은 작가의 전의를 상실케 하고 작가의 글쓰기 욕망을 훼손시킨다. 이런 점에서 작가는 반복하는 작가가 아니라 언제나 시작하는 작가이어야 하고 이혜경 또한 그러한 작가이어야 한다.

2. 문학의 정치성 혹은 진리를 향한 의미화 전략

지난해에 있었던 남북정상회담은 남북간의 대립구도를 화해의 구도로 뒤바뀌게 한 결정적 계기로 평가받는다. 누구나 다 아는 사실이지만, 남북정상회담 직후 우리의 언론매체들은 정상회담의 역사적 의의를 설명하는 언어적 표현들을 만들어내기에 분주했다. 이 언어적 표현들은 얼마나 화려했으며 찬란했는가?

그러나 아이러니한 것은 언어적 표현과 실상의 괴리이다. 남북정상회담의 역사적 의의를 예찬하는 언어적 표현과는 다르게 이 사회에는 냉전적 상황이 반복 중이다. 남북정상회담 이후 여러 언론매체들에서 남북화해를 지지하는 언어적 표현들을 쏟아냈지만 이는 유희적 차원에 머물고 있다는 인상을 준다. 이 표현들은 장식의 언어이지 실질적 의미를 내포한 언어가 아니라는 혐의를 준다.

우리는 이 시점에서 다시 작가의 정체성을 물어야 한다. 시대의 아이러니를 포착하는 자, 그 포착을 통해 시대의 비극을 복원하는 자를 우리는 작가로 부를 수 있다. 이런 점에서 김하기는 지난 20세기에도 작가였고 21세기에도 작가이다.

현존하는 작가 중에서 분단의 상상력에 남다른 투시력을 보이는 작가. 그러나 북한으로의 월경과 남한에서의 고초를 겪으며 한동안 침묵해 온 작가 김하기가 『실천문학』 2001년 봄호에 「미귀(未歸)」란 제목의 중편소설을 발표했다. 잠깐 확인해 두기로 하자. 소설의 제목은 '불귀'가 아니라 '미귀'이다. 두 제목에는 의미의 차이가 있다. '불귀'에는 능동적 의미가 '미귀'에는 수동적 의미가 함축되어 있다. 그러니까 '불귀'에는 돌아갈 수 있지만 돌아가지 않겠다는 자기 의지가, '미귀'는 돌아가고 싶지만 돌아갈 수 없다는 자기 포기의 의미가 숨어 있다. 돌아가고 싶지만 돌아갈 수 없는 인간의 비극을 김하기의 「미귀」는 정공법으로 다루고 있다.

김하기는 이 소설에서 이채로운 경력의 인물을 독자들에게 제시한다. 장기수는 장기수이되 전향한 장기수 김길만이 바로 이채로운 경력의 주인공이다. 김길만은 평북 용천이 고향이며 남파되기 전까지는 철도부 공안원이었다. 김길만은 남파되자마자 곧 체포되어 장기수의 삶을 살아가게 된다. 그리고 교화사들의 전향 공작을 감당하기 어려워 전향하게 된 인물로 설정되어 있다.

이 소설은 이처럼 전향 장기수의 시점으로 우리 시대의 은폐된 정치적 비극을 되살려내고 있다. 비전향 장기수와는 달리 북으로 되돌아갈 수 없는 전향 장기수 김길만의 시점으로 이 소설은 여전히 우리 사회에 상존하는 예민한 모순을 서술하고 있다. 김길만의 시점은 남북정상회담 이후 조성된 화해 분위기에도 불구하고 남한 사회에서 감시받으며 살아가는 전향장기수의 고통을 부각시킨다. 뿐만 아니라 교화사들이 주도하는 전향 공작의 무자비한 폭력과 장기수들의 고통과 애환을 김길만의 시점으로 그려내고 있다. 요컨대 작가는 돌아가고 싶지만 돌아갈 수 없는 장기수의 고통과 애환을 김길만의 개인사를 빌려 얘기하고 있다.

그런데 김길만이 북쪽으로 복귀하려는 태도를 그려내는 작가의 방식은 흥미롭다. 김길만의 태도는 집 혹은 가족으로 돌아간다는 점에서 귀향 혹은 귀가의 태도라고 부를 수 있다. 요점만을 말하면 이렇다. 작가는 북쪽으로 돌아가고 싶어하는 김길만의 동기를 이념적 복귀보다는 가족으로의 복귀로 그려낸다. 북쪽 고향에는 누가 있는가? 아내와 딸이 있다. 꼭 만나야 할 가족이 북쪽 고향에 살고 있다는 얘기다. 이 아내에게 돌아가기 위해 그는 육체적 순정을 보존한다. 이 대목을 보자.

잠자리에서도 아내만을 생각하고 아랫도리를 주물럭거렸다. 비록 몸은 떨어졌어도 일부일처제를 충실히 지키고 있었던 셈이다.

그런데 그날은 너무나 엉뚱한 상황에서 엉뚱한 마음이 들었다. 순간적으로 쪽자 아줌마와 교합의 충동을 느낀 것이다. 그것도 5년째 교통사고 후유증으로 누워 있던 그녀의 아들이 죽었다며 울부짖는 자리에서.

그러나 봉창으로 비친 보름달을 보는 순간 자리를 털고 일어났다. 평양의 아내가 두 아이를 가슴에 품은 달이 되어 찾아와 지켜보고 있었다. (「미귀」, 『실천문학』 2001년 봄호, 129쪽)

북쪽에 두고 온 아내를 떠올리며 맹렬하게 솟아오르는 성적 욕망을 김길만이 억제하는 장면이다. 이 대목에서 김길만은 육체의 정조를 보존하는 순결주의자로 독자들에게 각인된다. 과연 이 장면은 감동적인가? "잠자리에서도 아내만을 생각하고 아랫도리를 주물럭거"리고 "일부일처제를 충실히 지키"는 김길만은 우리에게 감동을 주는가? 왜 이 장면은 감동이 아니라 어색한 당황스러움을 주는가?

김하기의 다른 소설에서도 확인되는 문학적 양상 중의 하나가 민중적 인물, 좌파적 인물들의 무오류성이다. 작가는 이들을 그려낼 때 최대한 오류 없는 인물 혹은 완벽한 순결주의자로 만들어낸다. 반면 작가는 이들과 대립적 관계의 인물들을 오류의 인물들로, 억압하는 인물들로 최대한 부각시킨다. 이 소설에서 김길만 주변의 인물들은 대부분 김길만에게 사기를 치는 인물이거나 그를 감시하는 인물들이다. 그에 따라 김길만은 억울한 피해자로 더욱 명확하게 존재하게 된다.

그런데 현 시점에서 김길만을 육체적·정신적 순결주의자로 만드는 이 구도는 반성이 요청된다. 왜냐하면 이 구도는 소설의 지평을 선과 악이라는 이항 대립적 평면구도로 환원하는 문제점을 낳기 때문이다. 이 구도는 엄밀히 말하자면 작가의 정치적 윤리주의가 만들어놓은 구도이다. 문제는 이 구도가 너무도 강렬하다는 데 있다. 그 강렬한 구도는 소설을 구체성의 세계가 아니라 추상성의 세계로 만들 위험이 있고 작중 인물들을 작가의 도구적 이성이 통제하는 고유의 생명력을 잃어버린 객체로 만들 수 있다.

김하기에게 소설은 여전히 사회의 모순과 진지전을 벌여나가는 그람시적인 양식으로 받아들여진다. 그는 이 진지전에서 충격적으로 국가 권력의 횡포와 통제를 폭로하고, 때로는 격문의 언어로 독자들을 선동하고, 때로는 서정적 문체로 독자들의 눈물샘을 자극한다. 이런 까닭에 그의 소설은 이 사회의 은폐된 쟁점에 대한 날카로운 비판적 질문을 제기하는 힘을 확보하고 있다. 이에 따라 김하기의 소설은 문학의 정치성이라는 명제의 중요성을 다시 환기시킨다.

문학의 정치성이라는 명제는 낡고 병들었기에 폐기되어야 하는 명제인가? 논란을 무릅쓰고 말해보고 싶다. 문학의 정치성은 결코 낡고 병든 명제가 아니다. 이 명제는 시대의 진리를 구성하는 의미 생성의 논리라고 말하고 싶다. 이런 점에서 김하기가 환기하는 문학의 정치성은 문학의 심미성과 함께 문학을 구성하는 주요한 이념적 성분이다. 비유하자면 문학의 정치성과 심미성은 문학의 살과 뼈에 해당한다. 문학의 심미성이 과다 공급되는 시점에서 문학의 정치성을 지향하는 김하기의 소설은 우리 문학의 겉과 속을 튼튼하게 해주는 긍정적 평가를 받을 수 있다.

그러나 이미 말한 바와 같이 평면적인 이항 대립적 구도로 환원되어 버리는 문학의 정치성은 반성되어야 한다. 이런 정치성은 소박한 윤리적 이데올로기로 귀결되어 버리고 만다. 말하지 않던가? 진정한 사유는 먼저 스스로에게 대항해야 한다고. 김하기의 문학적 정치성은 먼저 김하기의 문학적 정치성에 대해 대항해야 한다. 그리하여 그 정치성의 형식과 내용이 더욱 깊고 넓어져야 한다. 폭로하는 정치성으로 그치는 게 아니라 벤야민이 말하는 오랜 시간 동안 여운을 남기는 천둥과 같은 정치성으로 김하기 문학의 정치성은 태어나야 한다.

3. 일인칭의 회고 혹은 질문과 답변의 형식

　전성태의 소설 생산력이 놀랍다. 『실천문학』과 『문학동네』 2000 년 겨울호에 각각 「소를 줍다」와 「퇴역 레슬러」를 발표하더니 『창 작과비평』 2001년 봄호에 「연이 생각」을, 『현대문학』 3월호에 「환 희」를 연이어 발표하고 있다. 이제 여러 문예잡지에 실린 전성태의 소설을 읽는 일은 흔한 일처럼 되어버렸다.

　언제나 그렇지만 전성태의 소설은 독자를 지루하게 만들지 않는 다. 그의 소설은 독자들에게 웃음을 유발한다. 이 웃음은 농촌이나 주변부적 현장에서 살아가는 토속 민중의 애환이 만들어내는 웃음 이다. 웃음은 웃음이되 냉소도 아니고 박장대소도 아니다. 그 웃음 은 우리들이 미워할 수 없는 남루한 민중이 만들어내는 연민의 웃음 이다. 『실천문학』 2000년 겨울호에 실린 「소를 줍다」에서 그는 독자 들에게 연민의 웃음을 웃게 한다.

　스토리는 이렇게 시작된다. 농사를 예술적으로 접근하는 아버지 는 가축 치는 일에서 그 진가를 발휘한다. 그런데 우리 집에는 소가 없다. 긴 장마가 조금 누그러진 어느 날 '나'는 아이들과 함께 옥강 둑으로 나가 불어난 강물에서 떠내려오는 물건들을 건져내고 있었 다. 그런데 주인 잃은 소 한 마리가 강물에 떠내려오고 있었다. '나' 는 이 소를 구해내어 귀가한다. 그런데 '나'의 예상과는 달리 아버지 는 역정을 내며 소를 다시 강가로 가져다놓으라고 한다. '나'는 어쩔 수 없이 아버지의 말을 듣게 된다. 그러나 결국 두 부자는 소에게 정 을 붙이게 되는데, 소의 원래 주인이 소를 찾아가게 된다.

　이 소설은 성인이 된 '나'의 회고로 시작한다. '나'에 따르면 우리 집은 세 차례 소를 들이게 된다. 첫째 오쟁이네 집 소, 둘째 '나'가 주운 소, 셋째 집 나간 형이 사온 소 등이다. 이 소설은 이 세 마리의 소 중에서 둘째 소에 관한 이야기다. '나'는 강물에 떠내려오는 소를 구해내어 자기 소라고 우기며 집으로 데려가려고 한다. 그러나 아버지는 소를 집 안으로 들일 수 없다고 '나'를 타박한다. 그러나 우여곡절 끝에 두 부자는 소를 집 안으로 들이게 되고 정성을 다해 소를 키우게 된다. 소를 놓고 두 부자의 공모가 싹트고 있다. 그러나 두 부자의 공모는 행복한 결말로 연결되지 않는다. 그들의 공모는 불행으로 반전된다. 소설 전반부의 행운이 후반부에서 불행으로 뒤바뀐다. 웃음은 바로 이 순간에 발생한다. 상황의 아이러니와 그 상황에 순응할 수밖에 없는 두 부자의 애환이 교차하는 순간에 연민의 웃음은 생성하고 있다.

주운 소 이야기를 한 편의 아름다운 단편으로 만들어내는 이 젊은 작가의 역량은 농밀하게 익어 있다. 토속적 향취가 물씬 풍기는 호남 방언으로 서술된 대화와 아버지의 무능을 풍자하는 어린 아들의 시점, 아동 세계의 해학적 묘사, 소를 놓고 이루어지는 아들과 아버지의 공모심리 등을 작가는 한 편의 작품으로 긴밀하게 구성하고 있다.

그러나 이 자리에서 그의 문학적 역량에 대한 칭찬은 뒤로 돌리기로 하자. 좀더 솔직한 얘기를 하고 싶다. 전성태의 소설을 읽을 때마다 억제되지 않는 의문이 있다. 언제까지 작가는 토속 민중의 세계를 주유하려는 걸까? 오해하지 말기를 바란다. 그의 소설이 토속 민중들을 다룬다 하여 비판받아야 한다는 말은 아니다. 파행적인 근대의 강요에 의해 처참하게 뿌리뽑히는 토속 민중의 열전 작성이 왜 이 시점에서 무의미하다고 말할 수 있을까?

의문의 내용은 이렇다. 1969년생의 작가. 이 연배의 작가라면 1980년대의 역사와 1990년대의 변화를 체험한 작가일 수 있다고 추측하고 있었다. 1980~1990년대라는 격동의 시대를 만나며 괴로워했고 낙담했고 절망한 작가라고 예상하고 있었다. 싫든 좋든 1980~1990년대의 현실 세계에 존재하면서 소설가가 된 전성태이기에 언제나 농촌의 지방 세계에만 독자들을 안내하지는 않으리라는 판단을 하고 있었다. 언젠가는 자기 세대를 증언하는 소설을 쓸 날이 오리라고 여기고 있었다.

그러던 차에 작가가 『창작과비평』 2001년 봄호에 작가적 자아를 연상시키는 일인칭 서술자 '나'를 내세워 25세에 죽은 연이를 회고하는 소설을 발표했다. 그동안 전성태의 소설에 익숙해진 독자라면 다소 놀랄 수 있다. 삼인칭의 시점으로 토속 민중의 삶의 애환을 써온 작가가 아닌가. 그런데 전성태는 「연이 생각」에서 과감하게 일인칭 시점을 도입하여 분신정국에 죽은 그의 동료를 회고한다.

연이는 누구인가? 장렬하게 죽어간 투사인가? 그렇지 않다. 연이는 "혁명이니 민주화니 하는 거에 어떤 의미가 있는지 모른다"고 스스로 고백하는 동료였다. 데모에는 참여하되 참여의 동기는 비정치적이라고 고백하는 동료였다. 그런데 왜 연이의 죽음이 문제가 되며 왜 '나'는 연이의 죽음에서 어떤 의미를 발견해야 한다고 생각하는가? 이 소설의 문제성은 바로 이 질문에 놓여 있다. 그러나 '나'는 질문은 하되 답변하지는 못하고 있다. 여행을 떠났으되 도착해야 할 목적지를 몰라 내심 당황하는 여행객처럼 '나'는 질문은 하지만 답변은 못하는 자기 착종을 보여준다. 아래 단락을 읽어보기로 하자.

아마도 우리 세대에게는 분신정국에 보낸 젊은 죽음들에 대한 기억이 전생이나 가난처럼 기억될지 모른다. 연이는…… 공교롭게도 젊은 죽음들이 많았던 시절의 뒤끝이라는 사실 외에, 그의 죽음을 기억할 이유는 아무데도 없어 보인다. 아직 나는 연이를 어떤 식으로 기억해야 할지 모르겠다. 시간이 스스로 묻고 답해 주리라는 기대를 갖고 그를 추억하며 살아가기에도 아직 벅찰 만큼 나는 자신에게 정직하지 못한가 보다. (「연이 생각」,『창작과비평』 2001년 봄호, 193쪽)

독자들은 이 단락을 읽으며 전성태가 숨겨놓은 고뇌의 근거를 발견하게 된다. 새롭게 전개되는 1990년대에서 자기 생존의 근거와 의미를 확인할 수 없어서 죽어버린 연이. 이 연이에 대한 기억이 '나'를 혼란스럽게 때로는 고통스럽게 만들고 있다. 문제는 연이의 죽음을 '나'가 어떤 의미로 기억해야 하는지 모른다는 데 있다. 연이의 죽음에는 정치적 신화가 탈각되어 있다. 그녀는 비록 분신정국에 자살한 동료이지만 투사도 열사도 아니었다. 도대체 짧은 생애를 살다간 연이의 죽음에 어떠한 의미를 부여해야 하느냐? 의미 부여란 말 자체가 어색하게 들린다면 그 죽음을 어떤 죽음이라고 기억해야 하느냐? 작가는 스스로 꺼낸 질문 앞에서 혼란스러워한다. 그러나 냉정한 말처럼 들릴 수 있겠지만 이 질문에 대한 답변의 주체는 작가이다. 이 질문의 최종적인 답변자는 다른 사람이 아니라 바로 작가이다.

아주 오랜만에, 아니 어쩌면 처음으로 전성태는 자기 세대의 체험을 소설로 만들어 이 세상에 내놓았다. 작가는 89학번의 감각과 체험의 비망록을 이 소설에 투영하고 있다. 이 소설이 전성태 문학의 분수령이 될 수 있다고 단언하기는 어렵다. 그러나 우리는 이 소설을 계기로 전성태의 문학이 언젠가는 자기 세대의 체험을 의미화하려는 문학이 되리라는 예상을 하게 된다. 그의 내면 안에는 여러 명의 연이가 존재하고 있지 않을까? 그들은 자기들의 이야기를 세상에 전해달라고 작가에게 요청하고 있다. 그들의 존재를 적극적으로 포용하게 되는 날, 그리하여 스스로 꺼낸 질문에 대답할 수 있는 날 전성태의 문학은 새로운 전기를 맞이할 수 있다.

4. 확보하라, 풍자의 지구력을!

전성태의 문학적 행보와 동시에 주목해야 할 작가는 김종광이다. 지난해에 『경찰서여, 안녕』(문학동네, 2000)을 출간한 김종광은 또 한 명의 유망한 젊은 작가로 독자들에게 확고하게 인지되고 있다. 분명 김종광의 존재는 한국문학의 미래를 밝게 만들어주는 징표이다. 김종광과 전성태는 포스트모더니즘의 논리에 기대어 어설픈 이국 취향과 대중문화의 취향을 답습하는 1990년대의 몇몇 젊은 작가들과는 확실하게 그 역량이 다르다. 이들의 소설은 국적성을 보여주되 그 국적성이 닫힌 민족주의에 해당하는 국적성은 아니며, 토속성을 보여주되 그 토속성이 낭만적인 지방 예찬에 해당하는 토속성이 아니라는 점에서 1980년대의 주류문학과도 그 성격이 대비된다.

자, 다시 김종광을 살피기로 하자. 독자들은 속도전을 연상시키는 김종광 소설의 서술방식과 영화장면의 이동을 연상시키는 시점의 이동, 풍자와 해학의 문체를 따라 읽으며 이 젊은 작가의 출현을 반가워하고 있다.

특히 김종광의 소설이 보여주는 풍자성은 독자들을 아연하게 만들 정도로 장관을 이룬다. 그의 소설 중에 「분필 교향곡」이란 게 있다. 고등학교 교실이 이 소설의 주 공간이며, 이 교실의 고등학교 학생들이 주인공이다. 그런데 그 주인공들의 이름이 귀에 익숙하다. 가령 이런 이름들 말이다.

창가 쪽, 1분단 맨 앞줄, 두 개의 책상을 네 명의 학생이 둘러싸고 있었다. "틀림없어!" 종필의 말투는 거셌다. 책상에 턱을 괴면서 회창이 힘없이 말했다. "경찰서 놈들이겠지." 곧 소나기가 쏟아질 것 같은 창 밖에 주고 있던 시선을 거두며 인제가 덧붙였다. "검찰이거나 안기부일 수도 있어." 학생들은 서로를 멍하니 바라보았다. 다리를 꿈틀거리던 주영이 창가 쪽의 책상에 걸터앉았다. (김종광, 「분필 교향곡」, 『경찰서여, 안녕』, 37쪽)

종필, 회창, 인제, 주영이란 이름은 심상치 않다. 독자들의 귀에 익숙한 공적 기호들이다. 현존하는 정치가들과 한국의 대표적 재벌을 연상시키는 이름이 이 소설의 도입 단락에서 빠르게 나타나는 걸 확인하는 순간 독자들은 이 소설의 전개가 궁금하여 내심 긴장하게 된다. 이뿐만이 아니다. 대중, 두환, 영삼, 태우 등 전직 대통령과 현직 대통령의 이름을 연상시키는 작중 인물의 이름들도 연이어 소설의 지면을 메우고 있다.

작가는 어떻게 하려는 건가? 이 나라의 권력을 쥐락펴락하는 인물들을 교실 안으로 불러들인 작가는 뭘 하고자 하는 건가? 작가는 이 이름들이 환기하는 권위적 이미지를 뒤집는다. 작가는 이 이름들의 이미지를 뒤집되 완전하게 뒤집고 있는 것이다. 우리나라의 공적 영역에서 권력을 누리는 근엄하고 권위적인 인물의 이미지는 작가에 의해 조롱되고 있다. 태우는 도색잡지에 혈안이 된 학생으로, 영삼은 학우 중 가장 무식한 학생으로, 대중은 비열한 학생으로 이 소설에서 묘사되고 있다. 작가는 한바탕 난장판을 만들어 공적 기호에 고착된 이미지를 정신없이 뒤틀고 격하하고 뒤바꾸고 있다. 그러나 이 자체가 소설의 주된 사건은 아니다.

주된 사건은 이 학생들과 권위적 교사와의 대립이다. 공포 정치가를 연상시키는 체육 교사가 들어오더니 분필 장난을 한 학생을 잡아내기 위해 교실의 학생들을 체벌하고 협박한다. 풍자적 어법으로 독자들을 정신없게 만들던 작가는 학생들과 교사와의 대립구도를 만들어놓고 체벌의 폭력성, 용기와 양심의 갈등, 저항의 결단 등의 문제를 동시에 독자들에게 보여줌으로써 소설을 만들어가는 능력이 예사롭지 않다는 것을 독자들에게 보여준다.

공식화된 이미지를 역전시키는 그의 창작 태도는 「전당포를 찾아서」에서도 유감없이 발휘된다. 이 소설은 과연 김종광답다는 판단을 낳게 한다. 도대체 전당포를 찾아가는 인물은 누구인가? 놀랍게도 재단 반대 데모에 참여한 한민대학교 혼주 캠퍼스의 대학생이다. 작가는 이 인물을 이렇게 묘사한다.

> 녀석은 허 순경 앞에 서더니 좌악 말했다. 울먹이면서. "저는유. 한민대학교 혼주 캠퍼스 사학과 1학년 박무현이라고 하는듀, 제가 오늘 서울로 데모허러 왔다가 잽혔거든유. 이사장이 비리가 많아가지구유, 항의방문 데모였슈. 그런디 우덜을 버스에 태워가지고 돌아다니다가 암디다 뿌리고 가더라구유. 제가 뭘 알아유. 서울에 온 게 두번째가 세번짼디 뭘 알아유. 돈은 하나두 읎지. 잡아갔으면 책임을 져야 될 거 아녀유. 책임 지세유." (「전당포를 찾아서」, 『경찰서여, 안녕』, 114쪽)

대책 없어 보이는 이 학생에게서 우리는 1980년대 학생운동 주역들의 날카로운 상황 판단력과 예민함을 볼 수 없다. 오히려 파출소에 찾아가 집에 갈 돈을 달라고 생떼쓰는 박무현에게서 우리는 어리석지만 천진한 바보인 김유정 소설의 인물들을 연상하게 된다. 장인의 수염을 잡아당기며 장가들게 해달라는 바보 사위의 어리석음을 다시 확인하게 된다.

이렇듯 이 소설은 학생운동을 중심 주제로 다루는 소설은 아니다. 이 소설에서 학생운동은 의미심장한 사건이 아니라 작가의 해학과 풍자를 투영하는 소재 차원에 머문다. 그에 따라 이 소설은 대학생과 권력을 이항 대립적으로 설정하여 두 관계 사이의 갈등을 주되게 그려내지는 않는다. 오히려 이 소설이 비중 있게 그려내는 건 대학생 신화의 해체이다. 그의 소설은 그동안 우리 소설이 되풀이해 온 대학생의 이미지 ─ 예컨대 고뇌하는 지식인, 아파하는 시대의 양심, 삶의 본질을 깨닫고자 방황하는 구도자의 이미지 ─ 를 확 뒤엎는다. 「분필 교향곡」에서 정치인들과 경제인들의 이미지가 역전되듯 이 소설에서 대학생은 바보 인물로 격하되고 있다. 요컨대 김종광은 「전당포를 찾아서」에서 대학생을 바보형 인물로 만들어놓음으로써 대학생에게 고착된 신성의 이미지를 역전시킨다. 이 소설에서 대학생은 촌놈이고 '허릅숭이'이며 발표력이 없는 한심한 젊은이에 불과할 따름이다.

시대의 주류들에게 고착된 이미지를 완전하게 역전시키는 김종광에게서 우리는 풍자의 날카로움을 파악하게 된다. 그렇지만 김종광의 소설은 풍자의 기반은 안정되어 있지 않다. 권력가들과 대학생들을 바보로 만드는 태도 그 자체를 비판할 수는 없다. 소설은 그 누구라도 바보로 만들 수 있는 권리를 지닌 장르이기에 김종광의 풍자가 왜 문제가 되겠는가? 공적 영역에서 권력과 권위를 전승하는 인물들을 바보로 만들어 풍자함으로써 새로운 진실을 파악하게 하는 힘을 문학은 지니고 있다. 문제는 풍자의 지구력 확보에 있다.

그의 풍자는 참으로 빠른 속도로 진행되어 간다. 비유하자면 그의 풍자는 구심력의 풍자가 아니라 원심력의 풍자이다. 눈에 보이는 사냥감을 놓치지 않는 숙달된 사냥꾼처럼 그의 풍자는 날렵하다. 그런데 그의 풍자는 어떤 대상을 끝까지 물고 드는 야수의 힘을 보여주지는 못하는 약점을 노출하고 있다. 그러므로 김종광의 풍자의 외현은 현란하지만 깊이는 그리 깊지 않다는 판단을 독자들에게 줄 수 있다.

다시 생각을 정리해 보고 싶다. 풍자의 진정성은 어디에서 오는가? 풍자의 진정성은 풍자되는 대상의 급소를 정확하게 가격할 때 확보될 수 있다. 풍자의 대상은 중요하지 않다. 더 중요한 건 풍자되는 대상을 향한 완벽한 조롱이며 권위의 추락이며 해체이다. 김종광의 풍자는 지금 수준에서 더 깊어져야 한다. 대상을 더 조롱하고 추락시켜야 하며 해체시켜야 한다. 그러기 위해서는 그의 풍자가 원심력만이 아니라 더 깊은 지구력을 확보해야 하는 게 아닐까?

(『실천문학』 2001년 여름호)

5월 광주와 유혹받는 불혹의 세대

___홍희담·김한수·은희경의 소설

1. 앞으로 5월 광주를 어떻게 말해야 할까

① 삶의 소중함을 나타내는 눈빛이 있다면 그때 언니의 눈빛이 그러했어. 그 모두를 아는 자만이 죽음도 확고하게 받아들이는 것일까. 언니가 말했지.

"어떤 사람들이 이 항쟁에 가담했고 투쟁했고 죽었는가를 꼭 기억해야 돼. 그러면 너희들은 알게 될 거야. 어떤 사람들이 역사를 만들어 가는가를…… 그것은 곧 너희들의 힘이 될 거야." (「깃발」, 『창작과비평』 1988년 봄호, 212쪽)

② 수연은 새로운 세계를 꿈꾸며 투쟁하며 헌신했지만 파괴는 받아들일 수 없었다. 파괴까지 아무렇지도 않게 받아들인 사람은 혜자였다. 남편이 끝내 회복하지 못하고 죽음을 맞이하기 위해 집으로 귀향했을 때 희영의 눈에는 단순히 초점 잃은 눈빛이었는데 혜자는 무언가를 감지하고 부엌으로 내달렸다. 그녀 손에 들려온 것

은 보기에도 먹음직스런 김치였다. 그녀는 먹기 좋게 손으로 찢어 남편의 입에 넣어주었다. (「김치를 담그며」, 『실천문학』 2001년 여름호, 153쪽)

①과 ② 사이에는 얼마나 많은 시간이 흐른 걸까? 도대체 ①과 ② 사이에는 얼마나 많은 우여곡절의 사건이 일어난 걸까? 『실천문학』 2001년 여름호에 발표된 홍희담의 「김치를 담그며」는 그의 이름을 널리 알리게 한 「깃발」과 함께 읽을 때 그 의미가 아프게 다가온다. 1988년 『창작과비평』 복간호에 발표된 이 소설은 당시 '깃발 논쟁'을 일으킬 정도로 독자들의 관심을 집중시켰다. 그 논쟁은 광주항쟁을 노동자 계급의 시각으로 소설화한 작가의 정치적 태도를 긍정하는 비평과 부정하는 비평으로 나누어 전개되었다. 더불어 '깃발 논쟁'은 역사적 전환기의 결정적 고비에서 책임을 회피하는 지식인들의 기회주의적 속성과 미국의 반민주주의적 속성을 폭로하는 중요한 문제를 동반하기도 했다.

노동자들이 역사를 만들어간다는 ①에서의 형자의 발언은 1980년대 진보적 정신의 압축적 표현이다. 이 표현에는 노동자 계급이 역사적 변혁의 주체 세력이라는 전위적 판단이 내포되어 있다. 그런데 이 표현은 21세기의 오늘날에도 여전히 그 유효성을 확보하는가?

이 물음에 대한 적절한 대답의 근거를 ②에서 찾을 수 있다. ②에는 1980년대의 압제적 상황에서 새로운 세계를 꿈꾸며 투쟁한 세 명의 여성 인물이 나온다. 수연, 혜자, 희영이 그들이다. 중요한 건 수연, 혜자, 희영에게서 ①의 형자의 이미지를 발견하기 어렵다는 데 있다. '먼 곳'을 응시하며 역사의 유토피아를 꿈꾸는 전사의 이미지를 이 세 사람에게서 동일하게 발견하기란 어렵다. 그러면 형자의 꿈은 좌절되었으며 수연, 혜자, 희영 등의 인생은 실패한 인생에 불과하다고 혹평해야 하는 걸까? 작가는 이들의 인생을 실패의 인생으로 확실하게 단언하지는 않지만 오늘날 광주항쟁의 주체들이 현실 적응력을 잃어버린 채 부유하고 있다는 점만큼은 인정하고 있다. 이렇게 얘기할 수 있는 소설 내적 근거는 수연의 죽음에서 나온다.

이 세 명의 인물 중에 "검은 구름이 몰려온다"는 비관적인 메시지를 남기고 죽은 수연의 행보는 의미심장하다. 수연은 누구인가? 이 소설에서 그녀는 이렇게 묘사된다. "수연은 주변의 여자들을 불러모아 주먹밥과 김치를 장만했다. 수많은 조문객들은 음식을 먹으며 눈물을 흘렸다. 호화 도시락이라면 아무도 입에 대지는 못했을 것이다. 그들은 80년 5월 광주시민의 나눔의 밥을 생각했을지도 모른다." 이처럼 수연은 5월 광주의 역사와 1980년대의 저항적 지향성을 함축한 문제적 인물로 이 소설에 설정되어 있다. 수연의 동료인 희영에 따르면 수연은 "동구권이 무너지고 소비에트 연방"이 어이없게 붕괴되는 격동의 상황에서 현실 적응력을 잃는다. 결국 수연은 광주의 상처를 간직한 채 자살하고 마는 현실 부적응의 여성으로 이 소설에서 그려진다. 그런데 한 가지 의문이 떠오른다. 작가는 왜 수연을 새삼스럽게 죽게 만드는 걸까? 왜 작가는 자살의 방식으로 이 소설의 결말을 처리하는 걸까?

「김치를 담그며」는 광주의 현재적 상처를 그린 5월 광주의 후일담 소설로 읽힌다. 그런데 이 소설이 그려내는 현재적 상처의 기원인 5월 광주는 '깊고 넓게' 다루어지지 않는다는 느낌을 주고 있다. 『창작과비평』 2000년 여름호에 발표된 박정요의 「사루비아 사루비아」처럼 다소 맥 빠진 5월 광주 후일담 소설 같다는 아쉬움을 주고 있다. 안타깝게도 최근에 발표되는 5월 광주의 후일담 소설들은 1980년대의 역사적 당위와 그 당위가 적용되지 않는 21세기의 변모한 현실 사이의 긴장적 갈등과 괴리를 생동감 있게 포착하지 못하고 있다.

그러나 5월 광주의 후일담 소설들에 대한 비평적 평가와는 별개로 5월 광주의 영광과 좌절의 심층적 의미는 두고두고 되새겨져야 하는 문학의 화두일 수 있다고 생각한다. 최근 들어 5월을 기억하는 문학 작품이 눈에 띄게 줄어들고 있고 설령 드물게 나온 작품이라 해도 그 수준이 썩 만족스러운 게 아니지만 이런 사정과는 별도로 5월 광주의 인간 해방적 의미가 지속적으로 성찰되어야 할 것이다.

전 지구적으로 신자유주의와 우리 사회의 보수 우익화가 눈에 띄게 전개되는 시점에서, 5월 광주는 후일담으로 회고될 사건이 아니라 그 인간 해방적 의미가 새로이 발견되어야 하는 각성의 계기로 인식되어야 하는 게 아닐까 한다. 더 과감하게 말하자면, 이제 우리 작가들이 일종의 윤리적 의무감으로 5월 광주를 '증언'하거나 '회고'할 필요는 없다고 본다. 더 중요한 건 5월 광주가 보여준 인간 해방적 의미를 치열하게 사유하여 다양한 방식으로 그 의미를 살려내는 문학적 실천이다. 5월 광주가 보여준 치열한 저항의 계기들을 살려내어 신자유주의와 보수 우익에 포위되어 버린 당대의 삶에 활력을 주는 일이 5월 광주의 증언이나 감상적인 회상보다 오늘날 우리들에게는 더 필요하다. 잠깐 여기서 현존 작가 중 누구보다도 5월 광주를 기억하면서 5월 광주의 문학화에 성실하게 매진해 온 임철우의 고백을 들어보기로 하자.

나는 한동안 제정신이 아니었다. 그게 아니라고, 당신들은 모르고 있다고, 혼자 흥분해서 입에 게거품을 물고 그때의 일을 얘기해 주다가 보면 모두들 잠자코 나를 바라보고만 있었다. 호기심과 반신반의, 혹은 냉소에 찬 눈빛들. 그 한없이 차분하고 이성적인 눈빛들 앞에서 나는 숨이 막히고 가슴이 터질 것만 같았다. 술에 취하면

갑자기 목소리가 높아지고 사나워졌다. 그 냉정하고 영리한 눈빛들을 빛내며 마주 앉아 있는 그들의 모습에 나는 끝없이 절망하고 분노하고 그리고 난폭해졌다. 그때부터 눈물이 부쩍 흔해졌다. 며칠씩 잠 한숨 자지 않았다. 길을 가다가도 광주 생각만 하면 눈물이 쏟아지고, 광주 사람들 생각만 하면 울음이 북받쳤다.

그렇게 거의 보름 가까이 잠을 자지 않았더니, 낮에는 두 다리가 구름 속을 떠도는 것만 같았다. 그런 어느 날 밤, 별안간 가슴이 터지고 머리가 빠개질 듯한 극도의 압박감에 나는 방바닥에서 벌떡 일어났다. 이러다간 미치고 말겠구나. 한순간, 나는 내가 극히 위험한 수위에 도달해 있다는 사실을 깨달았다. 나도 모르게 방바닥에 엎어지자마자 엄청난 울음이 폭포처럼 터져나왔다. 마치 더이상 버티지 못할 만큼 팽창한 공기가 튜브를 찢어내며 격렬하게 터져나오듯이 그렇게. 이불을 뒤집어쓰고 그렇게 한바탕 통곡을 토해내고 나자 비로소 조금씩 숨이 쉬어졌다. 그러자 나도 모르게 입에서 이런 기도가 터져나왔다.

"하느님. 제가 그날을 소설로 쓰겠습니다. 목숨을 바치라면 기꺼이 바치겠습니다. 저를 도와주십시오." (「낙서, 길에 대하여」, 『문학동네』 1998년 봄호, 59쪽)

임철우 세대의 작가들은 사회적 재난 상황을 소설 창작의 조건으로 자연스럽게 받아들일 수밖에 없는 삶을 살아온 게 사실이다. 이 점을 두고 임철우 세대의 작가됨의 특수성이라고 불러도 괜찮다. 적어도 우리나라에서 임철우 세대가 작가가 된다는 말은 독특한 발상법과 상상력, 수사적 문체로 된다는 것을 의미하지는 않는다. 그것은 사회적 재난 상황을 작가됨의 계기로 받아들인다는 것을 더 중요하게 의미한다. 임철우에게 작가됨의 문제는 바로 80년 5월의 광주로 상징되는 사회적 재난 상황을 자기의 문제로 철저하게 육화하며 이룬다는 의미로 해석된다. "그날을 소설로 쓰겠노"라는 청년 임철우의 각오, 이를 위해서는 "목숨까지 바칠 수 있다"는 청년 임철우의 결의에서 우리는 은폐된 80년 5월 광주의 진상을 드러내려는 임철우의 순정을 파악할 수 있다. 그의 순정이 만들어낸 역작이 바로 『봄날』이라는 건 잘 알려져 있다.

그런데 지금이야말로 임철우의 고민은 더 깊어지고 넓어지고 있다고 추측된다. 작가는 『봄날』 이후 과연 어떤 문학적 행보를 전개하려고 할까? 5월 광주를 회고하는 후일담 소설을 발표하려는 걸까? 아니면 아예 다른 문학 세계를 여는 작가가 되려고 할까?

그러나 홍희담이든 임철우든 앞으로는 5월 광주를 '증언'하거나 '회고'하는 소설을 쓰는 작가가 아니라 5월 광주의 정신을 '재발견'하는 작가가 되어야 하지 않겠느냐고 조심스럽게 제안해 보고 싶다. 5월 광주에서 우리는 지속적으로 성찰 가능한 유토피아를 발견하고 실천적으로 구현할 수 있는 저항의 방식과 계기들을 발견해야 하지 않겠느냐고. 그리하여 신자유주의와 보수 우익의 연대에 대응하는 문학의 새로운 이념형과 미학을 만들어야 하는 게 아니냐고 제안해 보고 싶다.

삶의 전망을 예리하게 분별할 수 없는 오늘날 우리들은 과거의 사회적 재난을 기억하고 그 재난에 응전한 문학적 저항의 방식을 다시 살펴볼 필요가 있는 게 아닐까? 5월 광주를 기억하자는 말의 진정한 의미는 그 날의 비극과 상처와 외로움의 의미를 역사적 차원에서 파악하자는 말이며, 초토의 현장에서 꿈틀대는 유토피아의 가능성을 오늘에 되살려내어 성찰하자는 말이며, 이를 통해 우리 시대의 문학을 지속적인 사회 도전의 형식으로 만들어내자는 말이다.

그러므로 이제 우리는 우리들에게 물어야 한다. 이 시점에서 5월 광주를 어떤 관점으로 어떻게 접근해야 하는지에 대해서. 천천히 그러나 치열하게.

2. 유혹받거나 지리멸렬하거나

이제 우리는 인정할 수 있다. 국가 폭력만이 무서운 게 아니라는 걸. 정말 무서운 건 현재의 순간순간들을 의미 없는 과거로 만들며 미래로 내달리는 시간의 광포한 질주일 수 있다는 것을. 미래의 전망이 보이지 않는 혼돈의 시대에서 시간은 우리들에게 주체의 자리를 내놓기를 요구하는 법이다. 질주하는 시간들이 만들어놓는 세계의 변화를 '혼돈'으로 받아들이는 인간들은 존재의 분열을 경험하기 마련이다.

미래의 전망을 확신하기 어려운 난세가 전개되면서 우리 주변에는 질주하는 시간에 무력하게 복종하는 인간들이 양산되고 있다. 성찰과 반성하는 주체적 인간이 아니라 환멸과 권태의 인간들이 하나둘 늘어나는 실정이다. 흥미로운 건 "『중국의 붉은 별』부터 시작해서 『세계철학사』와 『전태일 평전』과 『자본론』을 비롯해서 『노동법』까지 학창 시절 내내 내 영혼의 불을 밝히"던 386세대들, 이들이 속물의 삶을 살아가고 있다는 데 있다. 김한수가 새로이 출간한 소설집 『양철지붕 위에 사는 새』(문학동네, 2001)에는 굴절된 386세대의 초상화가 실감나게 그려지고 있다.

아내는 내가 뭐라고 대적할 틈도 없이 일방적으로 퍼부어댄 뒤 방문을 요란하게 닫으며 나가버렸고 뒤이어 놀란 아이들의 울음 소리가 들려왔다. 예기치 못한 아내의 공격으로 어안이 벙벙해진 나는 한동안 널브러진 책들만 물끄러미 바라보았다. 『중국의 붉은 별』부터 시작해서 『세계철학사』와 『전태일 평전』과 『자본론』을 비롯해서 『노동법』까지 학창 시절 내내 내 영혼의 불을 밝히고 피를 끓게 만들었던 책들을 한 권 한 권 눌러보던 나는 입술을 감쳐물었다. (「교미하는 사마귀의 숲」, 192쪽)

「교미하는 사마귀의 숲」의 주인공은 과거에 『중국의 붉은 별』, 『세계철학사』, 『전태일 평전』을 읽었던 386의 전형이다. 그 주인공은 현재 어떻게 변질되었을까? 추론해 보건대, 주인공은 1980년대의 열혈 청년이었으나 현재는 속물근성에 물든 약사로 살아가고 있다. 이 속물 약사가 주로 하는 일은 무언가? 그는 아내에게 가게를 맡기고 온라인 세계를 배회하며 익명의 여자들과 채팅을 하다가 몰래 만나 섹스를 즐긴다. 이 속물에게 삶의 의미를 물어보는 건 돼지 앞에서 철학을 논하는 것처럼 무의미하다. 요컨대 이 소설의 주인공은 윤리감각 없는 욕망의 노예처럼 살아간다. 이 주인공의 파행에는 나름대로 이유가 있다.

그러나 몇 시간의 온라인상의 여행을 마치고 나면 목적도 없이 허허벌판을 가로지른 쓸쓸함과 함께 까무룩히 가라앉는 피로가 엄습해오면서 나 자신이 한 마리의 벌레처럼 하찮게 여겨졌다. 그러면 약국 안팎의 삶·또한 차마 눈뜨고 봐줄 수 없으리만큼 경멸스러워졌고 그토록 경멸스러운 삶을 견뎌내는 나 자신과 약국 밖 거리를 오가는 모든 사람들이 불쌍해서 견딜 수가 없었다. (「교미하는 사마귀의 숲」, 178쪽)

한 마리 벌레에 불과하다는 자기 경멸에 빠진 '나'는 권태와 비애와 무력감을 반복하는 소시민으로 살아가고 있다. 그런데 우리가 더 살펴봐야 할 대목은 '나'의 자기 경멸이 진정성이 없는 허위적인 연기라는 데 있다. 자기 반성이 없는 자기 경멸은 연기에 머물 수밖에 없다. "나 자신과 약국 밖 거리를 오가는 모든 사람들이 불쌍해서 견딜 수 없었다"고 말하는 '나'이지만 이렇게 말하는 '나'는 소시민으로 전락해 버린 자기를 합리화하는 허위적인 연기자처럼 보인다. '나'도 이 변화된 현실이 혼돈스럽고 이 혼돈스러운 세상에서 살아가는 게 힘들다는 얘기인데, 이렇게 말하는 '나'에게서 우리는 과장된 연기의 허위성을 파악하게 된다. "그토록 경멸스러운 삶을" 견뎌내기 위해 욕망의 노예처럼 살아가는 주인공에게서 우리는 윤리 감각을 상실한 채 온라인 세계를 배회하는 퇴락한 386세대를 볼 뿐이다. 이 퇴락한 386세대는 온라인 세계에서 비밀스럽게 유포되는 타인들의 개인사를 훔쳐보는 재미로, 익명의 여성들과 채팅하는 재미로 일상의 나날을 넘어간다.

실제 현실 세계의 그 어떤 사건도 주인공에게 중요한 의미로 다가오지 않는다. 주인공은 현실 세계의 윤리적 요청들을 방관하거나 무시한다. 이 주인공은 "모 시민단체의 일원이 되어버렸고 공일만 되면 독거노인이나 소년소녀 가장의 집으로 달려가서 무료로 도배를 해주는" 친구 장수의 경멸, 아내의 경멸에도 불구하고 온라인 세계에서의 배회와 타락을 즐긴다. 능소화라는 아이디를 지닌 익명의 여인을 만나 섹스를 즐긴 주인공. 그런데 이 주인공에게 어떤 파국이 일어나고야 마는가? 능소화와의 섹스가 어느새 몰래 카메라에 찍혀 동영상 화면으로 인터넷에 유포되는 게 아닌가. 이처럼 이 소설에서 작가는 주인공의 욕망을 지속적으로 실현되는 욕망이 아니라 파멸로 이어지는 욕망으로 그려내고 있다. 그런데 독자들은 이미 이와 같은 파멸의 결말을 예견할 수 있었다. 이미 말한 대로 주인공의 자기 경멸은 진정성이 결여된 포즈가 아니었던가? 주인공의 자기 경멸은 자기 존재를 부정하는 고통스런 경멸이 아니라 소시민으로서의 삶과 자기의 욕망을 합리화하는 가짜 경멸에 불과한 게 아닌가?

이처럼 우리는 김한수의 소설에서 극도로 굴절된 386세대의 초상화를 보고 있다. 이 초상화의 주인공은 구역질이 날 정도의 허위성과 그 허위성을 끝까지 인정하지 않는 기만성으로 무장하고 있다. 이 두 가지 질료로 그려진 교미하는 사마귀가 바로 주인공이고, 교미하다가 자기를 스스로 죽여가는 사마귀가 바로 주인공이다.

그런데 김한수가 그려내는 386세대의 굴절된 초상화는 과장으로 보이지는 않는다. 그 예를 일일이 들기가 어렵지 않을 정도로 우리들은 기성세대의 타락을 능가하는 386세대들의 타락을 알고 있다. 모든 386세대들이 그렇지는 않겠지만 적지 않은 386세대들이 그들이 혐오한 기성세대의 삶의 방식을 그대로 따르거나 아니면 추종하며 살아가는 게 또 하나의 현실이다. 우리 사회에서 그 어느 세대보다 상대적으로 윤리적일 수 있는 세대가 386세대이지만 어쩌면 그들에게 남은 건 윤리와 모럴이 아니라 통제되지 않는 타락의 욕망일 수 있다고 작가는 이 소설을 빌려 얘기하고 있는 것이다. 이 소설에서 굴절된 386세대의 초상화, 욕망의 노예로 살다가 자기 파멸에 이르는 386세대의 초상화를 발견하는 독자들은 이 소설을 흔한 풍속소설이 아니라 우울한 세대비판소설로 읽고 있는 것이다.

이런 독법으로 살펴볼 수 있는 소설이 은희경의 『마이너리그』(창작과비평사, 2001)이다. 『마이너리그』는 제목 그대로 마이너리그에 속한 하찮은 군상들의 성장을 다룬 소설이다. 어느 시대나 세대이든 시대와 세대의 메이저리그, 즉 주류가 존재하는 법이다. 그러나 우리 사회가 메이저리그로만 구성되어 있는 것은 아니니 마이너리그,

즉 비주류의 존재들을 우리는 기억해야 한다. 여기 마이너리그에 소속될 만한 네 명의 인간이 나온다. 그들은 우수한 성적으로 고등학교를 졸업하고 우리나라의 유수한 대학에 진학하여 졸업한 후 의사, 검사, 교수 등 사회 엘리트 그룹에 소속된 인간들이 아니다. 만수산 4인방으로 불리는 이 친구들은 이 사회의 비주류에 소속된 인간들, 한마디로 말해 '별볼일 없는' 우인들이다.

이와 같은 인물 설정에서부터 우리는 은희경의 은희경다움을 확인하게 된다. 은희경의 매력은 독자들의 관습적인 통념을 경쾌하게 전복시키는 냉소적이고 희화적인 풍자와 비판에서 온다는 걸 많은 독자들은 잘 알고 있다. 잘 알려져 있듯 은희경은 독자들의 통념을 작가 특유의 냉소적 어법으로 신랄하게 반전시켜 온 작가다. 그는 모든 인간의 성장에는 의미가 있다는 독자의 관념이 통념이며, 사랑이 지고지순하다는 독자의 관념 또한 통념이며, 가족 관계는 행복한 관계라는 관념 또한 통념이라고 그의 소설에서 일관되게 말해 왔다. 요컨대 은희경은 인생살이에 관한 우리들의 통념을 해체하며 우리들이 진실로 맹종하는 관념들의 허위적 실체를 예리하게 비판하는 날카로운 필력의 작가인 것이다.

그러면 『마이너리그』에서 작가는 우리의 어떤 관념을 통념에 불과하다고 시비를 걸고 있을까? 먼저 이 소설에 나오는 네 친구의 삶의 경력을 보기로 하자. 마흔 초입에 들어선 이 네 명의 친구는 권력과 돈의 메이저리그에서 탈락한 인간들로 겨우 중산층에 합류하여 그럭저럭 세상을 살아가는 볼품없는 사내들이다. 청소년기부터 시작하여 마흔 초입에 이르는 이들의 성장사는 인생의 비밀을 깨닫는 정신적 각성이나 교양 체험을 동반하지 않는다. 그들의 성장은 사소하고 우연한 에피소드들의 반복이다. 만수산 4인방의 성장은 지속적이고 단계적인 성장이 아니라 무의미한 사건들의 반복이 적층을 이룬 성장인 것이다. 이를 위해 작가는 논란이 될 만한 방식으로 만수산 4인방의 성장을 서술한다.

거의 의도적이라고 말해도 좋을 만큼 은희경은 이들의 성장사와 우리나라의 중요한 정치적 사건들과 연계성의 고리를 끊어버리고 있다. 우리 사회에서 이들은 유신 세대로 불릴 수 있을 정도로 정치적 세대일 수 있는데 작가는 정치적 사건을 이들의 삶에 결정적인 영향력을 발휘하지 않는 '먼 배경'으로 처리하고 있다. 예컨대 이런 식이다.

> 1979년 겨울이었다. 긴급조치 9호가 해제된 며칠 뒤였던 것 같다. 휴교령이 내려진 상태에서 12월을 맞은 나와 승주는 별로 할 일이 없었다. 언제나 할 일이 없는 조국과 함께 술을 마시기로 한 날이었다. 미숫가루를 뿌린 칼국수와 시장 좌판의 순대가 맛있다는 소문을 듣고 흑석동까지 진출했던 우리는 통금 시간이 거의 다 되어서야 술집을 나왔다. 술자리가 길어진 것은 두환이 화제로 떠오르는 바람에 이야기가 꼬리를 물었기 때문이다. (『마이너리그』, 104쪽)

작가는 1979년 겨울의 휴교령이라는 정치적 사건과 젊은 만수산 4인방의 연계성의 고리를 없애버리고 있다. 또한 작가는 80년 5월과 87년 6월항쟁과 만수산 4인방의 연계성의 고리도 없애버리고 있다. 만수산 4인방과 우리나라의 주요한 정치적 사건들은 아무런 관련이 없는 사건, 설령 관련이 있다 해도 우연의 고리로 느슨하게 연결되는 사건으로 이 소설에 설정되어 있다. 이들의 성장과 당대의 정치적 사건들의 연계성의 고리가 없다는 말은 이들의 성장이 당대의 정치 사회적 사건들과 호응하면서 단계적인 의식의 각성을 보여주며 진행되어 간다는 게 아니라는 말과 상통한다. 우리는 여기서 인간의 성장에 관한 은희경의 독특한 인식을 확인할 수 있다. 은희경은 인간을 외부환경의 영향을 받으며 내적 각성을 하거나 응전하면서 점진적으로 성숙되어 가는 존재로 보지 않는다. 은희경에게 인간의 성장은 성숙으로서의 성장이 아니라 반복으로서의 성장이다. 그리고 그 반복에는 서로에 대한 경멸이 작용한다. 소설의 한 대목을 살펴보기로 하자.

우리들은 서로를 좋아하지도 않았고 마음 깊이 믿어본 적도 없었다. 그런데도 분명한 것은 서로의 인생이 얽혀버렸다는 사실이다. 세상에는 하찮은 인연이 끝까지 따라다니며 알게 모르게 그 사람의 인생을 잠식해 들어가는 경우가 많다. 그리고 우연한 순간의 일이 그 사람 인생의 한 상징이 되어버리는 일도 적지 않다. 드렁칡이 된 사연부터가 그렇듯이 우리의 인생은 죽죽 뻗어가기보다는 그럭저럭 꼬여들었다. (『마이너리그』, 16~17쪽)

요컨대 이 소설에서 만수산 4인방의 성장은 별볼일 없는 우연한 사건의 반복으로 구성된다는 점을 말해주고 있다. 이리하여 작가는 인간의 성장을 의미 있는 사건으로 이해하는 우리들의 관념도 어쩌면 통념일 수 있다고 말해주고 있다. 더 정확하게 말하자면, 인간의 성장은 경멸과 모멸의 코미디일 수 있다는 것이다. 분명 『마이너리그』의 만수산 4인방은 유신 세대들이 보편적으로 보여준 '사회적으로 각성하는 자아'라는 이미지와는 거리가 멀다는 점에서 그렇지 않은 독자들에게 경멸의 대상이고, 그들의 성장이 한국의 남성주의를 희화적으로 표출한다는 점에서 여성 독자들에게 경멸의 대상이고, 주류의 인생을 살아가야 한다고 집착하는 독자들에게 경멸의 대상일 수 있다. 그러나 작가가 진정으로 비판하는 대상은 만수산 4인방이 아니라 인간의 성장은 의미 있다고 여기는 우리들의 관념일 수 있다. 성장은 통속적 세계로의 편입이며 우리들의 인간관계는 그러한 세계에서의 모멸의 연속이라고 작가는 말하고 있다. 요컨대 작가는 인간의 삶은 경멸과 모멸의 반복으로 이루어진다고 말하고 있다.

『마이너리그』는 우리들의 인생이 알고 보면 지극히 하찮은 것이라는 걸 확인시킨다. 이 주제의 확실성을 위해 작가는 이 네 인물에게 반성의 개념을 부여하지 않는다. 그들은 그들의 삶의 태도를 반성하거나 수정하지 않는다. 만수산 4인방은 서로를 끝까지 경멸하고 조롱하며 그들의 40대를 맞이한다. 그래서일까? 『마이너리그』에는 인간의 성장에 관한 우리들의 통념을 전복시키는 장점이 있기는 하지만 이 전복에는 아쉽게도 감동이 없다. 은희경이 감동을 주기 위해 이 작품을 쓴 게 아니라는 걸 잘 알고 있다. 그러나 인간의 삶을 우연의 반복, 하찮은 에피소드의 반복, 욕망의 반복으로 그려내는 『마이너리그』의 방식이 때로는 경박해 보이며 작가의 냉소적인 어법이 '권위적'이라는 문제를 노출하기도 한다. 김한수의 「교미하는 사마귀의 숲」과 은희경의 『마이너리그』는 윤리감각을 잃고 욕망의 노예가 되어버린 40대 신참들의 현주소를 그려내는 소설로 읽힌다. 이들의 소설에서 40대는 미혹의 세대가 아니라 끊임없이 유혹받는 세대이다. 40대는 더는 불혹의 세대가 아닌 듯하다.

(『실천문학』 2001년 가을호)

참으로 위험한 서사

__『아버지』와『가시고기』를 읽으며

1. 문제 제기

오늘날의 문학이 우리 사회에서 상품의 형식으로 존재한다는 말
은, 듣는 이들에게 그리 큰 충격을 주지는 않는다. 자본주의적 근대
체제의 형성과 전개는 인간의 정신적 표현의 저작물인 문학 작품을
상품의 형식으로 존재하게 할 뿐만 아니라 어떠한 작가의 작품도 상
품의 형식을 부정하며 자기 존재를 지속시킬 수 없다는 점을 인지하
게 만들었다. 루시앵 골드만처럼 얘기하자면, 문학은 타락한 사회에
서 타락한 방법으로 존재해야 하는 운명, 요컨대 상품의 운명을 영
원히 떨쳐버릴 수 없게 되었으며 우리는 이와 같은 운명을 싫든 좋
든 인정하며 살아가고 있다.

그런데 문학의 존재 방식이 상품의 방식으로 대체된 현상을 두고
무조건 비판할 수는 없을 것 같다. 왜냐하면 문학의 상품적 존재 방
식은 문학 독자의 형성, 문학 작품의 신속한 배포, 진보적인 문학사
상의 유포 등 나름대로 문학의 사회적 위상을 긍정적인 방향으로 이

끌어가는 결과를 낳았기 때문이다. 그러나 이러한 현상의 긍정적 결과의 이면에는 문학 작품의 상품적 환전 가치를 극대화하는 모순이 자리하고 있으며 이 모순은 날이 갈수록 깊어지고 있다는 것을 우리는 잘 알고 있다. 특히 오늘날처럼 대중문화산업의 논리가 현실적인 영향력을 발휘하는 상황 속에서 문학 작품은 상품적 환전 가치가 집약된 베스트셀러로 존재해야 한다는 요구와 압박을 크게 받고 있는 실정이다.

그런데 치밀한 사전 계획을 세우고 집행하면서 문학 작품을 베스트셀러 상품으로 만들려는 자발적인 노력을 보여주는 작가와 출판사들이 점차 증가하는 실정이어서 이제 베스트셀러 만들기는 강요된 욕망이 아니라 우리 사회의 자발적 욕망의 성격을 띠고 있다. 이런 까닭에 현재 베스트셀러는 많이 팔리는 책이라는 수량적 의미를 넘어서서 대단히 강력한 문학 제도로 정착된 인상을 준다. 이 제도를 운영하는 주된 주체는 출판사와 서점, 언론매체 등이며, 이 주체들이 운영하는 제도 속에 작가와 독자들이 직·간접적으로 참여하고 있다. 출판사는 베스트셀러 작품을 만들어내기 위해 치밀하게 기획하고, 대부분의 서점들은 베스트셀러 코너를 설치 운영하면서 더 많은 판매를 실행하고[1] 있으며, 언론매체와 작가, 독자들은 많이 팔리는 책이 좋은 책이라는 암묵적인 합의를 날이 갈수록 지지하는 인

---

1) 최근 몇몇 출판사는 자사 발간의 책을 베스트셀러로 만들기 위해 집중 사재기 하는 것으로 밝혀졌다. 다음의 기사를 참고. "한국출판인회의는 지난 4일 자사 책을 대량으로 사들인 회원사 2곳 출판사를 제명조치하는 한편, 비회원사인 3개 출판사의 명단도 공개했다. 출판인회의는 이날 오전 이사회를 열고『상도』, 『눈물꽃』을 사재기한 이유로 회원사 여백과 은행나무를 각각 회원에서 제명조치했다. 이는 지난달『아침인사』,『열한번째 사과나무』를 사재기한 생각의나무에 이어 두번째 취해진 제명조치이다. 또한 비회원사인 동문선, 새천년출판사, 이룸에 대해서는『느리게 산다는 것의 의미』,『칭기스칸』,『사슴벌레 여자』등을 각각 사재기했다고 밝혔다." http://www.kopus.org 참고.

상을 주고 있다.

이 글에서 살펴보려는 두 작품인 『아버지』와 『가시고기』의 경우도 베스트셀러가 되기를 욕망한 대표적인 사례에 속하는 것들이다. 앞으로도 이와 같은 사례들이 적지 않게 나타나리라 판단되는데, 이에 따라 우리 시대의 베스트셀러 작품들에 대한 정치한 독법의 논의가 요청되고 있다. 작품의 현상을 구체적으로 분석하지 않는 맹목적인 비판이나 많이 팔리기 때문에 좋은 책이라는 단순한 과찬을 탈피하여 베스트셀러 작품의 존재론적 의미를 밝혀내는 독법에 관한 탐구가 필요하다고 생각된다.

나는 이 글에서 우리나라의 대표적인 베스트셀러로 꼽히는 두 작품인 『아버지』와 『가시고기』를 두 가지 수준에서 읽어볼 예정이다. 두 작품의 서사를 구성하는 사회 문화적 영향 요인을 파악하면서 베스트셀러의 서사 구성의 사회적 조건을 검토할 예정이고, 뒤이어 두 작품의 서사에 내재하는 문제점을 분석하면서 베스트셀러 소설의 문학적 특징을 검토할 예정이다. 이 글은 단지 두 작품만을 놓고 논의를 진행하는 까닭에 보편적인 일반론을 지향한다고 말할 수는 없다. 그러나 논의 대상은 두 작품으로 제한되어 있음에도 이 글을 통해 우리나라 베스트셀러 소설의 현재적 성격의 일면을 파악할 수 있으며, 이 현재적 성격에 대한 파악이 기타 베스트셀러 소설들의 성격을 추론할 수 있는 거울 역할을 할 수 있으리라 생각한다.

2. 신자유주의와 아버지 신드롬의 형성

20세기 말의 우리 사회의 우울한 풍경화를 극적으로 보여주는 아래의 기사를 보며 논의를 열어가기로 하겠다.

"두 밤만 자고 나면 아빠가 아이스크림 사온댔는데…"

두 달 전 언니 미현이(6)와 함께 서울 용산구 후암동 보육원에 맡겨진 네 살배기 정이는 아직도 아빠가 멀리 출장 간 줄로만 알고 있다. 하루 종일 창가에 턱을 괴고 앉아 밖을 바라보며 아빠를 기다린다. 친구들이 놀자고 해도 눈길조차 주지 않는다.

미현이 자매는 지난주 선생님을 보채 서울역과 장충단공원 등 실직자들이 모여 있는 곳을 한바퀴 돌았으나 아빠를 찾지 못하자 가출인 신고센터인 서울경찰청 182센터에 가서 "우리 아빠를 찾아주세요"라고 떼를 쓰며 울었다.

단란했던 미현이네 가정은 지난해 말 IMF 체제로 아빠 진 모(33)씨가 다니던 봉제공장이 문을 닫으면서 함께 무너졌다. 2월 초 아빠가 "일자리를 구하겠다"며 집을 나간 뒤 소식이 끊겼고 한달 뒤 생활고를 견디다 못한 엄마(29)마저 "시장에 간다"며 곁을 떠났다. 졸지에 아이들을 떠안게 된 할머니도 어쩔 수 없어 눈물을 뿌리며 미현이 자매를 보육원에 맡겼다.

실직의 고통을 이기지 못해 집을 나가는 가장과 애타게 기다리는 가족들. 서울 시내 파출소와 경찰서 시민단체 등에는 요즘 남편과 아빠를 찾는 '신(新) 이산가족찾기'의 애달픈 행렬이 연일 이어지고 있다.[2]

우리는 이런 내용의 기사를 우리나라가 IMF의 관리를 받았던 1998년~1999년에 적지 않게 읽을 수 있었다. 이 시기의 우리나라 언론매체들은 연일 해고당해 가출한 아버지들의 초라한 근황을 독자와 시청자들에게 실감나게 전해주면서 아버지의 부재가 가정의

---

2)『한국일보』, 1998년 5월 1일.

파괴로 연결되고 가정의 파괴가 우리 사회의 위기로 연결될 수 있다는 점을 누누이 경고했다.

그런데 우리가 이 기사를 읽으며 진정으로 주목해야 하는 문제는 아버지들의 불안한 현존 그 자체는 아닐 듯하다. 아버지들의 불안한 현존을 구조적으로 초래하는 우리 사회의 시스템 변모를 파악하는 일이 더 중요해 보인다. 이 시기에 가출한 수많은 아버지들의 문제를 개인 차원의 문제로 환원하여 이해하는 방식은 그리 현명한 태도로 여겨지지 않는다. 이 아버지들이 직장에서 거리로 심지어는 가정에서 거리로 추방당하게 된 데에는 더 큰 사회적 환경이 개입하고 있다. 이 사회적 환경의 이름을 우리는 신자유주의로 부를 수 있다.[3) 노동 시장의 유연화를 촉진하는 정리 해고의 도입, 노동 조건의 강화, 사회 복지의 축소 등 우리 사회는 IMF의 체제 속에서 신자유주의적 성격을 강하게 띠게 된다. 자본과 시장의 자유는 극대화되는 반면 인간의 본원적인 권리와 위상은 극소화되는 신자유주의를 우리 사회는 1990년대 중후반부터 본격적으로 받아들이면서 사회적 체질을 바꿔나간다.

신자유주의 사회 체제 속에서 아버지들의 위상은 초라하기 그지없다. 잠재적 실업자로 살아가는 아버지들은 통제받지 않는 자본의 위력 앞에서 무력하게 숨을 죽이고 있다. 1990년대 중·후반부터 우리 사회에 유포되기 시작한 아버지 신드롬은 바로 이와 같은 사회적 맥락을 감추면서 형성되고 있다. 요컨대 1990년대의 아버지 신드롬 뒤에는 신자유주의 공세로 인해 위기에 몰린 아버지들의 불안한 현

---

3) "신자유주의는 오늘날 세계경제를 풍미하는 지배적 이데올로기로 성장하였다. 신자유주의의 본질적 내용은 국가의 역할을 가능한 한 줄이는 최소주의 국가가 이상적이며, 기업의 자유는 최대한 보장되어야 하고, 노동조합의 활동은 억제되어야 하며, 사회보장은 축소되어야 한다는 것이다." 장상환, 「반세계화운동의 지향과 전개방식」, 『실천문학』 2001년 겨울호, 209쪽.

존이 자리잡고 있다는 얘기다.[4]

가정과 직장에서 거리로 추방된 아버지들의 존재는 우리 사회에 일약 아버지 신드롬을 만들어내는 동기로 작용한다. 고개 숙인 아버지들에 대한 염려와 동정, 추방당한 아버지들에 대한 연민과 애련 등 기죽은 아버지의 존재를 우리 사회의 구성원 모두가 염려해야 한다는 아버지 신드롬이 이 시기에 급속하게 우리 사회에 유포되어 간다. 그런데 아버지 신드롬 현상을 주목해야 하는 까닭은 아버지 신드롬이 당대 대중소설의 형식과 내용을 조형하는 중요한 상상력으로 작동하기 때문이다.

비유적으로 말하자면, 대중소설 장르는 그의 육체를 아버지 신드롬에게 아무런 갈등 없이 제공해 준 것이다. 아버지 신드롬은 대중소설 장르 안으로 들어가 독자들에게 호소하는 문학적 표현으로 환생한 것이다. 아버지 신드롬은 대중소설 장르와 만나면서 아버지의 불안한 현존을 한 편의 서사로 만들어냈으며 그의 현존을 위로하는 주제를 만들어낸 것이다. 그리고 독자들은 문학적 표현으로 환생한 아버지들의 현존을 읽으며 아버지 존재들을 더욱 동정하게 된 것이다. 대중소설 장르는 아버지 신드롬의 문학적 표현을 가능하게 만들어 준 우리 사회의 문화 텍스트였다고 할 수 있다. 요컨대 아버지의 불행한 현존을 재현하는 데 가장 적절한 장르는 대중들의 이데올로

---

4) 그런데 이와 같은 진술은 예기치 않은 문제를 일으킨다. 왜냐하면 20세기 말 한국에서 아버지들만이 대량 해고된 것은 아니었기 때문이다. 적지 않은 여성들이 해고 1순위로 지목되며 공적 영역에서 퇴출당한 사실을 우리는 이 순간 환기해야 한다. 설령 의도하지 않았다 해도, 우리들이 목소리를 높여 아버지들만의 고통을 부각하는 그 순간 여성들의 고통은 은폐되는 모순이 일어날 수 있다. 한 연구자에 따르면 "1990년대 초반부터 시작된 기업의 경영 합리화에 이어, IMF 관리 체제의 급습은 다시금 이 땅의 많은 여성들을 일터에서 내쫓고 취업과 실업의 경계에서 불안한 방황을 되풀이하도록 만들었다." 이주환, 「고삐 풀린 자본과 주변화된 여성 노동」, 『당대비평』 2001년 여름호, 67쪽.

기와 욕망이 극적으로 수렴되고 조직되는 대중소설 장르였다고도 말할 수 있다.

이처럼 불안한 아버지들의 현존과 상황이 세기말 한국인들의 삶의 경험과 밀접하게 관련되어 있는 까닭에 아버지 신드롬은 당대 대중소설의 형성과 전개에 대단히 큰 영향력을 미칠 수밖에 없었다. 본래 대중소설이란 장르가 어떤 문학 장르보다 대중들의 억압된 욕망을 대리적으로 표현하고 해소해 주는 기능을 지닌 장르임을 감안하자면, 아버지 신드롬이 당대 대중소설의 형성과 전개에 영향을 미칠 수밖에 없다는 생각을 자연스럽게 할 수 있다. 그런데 좀더 생각해 보면, 아버지 신드롬은 대중소설의 경계를 뛰어넘어 다양한 유형과 수준의 작품 형성에 영향을 미친 것으로 보인다. 그 몇 예를 보면 다음과 같다.

1997년에 발표된 이문열의『선택』은 장씨 부인의 입을 빌려 여성들에게 공적 영역에서 사적 영역으로 조용히 물러가 현모양처로 살아가기를 촉구했고, 같은 해에 발표된 이인화의『인간의 길』은 국가주의자로서의 영웅―아버지의 초상화를 그려냈다. 그리고 1998년에 김주영이『홍어』를 발표하여 부재하는 아버지를 그리워하는 아들의 심리 변동을 그려내는 등 아버지의 현존과 귀환을 전면화한 소설들이 적지 않게 이 시기에 출간된다.5)

---

5) 황국명 교수에 따르면 "아버지의 삶을 복원시킨 데는 김정현의『아버지』(1996)가 중요한 계기가 된 듯하지만, 1990년대 들어 점진적으로 드러난 경제적 위기도 무시할 수 없는 요인이다. 한승원은『아버지를 위하여』(1995)에서 아버지의 존재론적 위상을 탐색한 바 있다. 그 밖에 강인수의『아버지 어렸을 적에』(1997), 이규정의『아버지의 적삼』(1997), 아버지가 서사의 중심에 놓인 김소진의 소설, 김주영의『홍어』(1998), 또 왜곡된 시장을 바로잡겠다는 의도로 묶인『아버지의 빈자리』(1997)도 주목할 만하다." 황국명, 「아버지 이야기의 역설」,『문학동네』1998년 가을호, 292쪽.

예로 든 이 소설들의 서사 구성 방식, 작품의 주제와 작가들의 현실인식과 세계관, 인간관도 동일하지 않다. 그러나 이 예들에서 우리들은 아버지의 귀환을 욕망하는 아버지 신드롬이 자본의 불황이 가속화되고 구조화된 20세기 말의 우리 사회에 강력하게 작동하고 있다는 것을 확인할 수 있다. 가부장제와 남성주의를 비판하는 여성주의의 견제에도 불구하고 아버지 신드롬은 무력하게 사라지기보다는 굳세게 부활한 사례들을 우리들은 심심치 않게 목격하고 있다.

그런데 아버지의 불행한 현존을 그려낸 압권은 김정현의 『아버지』가 아닐까 한다.6) 영화로도 만들어진 이 소설은 고개 숙인 아버지의 현존을 당대의 많은 독자들에게 알린 기폭제적인 예라고 해도 과언은 아니다. 이 소설은 일약 우리 사회에 아버지를 연민의 시선으로 바로 보게 하는 문화적 동력으로 작용한다. 김정현의 『아버지』보다 더 비극적으로 아버지의 불행한 현존을 그려내려는 의도로 씌어진 조창인의 『가시고기』의 출현은 우연의 소산으로 보이지 않는다. 원하든 원하지 않든 이제 우리는 아버지의 현존을 그려낸 소설들이 출간되는 풍토 속에서 살아가고 있으며, 앞으로 이 풍토는 더 단단해질 것으로 추측된다. 그렇기에 앞으로 우리들은 『아버지』와

---

6) 아래의 기사는 소설 아버지의 돌풍을 우리에게 상기시킨다. "『아버지』(문이당)가 올 상반기 서점가를 휩쓸었다. 교보문고, 종로서적, 영풍문고, 을지서적 등 서울 시내 대형서점이 최근 자체 매장에서 판매된 도서를 토대로 상반기 베스트셀러를 집계한 결과, 지난해 하반기부터 독서계를 강타하고 있는 『아버지』의 열풍이 해를 넘겨서까지 계속되고 있는 것으로 나타났다. 『아버지』는 4개 서점에서 모두 베스트셀러 종합부문 1위에 올라 상반기 중 '가장 많이 팔린 책'의 영예를 안았다. 지난해 8월 출간된 이 책은 말기 암 선고를 받은 50대 가장이 생을 정리하는 과정을 통해 사회와 가정에서 설자리를 잃어가는 아버지들의 애환을 대변하고 있다. 문이당측은 지금까지 총 1백60만 부 이상의 『아버지』를 찍어낸 것으로 알려져 1권짜리 단행본으로는 한국 출판사에 기록될 초베스트셀러로 자리매김되었다." 『세계일보』, 1997년 6월 27일.

126

『가시고기』의 변종을 얼마든지 만날 수 있다고 미리 예상하고 있어야 한다. 고개 숙인 아버지들, 암에 걸린 아버지들, 생활고에 괴로워하는 아버지들, 아내의 혐오를 받는 아버지들의 현존을 그려낸 소설들을 우리는 앞으로 자주 만날 수 있게 된 것이다.

신자유주의의 형성과 전개로 요약되는 우리 사회의 시스템 변모는 아버지 신드롬을 우리 사회에 널리 유포할 것이며, 이 아버지 신드롬은 대중소설 장르와 만나면서 또 다른 『아버지』와 『가시고기』들의 변종을 만들어낼 것이다. 그 변종들의 출현은 일시적 현상으로 그치지는 않을 것이다. 시간이 흐를수록 이 변종들의 생명력은 더욱 강력해질 것이다.

3. 여성 혐오와 나르시시즘의 서사

대중소설의 서사는 기본적으로 혁신적이거나 실험적일 수 없다. 움베르토 에코가 『러브 스토리』의 플롯이 전적으로 관객과 공유하는 기대들의 체계와 일치하면서 만들어지고 있다고 말한 것처럼 대중소설의 서사는 독자들이 친숙하게 여기는 서사를 반복한다.

이런 점에서 대중소설의 서사는 작가의 전위적인 실험의식의 산물로 만들어진다고 말할 수 없다. 작가는 대중 독자들이 수용 가능한 서사를 만들어야 하기에, 고급스러운 실험을 이 장르에서 펼쳐보여서는 안 된다. 대중소설의 서사의 미덕은 "이미 알려진 장치들을 반복하고 또 그럴듯한 모티프들 없이 그것들을 활용한다 하더라도, 언제나 서사성의 즐거움을 부여해야 한다"[7]는 데 있다.

---

7) 움베르토 에코, 김운찬 옮김, 『대중의 슈퍼맨』, 열린책들, 1994, 32쪽.

대중소설 작가들이 서사를 구성하는 기본적인 전략은 반복과 차이로 요약될 수 있다. 그들은 이러한 전략으로 독자들에게 소설 읽기의 즐거움을 제공하고 있다. 『아버지』와 『가시고기』 두 편의 베스트셀러 소설에도 대중소설이 오랜 시간 반복해 온 공통된 서사를 반복하고 있으니, 이를 가련하고 선한 인물의 죽음이라고 얘기할 수 있다. 독자들은 가련한, 선한, 순진한 인물의 불행한 결말을 보며 동정적인 연민을 느끼며 미리 정해진 감동에 감동받는다. 최인호의 유명한 베스트셀러 소설인 『별들의 고향』의 경아의 죽음은 이에 대한 대표적인 예이거니와 가련한, 선한, 순진한 인물의 죽음을 대중소설은 반복해 왔다.

　　『아버지』와 『가시고기』의 서사를 중심인물인 아버지를 중심으로 문장 차원으로 추상화하면 다음과 같다.

　『아버지』의 서사 시퀀스
　① 아버지가 암에 걸린다.
　② 아버지와 어머니는 갈등한다(어머니는 아버지를 혐오한다).
　③ 아버지는 암에 걸린 사실을 숨기고 남 박사와 술을 마시며 지낸다.
　④ 아버지는 요정 아가씨와 사랑을 한다.
　⑤ 아버지는 아내의 가게 자리를 구하러 다닌다.
　⑥ 아버지의 암이 가족들에게 알려진다.
　⑦ 아버지는 가족들과 여행을 떠난다.
　⑧ 아버지는 병원에 입원한다.
　⑨ 아버지는 죽는다.

『가시고기』의 서사 시퀀스

① 아버지는 암에 걸린 아들을 간호한다.

② 아버지와 어머니는 갈등한다(어머니는 아버지를 혐오한다).

③ 아버지와 아들은 강원도 산골에 들어간다(아들은 일시 건강을 회복한다).

④ 아버지는 건강이 악화된 아들을 병원에 입원시킨다.

⑤ 아버지는 아들의 병원비를 마련하기 위해 장기를 밀매하려 한다.

⑥ 아버지는 암에 걸린 사실을 안다.

⑦ 암에 걸린 사실을 숨기고 아들을 간호한다(아버지를 사랑하는 후배가 이 사실을 안다).

⑧ 아버지는 아들과 헤어진다(회복한 아들은 어머니를 따라 프랑스로 간다).

⑨ 아버지는 죽는다.

『아버지』는 1996년에, 『가시고기』는 2000년에 발표된 소설이다. 4년간의 격차를 두고 발표된 두 소설에는 변화하지 않는 일정한 서사의 패턴이 반복하고 있다. 이 패턴을 정리하면 다음과 같다.

① 아버지는 암에 걸리고 결국 죽는다.

② 아버지는 아내와 불화관계다.

요컨대 두 소설의 서사는 아버지의 위기(발암)와 아버지의 갈등(아내와의 갈등)이 죽음이라는 회복 불능의 결말로 마무리되는 기본 공식(formula)을 반복하고 있는 것으로 정리할 수 있다. 『가시고기』의 경우, 이 기본 공식을 반복하면서 또 다른 차이를 보여주는데 '아들의 위기와 위기의 해결'로 요약될 수 있는 서사가 새롭게 첨가되고 있다. 왜 『가시고기』의 작가는 아들의 위기와 위기의 해결을 이 소설에 새롭게 첨가하게 된 걸까? 이유는 명확해 보인다. 『가시고기』의 작가는 『아버지』의 서사 구성이 만들어내는 감동보다 더 인상적인 감동을 만들어내기 위해 아들까지도 발암 환자로 설정하고 있는 것이다.

조창인의 이 의도는 성공적인 결과를 낳는다. 아들의 위기와 위기의 해결은 아버지의 위기와 죽음이라는 중핵 사건을 극적으로 '비극화'하는 부수적인 사건으로 적절하게 쓰이고 있다. 이런 점에서 조창인의 『가시고기』는 김정현의 『아버지』의 서사를 반복하면서 부분적인 차이를 보여주는 사례라고 할 수 있다. M. 칼리니스쿠는 대중문학이 근대성의 산물인 키치와 상통한다고 말하고 있거니와, 『가시고기』는 독서 대중들에게 큰 호응을 얻은 『아버지』의 서사를 베끼고 변형하며 2000년에 또 하나의 아버지 열전을 만들어냈다. 그러면 이 두 소설 서사의 기본인 ①과 ②의 의미를 논의해 보기로 하겠다.

1) 아버지의 위기 : 암의 문제

두 소설의 아버지들은 암에 걸리고 결국 죽는다. 왜 두 소설의 작가들은 아버지들을 암에 걸린 불치병 환자로 설정하는 것일까? 왜 작가들은 암에 걸린 아버지들의 투병 의지를 봉쇄해 버리는 것일까? 여기에는 작가들의 의도가 있어 보인다. 암에 걸린 아버지, 그렇지만 이 사실을 숨기며 살아가는 고독한 아버지들을 결국 죽게 함으로써 소설의 비극성을 고양시키려는 작가의 의도를 우리는 추측할 수 있다.

그러니까 아버지들의 죽음은 회피할 수 없는 죽음이라는 얘기다. 그들은 기적적으로 치유되어서는 안 된다. 독서 대중의 정서를 자극하여 그들을 감동시키기 위해서 아버지들은 이미 마련된 죽음의 제단에서 쓸쓸하게 희생되어야 한다. 요컨대 아버지들의 죽음은 독자들을 울게 만드는 장치로 활용되고 있다.[8]

이런 점에서 두 소설에 나타나는 아버지들의 죽음은 창조된 감동을 유발하는 장치로는 볼 수 없다. 작가들은 아버지의 비극적 종말을 보고 싶은 독자들의 기대, 아버지의 죽음을 보며 연민의 감정에 몰입하고 싶은 독자들의 심리적 기대에 부합해야 한다. 이러한 독자들의 기대에 부합하기 위해서 작가는 아내와 가족들과 정서적으로 격리된 아버지를 반드시 죽게 만들어야 한다. 두 소설의 작가는 결말을 모호하게 처리하지 않는다. 결말을 모호하게 만들어 독자를 괴롭히기보다는 아버지의 죽음이라는 결말을 명백하게 만들어 독자들이 기대하는 슬픔에 빠지게 도와준다.

요컨대 두 소설의 서사에 공통 요소로 나타나는 발암은 이미 결정된 원인과 같다. 이미 결정된 원인으로서의 발암에 작중 인물들은 무력하게 복종할 수밖에 없는 처지다. 그리고 이미 결정된 원인으로서의 발암은 예정된 결과로서의 죽음을 요구한다. 이미 결정된 원인으로서의 발암과 예정된 결과로서의 죽음은 소설의 비극성을 최대한 고양하려는 서사 장치로 활용되고 있다. 독자들은 아버지의 발암과 죽음을 지켜보며 우리 시대의 고개 숙인 가장들에 대한 연민과 동정을 아끼지 않지만 이와 같은 아버지 위기 상황의 설정은 적지

---

8) 이 장치는 우리 대중소설들에서 예전부터 반복되어 온 오래된 문학적 장치, 그러나 독서 대중에게 강력한 영향력을 발휘하는 장치로 쓰인다. 최인호의 『별들의 고향』, 조선작의 『겨울 여자』의 두 여성의 인생 결말은 죽음으로 마무리된다.

않은 모순을 내포하고 있다.

여러 문제가 있겠으나 특히 지적되어야 하는 문제는 이 두 소설의 서사가 기본적으로 소설적 의사소통을 봉쇄한다는 데 있다. 우리가 살아가는 현실이 단순한 현실이 아닌 것처럼 소설의 세계도 단순한 세계이지 않다. 소설의 세계는 서술자, 작중 인물들의 역동적인 경합관계로 만들어지는 세계이며 소설의 의미 또한 이 주체들 간의 역학관계에서 형성된다. 그러나 엄밀히 말하자면, 이 두 소설의 의사소통은 여러 주체들에 의해 만들어지는 게 아니다. 아버지의 위기 상황과 죽음의 결말은 소설의 여러 주체들에 의해 공명되는 사건이 아니라 그 주체들의 영역을 떠나 이미 결정되어 버린 혹은 완료된 사건의 차원으로 제공된다.

『아버지』와 『가시고기』의 세계는 단순하다. 두 소설의 작가들은 서사를 중의적으로 혹은 복잡하게 구성하지 않는다. 이 단순성은 서사 구성의 차원에만 머무는 게 아니라 인물들의 대립적 관계의 평면적 설정에서도 나타난다. 물론 이 단순성 또한 대중소설 장르에서는 준수해야 할 미덕이겠으나, 이 단순성이 소설적 의사소통의 진행을 방해하면서 작가와 이 시대 남성들의 남근주의적 욕망을 대리적으로 표현하고 있기에 미덕만으로는 볼 수 없다.

작가는 아버지들의 입을 빌려 이 시대를 살아가는 아버지의 고통과 고독, 억울함을 독자들에게 호소하고 있는데, 이 호소에는 대단히 정치적인 욕망이 함축되어 있다. 현상적으로 보건대, 두 소설의 서사는 불행한 아버지의 비극적인 인생행로를 재현하는 것 같지만 좀더 은밀하게는 가장의 복원, 정신분석학의 어법으로 말해 남근주의의 회귀를 욕망하는 형식적 장치로도 활용되고 있다.

어떠한 대중소설이든 그 소설의 서사에는 작가 혹은 그 시대 독자들의 비밀스런 욕망이 노골적으로 때로는 은밀하게 작동하고 있다. 이 두 소설이라고 하여 예외일 수 없는 법인데, 문제는 그 욕망이 현실에서 전개되는 실제적인 모순을 은폐하는 욕망일 수 있다는 데 있다. 신자유주의 체제의 고착으로 유포된 아버지 신드롬과 이에 대한 문학적 표현의 과잉화 현상 뒤에는 우리 시대 여성들의 고통이 은폐되어 있다. 불행한 아버지에 대한 강조는 남성들보다 더 신속하게 그리고 가차없이 직장에서 쫓겨나간 여성들의 고통을 간과한다. 이런 점에서 이 두 소설은 여성들의 욕망은 수용해 주지 않으면서 가정과 직장의 주인공으로 복귀하고 싶은 남성의 욕망을 대리적으로 표현하는 문제를 낳고 있다.

요컨대 이 두 소설의 서사는 남성과 여성의 대화적 관계나 고착화된 젠더 경계를 넘어서면서 아버지의 현존을 그려내는 게 아니라 이와는 반대로 젠더의 경계를 아주 확고하게 이항 대립화하는 방식으로 남성의 욕망을 과대 포장하는 위험을 내포하고 있다.

2) 아버지의 갈등 : 아내와의 관계

1990년대 우리 소설 문학의 특징 중 하나를 여성 작가들에 의한 가족 서사의 창출로 요약할 수 있다. 1990년대의 여성 작가들은 그들의 소설에서 가족 제도를 여성의 존재를 억압하는 제도로 인식했고 폭력적인 남성주의를 비판하는 태도를 견지하면서 여성 작가의 시선으로 그려낸 가족 서사를 독자들에게 적지 않게 선사했다. 이들의 소설을 통해 독자들은 가족 제도를 새롭게 인식하는 독서 경험을 수행하게 된다.

흥미롭게도 이 두 소설은 여성 작가들이 그려낸 가족 서사와는 정반대의 방향에서 가족 서사를 만들어내고 있다. 여성 작가들의 가족 서사에서 남성이나 아버지가 여성이나 어머니를 억압하는 인물로 설정되어 있다면, 이들의 가족 서사에서는 이 관계가 역전되어 있다. 그런데 이 역전이 실질적인 소설적 의미를 얻기 어려운 이유 중 하나는 역전의 과정에서 여성 혐오의 심리가 노골적으로 노출된다는 데 있다.

　이렇게 얘기할 수 있는 근거는, 두 소설에서 발견되는 아내의 이미지가 대단히 부정적으로 그려지고 있으며, 이 부정적 이미지가 평면적으로 고착되고 있다는 데 있다. 『아버지』의 아내는 '넉넉하지는 않았지만 부족하지 않은 집안의 딸로 자란 여성, 누구보다 맑고 아름다운 여성, 건강했고 성격 또한 밝은 여성, 클래식에 대한 해박학 지식, 철학적 사색과 문학적 사색에 능한 여성'으로 요약 소개된다. 그리고 『가시고기』의 아내는 '그림에 대한 갈증에 시달리는 여성, 예술적 욕망에 사로잡힌 여성'으로 요약 소개된다. 『아버지』의 아내는 세련된 교양의 여성으로 『가시고기』의 아내는 화가를 지망하는 예술가 여성으로 요약 소개되고 있다.9)

　작가는 이 두 명의 여성을 어떻게 처리할까? 우리는 그 답을 예상할 수 있다. 작가들은 이 두 명의 여성을 남편들과 대립적인 갈등관계의 존재로 설정한다. 더 정확하게 말하자면 작가는 여성을 갈등관계의 가해자로 남성을 피해자로 설정한다. 세상의 그 누구보다도 가족을 사랑하는 이 두 남성들은 각각 아내들의 혐오를 받는다. 교양과 세련미, 더 나은 생활과 예술가로서의 삶을 바라는 아내들은 남편들의 무교양과 무능력을 은근히(『아버지』) 혹은 노골적으로(『가시고기』) 혐오하고 있다.

---

9) 요약 소개된다는 말의 의미는 이렇다. 두 소설의 여성 인물들은 구체적인 성격을 지닌 인물로 설정되고 있지 않다. 두 여성을 작가는 성격을 형성하는 인물로 만들어가기보다는 몇 가지 정보와 이미지로 조합된 평면적인 인물로 요약하여 독자들에게 소개하고 있다.

그래서 어느 때부터인가 조금씩 조금씩 변화가 일기 시작했다. 그것은 일상적인 권태기가 아니었다. 아내는 동기들에 뒤처지는 남편의 승진과 한직(閑職)을 맴도는 그에게 실망스런 눈빛을 보내기 시작했다. 그리고 피로에 지치고 술에 취한 그와의 잠자리를 피했다. 어느 날 아침 술에서 깨어 눈을 떴을 때, 자신의 옆에 따로이 자리를 펴고 자는 아내의 모습에 그는 몹시 충격을 받았다. 그러나 아내는 손발도 닦지 않은 채 술에 취해 풍기는 단감 냄새를 같이 맡아야 할 이유가 없다는 것이었다. 그날부터 그가 술에 취한 날이면 언제나 그와 아내는 이부자리를 달리했다. (김정현, 『아버지』, 문이당, 1996, 33~34쪽)

　그때 이미 아내에게 남편의 존재는 황무지였고 불타버린 미루나무였을지도 모른다. 사랑의 샘은 메말랐고, 사랑의 불길은 진작에 사그라들었을까. 비록 그가 여전히 아내를 사랑하고 있다 해도, 비록 그가 남편으로서 최선을 다해왔다 하더라도…… 그때 이미 아내는 먼 곳을 바라보고 있던 셈이었다. (조창인, 『가시고기』, 밝은세상, 2000, 89~90쪽)

　두 예문에서 확인되듯 『아버지』와 『가시고기』의 아내의 눈에 비친 남편들은 '한직을 맴도는 무능한 인물'(『아버지』)이거나 '황무지나 불타버린 미루나무' 정도로 비유되는 인물(『가시고기』)들이다. 그리고 아내들은 이러한 남편들의 모습이 불만스러워 '잠자리를 피하거나'(『아버지』) 이혼 요청을 한다(『가시고기』). 요컨대 두 소설에서 아내들은 남편들과의 정신적이며 육체적인 친밀함을 불허하는 냉혹한 인물로 그려지고 있다.
　그런데 우리가 위의 두 예문만이 아니라 소설 전편에서 중요하게 고려해야 할 점은 여성 혐오증의 작동이다. 두 아내들은 남편들을 혐오하지만 이러한 서술의 밑바탕에는 여성 혐오 심리가 꿈틀거리고 있다. 특히 『가시고기』의 경우, 여성 혐오 심리는 위험 수위를 육박하고 있다. 어떤 점에서 이렇게 얘기할 수 있을까?

『가시고기』의 아버지는 대단히 모성적인 아버지로 설정되어 있다. 어떻게 보자면, 그는 양성구유적인 인물이다. 남성은 남성이되 모성의 자질을 확보한 인물로 그려지고 있다는 것이다. 『가시고기』의 아버지는 백혈병에 걸려 죽어가는 아들을 헌신적으로 간호하는데, 마치 이 모습은 모성으로 충만한 어머니를 연상시킨다. 아버지의 이미지에는 부드럽고 감정적이며 서정적인 이미지들이 동반되는데 이는 공격적이며 차가운 아내의 이미지와는 대조적이다.

이 소설에서 자아 성취를 중시하여 가정을 떠난 노라형의 아내는 모성 부재의 인물 혹은 우리가 어린 시절 수많은 동화에서 읽었던 계모형의 인물처럼 그려지고 있다. 이 소설에서 자아 성취를 중시하는 여성은 한낱 가정 파괴 주범 정도의 인간으로 그 의미가 격하되어 버린다. 요컨대 두 여성은 아버지들을 가족에서 격리시켜 아버지들을 고독하고 외롭게 만드는 주역들, 그들을 죽음으로 내모는 후안무치의 인간의 이미지를 반복하고 있다.

문제는 이와 같은 여성 인물의 설정이 여성 혐오의 심리를 허용하는 설정이라는 데 있다. 실제로 경제적인 위기가 가중되는 현실에서도 대중은 그들의 이해관계에 따라 여성 혐오, 인종 혐오, 민족 혐오의 혐오 심리를 은연중에 드러낼 수 있는데, 이 여러 유형의 혐오의 심리 중에서 여성 혐오의 심리가 이 두 소설에 투영되고 있는 것이다. 두 소설의 작가는 여성 혐오의 심리를 적절하게 제어하기보다는 그 심리에 편승하여 아버지 열전을 만들어내고 있는 것이다.

그런데 남편과 아내를 연민과 혐오의 대상으로 그려내는 작가의 서술 태도는 왠지 모르게 그리스 신화의 미소년 나르키소스가 물 속에 비친 자기 모습을 바라보면서 황홀해하는 태도를 연상시킨다. 작가들은 어떻게 보자면 현실의 아버지를 재현하는 게 아니라 그들이 상상할 수 있는 가장 불쌍한 아버지의 이미지를 만들어내어 이 이미지에 탐닉하고 있는 것이다. 나르시시즘이 안 좋은 이유는 자기 반성의 태도가 없는 편향된 사유구조여서 그렇다. 『아버지』의 아버지와 『가시고기』의 아버지는 죽는 그 순간까지도 자기 반성의 태도를 보여주지 않는다. 장렬하게 최후를 맞이하는 그들은 단 한 번도 그들의 허위의식을 들여다보지 않는다.

이런 점에서 『아버지』와 『가시고기』는 1990년대의 여성 작가들과는 정반대의 방향에서 가족 서사를 만들어냈으되, 여기에는 지독한 여성 혐오와 나르시시즘이 과잉되게 투영되어 있다고 얘기할 수 있다.

(『한국언어문화』 제21집, 2002)

제 2 부

작품의 현존

우리들 인생, 알고 보면 아주 오래된 농담

__박완서의 『아주 오래된 농담』

　박완서의 『아주 오래된 농담』(실천문학사, 2000)은 작가는 나이로 인정받는 존재가 아니라 작품으로 인정받는 존재이고 동시에 작품으로 평가받는 존재라는 진리를 확연하게 깨닫게 한다. 그리고 좋은 소설은 소수의 몇몇 독자들과 비밀스럽게 소통하는 게 아니라 독서 대중이 공감하는 우리 사회의 실질적인 문제로부터 출발하고 있다는 점을 확인시켜 주기도 한다. 이 소설을 빌려 우리들의 삶이 기껏해야 '아주 오래된 농담'에 불과하다고 말하게 된 작가의 동기는 어디에 있을까?

　박완서는 세속 사회의 인간들이 아귀다툼 벌이며 만들어가는 인생의 드라마를 농담 같다고 얘기한다. 농담 중에서도 아주 오래된 농담 같다고 얘기한다. 우리의 삶이 진담이 아니라 농담에 불과하다고 말한 작가에게 괜히 그 진의를 따져 물을 이유는 없다. 왜냐하면 작가는 결코 세속 사회의 추악하고 비루한 인생 드라마를 옹호하는 게 아니기 때문이다. 오히려 작가는 우리의 인생을 농담으로 만들어버리는 원인을 해명하는 데 더 큰 관심을 두고 있다. 그러므로 정확하게 말하자면, 작가는 아주 오래되어버린 농담 같은 우리들의 비루하고 추악한 인생을 뒤집고 갈라내 보임으로써 인생의 농담화를 가능케 한 사회적 조건을 비판하고 있는 것이다. 작가의 비판은 먼저 위선적인 가족주의를 향하고 있다.

이 땅에서 살아가는 사람들 중에서 가족이라는 말이 환기시키는 구속적 주술력에서 자유로운 사람은 그리 많지 않다. 가족이란 말은 듣는 이로 하여금 가족의 모순된 실상을 은폐하고 합리화하게 하는 주술력을 여전히 발휘한다. 그래서 우리들은 가족관계의 모순과 상처에도 불구하고 끝내 가족은 소중하다고 인정해 버리고 만다. 그러나 박완서는 이 답변은 위장된 답변일 수 있다고 독자들에게 말을 건넨다. 요컨대 박완서의 『아주 오래된 농담』은 우리들이 끈질기게 인정하지 않으려 하는 가족의 위선을 통렬하게 고발하는 가족서사적 성격을 유감없이 지니고 있다. 그 고발은 이렇게 진행된다.

이런 사건이 일어난다. 소설의 화자로 설정된 영빈이의 여동생 영묘가 우여곡절 끝에 재벌 가문으로 시집간다. 여동생 영묘의 남편 송경호는 "미국 유학에서 돌아온 지 얼마 안 되는, 결혼 경력 없는 총각이고, 인물 또한 준수"하게 묘사되는 인물이다. 송경호와 결혼한 영묘의 인생은 장밋빛으로 비유될 만하다. 그러나 이런 구도로 나간다면 박완서의 소설이 아니지 않겠는가? 박완서의 소설은 이 행복이 포장된 행복에 불과하다는 것을 날렵하게 들추어 보여준다. 작가는 이들을 결혼시키고 곧 송경호를 죽어가는 선암 환자로 설정해 버린다. 그리고 가족의 추악한 드라마를 하나하나 그려간다. 그런데 이 소설에서 송경호의 죽음 그 자체는 별로 중요한 사건이 아니다. 어떻게 보자면 소재 차원의 죽음일 수도 있다. 중요한 건 죽어가는 아들 송경호에 대한 송씨 집안의 태도, 특히 아버지 송 회장의 태도이다. 송 회장의 태도에는 독선적이고 추악한 가장의 권위가 반

142

영되어 있다. 왜 이렇게 얘기할 수 있을까?

송 회장은 아들이 죽어가는 사실 자체를 외부에 알리지 않을 정도로 가족 권력의 중심에 선 인물이다. 여기서 송 회장은 마치 권위주의 정권의 독재자를 연상시킨다. 딱딱하게 굳은 얼굴로 텔레비전에 출연하여 국민들을 훈계하던 독재자의 냉정한 이미지를 송 회장은 재현한다. 오로지 명령만 내리는 독선과 위선을 송 회장은 반복하고 있다. 그렇다면 아들은 어떤가? 아들 송경호는 아버지에 의해 끝없이 굴절되는 고단한 삶을 살아가게 되지만 그는 비굴할 정도로 반항하지 않는다. 송경호는 자기 치유의 권리를 아버지에게 박탈당해 버리고 죽음만을 기다리는 초라한 신세로 전락하고 만다. 환자는 환자이되 자기 권리를 상실한 환자가 바로 송경호다. 송경호의 아내 영묘는 이 과정에서 송씨 집안 사람이 아닌 제3자처럼 홀대받는다. 마치 영묘의 역할은 가통 계승에 필요한 남자아이를 낳아주는 것 외에는 없다는 식이다.

송 회장의 독선과 위선은 송경호의 장례식장에서 최고조로 상승한다. 여기서 아들의 장례는 송 회장과 그의 가족의 권위를 장식하는 퍼포먼스로 변질되고 만다. 이 퍼포먼스의 연출자는 송 회장이며 찬조 출연진들은 그의 가족들이다. 이 대목을 잠깐 살펴보기로 하자.

영빈이 보기에 송 회장은 영원히 저장될 슬픔을 위하여 연기를 하고 있는 것처럼 보였다. 역겨웠지만 그의 상대역을 면할 수는 없었다. 그런가 하면 송 회장은 또 재계나 정계의 유명인사가 나타날 적마다 영빈의 소매를 잡아당기면서 그가 누구라는 걸 자랑스럽게 귀띔해 주기도 했다. (중략) 송씨집 사람들 중 카메라를 의식 안 하는 건 영묘밖에 없는 것 같았고, 그게 되레 송 회장을 난처하게 하는 것 같았다. (211쪽)

영빈이 보기에 송씨 집안 사람들은 진정으로 송경호를 추모하는 게 아니라 타인들의 시선을 의식하며 연기하는 위선적 인물들이다. 평소 사돈 집안을 탐탁하게 여기지 않던 영빈의 시점으로 묘사된 단락이어서 편향된 관찰이 아니냐는 의심을 받을 수도 있으나 우리는 이 단락에서 위선적인 가족의 추악한 면모를 분명하게 확인할 수 있다. 다양한 가족관계가 출현하는 시대, 가족관계의 다양한 소통 방법이 중요하게 인정받는 시대처럼 보이지만 여전히 가부장제적 가족관계와 그 가족관계를 장악하는 독선적 가장들이 변함없이 위력을 발휘하는 시대에 우리는 생존하고 있다고 작가는 여기서 얘기해 주고 있다.

과연 가족에 관한 박완서의 고찰을 과장된 고찰이라고 할 수 있을까? 박완서의 고찰은 박완서 개인의 고찰이며 동시에 이 시대의 독서 대중이 충분히 공감할 만한 보편적 설득력을 지닌 고찰일 수 있다. 박완서가 그려내는 가족의 모습을 현실과 동떨어진 것이라고 자신 있게 말할 사람이 과연 몇이나 될까? 그러므로 박완서의 소설을 읽는 일은 몇 가지의 허구적 사건을 읽는 의미만을 띠지는 않는다는 얘기다. 그의 소설을 읽는 일, 특히 이 소설 『아주 오래된 농담』을 읽는 일은 우리 사회의 모순이 중층적으로 구조화된 범주가 바로 가족이며 가족관계를 비판적으로 통찰하지 않고서는 현재 우리들을 옭아매는 억압의 정체를 해명할 수 없다는 의미를 확인하는 것이기도 하다. 우리들의 인생을 '아주 오래된 농담'으로 만들어버리는 또 하나의 사회적 조건을 작가는 자본의 논리라고 말한다. 자본의 논리가 우리들의 인생을 더 우스운 농담으로 변질시킨다고 작가는 이 소설에서 고발한다. 사회적 차별 기제로서의 자본, 가족관계를 암투의 관계로 변질시키는 자본, 세속적 욕망의 동력으로 작동하는 자본 논리의 부당성을 작가는 송경호의 죽음에 밀착시켜 독자들에게 내보인다.

이럴 때 도드라지게 초점화되는 인물은 송 회장이다. 송 회장은 독선적인 가장만이 아니라 자본의 논리를 육화시킨 타락한 인물로 또다시 작가들의 시선을 잡아끈다. 그렇다고 하여 이 소설에서 송 회장만이 자본의 논리에 길들여진 인물이라고는 볼 수 없다. 영빈과 고단한 가장의 역할을 떠맡다가 미국으로 이민 간 영빈의 형인 영준 또한 이 논리에서 자유롭지는 않다. 그러나 어디 영빈과 영준만 그러한가? 이 나라의 남성들은 "망한 집을 살리기 위해서 돈을 벌어야 하고 돈을 벌기 위해서는 의사가 되어야 한다"는 영빈의 생존 전략을 웃기는 소리라고 비난할 처지가 아니다. 그런데도 송 회장을 이 소설에서 문제적 인물로 봐야 하는 이유는 뭘까? 권위적인 가장의 독선과 자본의 논리를 동시적으로 드러내는 인물이 바로 송 회장이고 그에 따라 송 회장은 가부장제적 가족주의와 자본의 논리가 만날 때 인간이 얼마나 추악하게 위선적으로 존재하는가를 보여주는 상징이 되기 때문이다.

그의 추악한 위선은 아들을 치유하는 과정에서 잘 드러난다. 겉으로 보기에 송 회장은 죽어가는 아들을 성의를 다해 치료하는 인자한 아버지처럼 보이지만 그의 이러한 행위는 아들의 생사를 오로지 아비인 자기가 결정한다는 알리바이를 은폐하고 있다. 또한 송 회장의 이러한 행동 뒤에는 재산을 영묘에게, 즉 '다른' 집 사람에게 내줄 수 없다는 판단이 숨어 있다. 이리하여 아들 송경호는 죽어갈수록 그의 죽음으로부터 소외되는 인물, 아내 영묘는 송씨 집안에서 소외되어 버리는 인물로 묘사된다.

반면 "그만하면 이 세상에 와서 할 도리 다한 거라고 생각해. 가게하고 집만 있으면 당신 혼자서도 우리 아이들 왕자나 공주 부럽지 않게 키울 수 있을 거"라는 유서를 남긴 뒤 목매달고 자살한 치킨 가게 주인 치킨 박은 어떤가? 암 환자로 살 날이 얼마 남지 않은 치킨 박은 그의 죽음을 스스로 결정하여 자살해 버리고 만다. 여기서 자살의 윤리적 문제를 거론할 필요는 없다. 왜냐하면 치킨 박의 죽음은 상대적으로 송 회장의 행위가 사실은 더 비윤리적이며 송경호의 죽음은 행복한 죽음이 아니라 불행한 죽음이라는 점을 역설적으로 깨닫게 해주기 때문이다.

그런데 『아주 오래된 농담』이 흥미롭게 읽히는 이유는 송씨 집안을 냉소적으로 관찰하는 화자 영빈에게도 사실은 비판의 화살이 되돌아온다는 점, 수준의 차이일 뿐 허위적인 삶은 영빈이라고 하여 예외이지 않다는 점을 독자들이 읽을 수 있기 때문이다.

영빈은 "병원에서는 한 소대나 되는 인턴 레지던트 간호사들을 줄줄이 거느리고 근엄하고 전능한 얼굴로 회진을 도는 박사님이었고, 집에서는 성공한 아들, 존경받는 남편이었고 의대생들 사이에서는 학점에 짠 악몽 같은 교수"다. 한마디로 말해 영빈은 선망의 대상이 되는 사회적 자아로 존재한다.

그런데 작가가 더 주목하는 건 사회적 자아의 뒤편에 존재하는 또 다른 영빈이다. 그 또 다른 영빈은 언제나 현금을 기억하고 있다. "꿈속의 능소화"로 기억되던 현금, 기억에서 잊혀지지 않는 현금을 만나고 영빈에게는 어떤 일이 벌어지는가?

> 현금이의 시야를 벗어난 그는 야호, 하면서 점프를 하고 싶은 충동을 못 이겨 에스컬레이터도 엘리베이터도 안 타고 계단을 이용했다. 계단을 두 개씩 뛰어올라도 속에서 자꾸 힘이 남아도는 걸 주체할 수가 없었다. (41쪽)

아들, 남편, 아빠, 교수의 역할, 요컨대 이 사회에서 요구하는 슈퍼

에고적 역할을 성실하게 수행해 온 영빈은 현금을 만난 이후 관계의 구속성을 탈피하여 리비도적 욕망을 추구하려고 한다. '점프를 하고 싶은 충동'이나 '남아도는 힘' 등은 그에게 잠복되어 있던 리비도적 욕망을 의미하는데, 이 욕망은 현금과의 쾌락적인 정사를 즐기고 그녀와의 비밀스러운 사적 관계를 형성하는 동력으로 작용한다.

그런데 이 사적 관계에 틈이 벌어진다. 이 사적 관계의 청산을 제안하는 쪽은 현금이다. 집밥을 요구하는 남편, 손자의 출산을 요구하는 시부모의 요구를 받아들이기를 거부하면서 현금은 이혼을 결정하게 되고 여러 생활 스타일을 실험하며 살고 있다. 농토를 매입해 농사를 해보기도 하고, 음식을 만들어 고아 몇몇을 집으로 불러 먹여보기도 한다. 어떻게 보자면, 영빈과의 정사 행위 또한 현금의 생활 스타일 실험으로 볼 수도 있다. 영빈은 현금을 성적 유토피아의 환상적 대상으로 여긴 반면 현금은 영빈을 새로운 생활 스타일의 실험 대상으로 여긴 것이다. 현금은 자발적인 임신을 원했다. 타인들의 요구에 따라 임신하는 임신 기계가 아니라 스스로 원하여 임신하고 아이를 낳고 키우고 싶은 계획을 현금은 영빈을 통해 실현하고 싶어했다.

그런데 이 실험은 포기된다. 여기에는 우리 사회의 광기와 같은 집착, 바로 아들에 대한 집착이 숨어 있다. 이 집착을 현금이 보인다는 말은 아니다. 현금은 그가 다니던 병원에서 영빈의 아내인 수경을 우연히 만난다. 알고 보니 수경은 영빈의 아내였고, 이 아내는 남편 모르게 남자아이를 얻기 위해 딸아이들을 두 번씩이나 낙태한 아픈 과거를 지니고 있었다. 영빈에게 전하는 현금의 전언은 이렇다. 수경은 "아들 못 낳는 여자에게 그 같은 구원의 길을 열어준 현대의학과 한광 같은 의사가 있다는 것만을 한없이 행복해"했고, "그런 수경이를 보면서 난 무지 헷갈렸"고, 그 부도덕한 짓을 보면서 "처음으로 너와 나의 관계를 도덕적인 눈으로 보게 됐"다고 현금은 영빈에게 고백한다.

이 점을 알아두기로 하자. 영빈이의 가족도 아들을 바라는 이 사회의 병리적 광기와 무관하지 않다는 점을 말이다. 의식적이든 의식적이지 않든 영빈은 자상한 남편이 아니라 아들을 원하는 남편으로 아내에게 인식되고 있었다. 영빈이는 모멸과 모독의 태도로 송씨 집안을 관찰했지만 그렇게 관찰한 영빈도 '아내의 몸 속에 이 나라의 유구한 여성 잔혹사'를 기록해 놓은 모멸받을 만한 남자 중의 하나일 수 있다는 점을 현금의 전언은 알려준다. 또한 아내는 아무런 걱정 없이 살아가는 주부가 아니라 시어머니와 남편에게서 아들 출산의 요구를 읽으며 어떻게든지 자기 몸 속에 남자아이를 임신시켜 보려는 여성 잔혹사를 반복하는 또 하나의 희생자일 수 있다는 점을 현금의 전언은 알려준다.

이로써 영빈이의 리비도적 욕망은 작동을 멈춘다. 관계의 구속성에 얽매이지 않는 리비도적 욕망은 일시적으로 탈주의 쾌감을 영빈에게 선사했지만, 그 결과는 지독스럽게 허망하다. 아이러니하지만 가족 경계의 바깥에서 새로운 생활 스타일을 실험하던 현금과의 만남은 오히려 영빈에게 그의 가족관계의 불행한 현주소를 더 인지하게 만들어놓는 원인으로 작용한다. 그렇기에 어렵사리 현금을 찾아가지만 영빈은 "현금이가 떠다미는 대로 택시 안으로 구겨박질러지면서" 귀가하게 된다는 이 소설의 결말은 참으로 의미심장하다.

『아주 오래된 농담』을 읽고 난 독자들은 독자들을 탄생시킨 가족 그리고 독자들이 만들어왔거나 앞으로 만들어갈 가족을 고민하게 된다. 세상에서 제일 소중한 건 가족이라는 우리들의 관습화된 관념이 과연 타당한가를 독자들은 이 소설을 읽고 고민하게 된다. 근대의 기획과 형성, 사회구조의 변동과 해체, 거대 이념의 몰락과 대안

이념의 모색 등 지금 우리가 발붙이고 살아가는 이 시간과 공간을 어떤 식으로 정의하고 설명한다 하더라도 가족을 제외하고 이루어지는 성찰은 아무런 의미가 없고 실속이 없는 결과를 낳을 수밖에 없다는 소중한 문제의식을 박완서의 『아주 오래된 농담』은 제기하고 있다.

(『작가』 2001년 여름호)

억척 어미의 여성성과 가난과 마주하는 문학

_공선옥의 『멋진 한세상』

1. 측은지심, 야성, 자연친화의 여성성

1990년대 우리 소설이 젊은 여성 작가들에 의해 주도되었다는 것은 이제 하나의 상식처럼 받아들여진다. 그런데 이 상식을 당연하게 받아들일수록 여성 작가들의 고유한 문학적 개성을 확인하는 일은 언제나 유보되기 마련이다. 적지 않은 여성 작가들이 90년대에 등단했으며 이들의 작품이 독서 대중의 각광을 받은 게 사실이지만, 우리가 더 살펴야 할 문제는 여성 작가들의 문학적 개성이 어떻게 표현되는가를 밝히는 데 있다. 이럴 경우 유독 우리의 관심을 끄는 작가가 있으니 그 주인공이 바로 공선옥이다.

공선옥은 우리 시대의 여성 작가들 중에서 그 유례를 찾아보기 어려울 정도로 '5월 광주'를 통찰해 온 작가로 알려져 있다. 「씨앗불」, 「목마른 계절」, 「목숨」, 「떠도는 나무」, 「내 생의 알리바이」 등 그의 작품에는 5월 광주가 중심 모티프로 출현하고 있으며, 기타 여러 작품들에도 5월 광주가 주변 모티프로 나타나고 있다는 사실을 공선옥의 독자들은 이미 알고 있다. 그런데 이번에 출간된 작품집 『멋진 한세상』(창작과비평사, 2002)에서 작가는 5월 광주를 뒤로 물리고 예전부터 논란을 일으켜온 문제를 더욱 과감하게 붙잡고 있는 모습을 보여주고 있다. 그 문제가 바로 여성성에 관한 작가의 인식이며, 그것의 문학적 표현이다. 공선옥 문학의 여성성은 공선옥 독자들에게 언제나 뜨거운 토론을 유발하는 쟁점이었다. 이 쟁점은 공선옥이라는 한 개인의 문학과 관련된 문제가 아니라 우리나라 여성문학의 일급 문제로 여겨질 정도로 많은 독자들의 반향을 불러일으켰다. 아래의 예문을 읽는 독자들의 심정은 어떨까?

　　어미들이 그 아비들보다 자식으로 해서 더 큰 행복감을 맛본다고 한다면 그건 아마 출산의 고통을 겪어낸 때문이 아닐까. 남자는 쾌락 때문에 자의와는 다르게 아이를 만들지만 여자는 속 깊은 곳에서 보다 근본적인 욕구, 어미이고 싶은 욕구에 의해 아이를 낳고 기르는지도 모른다는 생각이 든다. 여성성이란 무언가를 속에 품지 않으면, 키워내지 않으면 안되는 속성을 가진 것이 아닐까? (「아무도 기다리지 않았다」, 195쪽)

당혹스럽지 않은가? 남성과 여성의 관계를 가해자와 피해자의 이항 대립적 관계로 설정하여 서술하는 방식은 그렇다 하더라도 "무언가를 속에 품지 않으면, 키워내지 않으면 안되는 속성"을 여성성으로 정의하는 이 대목이 우리를 당혹스럽게 만들지 않는가? 신화에서나 확인할 수 있었던 이 초역사적인 여성성, 여성의 성적 정체성을 임신과 분만의 모티프로 축약시키는 여성성을 우리는 어떻게 이해해야 하는가?

독자에 따라서는 공선옥의 여성성을 남근주의에 길들여진 보수적인 여성성, 현대성의 흔적을 전혀 발견할 수 없는 봉건적인 여성성으로 비판할 수 있다. 이와 같은 비판이 전혀 일리 없다고 말할 수는 없다. 그러나 우리는 공선옥 문학의 여성성을 비판하기에 앞서서 5월 광주로 요약되는 역사적 지평과 임신과 분만의 모티프로 요약되는 여성성의 지평 안에서 뿌리를 내리고 자라온 공선옥의 문학이 오늘에 이르러 역사의 지평에서 여성성의 지평 쪽으로 몸을 더 기울이고 있는 이 현상의 의미를 다시 생각할 필요가 있다.

여러 논란에도 불구하고 우리가 공선옥 문학의 여성성을 주목해야 하는 이유는 작가가 이 여성성을 매개 고리로 삼아 부계 가족 중심의 사회에서 모계 가족의 가능성을 실험한다는 데 있다. 공선옥의 신작 소설들을 읽어본 독자들은 누구나 쉽게 파악할 수 있다. 이 신작 소설집은 억척 어미의 여성성 계열의 작품을 적지 않게 수록하고 있다는 것을. 그런데 여성성의 성격을 논의하기에 앞서서 먼저 알아야 할 것이 있으니, 공선옥 문학의 여성성이 본래부터 남성과 대척 관계에 선 것은 아니라는 것이다. 이를 확인시켜 주는 사례가 「이 한 장의 흑백사진」이다. 실연한 남동생에게 들려주는 누이의 체험담으로 구성된 이 소설은 "한 남자의 아내가 되고 싶은 스물네 살 처녀의 지극한 여성성"을 서정적인 문체로 풀어내고 있는데, 문제는 주인공 여성의 욕망이 현실에서는 철저히 배반된다는 데 있다. "엉덩이가 얼얼할 정도로 들썩거리는 완행버스를 타고 물어물어 그 사람 동네로" 찾아간 '나'였다. 그러나 그의 집에 그는 없었다. 그 대신 '나'는 인자한 모성을 지닌 그의 어머니를 만난다. 이 만남은 '나'에게 엄마의 사랑스런 보살핌을 받는 아이의 행복을 며칠 동안 느끼게 하지만 이 행복은 며느리가 될 여자를 데리고 귀가하겠노라는 그의 편지가 도착하면서 깨지고 만다. 이처럼 이 소설은 배반으로 결말 처리되기는 했지만 처녀의 행복하고도 순진한 여성성을 정겹게 그려내고 있다.

그런데 공선옥 문학이 비중 있게 그려내는 여성성은 배반의 현실 이전에 놓인 처녀의 여성성이 아니라 배반의 현실 이후에 놓인 홀로된 억척 어미들의 여성성에 있다고 하겠다. 홀로된 억척 어미들은 「홀로어멈」, 「고적」, 「이유는 없다」, 「아무도 기다리지 않았다」 등의 소설에서 자식들과 함께 악전고투의 나날을 살아가는 모습을 보여주는데, 흥미로운 건 이 어미들이 여린 생명들을 감싸고 보살피는 측은지심의 여성성을 보여주는 어미들이고 술 먹고 담배 피우기를 즐기는 야성의 어미들이라는 것이다. 이 어미들은 남편을 불청객으로 여기면서 남편의 개입 없이 오로지 "자신의 의지대로 아이들을 사랑"(「아무도 기다리지 않았다」)하기를 소망하고 있다. 오로지 어미를 정점으로 한 모계 가족을 완성하려는 노력을 공선옥 소설의 억척 어미들은 보여주고 있는 것이다. 요컨대 공선옥 문학에서의 여성성은 남편으로 상징되는 성인 남자를 배제하고 여린 생명들을 적극적으로 포용하는 '어미—자식'의 행복한 이자적 관계를 욕망하는 특징을 보여준다고 얘기할 수 있다.

이와 함께 살펴야 하는 또 하나의 특징은 공선옥 문학에서의 여성성이 자연친화적인 성격을 보여준다는 점이다. 「한데서 울다」에서 확인되듯 공선옥 소설의 어미들은 남성적인 공격성과 폭력성이 횡행하는 도시로부터 탈주하여 "말하자면 우리 삶의 원형, 혹은 우리 삶의 문명이란 이름으로, 사랑이라는 이름으로 훼손되지 않은 상태"를 그리워하는 여성으로서 이들의 여성성이 근본적으로 자연친화적이라는 점을 확인시켜 주고 있다. 소설의 제목이 가리키듯 도시에서의 삶은 추운 곳이라는 의미를 지닌 한데에서의 삶이며 시골에서의 삶은 "앞마당과 뒷마당"을 거느린 자연에서의 삶인데, 여성성의 충만한 발현은 바로 자연적 환경에서 가능하다는 점을 이 소설은 암시해 주고 있다.

정리하자면 공선옥 문학에서의 여성성은 측은지심의 여성성, 야성의 여성성, 자연친화적인 여성성이며 공선옥의 문학은 이 여성성을 적절하게 배합해 만든 것이라고 말할 수 있다.

이 여성성의 세 가지 특징을 온전히 구현하는 소설이 「홀로어멈」이다. "저녁에 술 먹고 늦게 들어오고 아침에 늦게 일어나 지각을 하고 결근"을 되풀이하던 남편이 "이제 갓 셋째 아이를 낳은" 정옥을 구타하는 사건이 일어난다. 이 사건이 빌미가 되어 정옥은 이혼을 하고 친구 순아가 거주하는 시골의 폐교로 내려오게 된다. 이 시골의 폐교는 살구나무, 감나무, 비, 바람 등을 품고 있는 자연친화적인 공간으로 정옥의 여성성이 드러나게 하는 생활의 현장이 되고 있다. 이 생활의 현장에서 모계 가족을 힘겹게 이끌고 나가던 정옥은 "이렇게 춥고 눅눅할 때는 술이라도 한잔 먹으면 그래도 좀 나을까 싶다"는 어미, "술이 일단 몸속으로 들어가면 제정신이 아니라서 힘든 일도 힘든 줄 모르고 하게 된다"는 어미로 둘째 딸이 사달라고 한 머리띠를 어미를 흉보는 딸의 면전에서 작살내 버릴 정도로 야멸찬 야성의 여성성을 보여주기도 한다. 그렇지만 정옥의 내면에는 측은지심의 여성성이 꿈틀거리고 있으니, 이 측은지심의 여성성은 여린 생명들을 배반하지 않는 사랑을 실천한다.

이 세 가지의 여성성을 소유한 억척 어미를 설정하여 모계 가족의 실현을 실험하는 작가는 이 실험의 효과를 극대화하기 위해 남편 혹은 아버지로 상징되는 남성 인물을 가족 갈등의 요인으로 설정하고 있으니, 「아무도 기다리지 않았다」가 그 적절한 예가 되고 있다. 이 단편의 주인공 경희는 전임강사이며 언니는 보험설계사로, "딸들이 줄줄이 남편 없이 아이 키우고 있는 상황이 동네사람들한테 부각되어 괜히 엄아 아버지한테 누가 되지 않을지" 염려하는 어미들이다. 이 소설은 몇몇 장면에서 소설의 서술 시간을 과거로 옮겨 생리체험 중인 사춘기 소녀 경희가 아버지에게 느낀 불화관계를 재현하고 있다. 흥미로운 점은 이 불화관계가 경희의 딸과 남편 사이에서도 반복적으로 재현된다는 데 있다. 여성의 성적 정체성이 형성되어가는 단계에서 아버지는 딸들에게 그 정체가 묘연한 이질적인 타자로 이해되고 있으며, 이 이질적인 타자로서의 아버지는 딸들만이 아니라 그의 아내와 가족들에게 일방적인 횡포를 강요하는 불편한 존재로 받아들여지고 있다. 공선옥 문학에서의 모계 가족은 아내와 가족을 배반한 남편에 의해 형성의 계기가 마련된다는 약점이 있지만, 이 약점은 억척 어미의 여성성으로 희석되어 간다. 남편들이 새 여자를 찾아 대책 없이 집을 떠나는 무책임한 남근들이거나 오랜만에 집을 방문하여 괜히 자식들의 기를 죽이는 권위적인 가부장이라면, 억척 어미들은 사랑과 포용의 태도로 집과 가족을 통합하는 끈질긴 모성을 구현하는 윤리주의자들일 수 있다고 공선옥의 문학은 말한다.

그런데 억척 어미의 여성성 계열의 작품 중에서 이채로운 사례는 「이유는 없다」가 아닐까 한다. 이 소설의 주인공인 '나'는 여타 작품들의 어미처럼 모계 가족을 이끌어가는 억척 어미이다. 그런데 이 작품의 억척 어미는 여타 소설의 억척 어미와 달라 보인다. '나'는 "어머니가 시비조로 나오는 그 순간, 그리고 딸이 나이에도 맞지 않게 말도 안되는 생짜를 부리는 그 순간, 어머니고 딸이고 다 놓아두고 어디론가 떠나버리고 싶은" 가출의 충동을 느끼는 억척 어미로 설정되었다는 점에서 그 모습이 이채롭다. 가족의 관계틀에 발목 잡힌 어미가 아니라 여성의 욕망에 귀 기울이는 모습을 「이유는 없다」의 어미는 보여주고 있다. 급기야 어머니와 딸의 악다구니와 욕설로부터 탈주를 시도하는 '나'는 남행고속버스를 타고 벌교에 도착한다. 대학 서클 동기이자 '나'가 과외를 하는 아이의 아빠인 그가 아내와 이혼을 하고 '나'를 떠나버리자 마음의 번민을 겪던 '나'는 벌교행을 결행한다.

악다구니와 욕설이 오고가는 모계 가족의 집에서 악전고투하는 어미들과는 달리 '나'는 가출을 감행했으니, 이 얼마나 돋보이는 장면인가? 그러나 어렵사리 벌교에 도착한 '나'는 "급기야는 내가 왜 이곳에 와 있는지, 내가 왜 남쪽으로 왔는지, 내가 왜 그를 만난다는 이유로 집을 나왔는지 알 수" 없었던 까닭에 아버지의 애인인 김영분과 "세탁일 잘하는 남편의 아내"를 뒤로하고 상경 버스에 몸을 싣고 만다. 솔직히 말하자면, 이 소설의 결말이 불만스럽다. 작가는 왜 '나'를 다시 어머니와 딸이 있는 집으로 귀가시키는 방식, 달리 말해 여성 욕망에 솔직하게 반응하는 결말이 아니라 어미의 여성성으로 귀환하는 결말로 작품을 끝내는 걸까?

'나'의 여성성이, 아니 작가의 여성성이 '나'의 가출을 귀가로 처리하게 한 걸까? 이 작품이 돋보이는 점은 진짜 가련한 존재는 딸과 어머니가 아니라 '나' 자신이라는 고백이며, 이 고백이 고백으로만 그치는 게 아니라 '나'를 구속하는 집으로부터 가출한다는 데 있다. 그런데 아쉽게도 '나'의 가출은 여성으로서의 '나'의 욕망에 부응하는 가출로 이어지지 않고 있다. 어미로서의 의무와 여성의 욕망 사이에서 흔들리는 '어미—여성'으로서의 '나'의 존재를 공선옥이 향후 어떻게 처리할지 매우 궁금하다. 앞으로도 그의 문학을 여전히 주목해야 하는 이유를 「이유는 없다」가 제공하고 있다.

2. 가난과 마주하는 문학

공선옥의 문학은 감각적인 형용사와 부사들로 장식되어 있지 않다. 그의 문체는 비유하는 문체가 아니다. 그의 문체는 욕설, 비속어, 입담, 농담 등으로 사건의 진실을 향해 거칠게 육박해 들어간다. 공선옥 작품의 인물들은 한적한 카페에 턱을 괴고 앉아 클래식 교향곡을 들으며 정신적 허기를 위로하는 미시족들이 아니다. 그의 소설의 주된 인물들은 남편들이 버리고 간 어린아이들을 돌보며 술을 마시거나 괜히 화를 내는 어미들이다. 이처럼 가공된 보석이 아니라 가공되지 않은 원석을 연상시키는 공선옥의 소설들을 읽노라면, 인간의 사무친 육성이 들린다. 삶을 진짜로 살아본 한 여성 작가의 육성이 귀를 때린다.

그 육성이 들려주는 주제는 사회적 리얼리티로서의 가난이다. 공선옥의 문학은 사회적 리얼리티로서의 가난을 소설화하는 데 강렬한 의욕과 남다른 성과를 보여주고 있다는 것을 우리는 이미 알고 있다. 이 얘기를 우회해서 설명하자면 이렇다. 우리 시대의 사회 문화적 환경이 리얼리즘 문학의 존속을 어렵게 할 정도로 변모했다는 의견은 이제 소수의 의견으로 여겨지지 않고 있다. 상전벽해라는 말의 의미를 실감할 정도로 우리 시대의 겉과 속이 바뀌고 또 바뀌어 21세기의 벽두에 이르고 있다는 말도 과장처럼 들리지 않는다. 과거우리 사회의 성격을 설명하는 키워드처럼 받아들여졌던 국가, 민족, 계급 등은 자명한 진리의 용어일 수 없다는 비판은 아주 허황된 비판으로 들리지 않는다.

그렇지만 상전벽해의 현실 속에도 리얼한 사건들과 이 사건들에 연관된 인간들의 체험은 지속하고 있다는 걸 우리는 인정해야 한다. 많은 비평가들이 변모된 우리 시대의 사회 문화적 환경을 감안하면서 앞으로 우리 문학이 성취해야 하는 새로운 미학적 태도와 방법을 여러 가지로 예측하고 있지만, 리얼한 사건들은 사라지지 않고 있으며 문학은 이 리얼한 사건들과 대화해야 한다는 점을 공선옥의 작품

들은 일깨우고 있다. 공선옥의 작품들은 문학이론 이전에 존재하는
게 문학이며, 문학 이전에 존재하는 게 인간의 삶이며, 인간의 삶 중
에서도 가난은 리얼한 사건의 전형이라는 사실을 환기시키고 있다.

공선옥의 작품은, 이 화려한 21세기에도 가난을 사라지지 않는,
아니 오히려 더 심화하고 있는 사회적 현상으로 이해하고 있다. 가
난은 우리 사회가 구조조정과 대량해고를 허용하는 신자유주의의
사회로 변모해 감에 따라 시대의 대세처럼 우리들에게 다가오고 있
으며, 이 가난의 대세 앞에서 무참하게 희생되는 민중들이 증가하고
있노라고 공선옥의 작품들은 경고하고 있다.

이런 점에서 공선옥의 문학은 우리 사회가 상전벽해의 사회로 변
모했다는 의견의 대두가 우리 사회의 리얼한 문제로서의 가난을 은
폐하는 오류를 일으키고 있다는 생각을 갖게 한다. 작가의 자서전적
소설인 「멋진 한세상」에는 다방 아르바이트, 고속버스 안내원, 가정
부 일자리를 구하는 가난한 시골소녀의 신산한 세상살이로 읽힐 만
한 대목이 나오는데, 이 대목을 거듭 읽노라면 공선옥의 인생 체험
은 온통 가난에 붙들린 체험이며 그의 문학은 가난 체험을 고백하는
성격이 강하다는 점을 파악할 수 있다. 그의 문학은 가난에서 시작
하여 가난과 싸우면서 가난의 고통과 진실을 독자들에게 이해시키
는 문학이라는 생각을 갖게 할 정도다.

이런 점에서 「그것은 인생」은 우리 시대의 가난을 비판적으로 고
발하는 수작으로 읽힌다. 행복동 영구 임대 아파트 1304호에 부모
없이 사는 나이 어린 오빠와 여동생이 있다. 부모의 보호와 양육으
로부터 방치된 이 어린 오누이의 이야기는 단지 붕괴되어 가는 가족
의 알레고리나 소년소녀 가장들을 도와야 한다는 얄팍한 휴머니즘
의 고취로 읽어서는 안 된다. 엄마, 아빠가 떠나버린 단수 단전된 아
파트에서 하루하루 어렵게 살아가는 이 오누이의 이야기는 가난의

당대성을 끔찍스러울 정도로 형상화하고 있다. 오빠는 돈을 강탈할 목적으로 증오의 심리와 폭력의 행동을 자연스럽게 받아들인 어린 폭군으로, 여동생은 친구로부터 빵 조각을 얻어먹으며 살아가는 어린 걸인의 모습으로 독자들과 만나고 있다. 그런데 더 큰 문제는 이 어린 오누이에 대한 어른들의 방관이다. 어른들은 여자아이의 실수로 1304호에서 일어난 화재를 방관하는 구경꾼에 불과했다. 그 어떤 어른도 단수 단전된 1304호에서 살아가는 어린 오누이의 가난의 체험을 이해하려 하거나 도움을 주기를 거부했다. 오늘날의 가난은 어린아이들의 생존을 위협하고 어른들의 윤리의식을 마비시키는 광란적인 절대악과 같다고 이 소설은 얘기해 주고 있다.

이와 함께 우리는 공선옥 문학에서 가난이 가족 유랑 및 이산과 불가분의 관계에 있다는 점을 주목해야 한다. 이 신작 소설집에는 마치 우리 시대의 가족들은 삶의 뿌리가 뽑힌 채 끊임없이 떠다니는 유랑자처럼 묘사되고 있다. "수자원공사에서 나온 인부들이 철거된 집의 잔해들을 그러모아 불태우는 것으로 철거작업"(「정처 없는 이 발길」)을 완전히 끝낸 폐가에서 넋을 놓아버린 한 어른이 있다. "보상금이 지급되었을 때 맨 처음 달려온" 농협 직원들에게 농협 융자금을 빼앗긴 이 어른은 아내와 함께 상경하여 아들을 만난다. 아들 집에 의탁하여 살아볼 계획이었다. 그러나 아들의 집도 이미 거덜난 상태였다. 아들은 와병 중이고 며느리는 가출 중이었다. 전주 딸의 집도 사정은 마찬가지였다. 사위는 가출 중이었고 카드회사는 딸의 집 여기저기에 차압 딱지를 붙여놓고 있었다. 이처럼 「정처 없는 이 발길」의 가족들은 하나같이 탈가(脫家)하는 가족들로 묘사되고 있다. 이 탈가하는 가족을 우리 사회의 보편적인 가족 모델로 보기는 어렵다. 그러나 궁핍 상황이 유발하는 가족들의 유랑과 이산을 재현한 공선옥의 소설은 가족 해체의 결정적 원인으로 사회적 가난을 제시함으로써, 이 문제를 부부 사이의 심리적 차원의 문제로 환원시키는 동시대의 여성 작가의 작품과는 달리 문학의 사회성을 강력하게 성취하는 성과를 올리고 있다.

현존하는 우리 시대의 여성 작가, 아니 우리 시대의 모든 작가 중에서 공선옥처럼 가난의 문제를 정면에서 응전하는 작가의 예는 희귀하다. 처절하다고 해야 할까 아니면 눈물겹다고 해야 할까 공선옥의 문학은 우리 시대의 가난과 힘겨운 싸움을 벌이고 있다. 이 싸움은 허위적인 포즈로 보이지 않는다. 최서해, 김유정, 강경애 등이 근대문학의 전통으로 창조한 사회적 리얼리티로서의 가난과의 싸움을 공선옥은 오늘날 다시 되살리고 있다. 이런 점에서 공선옥의 문학은 가난과 정면으로 마주하는 문학이라는 평가를 받을 만하다.

3. 공선옥을 위한 변명

공선옥의 문학은 세련된 문학이 아니다. 공선옥의 문학은 장식된 문학이 아니다. 그의 문학은 세련과 장식과 같은 기교 이전에 존재한다. 세련과 장식과 기교 등으로 현란하게 무장한 문학들 속에서 공선옥의 문학은 재야의 활기와 활력을 보여준다. 이 생명력 넘치는 활기와 활력이 우리 소설 문학의 막힌 혈로를 뚫어줄 원동력이라고 말하면 지나친 억측일까?

공선옥 문학이라고 하여 왜 한계와 문제가 없겠는가? 남성과 여성의 관계를 단순한 이항 대립적 관계로 설정하는 서술 방식에 대한 비판, 모성 신화로 귀결될 수도 있는 위험성 등은 예전에도 그랬지만 지금도 공선옥 문학의 한계로 지적될 수 있다. 그러나 세련의 포즈와 인위적인 기교의 문학이 우세한 현 시점에서 공선옥의 문학은 진짜배기 문학의 당당함을 증거하고 있다. 그 당당함은 오로지 삶과 정면으로 맞닥뜨리는 문학만이 보여줄 수 있는 당당함이며 솔직과 정직의 태도로 작품을 쓰려는 작가가 보여줄 수 있는 당당함이다. 공선옥 문학의 거친 활력과 활기는 참으로 아름다운 매력이다.

(『멋진 한세상』, 창작과비평사, 2002)

한반도의 민족문제에 관한 장기 지속적인 성찰

__황석영의 『손님』

1. 한반도의 분단현실과 『손님』

지난 6월 한 달 동안 '대한민국 국민'들은 필승 코리아를 연호하며 열광했다. '대한민국 국민'들의 대다수는 집에서 거리로 자리를 옮겨 서로 어깨를 걸고 밤새도록 춤을 추며 환희의 노래를 불렀다. 그런데 이게 어떻게 된 일인가? 필승 코리아의 목소리가 절정으로 고조되어 가던 6월 말 서해에서는 남북 해군이 교전을 벌이는 참극이 발생했다. 서해교전은 필승 코리아를 목이 터져라 외치던 '대한민국 국민'들에게 싫든 좋든 한반도의 분단현실을 생각하는 기회를 제공했다. 서해교전이 환기시키는 한반도의 분단현실을 그 누가 기쁜 마음으로 인정하고 싶을까? 그렇지만 서해교전은 '대한민국 국민'들이 필승 코리아를 외치며 축제를 즐긴다 하더라도 그 축제가 분단된 한반도에서 펼쳐지는 축제라는 착잡한 사실을 인정하게 만들었다.

그러나 서해교전이 한반도의 분단현실을 기습적으로 환기시키는 충격 효과가 있었음에도 그 효과는 그리 오래가지 않는 것처럼 보인다. 서해교전의 와중에서도 '대한민국 국민'들은 다시 그들의 바쁜 일상으로 부지런히 복귀했다. '대한민국 국민'들의 대다수는 혹시 자신이 정리해고의 대상이 되지 않을까 전전긍긍하는 중이고, 20대 젊은이들은 청년 실업자의 고통이 담긴 한숨을 쉬는 중이다. 한반도에서 평화 체제 구축이 선행되지 않는 한 서해교전이 또다시 재발할수 있겠지만 '대한민국 국민'들은 그런 와중에서도 바쁘게 일상의 삶을 살아갈 것이며, 그에 따라 자연스럽게 한반도의 분단현실을 망각하게 될 것이다. 이처럼 한반도의 분단현실은 '대한민국 국민'들에게 장기 지속적으로 성찰되는 사유 대상이 아니라 갑작스레 찾아오는 불쾌한 백일몽과 같다.

이런 점에서 문학은 당대의 사회적 성격의 핵심을 본원적으로 성찰하게 하는 장기 지속적인 동력을 지닌다고 볼 수 있다. 당연한 말이지만 모든 문학이 그렇다는 뜻은 아니다. 그 예가 많지 않지만 시대의 핵심과 깊숙하게 호흡하려는 작가들, 당대의 정곡과 눈높이를 맞추려는 작가들에게서 당대 사회의 성격을 깊게 고민하게 하는 장기 지속적인 동력을 확보한 작품이 간혹 나타난다. 황석영의 『손님』(창작과비평사, 2001)은 이에 관한 많지 않은 예 중의 하나이다. 이 작품은 한반도의 분단현실을 뿌리부터 천천히 살펴보게 함으로써 정치권의 허장성세적이고 공허한 통일담론과는 그 수준이 전혀 다른 통일담론의 가능성을 실현하고 있다. 『손님』은 말한다. 좋은 문학은 당대의 사회적 성격을 예리하게 파악하되 그 파악이 삶의 객관 현실을 드러내는 결과를 창출해야 한다고 말이다. 그리고 『손님』은 다시 한 번 더 말한다. 한반도의 분단현실이야말로 당대 사회의 핵심적 성격이며 여기에 대한 장기 지속적인 성찰을 작가가 회피해서는 안된다는 것을.

아쉬운 점은 앞으로 황석영의 『손님』과 같은 작품을 만나기 어렵다는 우려가 우려로 그치지 않고 현실화된다는 데 있다. 오늘날의 사회 문화적 환경이 과거 1980년대처럼 민족 모순을 자명한 진리로 받아들이게 하는 것이 아니기에 이 우려는 현실성을 띠고 있다. 과거 1980년대 한반도 남한 사회에서 개인의 삶은 민족, 역사, 계급의 범주에서 자기정체성을 형성하는 과정으로 전개되었다. 아주 대조적으로 말하기는 어렵겠지만 오늘날 남한 사회에서 개인의 삶은 민족, 역사, 계급 등의 범주에 '결정적으로' 영향을 받으면서 형성되지는 않는다. 이와는 전혀 성격이 다른 새로운 범주들, 예컨대 대중문화, 사이버, 환경, 성 등의 범주에서 복잡하게 전개되어 간다는 걸 우리는 알고 있다.

그렇지만 오늘날 한국인의 존재가 지구화, 정보화, 탈근대화 등으로 요약되는 새로운 변동 과정 속에서 형성되고 있다 하더라도 한반도의 분단현실이 초래하는 민족문제의 '객관적인 존속'을 우리는 부정할 수 없다. 한국 사회의 유례없는 변동에도 불구하고 한반도의 분단현실이 우리 사회의 당대적 성격을 구성하고 있으며, 이는 우리 사회의 중요 의제가 될 수밖에 없다는 것을 입증하는 사례가 황석영의 『손님』이다. 『손님』이 분단현실을 장기 지속적으로 성찰하게 하는 마지막 작품으로 여겨지지는 않는다. 『손님』은 또 다른 손님을 잉태하는 문학의 뿌리가 될 것으로 생각한다.

2. 민족문제의 한반도적 차원, 그 문학적 의미

한반도의 분단현실을 그려낸 소설의 예들을 우리는 어렵지 않게 기억할 수 있다. 분단문학이라는 용어로 우리 소설의 하위 장르를 분류할 만큼 분단현실과 민족문제를 그려낸 소설의 예들이 우리들에게 결코 적지 않다는 뜻이다. 그러나 그 예들에 비해 『손님』은 좀 더 주목할 만한 방식으로 분단현실과 민족문제를 그려내고 있다. 주목할 만한 방식이라는 말의 의미는 이렇다. 독자들이 잘 알고 있듯, 황석영은 한국전쟁 기간 중에 발생한 양민 학살 사건 중 하나인 황해도 신천 사건을 민족문제의 핵심 쟁점으로 되살려내고 있다. 문제는 민족문제의 핵심 쟁점으로 왜 신천 사건이 설정되었는가를 밝히는 데 있다. 이 사건은 한국전쟁 중에 일어난 그 숱한 양민 학살 사건과는 성격이 다르다. 이 사건을 북한에서는 "흡혈귀 신천지구 주둔 미군사령관 해리슨놈의 명령에 따라 감행된 신천 대중학살은 그 야수성과 잔인성에 있어서 제이차세계대전 시기 히틀러 도배들이 감행한 오스벤찜의 류혈적 참화를 훨씬 릉가"한 사건으로 공식적으로 규정하고 있다. 이처럼 북한에서는 신천 사건을 미군이 저지른 야만스런 민족 학살로 공식화하고 있는 것이다.

그러나 북한 당국이 강조하듯 신천 사건을 미군이 자행한 민간인 학살로 설명하는 방식으로는 이 사건의 추악한 본질을 제대로 파악할 수 없다는 것이 작가의 생각이다. 황석영은 이 사건의 본질을 두 손님들의 적대적인 갈등과 그에 따른 보복전으로 이해하고 있다. 개신교와 사회주의라는 두 외래 손님이 동족을 동원한 격렬한 상호 보복전이 황해도 신천 사건의 본질에 속한다고 작가는 판단하고 있다. 요컨대 황석영은 신천 사건을 20세기의 전환기에 북한 전역에 유입된 서양의 두 이질적인 모더니티인 기독교와 마르크시즘이 우리 민족을 등에 업고 이 땅에서 일으킨 참혹한 참극이라 이해하고 있다.

이 잔혹한 신천 사건의 실상은 이 소설에서 가장 많은 분량을 차지하는 8장 '시왕'에 집중적으로 서술되어 있다. 민간인들 사이에서 형성된 냉전의식의 원인과 해소를 모색하는 8장 '시왕'에는 서양의 두 모더니티에 붙들린 민중들의 처절한 상호 격돌이 반복적으로 재현되고 있다. 이 참극과 관련된 소설의 두 장면을 간단히 살피면 다음과 같다.

우우 하고 달려들어 총개머리판으로 머리며 등짝이며 사정없이 내려찍는다. 피곤죽이 되어 널브러진 남자가 다리를 몇 번 움직이면 누군가 등뒤에 총을 두어 방 갈긴다. 여자에게도 한방 먹인다. 처음에는 여자들에 대한 강간은 벌어지지 않았다. 오히려 죽이고 나서 둘러서서 기도를 올린 경우도 많았다. 날이 훤하게 밝을 때까지 재령 읍내 부근에서는 이렇게 살육이 계속되었다. (199쪽)

서넛이 울바자 안으로 달려들어가 철커덕, 하고 노리쇠를 당기는 소리가 들리더니 총소리가 몇 방 터졌지. 나는 다시 넘겨다보지 않았다. 순남이는 등을 밀자 뒤를 돌아보지도 않구 앞장서서 마을길로 내려갔다. 마을 입구에 당도하니 코뚜레를 꿰인 일랑이와 일행들이 기다리구 있어서 우리는 대오를 모아 읍내로 나가는 신작로를 따라 걸어갔다. (216쪽)

이처럼 신천 사건은 장구한 시간 동안 연대감과 소속감을 공유하면서 살아온 지역 공동체의 일원들이 두 외래 손님을 맹종하는 과정에서 지주 출신의 기독교 세력과 소작인 출신의 공산주의 동조 세력으로 대립하면서 일으킨 유혈 혈극으로 묘사되고 있으니, 미군의 만행으로 설명하는 북한 당국의 설명보다 더 충격적으로 독자들의 뇌리에 남고 있다.

이 시점에서 우리는 『손님』이 21세기 벽두에 신천 사건을 되살려내는 그 의미를 정리할 필요가 있다. 이 되살려냄의 의미는 각별하다.『손님』은 그동안 이질적인 타자처럼 받아들여졌던 북한의 숨은 역사를 되살려냄으로써 민족문제의 문학적 지평을 확대시키고 있다. 사실『손님』처럼 민족문제의 문학적 지평을 북한으로까지 확대하고 여기에서 민족의 화해를 진지하게 모색한 예들은 거의 전무한 실정이다. 민족문제의 문학적 지평을 북한으로까지 확대함으로써 민족문제를 한반도의 차원으로 격상시킨 예는『손님』이 최초의 사례가 아닐까 한다.

민족문제를 한반도의 차원으로 격상시킨다는 말의 진정한 의미는 민족문제를 남과 북 어느 한쪽을 일방적으로 중심에 두고 다루지 않는다는 걸 가리킨다. 남한중심주의와 북한중심주의의 관점과 태도로 다루는 민족문제는 어느 한쪽의 목소리를 왜곡하거나 침묵을 강요하는 타자화의 방식인 까닭에 그 문학적 결과에 큰 신뢰를 보내기가 어렵다. 북을 타자화하는 남한중심주의와 남을 타자화하는 북한중심주의로는 오랜 시간 동안 한반도를 가위 누르고 있는 냉전 체제를 해소할 수 없다. 다행스럽게도『손님』은 남한중심주의의 오류에서 한 발 비켜서 있다.

이렇게 얘기할 수 있는 이유는『손님』이 과거 우리 문학이 오래도록 되풀이한 관행을 청산하고 있기 때문이다. 이 관행은 우리 소설 문학의 수준을 후퇴시키는 고질적인 병폐였는데, 그것이 바로 냉전 의식을 확대 재생산하는 반공주의의 문학적 수용이었다.『손님』은 이 병폐와 과감하게 결별하면서 새로운 문학적 결실을 성취하고 있는 것이다. 반공주의가 특히 문학과 관련해서 좋지 않은 이유는 민족문제를 남한중심주의로 고착화하는 결과를 생산하기 때문이다. 반공주의의 수준과 성격이 작가마다 다르게 나타나는 까닭에 조심스럽게 얘기해야 하겠지만, 기본적으로 반공주의의 범주를 뛰어넘지 못하는 소설들은 민족문제를 한반도의 차원에서 조망하는 성과를 보여주지 못한다.

그런데 『손님』이 반공주의와 결별한다고 해서 그 문학적 양상과 결과가 북한중심주의로 나타나지는 않는다는 걸 우리는 또한 주목해야 한다. 신천 사건에 관한 북한당국의 공식적 설명을 받아들이지 않는 작가의 태도는 『손님』이 북한중심주의의 소설이 아니라는 걸 증명한다. 그러나 더 중요한 근거는 류요섭 목사의 외삼촌 안성만의 설정이다. 젊은 시절 목사 지망생이었으며 현재는 협동농장 관리위원장을 은퇴한 안성만은 "야소교나 사회주의를 신학문이라고 받아 배운 지 한 세대도 못 되어 서로가 열심당만 되어 있었지 예전부터 살아오던 사람살이의 일은 잊어버리고" 말았기에 신천 사건과 같은 참극이 일어날 수밖에 없었다는 비판적 견해를 지닌 인물로서, 냉전적 사고와 거리를 두고 살아가는 '양심적인 인민'으로 설정되어 있다. 자본주의의 본향인 미국에서 체류 중인 조카 류요섭 목사와 전형적인 사회주의 국가인 '조선민주주의인민공화국'에 거주하는 외삼촌 안성만의 만남 자체가 범상치 않거니와 특히 '양심적인 인민'인 안성만의 설정은 이 소설이 반공주의와 북한중심주의를 동시에 탈피하고 있는 증거가 되기에 충분하다.

『손님』은 극우 정치적 이데올로기인 반공주의와 결별하고 북한중심주의에 빠지지 않으면서 민족문제를 한반도의 차원으로 끌어올려 냉전의식의 해소를 탐색하고 있다. 어느 일방을 가해자 혹은 타자로 설정하는 방식으로는 냉전의식의 진정한 해소를 기대할 수 없다. 바로 이런 지혜로 씌어진 소설이 『손님』이며, 『손님』이 보여주는 한반도 차원에서의 공존 공생의 관계 모색은 두고두고 천착되어야 할 성과라고 할 수 있다.

3. 민족문제와 민중 연희의 만남

이 소설의 후기에서 황석영은 "이 작품은 황해도 '진지노귀굿' 열두 마당을 기본 얼개로 하여 씌어졌다"고 밝히고 있다. 소설의 후기를 살펴보지 않더라도 독자들은 이 소설의 차례를 살펴보는 순간 『손님』이 우리의 민중 연희의 대표적 예인 굿을 차용하고 있다는 사실을 신속하게 파악할 수 있다. 굿의 형식으로 과연 어떻게 민족문제를 처리하고 있는지 그 결과가 참으로 궁금하다 아니할 수 없다. 그 결과를 미리 얘기하자면 이렇다. 『손님』에서 굿 형식의 차용은 영혼들의 목소리를 빌려 신천 사건의 진상을 복원하려는 미학적 목적을 성공적으로 충족하고 있다. 여기에 대한 설명을 더 해보기로 하자.

진지노귀굿 열두 마당으로 소설의 기본 얼개를 짜고 있는 작가는 마치 억울하게 죽은 이들의 영혼을 지상으로 불러내어 그들에게 말을 걸고 그들의 말을 산 자들에게 전해주는 영매 무당처럼 보인다. 죽은 자들의 억울한 사연을 들어주고 그들의 넋을 달래주면서 그들의 영혼을 천도시키는 현대적인 샤먼이 바로 『손님』의 작가처럼 보인다.

영매 무당으로서의 작가는 그가 여태까지 쓴 여러 소설들에서는 볼 수 없었던 독특한 장면을 그려내고 있다. 바로 영혼 출몰의 장면이다. 그 한 예가 아래에 나온다.

누, 누구요?
나는 어쩐지 두려워져서 더듬거리며 그에게 물었다.
나다, 나야.
그가 안개 속에서 앞으로 한걸음 나서자마자 그의 몸부분만이 밝은 햇볕에 나선 것처럼 선명해졌다. 나는 그를 대번에 알아보았다. 어려서 우리집 과수원 일꾼으로 살던 순남이 삼촌이었다.

　어어, 삼촌이 웬일이오?

　네 형이랑 함께 가자구 왔다.

　요한 형은 벌써 갔어요.

　나처럼 아직두 떠돌구 있지.

　그럼 회개하구 어서들 가세요.

　자아, 저 너머에 뭐가 있는가 보라오.

　나는 앙상하고 삐죽삐죽한 사과나무 가지 사이로 눈 덮인 들판과 겨울 햇빛에 반짝이는 얼어붙은 개천을 바라보았다. 옛날의 찬샘골이었다. 나는 그의 등에 업혀 있는 듯한 느낌이었다. (65~66쪽)

　냉전 체제의 지속 기간 동안 남북의 공식 역사에서 침묵을 강요당한 억압받은 민중들의 영혼은 시시때때로 출몰하여 살아 있는 자들에게 말을 건넨다. 마치 굿판에서 무당에 의해 초대된 영혼이 살아 있는 자들에게 자기의 출현을 여러 형태로 계시하듯 이 영혼들은 시간과 공간에 구애받지 않고 불쑥불쑥 출몰하고 있다.

　그런데 류요섭, 류요한 형제가 처음부터 이 영혼들과 의미 있는 관계를 형성한 건 아니다. 류요섭, 류요한 형제는 시시때때로 출몰하는 영혼들을 당혹스럽게 여기며 그들과 겉도는 관계를 형성한다. 그러나 이들의 관계는 류요섭 목사가 찬샘골로 불리는 그의 고향으로 귀향하면서 겉도는 관계에서 동반자적 관계로 변모하기 시작한다. 이 소설의 8장 '시왕'에는 아래와 같이 산 자들과 죽은 자들의 영혼이 대좌하여 신천 사건의 진상을 밝히는 장면이 나온다.

　살아 있는 요섭과 외삼촌은 거실의 위쪽에 앉고 요한 형과 순남

170

이 아저씨의 헛것은 그들의 맞은편 아래쪽에 앉았는데 다른 마을 사람들의 헛것들은 벽가에 서 있던 자리에서 스르르 미끄러져내려 자리를 잡았다. 그들은 남녀만 어렴풋하게 분간될 뿐이고 누가 누군지 확실하게 알아볼 수는 없었다.

　꿈에서처럼 앞뒤 순서도 없고 연결도 되지 않는 장면들이 어떤 곳에서는 자세하게 아니면 휙 건너뛰어서 펼쳐졌다. (194~195쪽)

산 자들과 영혼들을 대좌시킨 작가는 신속하게 두 가지의 학살 보복 사건을 재현하고 있다. 하나는 재령 읍내에서 일어난 우익 기독교도들의 습격 사건이며, 또 하나는 류요한이 주동한 신천 학살 사건이다. 독자들이 눈여겨볼 대목은 신천 사건을 산 자들과 영혼들의 구술 증언으로 처리하는 방식과 그 효과이다. 재령 읍내에서 일어난 사건을 짧은 분량의 보고적 서술로 마무리한 작가가 신천 사건은 산 자들과 영혼들의 구술 증언을 교차하면서 그 진상을 복원하고 있다. 더 자세히 말하면 이렇다.

깊은 한밤중에 안성만의 집에 다같이 모인 영혼들은 수면 중인 요섭과 안성만을 깨워 말을 건네기 시작한다. 냉전 체제가 감금시킨 침묵의 목소리들이 진실의 말들을 서서히 꺼내놓기 시작한 것이다. 산 자들과 영혼들은 서로 번갈아가며 이 진실의 말로 신천 사건의 진상을 구성하는 기억의 실타래를 짜나간다. 안성만이 기독교 연맹 위원장을 맡았다는 이유로 이단으로 몰려 교회 청년들에게 체포된 경위와 교회 청년들의 잔혹한 보복을 구술 증언한 이후, 요한의 영혼이 일랑이와 순남이 아저씨를 체포하게 된 경위와 과정을 구술 증언한다. 그리고 이어 일랑이, 순남이 아저씨 영혼들의 구술 증언이 연속적으로 전개되면서 그 유례를 보기 어려운 잔혹한 학살의 진상이 끔찍스럽게 밝혀진다. 그리고 이 구술 증언의 마지막 차례가 된

류요한은 "우리가 적이라고 정하여 살해한 행동은" "젊은 날의 욱하는 감정"을 앞세워 "당에 들거나 직맹에 들거나 어쨌든 조그만 핑곗거리만 있으면" 죽여버린 "자기 자신까지도 증오"할 만한 행위라고 밝힘으로써 신천 사건은 인간의 광기가 만들어낸 아수라의 현장이었다는 걸 짐작하게 한다.

산 자들과 영혼들이 차례대로 신천 학살 사건을 구술하는 이 장면에는 작가적 개입이 배제되어 있다. 작가는 뒤로 물러나 신천 사건의 목격자, 가해자, 희생자들로 하여금 그들의 목소리로 어떻게 죽게 되었고 어떻게 죽이게 되었으며 어떻게 살아남게 되었는가를 얘기하게 하고 있다. 놀라운 건 이 목소리들이 작가로부터 분리되어 고유한 생명력을 지닌 언어로 들린다는 점이고 목소리들끼리의 억압과 통제가 없다는 점이다. 북한 당국이 미군의 만행으로 규정한 신천 사건의 뒤에는 이렇게 숨은 진실이 존재하고 있었다. 이런 점에서 『손님』의 굿 형식은 영혼의 목소리를 빌려 숨은 진실들을 드러나게 하는 미학적 장치로 적절하게 활용되고 있다는 평가를 받을 수 있다. 냉전 구도를 온존시키는 공식적 역사의 틈 사이를 뚫고 나오는 영혼들의 목소리, 은폐된 역사의 갈래를 비집고 나오는 진실의 목소리를 하나하나 쓸어담고 다시 넓고 깊게 토해내게 하기 위해 '우리의' 민중 연희인 굿이 차용되고 있는 것이다.

작가는 굿을 빌려 신천 사건의 숨은 진상을 드러내고 있으며 동시에 억울하게 죽은 영혼들의 화해를 도모하고 있다. 8장 '시왕'에서 산 자들과 죽은 자들이 대좌하여 구술 증언하는 장면에서 신천 사건의 진상은 하나하나 드러나고 있으며, 9장 '길 가르기'에서 증언을 마친 영혼들은 지상에서 그들의 자취를 감추면서 "벽에서 스르르 일어나 바람에 너울대는 헝겊처럼 어둠 속으로" 사라짐으로써 소설은 대단원의 막을 내리고 있다. 이제 요한의 영혼과 함께 귀향한 류요섭 목사는 한국전쟁이 남긴 미증유의 상처인 신천 사건의 처절한 진상을 확인하게 되고 그 사건에 관여된 영혼들과 이별하고 있다. 외삼촌의 말처럼 류요섭 목사는 "갈 사람덜언 가구 이제 산 사람덜언 새루 살아야" 하는 시대의 전환기에 도달하게 된 것이다.

기독교와 사회주의는 비록 손님의 자격으로 우리나라에 들어왔지만 처음부터 질이 안 좋은 불청객은 아니었을 것이다. 전통적으로 남도에 비해 수탈의 폐해가 많았던 북쪽 지역에서는 기독교와 사회주의를 적극적으로 받아들일 만한 정신적·물질적 기반이 있었으며 이 두 서구의 모더니티는 봉건적이며 억압적인 전통과 제도, 의식을 혁신하는 데 일정한 기여를 한 건 사실이다. 그리고 식민지 시대에는 제국주의 일본에 저항하는 계기를 당시의 민중과 지식인들에게 제공하기도 했으니, 손님은 손님이되 아주 무례한 손님은 아니었을 것이다. 문제는 기독교와 사회주의의 교조성을 제어하고 상호 공존의 지혜를 발견할 만한 민족의 내부 역량이 부족했다는 데 있다. 이 역량의 부족이 신천 사건과 같은 비극적 결과를 낳았다는 건 재론의 여지가 없다. 작가는 이 두 외래 손님의 파국적인 충돌이 남긴 유산을 한 판 굿을 벌여 위로하고 또 위로하고 있다.

4. 마무리 : 또 다른 『손님』을 고대하며

작가는 기독교와 사회주의를 "식민지 분단을 거쳐오는 동안에 우리가 자생적인 근대화를 이루지 못하고 타의에 의하여 지니게 된 모더니티"로 이해하고 있다. 독자들 모두 이와 같은 작가의 발언에 동의하리라고는 생각하지 않는다. 이 방면의 연구자들 중에는 작가의 발언에 강력한 이의를 제기할 수도 있다. 그렇지만 논란이야 어떻든 우리들의 근대가 자생적인 근대가 아니라 강요된 근대였으며 외래 종교와 사상을 빌린 근대라는 점에서 처음부터 병약할 수밖에 없었다는 점은 인정할 만한 사실로 여겨진다. 그리고 이 두 서양의 모더니티를 주체적으로 수용하면서 상호 상생의 지혜를 만들어낼 만한 민족의 내부 역량이 부족했다는 사실 또한 우리 근대사의 아쉬운 대목으로 여겨진다.

이 글을 마무리하려니 또 하나의 손님이 떠오른다. 바로 미국의 존재이다. 손님이면서도 주인의 행세를 하고 있는 미국이 어쩌면 기독교나 사회주의보다 오늘날 한반도의 현실을 더 강력하게 규정하는 손님일 수 있다. 이 손님은 정치, 경제, 문화 등 사회의 다방면에서 그 영향력을 행사 중인데, 이 영향력은 날이 갈수록 강해지는 인상을 주고 있다. 사정이 이렇다 보니 어떤 이들은 이들을 손님으로 보는 게 아니라 받들어야 할 상전처럼 생각하고 있다. 손님이되 주인의 권력을 행사하는 미국의 존재에 관한 문학적 관찰과 성찰을 황석영에게서 기대하고 싶다. 이미 그 가능성을 『무기의 그늘』에서 보여주었거니와 이 또 하나의 손님의 정체에 관한 심도 있는 황석영의 문학적 보고서를 읽고 싶다. 황석영이라면 충분히 할 수 있는 과제가 아닐까 한다.

(『실천문학』 2002년 가을호)

소설가소설의 한국적 모델의 완성과 계승

__최인훈의『소설가 구보씨의 일일』

1.『소설가 구보씨의 일일』을 읽는 이유

현존 작가의 전집 간행은 독자로서 마냥 환영할 만한 일은 아니다. 전집 간행이 해당 작가의 문학 세계를 유형화, 고정화시켜 작가와 독자와의 지속적인 만남을 단절시킬 수 있기에 현존 작가의 전집 간행을 독자된 입장에서 무조건 좋아할 수는 없다. 최인훈의 전집 간행도 이러한 우려의 한 사례가 되기에 충분했다. 다행스럽게도『화두』의 출간과 뒤따르는 수정 보완이 이런 우려를 어느 정도 잠재우기는 했지만 최인훈의 작품 활동은 전집 간행과 함께 마무리되어 버린 아쉬움을 여전히 주고 있다.[1]

전집 간행이 노출하는 몇 가지 문제에도 불구하고 최인훈 문학 전집의 간행은 우리 소설문학사에서 획기적인 의의를 지니는 사건과 같다고 얘기할 수 있다. 반공청년단 결성, 경향신문 폐간 등 전후

---

1) 최인훈은『화두』1, 2권을 1994년 민음사에서 간행했고, 내용 일부를 수정 보완하여 2002년 문이재에서 다시 간행했다.

의 이승만 독재가 기승을 부리던 1959년 「그레이구락부 전말기」로 작가 등단을 선언한 최인훈은 한국전쟁이 몰고온 충격에 사로잡힌 채 '전쟁의 소설화'에 몰두한 당대 문인들과는 달리 그 특유의 관념적이고 사변적인 문체로 우리 현대문학을 지성의 문학으로 만드는 데 일조했다. 전후 작가로서 최인훈은 당대의 사회적 문제를 지적으로 조작하고 처리하는 문학적 스타일을 여러 편의 작품에서 보여주면서 독특한 자기 세계를 창조한 우리나라의 일급 작가로 그 명성을 확보했다는 평가에 그리 인색할 필요는 없을 듯하다.[2]

최인훈이 이룩한 문학적 성취를 한두 가지로 요약하여 말하기는 어렵지만, 이 글에서는 그 성취를 소설가소설의 한국적 모델 확립으로 한정하여 논의를 진행할 계획이다.[3] 널리 알려진 대로 최인훈의 여러 작품 중에서 소설가소설의 전형적인 사례로 지목되는 건 『소설가 구보씨의 일일』(문학과지성사, 1976)이다. "우리 시대의 험난함 속을 사는 한 양심적인 예술가의 초상"을 보여주는 소설, "우리 시대의 전형적인 지식인의 초상화"[4]를 보여주는 소설로 평가받는 『소설가 구보씨의 일일』은 우리 현대 사회의 소외적 개인으로 존재하

---

2) 최인훈 문학에 관한 비판적 견해의 몇 예를 보면 다음과 같다. 조남현 교수는 『광장』을 관념소설로 규정하면서 소설 고유의 서사성을 약화시키는 지나친 관념 서술은 지양되어야 한다는 비판적 견해를 제출한 바 있다. 조남현, 「『광장』 똑바로 다시보기」, 『문학사상』 8월호, 1992. 그리고 정호웅 교수는 "『만세전』을 앞에 놓고 『광장』을 읽을 때, 우리는 이명준이 이인화보다 훨씬 단순한 성격의 인물임을 확연하게 알 수" 있으며 "이 점에서 『광장』은 『만세전』보다 퇴보"한 소설이라고 비판했다. 정호웅, 「『광장』론」, 『시학과 언어학』 제1호, 2001.
3) 소설가소설이란 김현실 교수에 따르면 "소설가가 자신을 주인공이나 화자로 내세워 소설가의 사회경제적, 문화적 고민, 소설 쓰기 자체에 대한 고뇌 등을 솔직하게 드러내는 소설이다." 김현실 「우리 시대 소설가소설의 지형도」, 『소설가소설 연구』, 국학자료원, 1999, 11쪽.
4) 김우창, 「남북조시대의 예술가의 초상」, 『소설가 구보씨의 일일』, 문학과지성사, 1976.

는 소설가의 존재 방식과 자의식 등을 섬세하게 해부하고 묘사하여 제목 그대로 소설가의 현대적 존재론을 독자들에게 인상적으로 선보이고 있는 작품이다.

최인훈의 『소설가 구보씨의 일일』이 박태원의 동명 소설을 패러디했다는 건 널리 알려진 문학사적 사실이다. 그런데 여기에는 부수적인 설명이 좀더 필요하다. 최인훈의 『소설가 구보씨의 일일』은 박태원의 동명 소설을 패러디하기는 했으되 패러디의 결과는 박태원의 원작에 비해 뒤지지 않는 성과로 나타나고 있다. 오히려 최인훈의 작품은 한국 현대사에 대한 지적 탐구와 비판이라는, 박태원의 원작에서는 볼 수 없었던 주목할 만한 성과를 만들어냄으로써 원작의 결손을 훌륭하게 보충하고 있다. 최인훈의 『소설가 구보씨의 일일』은 박태원의 선행 소설에서 잉태된 작품이지만 이 잉태의 결과는 소설가소설의 한국적 모델의 확립으로 나타날 정도로 성공적이라고 할 수 있다.

그런데 박태원—최인훈—주인석으로 이어지는 소설가소설에 관한 연구는 아쉽게도 패러디의 양상이나 세 작품에 나타나는 부분적인 유사와 차이의 흔적을 지적하는 데에서 머물러버린 인상을 준다. 적지 않은 논문들이 이 소설들을 두고 소설가소설로 부르면서도 막상 그 성격에 관한 깊이 있는 논의는 전개시키지 않고 있다. 최인훈의 『소설가 구보씨의 일일』을 소설가소설의 한국적 모델로 파악하고 있는 나는 이 글에서 먼저 『소설가 구보씨의 일일』의 소설가소설적 성격을 살펴보고 이 성격이 주인석의 연작소설집 『검은 상처의 블루스』에 어떻게 구현되고 있는가를 확인할 계획이다.

2. 한국현대사의 변동과 소설가의 무기력

최인훈의 『소설가 구보씨의 일일』은 소설가의 존재 방식을 한국 현대사의 변동 속에서 조회하면서 사회와 소설가와의 근본적인 불화관계를 해명하는 주목할 만한 특성을 보여주고 있다. 이렇게 말할 경우 과연 한국 현대사가 『소설가 구보씨의 일일』에서 작품의 현실로 확고하게 드러나고 있는지 회의할 독자들이 없지 않다. 그러나 좀더 면밀하게 살펴보자면 최인훈은 한국 현대사에 대한 깊은 추상의 작업을 통해 한국 현대사를 숙고해야 할 문학적 대상으로 이 작품에 설정하고 있다는 것을 파악할 수 있다. 최인훈은 식민지, 해방, 한국전쟁, 남북분단으로 전개되는 한국 현대사를 구체적인 문학적 표현으로 살려내고 있지는 않지만 이 현대사의 전개를 인간의 실존에 결정적인 영향을 미치는 중요 상황으로 이해하면서 이 소설을 쓰고 있다. 주인공 구보의 입을 빌려 표명되는 이 소설의 농후한 관념이 이 소설과 한국 현대사의 연결관계를 느슨하게 만들지만 그럴 경우에도 한국 현대사는 『소설가 구보씨의 일일』의 소설적 전개를 추동시키는 작품 이면의 숨은 힘으로 작동하고 있는 것이다.

바로 이 점이 최인훈의 『소설가 구보씨의 일일』이 개척한 돋보이는 성과이다. 장편 형식을 빌려 소설가의 존재 방식을 한국 현대사의 전개와 밀착시켜 파악한 작품으로는 최인훈의 『소설가 구보씨의 일일』이 최초의 사례에 해당한다. 그런데 더 중요한 의의는 최초의 사례라는 수사적 표현에 있지는 않다. 이 소설은 소설가 존재 방식의 한국적 혹은 제3세계적 성격을 날카롭게 주시하고 있다. 우리나라의 소설가이든 서양의 소설가이든 분업화된 근대적 문단 체제 내에서 글을 읽고 쓰고 심사에 관여한다는 점, 달리 말해 문단 내에서 대단히 분업화되고 자율적인 스타일로 살아가는 문인들이라는 점에서는 그 존재 방식이 보편적일 수 있다.

그러나 우리나라의 소설가들은 서구의 소설가들과 동형동질일 수 없다는 점을 이 소설은 은연중에 강조하고 있다. 이렇게 말할 경우 우리는 이 소설이 설정하고 있는 한국 현대사가 정치적·개인적 주권의 상실, 주체적 존재로서의 자기 표현의 억압 등을 강요하는 식민화의 현대사라는 걸 환기해야 한다. 요컨대 최인훈의 『소설가 구보씨의 일일』의 소설가는 제국주의 일본이 주도한 직접적인 식민화, 해방 이후 미국이 주도한 간접적인 식민화와 분단의 현실 속에서 존재하면서 괴로운 자의식을 드러낸 소설가라는 점을 유념할 필요가 있다.

총 15장으로 구성된 이 소설의 1장 '느릅나무가 있는 풍경'에는 주인공으로 설정된 구보의 신상 이력이 드문드문 예시되어 있다. 그 이력은 "한 월남 피난민으로서, 서른다섯 살이며, 홀아비고, 십 년의 경력을 가진 소설가"로 정리될 수 있는데 이 이력 중에서 우리가 주목해야 하는 건 구보가 월남 피난민 출신이라는 점이다.

구보의 월남 피난민 설정은 작가가 경험한 현실의 투영으로 이해해도 무방하다. 1936년 4월 13일 두만강변의 국경도시 함북 회령에서 목재상인의 아들로 태어난 최인훈은 한국전쟁이 일어난 1950년 12월에 원산항에서 해군함정 LST 편으로 가족과 함께 월남한다. 작가는 이 체험을 그의 여러 소설에 반복적으로 투영시켜 왔는데 『회색인』, 「하늘의 다리」, 「우상의 집」, 그리고 본고의 논의 대상인 『소설가 구보씨의 일일』에 그 체험의 기록이 나타나고 있다.

흥미로운 건 여러 편의 소설에서 확인되는 월남 피난민 출신 주인공의 반복적인 설정이 마치 최인훈의 문학적 원형의 반복처럼 보인다는 데 있다. 작가의 자전적 체험의 일부를 그 작가의 문학적 원형이라고 말하는 자체가 대단히 자의적일 수 있겠지만 작가의 최근작에 해당하는『화두』에도 고향 탈출과 월남의 자전적 체험이 되풀이되는 걸 보면 작가에게 이 체험은 자기 문학을 엮어가는 화두처럼 보인다.

주목해야 하는 건 이 충격적인 실존 체험의 계기를 한국 현대사가 제공한다는 인식이 최인훈의 작품 심층에 내재되어 있다는 점이다. 고향 탈출과 월남은 자발적인 선택의 결과가 아니라 어쩔 수 없이 따라야 하는 강요의 결과이며 이 강요는 어떤 한 개인에 의해 이루어진 강요가 아니라 당대 한국인들을 이산하도록 한 제국주의 및 냉전 세력들에 의해 촉발된 강요라는 걸 최인훈의 문학은 주목하고 있다는 것이다.

바로 이런 특색으로 인해 최인훈의『소설가 구보씨의 일일』은 소설가를 자기의 의지와는 무관하게 전개되는 격동의 현대사 속에서 주체성을 상실해 가는 소외받는 현대인의 한 전형으로 그려냈다는 평가를 받을 수 있다. 이 소설에서 소설가는 주체적 존재로서의 소설가가 아니라는 얘기다. 자기의 자유로운 영혼과 솔직한 욕망에 부응하여 자기 존재의 의의를 적극적으로 확인하고 탐구하는 주체적 존재로서의 소설가와 최인훈의 구보는 거리가 멀다. 전후 사회의 소설가조차도 이미 결정된 혹은 그들의 의지와는 무관하게 흘러가는 현대사의 방외인으로 살아가야 한다는 점을 이 소설은 인정하게 만들고 있다. 요컨대 최인훈의 구보는 식민화와 분단시대의 압제적 체험을 고스란히 받으면서 주체적 존재로서의 생존 능력을 상실해 가는 전후 사회 소설가의 한 비극적 상징으로 그려지고 있다는 것이다.

최인훈의 구보가 문인으로서의 사회적 활동을 전혀 전개하지 않거나 그가 속한 사회에서 사회적 자아로 살아가지 않는다는 얘기는 아니다. 달리 말하자면 주체적 존재로서의 의식적 활동을 전적으로 회피한다는 말은 아니다. 그러나 이렇게 말할 때에도 구보의 사회적 활동은 극히 제한된 범주 내에서 반복되는 기계적 현상과 같다는 걸 알아두어야 한다. 월남 피난민 출신 소설가인 구보가 하는 사회적 활동의 대부분은 원고 심사, 신인 추천, 출판 기념회 참석, 대학 강연회 등으로 한정되어 있다. 구보는 대학과 출판사, 다방, 식당을 오가면서 그에게 부여된 과업들을 하나하나 해결해 나간다. 구보의 사회적 행위는 문단으로 불리는 상징적 영역 내에서 반복적으로 진행되고 있는데, 이 진행은 이 소설의 1장 '느릅나무가 있는 풍경'에서 15장 '亂世를 사는 마음 釋迦氏를 꿈에 보네'에 이르기까지 반복하고 있다. 여기서 주목해야 하는 건 구보의 사회적 행위가 결코 문단 바깥으로 확장되지 않는다는 데 있다. 구보의 문학은 구보가 속한 사회와 직접적인 소통을 하지 않고 있다는 것이다.

이로써 최인훈은 전후 사회의 소설가는 현대사의 압제와 급속하게 형성된 근대적 문단 체제 속에서 일 년을 하루같이 무료하게 살아가는 훼손된 존재일 수 있다는 걸 말해주고 있다. 흔히 자유로운 영혼의 소유자로 비유되는 소설가의 낭만적 이미지는 현대사의 압제와 근대적 문단 체제의 분업 구도 속에 갇혀서 사라져버렸다는 것을 우리는 이 소설의 1장에서부터 15장에 이르기까지 거듭거듭 확인하고 있다.

이런 점에서 소설가 구보를 주체성의 존재로 파악하기가 어려워진다. 월남 이후 남한 사회에서 성년의 나이로 살아가는 구보는 마치 사회와 문단 질서에 예속되어 버린 존재처럼 그에게 주어진 일상을 살고 또 살아간다. 독자들은 때에 따라서 사회적 쟁점에 관한 구보의 날카로운 정치적 논평을 청취할 수 있지만 그 논평은 단발마적인 탄식으로 마무리되는 느낌을 준다. 이와 관련된 소설의 몇몇 장면을 보기로 하자.

영화가 시작되었다. 애국가. 일어섬. 아아 이것은 곤란한 일이었다. 그토록 짜증스런 심사로 이 자리에 온 사람들이 애국가를 들으면서 서 있는다는 것. 그것은 마치 자기 침실에서 애국가를 들으며 차렷을 하고 있는 것처럼 묘한 일이 아닐까 하고 구보씨는 생각하였다. 중배씨는 고개를 욕을 먹는 노예처럼 떨구고 있었다. 어둠 속이어서 잘은 모르겠지만 그닥 유쾌한 낯빛은 아닌 모양이었다. (80쪽)

전쟁이란 알다시피 죽음과 내기하는 일이다. 사람을 전쟁에 내보내는 사람은 신성한 사람이어야 하고, 전쟁에 나가는 일은 신성한 일이다 — 이렇게 배운 것이 구보씨의 세대였다. 누구한테 배웠는고하니, 일본 선생님들한테 배운 것이었다. (중략) "천황폐하 만세" 하고 죽은 사람들이 방긋 웃으며 죽은 것처럼 "스탈린을 위하여" "대한독립만세" 이렇게 외치며 죽은 사람들도 방긋 웃었던 것이다. 거기에 구보씨의 어리석은 마음은 다름을 느낄 수 없었다. '軍神의 系譜'는 이어져 있었고 구보씨는 그런 전통 속에서 살아왔던 것이다. (120쪽)

내 생각으로는 통일이 가져올 구체적인 변화의 하나로 '통행 금지의 폐지'란 것이 제일 큰일이다. 한밤중의 시간을 거리에 나오지 못하게 되어 있는 이 제도야말로 해방 후 우리 생활의 가장 큰 문제라고 생각한다. 이것이 우리 문명 사회의 근본 터부이다. (168쪽)

해방이 될 때까지만 해도 구보씨는 천황 폐하에 충성하고 싸움터에 나가서 천황 폐하 만세 하고 죽는 것이 사람의 도리인 줄 알았다. 그런데 어느 해 여름 난데없이 러시아 군대가 들어온 다음부터는 일본은 한국의 원수고 스탈린 대원수를 위해 죽는 것이 사람의

182

도리라, 이렇게 되었다. 영문을 알 수 없는 일이었다. 다음에 남한에 와서 본즉 이도저도 다 거짓말이고 미국이 우리의 친구요, 미국 친구들과 친구인 이승만 박사가 우리나라 아버지다, 이렇다는 것이었다. (262쪽)

문단 내에서 반복되는 구보의 사회적 행위는 단조롭다는 인상을 줄 정도로 어떤 새로운 돌출이나 변화가 없이 진행되고 있다. 이런 점에서 구보의 사회적 행위는 변동의 개념을 동반하지 않는 지속적인 반복에 가깝다. 그런데 구보는 순간순간 자기 일상의 고요한 경계를 뚫고 당대 사건에 극적인 반응을 보여주거나 어떤 사회적 제도에 대해 비판적인 인식을 보여주기도 한다.

예컨대 구보는 극장에서 애국가를 강제 경청해야 하는 자신들을 노예로 비유하거나 통금을 문명 사회의 터부로 비유하면서 경직된 한국 사회를 비판한다. 지금은 시행되지 않는 관행인 극장에서의 애국가 강제 경청과 통금은 지난날 한국 사회가 얼마나 국가주의적 통제를 받았는가를 확인시켜 주는 상징과 같다. 인간이 창안한 가장 자유로운 문화 공간인 극장 내에서까지 국가를 들으며 기립의 자세를 취해야 하고 하루 24시간 중에서 활동의 제약을 받는 금기의 시간을 강요받고 있는 구보는 그와 동시대의 한국인들을 노예 같다고 비유하는데, 이러한 비유는 최인훈의 소설을 정치적 메시지가 함축된 소설로 읽히게 한다.

그리고 구보는 구보의 세대가 "천황폐하 만세", "스탈린을 위하여", "천황폐하에 충성하고 싸움터에 나가서 천황 폐하 만세하고 죽는 것", "스탈린 대원수를 위해 죽는 것" 등 군신들에 의해 정치적으로 통제받으면서 자라온 세대로 비판하면서 20세기 한반도에 전개된 파시즘의 과도한 폭력을 다시 환기시켜 주고 있다.

이와 같은 비판은, 더 넓은 맥락으로 보자면 한국 현대사의 전개가 기본적으로 제국주의와 냉전 세력들에 의한 이데올로기의 조작의 전개였으며 이 조작으로 인해 다수의 한국인들이 식민주의적 신민으로 양육되었다는 걸 폭로하는 비판이다. 요컨대 구보의 비판은 좌우익 국가주의의 파시즘 비판으로 요약될 수 있다. 전쟁을 숭배하고 전쟁에서의 죽음을 미화하며 국가 찬양을 사회적 제도로 정당화하는 국가주의에 대한 비판이 구보의 비판의 요체이다.

그러나 이 비판은 더 심화되거나 실천의 계기를 확보하는 비판으로 발전하지는 않는다. 자기 세대를 문명 사회의 터부 속에서 살아가는 노예이거나 군신들에 의해 양육된 세대라고 밝히면서 한국 현대사를 향해 날카로운 비판의 비수를 던지던 구보는, 주체적 존재로서의 갱생 가능성을 포기하거나 포기당하면서 곧 그의 일상의 삶으로 빠져든다. 구보는 또다시 친구들을 만나 서로 근황을 확인하거나 신인작가 선정, 원고 교정, 원고 수정 등 문단 내에서의 사회적 행위를 성실하게 실천한다.

이런 점에서 구보의 비판은 날카롭지만 그 날카로움은 관념의 날카로움으로 마무리되고 있다는 한계를 노출하고 있다. 물론 관념의 날카로움이라고 해서 안 좋다는 말은 아니다. 문제는 구보의 비판이 단속적일 수 있다는 데 있다. 지속적으로 심화되는 비판이 아니라 간헐적으로 제기되는 비판이며, 그런 점에서 철저한 성찰과 그 지속이 결여될 수 있다는 문제를 구보의 비판은 노출하고 있다.

우리가 최인훈의 『소설가 구보씨의 일일』을 소설가소설의 한국적 모델로 읽을 경우 소설가의 긍정적 위상이 아니라 불후한 위상을 주목해야 하며 동시에 왜 전후 사회의 소설가가 불후해질 수밖에 없었는지를 주목해야 한다. 소설가 구보가 주체적인 존재로서 존립하기 어려운 까닭을 단지 구보의 심리적 차원의 문제로만 보지 말고 식민

184

지, 해방, 한국전쟁, 독재 체제 등으로 이어지는 역사적 차원에서 일어나고 전개된 문제로 고찰해야 하며, 그럴 경우 전후 사회 소설가의 비극성을 더욱 심층적으로 파악할 수 있을 것이다.

3. '소설가는 노동자'라는 진술의 의미

어떤 한 편의 소설이 '소설가소설'로 불리기 위해서는 소설가의 존재 방식에 관해 정면으로 질문을 제기하는 모습을 보여주어야 한다. 이런 질문을 제기하지 않는 소설이 소설가소설일 수 없다는 건 너무도 당연하다. 최인훈의 『소설가 구보씨의 일일』이 소설가소설의 한국적 모델로 꼽힐 수 있는 이유는 바로 이 질문을 정면으로 제기하고 있으며 이 제기된 질문에 대해 경청할 만한 대답을 내놓기 때문이다. 그 경청할 만한 대답은 이 소설의 7장 '노래하는 蛇蝎'에 잘 나타나고 있다.

'노래하는 蛇蝎'에서 작가는 소설가를 "인쇄기니 제본기계니 하는 생산 수단을 가지지 않았다는 뜻에서 노동자"로 파악하고 있다. 소설가가 노동자라는 이 명제는 소설가는 예술가이며 예술가는 낭만과 신비의 영혼을 소유한 존재라는 고전주의적 관점을 정면으로 거부한다. 이런 점에서 소설가가 노동자라는 명제는 오랜 시간 문인들에게 부여된 신비와 정신주의적인 이미지를 일거에 박탈한다.

전통적으로 소설가를 포함한 예술가들은 일반 대중과는 다른, 대단히 예외적인 속성을 소유한 인물들로 이해되어 왔다. 예술가들을 당대의 금기와 규범, 풍속에 구애받음이 없이 자기를 억압하는 당대 질서와 싸우면서 적극적으로 자기 표현을 분출하는 천재이거나 일탈자로 이해하는 이 관행은 서구와 우리 사회에서 오래전부터 통용

되었다. 우리 근대소설 중 김동인의 「광염 소나타」는 예술가가 그 어떤 사회적 관행에도 예속되지 않는 자기 욕망을 소유한 존재로 그려낸 대표적인 작품이거니와 예술가들은 그의 절제하기 어려운 열정적인 영감에 스스로 붙들려 살아가는 별종의 인간들처럼 여러 작품에서 묘사되어 왔다는 걸 우리들은 잘 알고 있다.

그렇지만 최인훈이 발견한 소설가는 소설가를 금기와 규범, 풍속 등에 구애받음이 없이 살아가는 천재나 일탈자로 파악하는 관행들과 거리를 둔다. 최인훈은 전혀 다른 층위에서 소설가의 초상화를 그려내고 있다. 최인훈은 예술가들의 도발적인 금기 위반 충동을 원천적으로 인정하지 않는 닫힌 사회에 예속된 소설가의 초상화를 우울하게 그려내고 있다. 최인훈의 손끝에서 탄생하는 소설가들은 마치 성장 없는 삶을 살아가는 대중 사회의 익명적 대중처럼 보인다.

그런데 더 흥미로운 건 구보가 스스로를 "노동자로서 숙련공인가 하면 대충 어림잡아 이류와 삼류의 중간쯤 되는 노동자"로, "이류라기에는 과하고 삼류라기에는 안 된 그런 축"으로 인정한다는 데 있다. 이렇게 얘기할 수 있는 이유를 구보는 두 가지로 제시하는데 하나는 "훌륭한 소설 노동자가 되자면 '물욕'을 버리고 '시심'으로" "이 세상을 살펴보아야 하지만" 그렇게 하기에는 자기의 마음 수양이 부족하며, 둘째는 "본받을 만한 뚜렷한 보기가 당대에 있다면" "자기보다 나은 사람의 본을 뜰 수가 있는데 그렇지 못하다"는 것이다. 이 두 가지로 이유로 인해 구보는 노동자는 노동자이되 미숙련 노동자에 불과하다는 것이다. 구보가 마음 수양의 부족을 이유로 들든 당대의 본보기 부재를 이유로 들든 예술과 사회와의 전면적 소통관계는 더는 가능하지 않으며, 그런 시대에서 소설가는 더는 주체적인 존재로 존립하기 어렵다고 우리는 판단할 수 있다.

현진건의 「빈처」, 박태원의 『소설가 구보씨의 일일』에 소설가의 하향화된 위상을 푸념하는 자조적인 진술이 이미 나와 있지만 이처럼 소설가를 한낱 노동자로 파악하는 작품은 최인훈의 소설어 최초이자 본격적인 사례가 아닐까 한다. 요컨대 최인훈은 우리나라 전후 사회에서 살아가는 우리나라 소설가들의 운명적인 비극성—소설가들을 주체적인 존재로 살아갈 수 없게 만드는—을 이 소설에서 그려내 보이고 있다.

구보는 자기 자신을 미숙련 노동자에 불과하다고 판단하지만 그의 관심이 예술 분야와 밀접하게 연관되어 있다는 것을 이 소설은 얘기하고 있다. 이렇게 얘기할 수 있는 근거 중 하나가 7장이다. 7장에서 구보는 국립미술관에서 전시되는 프랑스 현대 전람회 작품 중에서 특히 샤갈의 작품을 집중하여 관람하는데, 작가는 샤갈의 작품을 관람하는 구보의 모습을 분석적 진술과 상상의 장면으로 처리하면서 구보의 관심이 근본적으로 예술 분야에 집중되고 있다는 걸 암시하고 있다. 샤갈 회화 감상은 구보에게 잃어버린 꿈을 꾸게 하는 감동을 준다. 꿈을 잃어버린 소설가 구보는 샤갈의 회화를 관람하면서 "고향의 바다의 물결"을, "벼이삭의 출렁거림"을, "마을의 소문들"을, "사춘기의 장난들"을, "피난살이의 희극"들을 떠올리면서 감동한다. 이처럼 무기력해 보이던 구보는 예술 작품을 관람하며 정신의 활력을 충족하기도 한다.

그런데 예술에 대한 구보의 관심은 관심으로만 마무리되는 느낌을 준다. 그 관심이 구보에게 존재의 활력으로 연결되지는 않는다는 얘기다. 이런 구보의 모습은 독자들에게 실망을 줄 수 있다. 그러나 우리가 이 소설에서 주목해야 하는 문제는 활력 잃은 구보의 모습에 대한 실망과 비판이 아니다. 더 중요한 건 구보의 자괴감을 깊게 하는 원인의 해명에 있다. 여기에는 더 해명해야 할 어떤 이유가 있어 보인다. 구보는 이 시대의 소설가가 노동자일 수밖에 없는 두 가지의 이유를 피력하고 있지만 더 근본적인 이유는 아래의 진술에서 발견될 수 있다.

　'천황'이라는 신의 아들에게 속고 '진리'의 화신이라던 스탈린이라는 이름에 멍들고 '애국'의 화신이라던 이승만 영감에게 속고 몇 번의 가난한 사랑의 흉내에도 보기 좋게 속고 — 이렇게 으리으리한 것에 속기만 한 구보씨의 마음밭은, 부랑자라든가 거지라든가 방랑 승려의 마음처럼 스산한 것이었기에 이 세상 무엇이라고 그리 대단해 보이지 않는 것이 여간 고통스럽지 않았다. (153쪽)

　정치적 이데올로기의 조작으로 인간을 통제하는 체제는 타락한 체제의 전형이다. 그러한 체제의 외피가 사회주의를 취하든 자유민주주의를 취하든 정치적 이데올로기의 조작으로 인간이 어떤 이념을 절대적인 진리로 받아들이면서 살아가는 사회는 위험한 사회라고 이 소설은 경고하고 있다. 문제는 이런 체제와 사회에 존재하는 소설가는 창작의 꿈을 꾸지 않는 초라한 존재로 살아갈 수 있다는 데 있다. 정치적 이데올로기의 조작에 의해 만들어진 가짜 진실을 진짜 진실로 인정하는 세상에서 구보는 진정한 소통을 꿈꾸는 작가이기를 포기하고 지독한 무기력에 빠져 있다.
　이런 체제와 사회는 소설가를 포함한 지식인들의 정신의 우월감을 허용하지 않는다. 타락한 정치의 압제성이 소설가와 지식인들의 정신을 압도할 뿐만 아니라 그들의 정신을 검열, 조작하는 까닭에 소설가는 무기력하게 하루하루를 살아가는 소외된 주변인으로 방치될 개연성이 높아진다. 구보의 무기력은 20세기 초반 타락한 부르주아 체제에 절망한 서구 사회의 예술가들의 무기력과는 그 성격이 다르다.

구보의 무기력은 근대 시민사회의 형성조차 가능하지 않은 우리나라, 억압적 정치 체제가 폭력적으로 작용하는 우리나라에서 생존해야 하는 소설가의 절망적 표현이다. 이 무기력한 소설가에서 발견되는 특징은 권태로움이다. 구보의 권태로움은 보들레르적 의미의 부르주아 시민사회를 비판하는 정신의 메타포가 아닌 소설가인 그 자신의 삶이 진정으로 아무런 의미가 없다고 판단하는 데에서 오는 권태로움이다. 요컨대 자기 부정의 권태로움이라고 말할 수 있다.

이 자기 부정의 권태로움을 느끼며 살아가는 구보가 보기 드문 일이지만 마음의 평정을 회복하기도 한다. 이 소설의 마지막 장인 15장 '亂世를 사는 마음 釋迦氏를 꿈에 보네'에서 구보는 서울을 떠나 한적한 절간에서 오랜만에 자연과 교감하며 마음의 평정을 회복하는 인물로 그려지고 있다. 그러나 이런 예는 이 소설에서 예외적인 예에 속한다. 소설가 구보의 권태로움은 결국 그가 다시 상경하자마자 맞이해야 하는 끝나지 않는 권태로움이다.

자기 자신을 노동자로 여기는 구보, 자기 부정의 권태로움에 빠진 구보는 이 소설에서 한 편의 소설을 창작하는 그 과정 자체를 독자들에게 보여주지는 않고 있다. 소설가소설로 불리는 작품이라면 무에서 유를 창조하는 예술의 혼이나 작가의 혼을 보여줄 법도 한데 이 소설은 그렇지 않다. 그러나 바로 그렇지 않기 때문에 이 소설은 문제적이다. 이 소설이 소설가소설로서 문제적 가치를 지니는 까닭은, 왜 우리 사회의 소설가들이 소설을 쓰지 못하는가의 상황을 아프게 보여주기 때문이다. 전후 우리 사회의 소설가들은 새로운 소통의 열망과 욕망을 꿈꾸는 존재, 의미 생성을 기획하는 참된 주체로 존재하기 어려운 난세를 살아왔다는 사실을 최인훈의 이 소설은 애기하고 있다.

4. 영향과 실취 : 주인석의 『검은 상처의 블루스』

최인훈이 1959년 「그레이구락부 전말기」로 등단한 이래 후배 문인들에게 수용과 극복의 작가로 받아들여져 왔다는 것은 주지의 사실이다. 최인훈 특유의 관념적이고 사변적인 문체, 탁월한 언어 조작 능력에 매료된 후배 문인들, 정치적 함축이 깔린 날카로운 문장들, "빛나는 4월이 가져온 새 공화국에 사는 작가의 보람"으로 쓴 『광장』에 매료된 후배 문인들이 한둘이 아니었다. 『소설가 구보씨의 일일』은 어떨까? 이 소설은 우리 소설문학사에서 뚜렷한 영향관계를 형성하는 한 예라고 얘기될 수 있을까?

이미 앞에서도 말한 바대로, 최인훈의 이 소설은 소설가소설의 한국적 모델로 기억되거니와 이 소설의 발표는 우리나라에서 소설가소설의 계보를 형성하는 데 큰 기여를 했다는 것을 더는 재론할 필요가 없다. 그렇지만 최인훈이 1970년대에 우리들에게 보여준 소설가소설의 문학사적 계승은 예상과는 달리 좀더 오랜 시간의 경과를 거쳐야 했다. 1980년대와 소설가소설은 서로 궁합이 맞지 않는 관계였다. 민중주의의의 급속한 사회적 분출로 요약되는 1980년대보다는 "이른바 문학의 위기, 소설의 죽음에 대한 우려가 문단을 지배했던 시기"이며, "80년대적 전망이 동구권의 몰락이라는 거대한 정치적 변화와 맞물려 단자화된 개인주의로의 침잠, 정보화, 영상문화의 범람, 자본주의적 상업화 전략이라는 폭풍에 밀리면서", "문학 자체의 존립 근거를 다시금 확인"해야 하는 1990년대가 소설가소설의 개화를 촉진하는 풍토를 제공했던 것이다.[5]

1990년대로 접어들면서 소설가소설의 사례들이 꾸준하게 발표되

---

5) 김현실, 앞의 논문, 13~14쪽.

기 시작했으니 이에 관한 문학적 예의 하나가 조성기의 「우리 시대의 소설가」이다. 1991년 이상문학상 수상작인 이 소설은 소설가와 독자 사이에서 일어나는 환불 소동 사건이라는 흥미로운 구도를 설정하여 소설가의 볼품없는 위상을 다시 한 번 확인시켜 주고 있다. 강만우라는 소설가가 『엽소의 배꼽』이란 소설을 발표했다. 이 소설가에게 어느 날 한 통의 전화가 걸려온다. 환불을 요청하는 독자의 항의 전화였다. 이 독자는 전화로만 환불 요청을 하는 게 아니라 직접 강만우의 집까지 방문한다. 그리고 실제 둘은 서로 만나 논쟁을 벌이면서 강만우와 독자 간에 긴장이 유발된다. 작가는 독자의 환불 요청 사건에 몇 가지의 에피소드를 첨가하고 있다. 유한마담들에게 소설 창작을 과외하는 강만우의 에피소드, 강만우가 연재하는 신문 소설에 노골적인 애정 행각을 실어주기를 바라는 지방신문 문화국장의 에피소드, 강만우가 창작하는 소설의 메타적 인유 등 여러 삽화들이 이 소설에 첨가되어 있는데, 이 모든 삽화들은 결국 소설가의 존재를 블랙 코미디의 주인공 정도로 만들어버리고 있다.

소설가소설의 또 다른 사례가 양귀자의 「숨은 꽃」이다. 이 소설에서 작가의 대리적 자아인 '나'는 출구를 상실하여 정신적 방황을 거듭하는 소설가로 설정되어 있다. "세상이 갑자기 텅 비어 버린 듯"하다고 말하고 싶을 정도로 "소련과 동구권의 대변혁이 몰고온 파장"이 큰 시대, "이제는 맹목적인 질주만" 남은 시대에서 소설가로서의 '나'의 회의는 깊어진다. 보이지 않는 출구와 깊어지는 회의 사이에서 괴로워하던 '나'는 급기야 서울을 떠나 귀신사로 여행을 가게 되는데, 이 사찰에서 예기치 않은 사람을 만난다. 그가 바로 김종구이다. 이 소설에서 김종구가 차지하는 비중은 크고 깊다. 김종구는 지식인의 관념적인 고뇌에 휩싸인 '나'와는 달리 진짜로 생을 살아가는 사람처럼 보이기 때문이다. 그렇다고 해서 '나'가 김종구에게서 새로운 출구를 볼 수 있었다는 얘기는 아니다. '나'가 김종구에게서 본 것은 허위의 삶과 거리를 두려는 열성이다. 작가가 소설 쓰기에 회의가 깊어진 '나'에게 김종구의 이력과 행적을 여러 차례 보여주고 있는 중요한 이유는 관념적 고뇌에 함몰하는 지식인 특유의 허위의식에 대한 경계로 보인다. 그렇다고 하여 김종구의 존재가 소설의 막힌 출구를 꿰뚫어주는 대안에 해당한다고는 보기 어렵다. 귀신사를 떠나 서울로 귀환하는 '나'의 모습은 어느 면에서 상쾌한 결말에 이르는 과정으로 보이지만 애초 '나'가 제시했던 문제 — 전망 부재와 소설 창작의 고통 — 를 시원스레 해결한 결말로는 받아들이기 어렵다. 소설가의 고민은 여전히 진행 중인 문제라는 얘기다.

　1990년대에 발표된 여러 편의 소설가소설 중에서 단연 돋보이는 작품은 주인석에 의해 탄생되었다. 주인석은 노골적으로, 아예 드러내놓고 박태원에서 시작하여 최인훈에 이르러 정점을 보여준 소설가소설의 형식과 내용을 계승하여 소설가 구보씨의 1990년대판을 독자들에게 보여준다.6) 작가로 불리는 모든 이들의 소망이 자기만의 작품을 창조하는 데 있다는 걸 염두에 둔다면, 주인석으로서는 그의 소설 쓰기가 손해처럼 여겨질 수 있는 일이다. 그렇지만 최인

---

6) 우찬제는 "문학이, 소설이 계속해서 문학다움이나 소설다움을 잃어가는 현실에 대한 울분이거나 매질을"하기 위해서 주인석이 고전적인 낭만전 소설(가)론을 들고나온" 것이라고 말한 바 있다. 우찬제 「자유로운 정신의 비상을 위하여」, 『상처와 상징』, 민음사, 1994, 322쪽. 신철하에 따르면 "주인석의 『소설가 구보씨의 하루』는 운동의 시대를 정면에서 부딪쳤던 한 청년 지식인의 1990년대적 사유를 반성적으로 보여준다. 그 사유는 다른 구보씨처럼 회의적이라는 점에서 유사하지만, 1980년대 문제의 중심축에서 지식인의 실천을 몸소 보여주었다는 점에서는 크게 다르며", "1980년대의 현실에 투신하여 얻은 상처로 인해 소설가가 된 구보의 소설관에 대한 검토는 결국 그가 실토하고 있는 표면적인 이유와 달리 왜 소설가가 되었는가를 이해하는 주요한 단서가 된다." 신철하, 「소설과 사회사」, 『푸른 대지의 희망』, 세계사, 1995, 238쪽.

훈 소설의 영향에 심취받고 씌어진 주인석의 소설『검은 상처의 블루스』(문학과지성사, 1995)가 있음으로 해서 소설가소설의 한국적 수준은 더 크고 깊어지게 된 것이다. 주인석의 소설들을 통해 우리 현대 소설문학사에서 구보씨의 존재는 어느 한 작가에게 예속된 작중 인물이 아니라 하나의 고유명사로 부활하고 있다. 박태원에 의해 창조되고 최인훈에 의해 그 생명력을 확보한 구보는 주인석에 의해 우리 문학사에서 불멸의 작중 인물로 추인받게 된 것이다.

그런데 소설 제목과 인물의 설정보다 더 중요하게 고려되어야 하는 문제는 소설가의 존재 방식을 파악하는 주인석의 방법론에 있다. 주인석은 '전적으로'라는 표현이 연상될 정도로 최인훈의 방법론을 이어받고 있다. 최인훈이 그의 구보를 고난의 현대사의 한가운데에 놓고 소설가의 비극적 운명을 진술하는 것처럼 주인석도 그의 구보를 고난의 1980년대와 환멸의 1990년대에 놓고 소설가의 비극적 운명을 다시 진술하고 있다. 최인훈의 구보가 식민지, 해방, 한국전쟁, 분단의 현대사를 경험하는 동안 주체성을 상실하면서 환멸의 권태로움에 빠져버린 소설가라면, 주인석의 구보는 1990년대에 존재하되 지나간 1980년대의 군부독재를 고통스럽게 회고하면서 자신의 상처와 좌절을 아파하는 소설가이다. 주인석도 그의 구보를 1980년대의 현대사의 맥락 속에 위치시키면서 소설가로서의 위상을 고찰하고 있다는 얘기이다.

주인석이 최인훈의 방법론을 온전하게 계승하고 있다는 또 하나의 근거는 고향 상실의 체험을 구보의 사회적 소외의 한 원인으로 설정하는 방식의 계승에서 발견된다. 최인훈의 구보가 북한에서 내려온 월남 피난민이라면, 주인석의 구보는 황해도 연백군 홍현에서 월남한 피난민의 자식이다. 피난민의 자식인 주인석의 구보는 서울 불광동에서 40분 거리에 있는 파주를 그의 고향으로 여기고 있는데,

문제는 최인훈과 주인석의 구보들이 공히 고향 상실의 체험을 겪고 있으며 이 상실의 체험이 그들로 하여금 소설가로 살아가게 하는 내적 동인으로 작용한다는 데 있다. 최인훈의 구보는 한국전쟁 중에 그의 고향을 잃게 되며, 주인석의 구보는 한국전쟁 직후 잔류한 미군들에 의해 그의 고향을 잃게 된다.

주목해야 할 점은 이들의 고향 상실이 자발적인 선택의 차원이 아니라 그들의 의지와 판단과는 무관하게 진행된 일방적인 강요라는 데 있으며, 이런 일방적인 강요의 사건들이 두 구보에게 지속적으로 작용하고 있고 이 작용이 한 자연인에서 소설가로의 변모를 촉진하는 계기가 된다는 데 있다. 특히 주인석의 구보는 1980년대의 억압적 폭력이 자신에게 남긴 정신적 상처를 반추하면서 소설가가 된 인물로서 소설가 탄생의 사회적 징후로 이해될 수 있다. 요컨대 고향 상실의 체험은 구보들의 소외가 심리적 차원의 소외가 아니라 사회적 차원의 소외이며, 이 사회적 소외가 구보들에게 그들을 상처 준 세상을 향해 질문과 비판을 제기하는 소설가로의 변모를 이루어지게 한다.

그런데 소설가로의 변모는 구보 자신에게 만족스런 결과를 가져다주지 않는다. 특히 주인석의 구보는 최인훈의 구보에 비해 더 처참하고 고통스러운 소설가의 모습으로 살아간다. 소설가로 불리면서도 소설을 쓸 수 없어 괴로워하는 소설가가 바로 주인석의 구보이기 때문이다.

이미 말한 대로 주인석의 구보가 민감하게 기억하고 반응하는 역사적 사건은 1980년대의 사건들이다. "80년대는 가고 90년대가 왔다고, 이념의 시대는 가고 포스트모던의 시대가 왔다고" "난리"를 피우는 시대의 한복판에서 구보는 과거 1980년대의 학생운동에 얽힌 좌절의 체험들을 기억하고 있다. 모든 이들이 새로운 시대가 도래했다면서 망각에 빠질 때 주인석의 구보는 1980년대를 명료하게 기억하고 있다.

1980년대를 지속의 체험으로 기억하는 구보이기에 1980년대의 정신을 훼절시키는 친구들이나 사건들은 구보에게 치욕으로 여겨진다. 그렇다고 하여 구보를 1980년대의 정신을 절대적으로 지지하는 1980년대의 근본주의자로 볼 이유는 없다. 구보의 분노는 사라지는 혁명의 꿈과 다가오는 환멸 사이에 붙들린 세대의 분노이다. 구보는 "세계와 삶에 대한 태도"가 여전히 중요하다며 자기를 위로하지만 그렇다고 구보가 진짜 위로를 받는 건 아니다. 구보가 당면한 가장 큰 문제는 그가 소설을 쓰지 않는 혹은 쓸 수 없는 소설가라는 점이다. 고향 상실의 체험과 1980년대의 체험을 통해 내면의 상처를 갖게 되고 이 상처를 드러내 보이기 위해 소설가 된 구보이지만 안타깝게도 구보는 소설을 쓰는 소설가 아니라 못 쓰는 소설가로 우리들에게 그 모습을 현전하고 있다.

그렇다. 소설은 좌절한 의식의 소산이다. 좌절된 욕망이라고 하면 더 정확해지는 측면이 있기도 하지만, 좀 천박하다. 아무튼 소설가는 좌절한 것이다. 좌절하지 않은 자가 골방에 틀어박혀 담배를 꼬나물고 소설이나 쓰고 있을 리가 없다. 어떤 사람은 그걸 좌절이라고 하지 않고 부적응이라고 표현하기도 한다. 그리고 소설이란, 혹은 예술이란 그런 제도의 부적응자들이 부적응의 방식으로 적응하는 또 하나의 제도라고 말이다. (중략) 구보씨는 차라리 어떤 소설가가 말했던 좌절한 자의 복수 의식으로서의 소설관에 더 마음이 끌린다. 소설이란 좌절한 의식이 세계에 대해 복수하는 것이 아닐까, 하고 말이다. (64쪽)

소설을 좌절한 의식이 세계에 대해 복수하는 것으로 이해하는 주인석의 구보는 그러나 절망한다. 중요한 건 소설에 관한 정의가 아니라 소설 쓰기의 실천인데 여기서 구보가 딜레마에 빠지기 때문이다. 구보는 "예전에는 누구를 만나면 남이 어떻게 생각하건 간에 별 주저 없이, 소설을 씁니다,라고 자신을 소개했었다. 하지만 요즘은 약간 멋쩍은 표정으로, 그냥 집에 있어요,라고 조금 자학적인 목소리로 대꾸"한다. 이렇게 된 이유는 소설 쓰기에 대한 지독한 회의에 구보가 빠져들었기 때문이다.

구보가 소설 쓰기의 회의에 빠지게 된 원인을 한두 가지로 정리할 수 없다. 권위주의와 분파주의로 굳어진 문단, 군부독재의 지속, 학생운동 세대들의 환멸스런 변절, 문학의 변두리화 등을 이유로 추측할 수 있다. 그러나 이 이유들보다 더 구보를 고민스럽게 한 이유가 있으니 바로 긴장감의 상실이다. 구보는 1990년대를 삼류의 시대로 파악한다. 1990년대의 한국문학이나 정치나 그 수준이 삼류에 불과하다는 자조적 판단을 구보는 내리고 있다. 그래서 다음과 같은 진술이 구보에게서 나온다.

정치도 별볼일 없어지고, 소설도 별볼일 없어지는 게 세상이 좋아진다 증거겠지. 암, 그래야지. 그렇다면 조용히 사라져주마. 구보 씨는 길거리를 걸으며 그렇게 중얼댔다. 비장하게. 그러다가 곧 웃고 말았다. 비극과 희극은 종이 한 장 차이였다. 사랑하기에 떠나가네,라든지 당신의 행복을 위해 떠나가겠다, 하는 삼류 영화의 대사를 자신이 읊조리고 있었기 때문이었다. 그래, 모두 삼류가 되고 말았네. 삼류가 행복하다네. 모두 삼류 텔레비전 연속극이나 보며 행복하시게. 나는 그대들의 행복을 위해 떠나가겠네. (140쪽)

세상을 긴장감이 없는 삼류 세상으로 판단해 버린 구보에게서 소설은 어쩌면 농담처럼 여겨질 수 있다. 소설은 농담 중에서도 삼류의 농담이 될 수 있으며 그럴 바에는 소설을 쓸 필요가 없다고 구보는 판단할 수 있다. 구보의 이런 마음 결정이 깊은 사고를 통과한 성숙한 결정으로 보기는 어렵지만 소설 창작에 대한 구보의 회의가 아주 근거 없는 것이라고도 말하기 어렵다.

바로 이 점이 중요하다. 주인석의 『검은 상처의 블루스』는 최인훈 소설이 제기한 문제 — 왜 우리 시대의 소설가는 소설을 쓸 수 없는가? — 를 다시 한 번 더 붙들고 독자들을 만나고 있다. 주인석의 『검은 상처의 블루스』가 최인훈 소설의 영향을 받고 나타난 성취로 인정해야 하는 진짜 이유는 단지 구보라는 인물을 반복 출현시키기 때문이 아니다. 제3세계의 특수한 현상에 해당하는 현대사의 과잉 폭력에 노출된 소설가의 비극적인 존재 방식을 탐구하고 있기에, 그러면서 동시에 자기 부정의 권태와 환멸에 빠져버린 소설가의 초상을 그려 보여주고 있기에 우리는 두 소설의 영향관계를 단지 형태론적인 층위가 아니라 정신사적인 층위에서 확인할 수 있는 것이다.

5. 안타까움 그리고 탄성

최인훈 문학에 대한 논란은 여전히 지속되고 있지만 그 논란들에도 불구하고 한국 현대문학사에서 최인훈이 차지하는 비중은 크고 깊다. 나는 최인훈이 우리 현대문학사에 선명하게 아로새긴 업적의 하나를 소설가소설의 완성으로 보고 있다.

그런데 이 소설에 관한 종래의 연구들은 대개 패러디의 양상이나 부분적인 유사와 차이의 흔적들을 지적하는 데에서 그치고 있다. 최인훈의 『소설가 구보씨의 일일』이 어떤 성격의 소설가소설이며 이 성격이 어떻게 후대 작가에게 구현되었는가를 밝힌 논문은 드문 실정이다.

최인훈의 『소설가 구보씨의 일일』을 소설가소설의 한국적 모델로 읽을 경우 소설가의 긍정적 위상이 아니라 불우한 위상을 주목해야 하며 동시에 왜 전후 사회의 소설가가 불우해질 수밖에 없었는지를 주목해야 한다고 나는 판단하고 있다. 식민지, 해방, 한국전쟁, 독재 체제 등으로 이어지는 역사적 전개 속에서 우리 사회의 소설가는 왜 한낱 소시민이나 노동자처럼 존재하면서 더는 새로운 창작을 지속할 수 없는지를 살펴야 한다고 나는 생각했다.

독자들이 이미 알고 있겠지만, 최인훈의 이 소설이 소설가소설이라 하여 소설 창작의 과정을 독자들에게 재현하지는 않고 있다. 이 소설이 독자들에게 중점적으로 보여주는 대목은 자기 존재의 무기력과 권태, 나아가 소설 그 자체에 대한 근본적 환멸이다. 자기 자신을 노동자로 여기는 구보, 환멸의 권태로움에 빠진 구보는 무에서 유를 창조하는 예술의 혼이나 작가의 혼을 전혀 보여주지 않는다. 그러나 바로 그렇지 않기 때문에 이 소설은 문제적이다. 이 소설이 소설가소설로서 문제적 가치를 지니는 까닭은 왜 우리 사회의 소설가들이 소설을 쓰지 못 하는가의 상황을 아프게 보여주기 때문이다.

주인석은 최인훈이 『소설가 구보씨의 일일』의 방법론에 기대어 1990년대판 소설가소설을 만들어내면서 최인훈이 제기한 소설가의 불우한 존재 방식을 다시 탐구하고 있다. 1980년대의 악몽과 1990년대의 환멸 사이에서 비틀거리는 주인석의 구보는 그가 속한 세상을 삼류의 세상으로 파악하면서 소설 창작을 포기하는 소설가로 존재하고 있다. 1930년대를 출발하여 1990년대까지 힘겹게 걸어온 소설가 구보의 여정은 보는 이로 하여금 큰 안타까움과 탄성을 자아내게 한다. 안타까움은 그들의 생존 방식의 어두운 그늘을 확인하는 데에서 오는 안타까움이며 탄성은 비록 역설적이나마 그들이 그들의 존재성을 한 세기가 가깝게 지속시키는 데에서 오는 탄성이다.

(『작가연구』 2002년 하반기호)

다시 읽어야 할 이청준의 문학

__이청준의 문학

1. 인생의 여로

> 복도를 지나가는 나의 발걸음 소리가 나 자신에게도 선명했다.
> 병원 현관에서 나는 걸음을 멈췄다.
> "괜찮을까요, 갑자기?"
> 미스 윤이 내 쪽을 정면으로 바라보며 물었다.
> "글쎄요. 바늘을 끼워놓은 시계니까 이제 돌아가봐야죠."
> "다시 돌아오시겠죠?"
> 미스 윤은 갑자기 지금과는 정반대의 말을 하고 있었다.
> "글쎄요. 지금은 그러지 않으려고 합니다만."

이청준이 1965년에 발표한 등단작 「퇴원」의 결말 장면이다. 기껏 위궤양 증세를 핑계 삼아 병원 입원을 마다하지 않는 무기력한 젊은 이 '나'가 이 소설의 주인공이다. 작가는 이 '나'를 "지금 막 어둠이 깔리기 시작한 거리"로 나가도록 결말 처리함으로써 앞으로 자기의 문학이 병원 바깥의 더 큰 세상과 만나면서 형성될 것이라는 점을 은근히 암시했다. 그런데 작가의 암시는 오늘날 풍요로운 문학적 위업을 쌓는 결과를 낳았으니 「퇴원」의 결말은 참으로 의미심장한 것이었다.

1939년 8월 9일 이청준은 태어난다. 그의 고향은 전남 장흥군 대덕면 진목리로 푸른 바다가 내려다보이는 수려한 풍광의 동리이다. 이청준 연배의 작가들은 고향을 자기 문학의 원형적 기반으로 활용할 만큼 고향에 각별한 애정을 지니고 있다. 이청준의 수작 「눈길」, 「해변 아리랑」, 『축제』 등은 이청준을 낳은 고향의 지리적 정보와 문화적 성격, 이미지 등이 투영된 사례인데, 이 예를 보더라도 이청준 문학의 뿌리는 그를 낳고 키운 고향에 연결되어 있음을 추측할 수 있다.

1948년 열 살이 되는 해에 이청준은 대덕 동국민학교에 입학한다. 지각 입학이었다. 이청준은 국민학교 2, 3학년 무렵부터 죽은 맏형이 남긴 책들을 읽게 되는데, 우리는 이를 두고 이청준과 문학의 최초 만남이라고 할 수 있다. 이 만남의 의미는 중요하다. 죽은 맏형 자체가 이청준에게 정신적인 충격을 준 상징적 존재였고, 그 형이 남긴 책은 "사람의 삶에는 죽음으로도 끝나지 않고 여전히 이승 사람들과 함께 하며 남아 있는 부분이 있음을 깨닫게 해준"[1] 정신적 각성의 텍스트였으며, 이 텍스트를 읽는 행위는 정신세계의 개안을 의미하는 것이기에 이 만남을 최초의 문학 수련 과정으로 얘기할 수 있다.

대덕 동국민학교의 교장선생님과 담임선생님의 권유로 이청준은 1954년 광주서중으로 진학한다. 이어 1957년에 광주일고로 진학한다. 중학교, 고등학교의 6년 동안 이청준은 광주 소년으로 성장한다. 1960년 서울대학교 독문학과에 입학한 이청준은 상반된 성격의 두

---

1) 권오룡 엮음, 『이청준 깊이읽기』, 문학과지성사, 1999, 40쪽.

가지 사건을 겪는다. 4·19와 5·16이 그것이다. 이청준은 4·19의 해방과 뒤이은 5·16의 억압을 한 해 차이로 체험하면서, 세계를 대립적 모순이 공존하는 갈등의 공간으로, 그리고 인간의 삶은 이 공간의 지평 속에서 갈등과 화해를 반복하며 형성되는 것으로 이해한다.

"5·16 군사혁명 이후의 억압적인 분위기로 하여 사회 일반, 특히 젊은 층들은 심한 좌절감과 무력감에 빠져 지내던 시기"인 1965년 스물 일곱의 나이에 이청준은『사상계』신인문학상에「퇴원」을 투고하여 당선 통보를 받는다.

「퇴원」등단은 길고 긴 이청준 문학 여정의 출발을 알리는 신호였다. 이 신호는 35년이 넘는 현재에 이르기까지 그치지 않고 있다. 작가는「퇴원」이후 우리 소설문학사가 기억할 만한 여러 수작을 발표했다.「병신과 머저리」로 1967년 동인문학상 수상,「매잡이」로 1969년 대한민국 문화예술상 신인상 수상,「이어도」로 1975년 한국일보 창작문학상 수상,「비화밀교」로 대한민국문학상 수상,「날개의 집」으로 1998년 제1회 21세기문학상을 수상하는 등 이청준의 문학은 우리 소설문학사의 두께를 단단하게 만들어왔다.

1939년 8월 9일 전남 장흥에서 태어나 오늘에 이르기까지, 이청준의 생애는 끊임없는 구도의 길을 걸어가는 나그네처럼 문학적 장인의 삶을 성취하는 방향으로 전개되어 왔다. 소설 창작과 작가로서의 삶을 구도의 길을 걸어가는 나그네의 여정으로 받아들인 작가의 현존은 우리 문학의 자랑이며 보람이라고 말해도 괜찮다.

2. 이청준 소설의 위상

좋은 작가의 좋은 작품은 언제나 비평가들의 해석 의지와 욕망을 자연스레 촉발시키는 법이다. 이청준과 그의 문학은 예나 지금이나 비평가들에게 비평의 유혹을 강력하게 불러일으켜온 존재이며 대상이다. 그러나 이청준에 관한 비평 작업은 매번 비평가들을 난처하게 만든다. 실제로 이청준이 우리 문단에서 차지하는 위상에 비례하는 본격적인 작품론, 작가론은 영성한 편이다. 그의 문학 세계가 고정적 유형의 형식과 내용으로 포착되지 않는, 대단히 유동적이고 역동적인 변모를 보여주는 까닭에 이청준과 그의 작품에 관한 '본격적인' 비평은 그렇게 많은 실정이 아니다.

그렇지만 기왕에 발표된 이청준 비평 중에는 이청준 문학 세계의 특징을 일목요연하게 개관함으로써 독자들의 이해를 돕는 사례들이 없지는 않다. 이청준 소설의 미학적 핵심의 요체를 체계적으로 정리하여 독자들에게 이청준 문학을 안내하는 비평들이 있다는 얘기다. 그 몇 가지 예를 살펴보기로 하자.

김현은 「대립적 세계 인식의 힘」[2]에서 이청준의 문학은 "세계의 여러 현상을 잘라서 재조정하는" 대립적 세계 인식에 의해 씌어진다는 점을 밝히고 있다. 예컨대 「퇴원」에는 쾌락원칙과 현실원칙의 대립항이 설정되어 있으며, 『소문의 벽』에는 진실과 소문의 대립항이 설정되어 있고, 『당신들의 천국』에도 이청준의 세계 인식의 역동성은 지속된다고 밝히고 있다. 김현에 따르면 "이 대립적 세계 인식은 원인과 결과의 인과론적 세계 인식과는 그 구조가 다르다." 요컨대 이청준의 대립적 세계 인식은 인식의 단순성을 비판하는 정신적 조작이며 정직한 진실 추구를 위한 창작의 방법론이라는 얘기다.[3]

---

2) 김현, 「대립적 세계 인식의 힘」, 김병익 · 김현 엮음, 『우리 시대의 작가연구총서 이청준』, 은애, 1979.
3) 이청준 스스로 이렇게 인정하고 있다. "생활과 예술, 말과 소리, 전통적인 것과 현대적인 것, 진실과 진실이 아닌 것, 이런 식으로 늘 어떤 대립항을 설정하고, 그 대립항 사이에서 지금 김 선생이 말씀하신 삶의 본질을 납득할 어떤 접점

김현이 「대립적 세계 인식의 힘」에서 이청준 문학이 대립적 세계 인식과 그에 따른 대립항의 설정으로 씌어진 소설이라는 점을 밝히고 있다면, 오생근은 「갇혀 있는 자의 시선」[4]에서 작가의 시선을 "가시적인 현실 속에 감춰 있는 어떤 진실을 꿰뚫어"보려는 시선으로 정의하면서 이청준의 시선이 작품에서 어떤 방식으로 표현되고 있는가를 분석하고 있다. 이 글에서 오생근은 이청준 소설의 인물들을 "자유를 속박하는 타인의 시선을 회피하지만 그들은 타인의 시선을 갈망하는 자들"로 해석하거나, 그 인물들의 시선을 "서로의 영혼을 꿰뚫지 못하고 있는 자의식이란 벽 속에 갇힌" 시선으로 파악함으로써 이청준 문학 특징의 한 측면을 독자들에게 이해시키고 있다.

김현과 오생근 이외의 여러 비평가들도 이청준 문학론을 작성하면서 이청준 문학 세계의 특질을 규명하는 작업을 그치지 않았는데, 그 중의 상당편이 이청준 소설의 구조적 특징을 거론하고 있어서 주목을 끌고 있다. 1967년 동인문학상 수상작인 「병신과 머저리」를 읽어본 독자가 비교적 근작에 해당하는 『자유의 문』을 읽어봤다면, 이 두 작품이 시간적 격차에도 불구하고 유사한 구조적 특징을 반복한다는 점을 파악할 수 있다. 그 유사한 구조적 특징은 아래와 같이 정리되고 있다.

결국 이청준의 액자소설론은 작가의 진정한 창작 태도의 문제와 직결되는 것이기도 하다. 수직 수평으로 중첩되는 여러 이야기의 궤적과 다발들을 견주어 대화시키고 그것을 통해 반성적인 사유 작용을 도모하며 총체적 세계로 진입하려는 그의 상상 체계와, 확장

같은 것을 찾아보려고 노력을 해왔던 것 같아요." 김치수, 『박경리와 이청준』, 민음사, 1982, 217쪽.
4) 오생근, 「갇혀 있는 자의 시선」, 『문학과지성』 1974년 가을호.

된 진실을 거부하는 열린 정신의 역동성, 그리고 끊임없이 새로운 이념의 문을 찾으려는 태도를 그의 액자소설론은 함축하고 있다.[5]

『자유의 문』에서 취한 추리소설적 구성은 이청준이 갑자기 재미를 추구하고 있다든가, 아니면 새로운 구성 방식을 기획하고 있다든가 하는 것을 의미하지 않는다. 오히려 이제까지 이청준의 소설이 자신의 주제를 형상화하기 위해 모색했던 방법들이 이제는 어떤 경지 혹은 정점에 이르렀음을 보여주는 구체적인 증거라 할 수 있다.[6]

이청준에게 있어서 액자소설은 작품의 정신적인 탐색을 독자 자신의 몫으로 온전히 전이시키기 위한 절실한 요구에서 마련된 일종의 제도와 같은 기법이다.『축제』의 액자 구조 또한 이런 요구와 긴밀히 맞닿아 있다.[7]

위에서 일별한 대로 이청준 소설의 구조적 특징은 격자소설, 중층구조, 액자소설 등의 이름으로 정리되어 왔다. 우리 시대의 현존 작가 중에서 이청준처럼 '일관된' 태도로 소설의 닫힌 구조를 혐오하고 소설의 열린 구조를 지지하는 작가는 그리 많지 않다. 그의 소설 창작은 기본적으로 소설구조를 최대한 입체화하고 중층화하여 소설의 정서적 울림의 폭을 깊게 하려는 노력의 결과라고 얘기할 수 있다. 그런데 더 해명해야 할 문제는 소설의 구조를 입체화하고 중층화하는 이청준의 동기다. 작가는 그동안 여러 대담 자리에서 중층구조가

5) 우찬제, 「자유의 질서, 말의 꿈, 반성적 탐색」, 권오룡 엮음, 『이청준 깊이 읽기』, 문학과지성사, 1999, 210쪽.
6) 류보선, 「새로운 방향의 모색과 운명의 힘」, 앞의 책, 307쪽.
7) 김경수, 「메타픽션적 영화소설?」, 앞의 책, 332쪽.

독자에게 전하고자 하는 정보를 효과적으로 배분하는 장치라고 밝혀왔다.

여기서 우리가 유의해야 할 대목은, 이청준에게 중층구조의 활용은 기교주의적 차원에 머무는 문제가 아니라는 점이다. 이청준에게 중층구조는 "진정한 반성적 사유와 진실을 향한 정념, 존재의 근원을 향한 탐색 욕망" 등을 심화하고 "한 현상에 대한 여러 시점을 각기 다른 각도, 위치, 처지, 시간, 욕망, 이념에서 조망하여 서로가 서로의 반성적 거울로서의 타자가 되게 하고 그 타자의 복합 사유를 종합하려는 의도"를 지닌 장치라는 점, 요컨대 소설의 의미를 중첩시켜 그 울림을 깊게 하는 서사 장치라는 점이 주목되어야 한다. 이청준의 작품들을 읽다 보면 소설가라는 존재는 기본적으로 언어 자체를 당위의 언어에서 공감의 언어로, 도구의 언어에서 소통의 언어로 해방시키려는 존재라는 점을 깨닫게 된다. 더불어 이청준의 소설은 인간은 도그마의 노예가 되어서는 안 되며 회의하고 반성하는 태도로서 삶의 진실에 접근해야 한다는 걸 확인시키고 있다. 기왕의 이청준 문학론의 상당 편들은 바로 이 점을 해명하기 위한 작품론, 작가론이었다고 해도 지나친 말은 아니다.

3.『소문의 벽』: 광인으로 살아갈 수밖에 없는 광인

이청준의 작품 세계는 대표작의 선정 자체를 무의미하게 만든다. 그의 소설들 중에는 독자들에게 질적인 우열의 확인을 거부하는 수작이 한둘이 아니다. 「줄」, 「서편제」, 「선학동 나그네」처럼 예술의 세계를 완성하려는 나이 든 장인들의 인생 이야기를 들려주는 소설들도 이청준의 대표작이며, 새의 방생과 강제적 귀환을 인간의 자유의지와 이 의지를 방해하는 현실의 폭력으로 비유한 「잔인한 도시」
나 김현이 '자유와 사랑의 실천적 화해'의 관점으로 정리한 장편소설
『당신들의 천국』도 이청준의 대표작에 해당한다. 어디 이뿐인가?
1980년 광주의 정치적 알레고리로 읽힌다는 「비화밀교」, 「벌레 이야
기」나 이청준의 소설론이 추리소설의 형식을 빌려 투영된 『자유의
문』도 대표작의 반열에서 예외로 처리될 수 없다.

사정이 이렇지만 이청준의 숱한 수작 중에서 이청준의 이청준다
움을 보여주는 사례가 있으니 초기작에 해당하는 중편 「소문의 벽」
이 아닐까 한다. 「소문의 벽」은 1971년 『문학사상』에 발표된 중편
소설로 이청준 문학 세계의 성격을 확연하게 구축한 작품이다. 이
소설을 논의의 한가운데 놓고 필요에 따라 다른 소설들을 인용할 계
획이다.

이청준의 소설이 주는 매력 중 하나는 독서의 층위에 따라 얼마
든지 다양하게 읽히는 가독성을 지녔다는 데 있다. 이 소설을 '나'와
박준의 대립적 관계로 읽을 경우 「소문의 벽」은 편집자의 자기 진술
욕망과 필자의 자기 진술 욕망이 갈등하는 소설가소설로 읽히며,
'나'와 김 박사의 대립적 관계로 읽을 경우 이 소설은 과잉 합리주의
일변도의 현대성 비판의 소설로 읽히며, 박준과 김 박사의 대립적
관계로 읽을 경우 이 소설은 억압의 심리적 기원의 해명과 억압의
강요를 강요하는 정신분석학적 텍스트로 읽힌다. 이처럼 이청준의
소설은 해석의 관점에 따라서 그 의미가 얼마든지 새롭게 구성되는
열린 텍스트의 성격을 소유하고 있다.

1) 중층구조의 미학적 효과

이청준은 소설의 도입 단계에서부터 독자들의 시선을 잡아끄는

특유의 저력을 보여주는 작가다. 이청준은 지속적인 긴장감을 부여할 목적으로, 독자들의 진지한 흥미를 북돋을 목적으로 추리소설적 서사 양식을 적극적으로 수용하면서 여러 편의 소설을 발표했는데, 「소문의 벽」이 그 한 예가 되고 있다. 이 소설의 도입 단락은 대뜸 이렇게 시작한다.

아무리 깊은 취중의 일이었다고는 하지만, 그날 밤 내가 박준을 대뜸 나의 하숙방까지 끌어들이게 된 데는 어딘지 꼭 그럴만한 이유가 있었을 것만 같다. 왜냐하면 그날 밤 박준이 처음 나의 눈앞에 나타났을 때까지만 해도 그는 아직 나에게는 얼굴도 성도 모르는 생면부지의 사내에 불과했고, 또 그런 박준은 아무리 그가 기괴한 모습으로 나를 놀라게 하려 했다 해도 다방거리나 신문 같은 데서, 나는 하루에도 몇 차례씩 그런 돌발적인 사건들을 만나고 있었으니까 말이다. (『이청준』, 한국소설문학대계, 동아출판사, 1995, 132쪽)

이청준은 「소문의 벽」을 이렇게 시작함으로써 박준이란 인물을 이 소설의 주요 탐색 대상으로 설정하고 있다. "얼굴도 성도 모르는 생면부지의 사내에 불과"한 박준의 정체 해명이 이 소설에서는 최우선 해결 과제일 수밖에 없다고 작가는 처음부터 강하게 암시하고 있다. 박준의 정체 파악이 소설 읽기의 근본 목적이 되는 것이라고 작가는 얘기하고 있다. 그런데 이러한 서사 양식은 적어도 이청준 문학의 구조적인 특징으로 거론될 정도로 그 활용이 빈번한 편이다. 이청준의 작품을 무작위로 선정해도 그 중에는 추리소설적 서사 양식이 반드시 있을 만큼 이청준의 문학 세계와 추리소설적 서사 양식의 연계는 대단히 긴밀하다.

그런데 이청준은 「소문의 벽」을 추리소설적 서사 양식만으로 완

208

결시키지 않는다. 이 소설에는 '나'의 탐색 대상인 박준의 소설들이 때로는 짧게, 때로는 길게 삽입되어 있다. 액자소설적 서사 양식이 나타난다는 얘기다. 이청준은 추리소설적 서사 양식과 함께 액자소설적 서사 양식을 동시에 활용하면서 그의 소설을 중층구조의 소설로 만들고 있다. 이는 우리 소설문학사에서 중요한 업적으로 평가받는 이청준 문학의 특징이다.

중요한 업적으로 평가받는다는 말의 진의는 이렇다. 소설을 독자와의 의사소통 매체로 볼 경우, 이 매체에 장애 현상이 일어나지 않게 하려는 작가의 노력은 아무리 강조해도 지나치지 않은 것이다. 소설이 독자들과의 소통을 무시하는 작가의 일방적인 메시지 전달 매체가 되어서는 안 되는 법인데, 이에 관한 이청준의 노력은 참으로 돋보인다. 이 부분은 더 설명될 필요가 있다.

이청준의 소설들에는 시대적 체험이 적지 않게 녹아들어 있다. 「퇴원」에는 1960년대 중반의 시대적 체험이, 「소문의 벽」에는 1970년대 초기의 시대적 체험이, 「비화밀교」에는 1980년대의 시대적 체험이 녹아들어 있다. 그런데 사정이 이렇다 해서 이청준의 소설을 시대적 체험을 사실주의적으로 반영하는 소설로 볼 수는 없다. 왜냐하면 이청준 소설의 중층구조는 당대의 시대적 체험을 형이상학적 사유의 문제로 치환함으로써 이청준 문학을 정신의 탐색 문학으로 존재하게 하기 때문이다. 요컨대 이청준 소설의 중층구조는 시대적 체험의 내용을 사유의 문제로 치환하면서 이청준의 문학성을 정신주의를 강화하는 미학적 장치라는 것이다.

「소문의 벽」에는 인간들의 만남과 소통을 사기와 기만의 그것으로 돌려버리는 1970년대 초반의 시대적 체험이 녹아들어 있다. 그러나 「소문의 벽」이 중요하게 다루는 문제는 1970년대 박정희 체제의 비판이 아니다. 「소문의 벽」이 중요하게 다루는 문제는 일방적인 자기 진술을 강요하는 현대 사회와 그런 사회에서 광인화되어 버리는 현대인들의 정신적인 박탈감의 문제이다. 이처럼 이청준 소설의 중층구조는 시대적 체험을 형이상학적인 사유 문제로 변형하는 미학적 장치로 활용되고 있다. 바로 이 점이 이청준 소설에 반복적으로 출현하는 중층구조에 내재하는 숨은 의미라고 할 수 있다.

많은 비평가들과 독자들이 이청준의 문학은 우리나라의 지성소설의 계보에 속한다는 평가를 내리고 있다. 분명 이청준의 문학은 이 계보에 속하는 사례 중에 앞자리를 차지할 만큼 손색이 없다. 그런데 우리가 이런 평가를 내릴 때 반드시 상기해야 할 것은 중층구조의 지속적인 출현이며 그 기능이다. 이청준 소설의 중층구조는 우리 소설문학에서 그 유례를 찾기 어려운 다양한 유형의 형이상학적 사유를 생성하되 그 생성이 결정된 인생의 진실을 예고하는 차원이 아니라 독자와 함께 인생의 진실을 탐색하게 하는 미덕을 지니고 있다는 점이다.

2) 공포증의 상징적 미학

이 소설은 우리 소설사에서 두고두고 기억할 만한 명장면을 하나 만들어내고 있다. 바로 전짓불 포비아(phobia)다. 전짓불 포비아는 이 소설의 탐색 대상인 박준의 정신병리적 현상을 유발하는 원인으로 작용하는데, 이 소설에서는 일방적인 진술을 강요하는 현실적인 폭력을 상징하는 장면으로 해석될 수 있다. 소설의 한 장면을 살펴보기로 하자.

그날 밤 저는 어머니와 함께 단둘이서 집을 지키고 있었습니다. 한데 밤중쯤 되자 느닷없이 밖에서 쿵쿵거리는 발자국 소리가 났고,

어머니와 저는 그 발자국 소리에 놀라 잠을 깨고 말았어요. 눈을 뜨
자마자 백지 창문이 덜컹 열리면서 눈부신 손전등 불빛이 가득히
방 안으로 쏟아져 들어왔어요. (『이청준』, 213쪽)

어머니와 '나' 둘만이 자고 있는 집을 갑작스레 방문한 정체불명
의 사내들이 손전등을 방 안으로 비추며 단도직입적으로 묻는다.
"방금 청년 한 사람이 방으로 들어오지 않았느냐"고. 이 장면에는
어린 박준을 불안한 병리적 상태로 빠지게 하는 외부 폭력의 잔혹성
이 나타나고 있는데, 이 전짓불 포비아는 이청준 문학 세계에서 현
대 사회의 익명적 공포성과 불안성, 상황적인 폭력의 상징으로 반복
되고 있다는 점을 우리는 주목해야 한다.

더 구체적으로 말하자면 이 전짓불 포비아 현상은 작가의 등단작
품인 「퇴원」에 "그런데 어느 날은 거기서 너무 오래 잠이 들어 있다
가 아버지가 비춘 전짓불빛을 받고서야 눈을 떴다. 아버지는 아무
말도 하지 않고 그대로 광을 나가더니 나를 남겨둔 채 자물쇠를 채
워버렸다"처럼 출현한 이후 "그러나 전짓불의 눈길은 실수가 없었
다. 빛줄기가 끝내는 사내의 머리통을 맞혀 잡고 말았다. 동시에 사
내의 머리통은 완전히 야전잠바 깃 속으로 모습을 숨겨 들어가버렸
다"(「잔인한 도시」), "나는 소심하게도 그 두 개의 전짓불에 쫓기면서
끊임없이 선택을 강요당하고 있는 꼴인 것이다. 하지만 그것은 이미
선택의 문제가 아니다. '지시된' 선택은 선택이 아니려니와, 양자가
다같이 소설이나 삶 속에서 선별적 택일의 대상이 될 수가 없기 때
문이다"(「전짓불 앞의 방백」)에 이르기까지 다양하게 변주되어 출현
하고 있다.

그런데 특히 「소문의 벽」에서 전짓불 포비아 현상을 주목해야 하
는 이유는 이 현상이 작가의 자유로운 자기 진술을 차단하는 현대

사회의 폭력성의 상징으로 적절하게 쓰인다는 데 있다. 어둠이 깔린 빈 방 안에 비춰지는 전짓불은 결코 환희의 이미지로 이해될 수 없다. 그 전짓불은 죽음과 삶의 경계에 위태롭게 서서 무력하게 존재하는 사람에게 하나의 대답만을 강요하는 공포의 이미지로 무장한 전짓불이다. 전짓불을 비추며 일방적인 대답을 강요하는 이 장면은 마치 작가들에게 일방적인 진술을 강요하는 현대 사회의 폭력성을 환기시키고 있다. '나'의 탐색 대상인 박준이 소설을 절필하고 스스로 광인을 자처하다가 실제 광인이 되어버린 데에는 이와 같은 맥락이 깔려 있다.

박준의 인터뷰 기사, 박준이 쓴 소설 등 박준의 전짓불 공포증 체험을 짐작하게 하는 기록들을 보며 이 소설의 탐색 대상인 박준의 정체가 파악되고 있지만, 이청준은 '나'의 박준 파악을 손쉬운 과제로 남겨두지 않는다. '나'의 박준 파악에는 경쟁자가 마련되어 있다. 그 경쟁자는 박준이 스스로 입원한 정신병원의 의사인 김 박사다.

이 소설에서 김 박사는 단호한 합리주의적 신념의 소유자로 설정되어 있다. 김 박사는 "중년을 넘을까 말까 한 그의 나이와 희끗희끗 새치가 섞인 머리털하며 굵은 안경테 너머에서 온화한 미소를 짓고 있는 눈길, 그런 것들이 모두 알맞게 어울려 의사로서의 그런 깊은 신뢰감"을 자아내는 인물로 묘사되어 있지만 작가가 이 인물을 바라보는 시각은 부정적이다. 「조만득 씨」의 민 박사, 「이어도」의 선우현 중위, 「소문의 벽」의 김 박사 등은 공통된 성격을 소유하는 작중 인물들인데, 이들은 반성성이 결여된 합리주의자의 면모를 강하게 보여준다. 특히 20세기 의학의 현대성을 맹목적으로 추종하는 합리주의자로 설정된 김 박사는 이 소설에서 의사의 면모만이 아니라 맹목적인 현대주의자의 은유처럼 이해되기도 한다. 이런 점에서 이 소설의 결말 장면에 나오는 나와 김 박사의 논쟁은 합리주의의 과잉을 비판하는 장면으로도 이해된다.

　박준을 정말로 미치게 한 것은 박사님 당신이란 말입니다. 박준
이 이 병원을 찾아오기 전부터 그 전짓불에 견딜 수 없는 괴롭힘을
당하고 있었던 것은 사실입니다. 하지만 박준은 그래서 자신의 피
난처로 이 병원을 찾아온 것입니다. 이 병원 안에서 자신을 광인으
로 심판받음으로써, 그 전짓불과 불안한 소문들과 모든 세상일로부
터 자신을 해방시키고 싶었던 것이지요. 그런데 더 불행하게도 그
가 피난처로 찾아온 병원이야말로 진짜 전짓불, 더욱더 무서운 전
짓불의 추궁이 기다리는 곳이었어요. 박사님은 그가 누구보다 큰
진술의 욕망을 지니고 있기 때문에 오히려 더욱 철저하게 그 욕망
을 숨기려고 했던, 그러지 않을 수 없었던 박준을 이해하지 못한 것
입니다. (『이청준』, 237쪽)

'나'에 따르면 박준의 광인 연기와 병원 입원은 아이러니하게도
박준에게 "더욱더 무서운 전짓불의 추궁"을 경험하게 한다. 병원이
라는 공간 속에 숨어 안식을 취하려고 한 박준의 순진한 술수를 이
소문의 사회는 허락하지 않는다. 김 박사가 박준을 추궁하는 심문관
의 역할을 대행하고 있거니와, 김 박사는 박준에게 강요된 진술의
추궁을 하기에 이른다.
　결국 박준은 실제 광인이 되어 병원을 뛰쳐나간다. 박준은 스스로
자기 존재를 실종시켜 버리는 것이다. 이로써 탐색 대상인 박준의
정체는 파악되었으나 그 행방은 수수께끼의 상태로 처리되고 있다.
이 소설의 결말은 자유로운 자기 진술을 허락하지 않는 현대 사회의
폭력성과 이러한 사회에 방치된 한 개인의 왜소한 영혼의 광인화의
아픔을 한 번 더 강력하게 환기시키고 있다.

5. 다시 읽어야 할 이청준의 문학

이청준이 진정으로 우리 소설문학사에서 차지하는 비중이 큰 작가라면, 그 이유는 그의 소설들이 우리 소설문학사의 결락 부분을 상당히 메우고 있기 때문일 것이다. 적지 않은 비평가들이 이청준의 문학을 관념소설, 의식소설로 그 성격을 정리하고 있지만, 이러한 정리에는 더 자세한 보충 설명이 필요하다. 이청준의 소설은 분명히 관념성과 의식성의 요소를 지니고 있지만, 그 요소들이 이청준의 문학 세계를 심리학의 세계로 환원시키지는 않는다는 점을 우리는 알아야 한다.

이청준의 문학이 닿으려는, 만지려는 세계는 '현실적인 형이상학'의 세계다. 그런데 이 세계가 아주 낯선 관념으로 느껴지지 않는 이유는 이 세계의 밑바닥에 인간의 구체적인 삶이 깔려 있기 때문이다. 그의 소설에서 보이는 형이상학적 사유가 근거 미약한 관념의 나열로 여겨지지 않은 이유, 달리 말해 이청준 문학의 형이상학적 사유가 당대의 독자들에게 강한 설득력을 지니는 이유는 그 사유가 현실에 깊숙하게 착근되어 있기 때문이다. 바로 이 점이 이청준의 문학이 심리학으로 떨어지지 않는 이유가 된다. 이청준 문학 작품의 문학사적 의의를 말해야 한다면 이청준의 문학이 우리 소설문학사의 결락 부분인 형이상학적 성격을 보충했다는 데에서 찾아야 하며, 그 형이상학적 성격이 기본적으로 현실 세계에서 잉태되고 있다는 점이 지적되어야 한다.

그 어떤 작가의 문학 작품이라도 다시 읽힐 수 있다. 좋은 문학 작품은 독자의 다시 읽기를 언제나 환영한다. 좋은 문학 작품은 다시 읽히면서 그 문학성이 새로이 구성되고 그 문학적 가치가 새롭게 발견된다. 문제는 다시 읽기의 해석학이다. 특히 이청준의 문학 작품의 해석학은 이청준 문학 작품의 현실적인 형이상학의 성격을 파악하는 데 참고가 되도록 그 이론적 근거가 좀더 살펴져야 한다. 1971년도에 발표된 이청준의 「소문의 벽」은 현대 사회의 권력성과 병리성을 날카롭게 해부하는 프랑스 철학가인 미셸 푸코의 문제의식을 온전하게 구현하는 작품이다. 광인의 존재 방식과 광기의 문제, 파놉티콘의 이미지를 보여주는 병원의 설정 등은 「소문의 벽」의 다시 읽기의 필요성을 느끼게 한다.

이런 연장선상에서 이청준의 대표적인 장편소설인 『당신들의 천국』도 오늘날 그 성격이 다시 검토될 만한 사례다. 나병 환자의 설정, 병원의 탄생, 권력관계의 갈등 등 『당신들의 천국』도 새롭게 읽혀야 하는 미완의 텍스트라고 할 수 있다. 더불어서 「떠도는 말들」, 「자서전들 씁시다」, 「지배와 해방」, 「몽염발성」, 「다시 태어나는 말」 등의 연작소설들에서 나타난 말에 관한 작가의 성찰은 언어를 도구화하는 현대 사회에 대한 비판과 소통의 생명력을 담보한 언어에 관한 탐색으로 요약되는 언어사회학 연작들을 만들어내고 있다.

이 외에도 이청준의 작품들 중에는 오늘날 새롭게 읽혀져서 그 해석적 의미가 새롭게 구성되어야 할 사례들이 많다. 이청준 문학의 한 계보를 형성하는 민속전통의 소설화의 사례들은 여전히 그 미학성이 만족스럽게 논의된 실정이 아니다. 독자들의 분발이 요청되는 시점이다.

(『새로 쓰는 한국작가론』, 백년글사랑, 2002년)

진정한 작가이고자 하는 자의 소설

_민경현의 『붉은 소묘』

1. 민경현의 열의

작가로 불리기를 원하는 자라면 누구나 자기 문학의 단단한 성채를 쌓아올리기를 희망한다. 그리하여 그들은 우리 시대의 흔한 작가 중의 한 명이 아니라 작가 중의 작가, 독자들에게 기억되는 작가로 인정받기를 희망한다. 그러나 이 희망은 얼마나 작가를 고독하게 만드는 절망인가? 그리고 이 희망은 얼마나 작가를 깊은 정신적 고통에 빠지게 하는 미망인가?

그러나 진정 작가로 불리기를 원하는 사람이라면 그를 서서히 엄습해 오는 희망 속의 절망이 크고 깊어 보여도 자기 문학 세계의 성채를 쌓아올리려는 열의를 보여주어야 하리라. 비록 그 열의가 신기루 같은 허망한 결론으로 마감된다 하더라도 작가로 존재하고자 하는 자들은 운명을 걸고 자기의 문학 세계를 설계하고 건축하는 모험과 정진을 게을리 할 수 없다. 이와 같은 열의를 보여주지 않는 작가들은 '모양만 작가'라는 힐난을 들어도 그리 섭섭하게 여길 필요는 없을 듯하다.

이 부끄러운 힐난을 모면하고 싶은 작가라면 자기 문학 세계를 형성하는 '질료'를 고민하지 않을 수 없다. 도대체 어떤 질료로 자기 문학 세계를 구축해야 하는 걸까? 중요하게 여겨지는 질료들이 한두 가지가 아니기에 이 자리에서 낱낱이 그 사례를 열거해 보일 순 없지만 작가의 독창적인 개성이야말로 자기 문학 세계를 구성하는 최고의 질료가 아닐까 싶다.

어느 시대의 문학이든 당대 문학의 보편적 경향, 주류적 경향이라고 불리는 문학의 움직임이 있다. 한 시대를 압도하는 보편적이고 주류적인 문학의 스타일은 언제나 존재하는 법이었다. 1980년대 문학에는 1980년대의 주류적 경향이, 1990년대 문학에는 1990년대의 주류적 경향이 있었다. 작가로서 당대의 주류적 경향에 초연하거나 거리를 두며 창작 활동을 전개한다는 건 생각처럼 쉬운 일이 아니다. 특히 문단에 자기 이름을 알린 지 얼마 안 되는 신인의 경우, 당대의 보편적이고 주류적인 경향들에 민감하게 반응할 수 있다. 언제나 그렇지는 않았지만 이 반응이 어설픈 포즈로 이어지는 신인들의 예를 우리는 목격하기도 했다.

신인이라고 하여 당대 문학의 보편적이고 주류적인 경향을 무조건 도외시해야 한다는 말은 아니다. 작가는 어떤 경향을 좇아가는 존재가 아니라 스스로 자기의 경향을 만드는 존재인 까닭에 당대의 주류적인 경향에 함몰되어서는 안 된다는 말이다. 요컨대 작가는 그의 언어와 사상으로써 문학이라는 이름의 글쓰기를 수행하는 존재이되 수행의 방식은 언제나 그 자신의 개성을 관철하는 방향에서 전개되어야 한다는 것이다. 이렇지 않을 때 작가는 작가가 아니라 한낱 이야기꾼으로 전락할 수 있다.

우리가 민경현을 한낱 이야기꾼이 아니라 작가라고 부르는 까닭은, 그가 그의 문학 세계의 구축에 남다른 열의를 보여주고 있고 이 열의가 주목할 만한 문학적 성과로 나타나기 때문이다. 그런데 민경현의 열의는 시시때때로 신중에 신중을 거듭하는 예술가의 순정적 열의를 연상시킨다. 오랜 기간의 연마와 훈련, 세상에 선보일 작품을 갈고 다듬는 조탁의 태도, 마땅치 않은 작품을 과감하게 깨버리거나 불살라버리는 예술가의 순정적 열의를 민경현은 독자들에게 연상시키고 있다.

그런데 세상은 어떤가? 세상은 예술가의 순정적 열의를 보여주는 젊은 작가에게 우호적인가? 오늘의 세상은 민경현에게 이렇게 말하고 있지 않을까? "우습고 우습도다 그대여! 이제 문학 작품도 한낱 상품에 불과하거늘 그대의 열의를 이 세상 누가 알아준다 말인가!"

그러나 민경현은 세상의 조롱에 아랑곳하지 않는다. 그는 '문학은 작품이 되어야 한다'는 명제의 의미를 투철하게 인식할 뿐만 아니라 성의를 다해 이 인식을 묵묵하게 실천하고 있다. 민경현은 문학을 혼성 모방의 차원에서 짜깁기할 수 있는 글쓰기의 일종이 아니라 창조의 탄생으로 인식하고 있고, 문학을 사회학이나 심리학이 아니라 미학의 차원으로 끌어올리려는 문학적 실천을 『붉은 소묘』(문학동네, 2002)에서 수행하고 있다. 대중추수주의적인 입장에서 보자면, 민경현의 순정적인 열의가 무의미해 보일 수 있지만 그의 열의는 어느 시대에나 질적으로 좋은 문학은 많지 않지만 분명히 존재한다는 사실을 깨닫게 하는 결과들을 잉태하고 있기에 아름답다. 그런 점에서 민경현의 열의는 미망으로 부를 수 없다. 그의 열의는 오늘날 한국 문학의 가능성을 인정하게 하는 근거를 낳고 있으니 어찌 그의 열의를 하찮게 볼 수 있단 말인가.

2. 우리말의 세공사

진정한 작가가 되고자 하는 민경현의 열의를 확인할 수 있는 대목은 그의 언어 구사력이다. 그런데 이 구사력은 동시대의 작가들인 전성태나 김종광이 보여주는 방언 구사의 능란함과는 다르다. 비유적으로 말하자면, 민경현은 신중한 언어 세공사처럼 보인다. 물론 민경현만이 이러한 비유를 독점할 수는 없다. 민경현 이외의 작가들 중에도 언어의 세공사라는 비유를 들을 만한 작가들은 있다. 그러나 30대의 젊은 작가 중에서 민경현처럼 언어를 장식하고 세공하여 언어의 미학화를 자기 소설의 특징으로 쟁취하는 작가는 그리 많아 보이지 않는다.

논란의 여지를 무릅쓰고 말하자면, 지난 1990년대의 문학은 소설 언어의 예술성 내지 미학성 창출에 그리 큰 성과를 보여주지 못했다는 생각이 든다. 특히 우리말을 능숙하게 처리하는 젊은 작가들을 90년대 문학의 현장에서 만난다는 것은 쉬운 일이 아니었다. 우리말의 울림, 우리말의 의미, 우리말의 통사론을 이해하고 소설을 쓰는 작가들은 그리 많지 않았다. 이런 점을 고려해 볼 때, 민경현은 신인은 신인이되 성숙한 신인이라는 평가를 받을 만큼 언어 구사력이 단연 돋보인다. 민경현의 그 어떤 소설을 읽더라도 우리는 민경현을 언어미학주의자로 부를 만한 근거를 어렵지 않게 확인할 수 있다. 몇 단락을 잠깐 살펴보기로 하자.

① 들녘이 펄럭이고 있었다. 마음도 덩달아 여울을 탔다. 햇발부터 바람을 타고 출렁이고 있었다. 세상이 모두 소슬한 걸까.

막 고갯마루를 넘어서자 오불고불 흘러가는 구릉의 윤곽 위로 구름 사이 볕뉘가 소복이 쌓이고 있었다. 내리막 지는 산세에 등고선의 주름이 넉넉히 펴지며 멀리 훨찐한 편더기가 곱게 다려놓은 무명베와 한가지였다. 들판의 끝자리 둘러 해송숲 푸나무서리 넘어서면 아마도 남쪽 바다가 기다리고 있을 터였다. 남실바람이 부는 오후에 바다는 은결 위로 현(絃)을 타듯 파도를 울렁일 거였다. 사르랑사르랑. (「평실이 익을 무렵」, 231쪽)

② 눈 설(雪)자 설안거를 중동무이 뛰쳐나온 탓일까 희붐하게 밝아오는 하늘에 폴폴 눈송이가 비쳤다. 산굽이 하나를 채 돌기도 전에 눈발은 제법 굵어지기 시작했다. 가뜩이나 너테가 앉은 길에 눈이 쌓여 걸음조차 수월치 않았다. 숫눈 위로 꿩이란 놈의 발자국이 어지럽게 흩뿌려 있었다. 구백 능선 선원에서 기슭까지 가려면 생눈사람 꼴이 날 판이었다. (「너의 꿈을 춤추련다」, 13쪽)

이 간단한 예에서도 민경현 소설의 미학성을 확인할 수 있다. 오불고불, 볕뉘, 편더기, 사르랑사르랑, 중동무이, 희붐하게, 너테 등 우리말의 자연스런 표출이 일단 눈에 띄는 특징이다. 우리말 형용사와 부사, 명사 등을 써서 아름다운 시적 통사를 만들어내는 그의 수완이 놀랍지만, 이것만을 놓고 민경현 소설의 미학성을 거론한다면 설명이 다소 궁색해 보인다.

그렇다면 민경현 소설의 언어 미학의 참된 근거는 무얼까? 그 근거의 하나가 언어의 도상성(圖像性)에 있다. 이렇게 얘기할 수 있는 까닭은 민경현 소설의 언어가 마치 다채로운 색으로 한 폭의 회화를 그려내려는 충동을 지닌 언어처럼 보이기 때문이다. 요컨대 민경현 소설의 언어는 언어이면서 때로는 웅장한, 때로는 소슬한 회화를 만들어내는 질료로 쓰인다는 얘기다.

①에는 북에서 홀로 남하하여 외로운 인생을 살아가는 한 노인의

쓸쓸한 심사가 투영되어 있고, ②에는 오랜 시간 스승으로 모신 노사를 떠나는 젊은 화승의 신산한 심사가 투영되어 있다. 이처럼 민경현 소설의 언어가 그려내는 회화는 소설적 자아의 번민과 고뇌를 적절하게 표현하는 시각적 장치로 활용되고 있다. 요컨대 민경현 소설의 언어가 만들어내는 회화는 소설적 자아의 정서와 분리되어 존재하는 객관적인 풍경이 아니라 소설적 자아의 삶과 긴밀하게 연결된 의미 있는 장면, 더 자세하게 말해 주체로서의 인물과 객체로서의 환경의 정서가 혼용된 장면으로 이해된다. 핵심만을 말하자면, 민경현의 소설은 지속적으로 회화로 변모하고자 하는 도상성의 언어이며 그 회화는 마치 인생의 주제들이 투영된 단아한 동양화나 담백한 유화를 연상시킨다. 이런 점에서 민경현의 소설 언어는 기본적으로 도상의 본질에 육박하려는 언어라는 평판을 받을 수 있다.

언어의 도상성과 함께 주목해야 하는 특성이 있다. 벤야민의 어법으로 말하자면, 민경현 소설의 언어는 아우라를 성취하는 언어이다. 그의 언어에는 다른 작가의 소설에서는 발견하기 어려운 혼의 움직임이 흐르고 있다. 여기에는 설명이 필요하다. 민경현은 한 편의 소설, 아니 하나의 짧은 문장에서도 인간의 혼이 엮어내는 인생의 비밀스러운 분위기를 조성하려고 하고 있다. 민경현의 소설 언어는 때로는 인생살이의 파국과 파멸의 분위기를, 때로는 도취와 열정의 분위기를 조성하는 비가시적인 인간혼의 존재를 가시화하려는 특징을 지닌다.

이런 까닭에 민경현 소설 언어의 마디마디에는 인간의 독특한 혼인 아우라가 꿈틀거리고 있다고 파악된다. 그의 소설 언어는 근본적으로 인간의 아우라, 그리고 우리들 인생의 비밀스런 분위기를 감지하게 하는 언어로 의미 있게 활용되고 있는 것이다. 한 예를 보기로 하자.

선생이 밤새 노려보고 있었던 것은 무엇이었나.

비가 오고 있었다. 해묵은 기왓골에 부딪혀 삭은 양철낙수통을 타고 흐르는 밤비 소리가 옛집을 고요히 재우고 있었다. 가을비의 단조로운 리듬처럼 옛집은 누백년 기대 있던 산기슭에서 그렇게 밤을 견뎌야 했다. 선생도 아마 무언가를 견디고 있었는지 모른다.

선생은 좀처럼 붓을 들 것 같지 않았다. 당신 앞에 펼쳐놓은 화선지는 차라리 광막해 보였다. 석이도 말없이 먹을 갈았다. 몇 시간째인지 모르게. 아마 오늘은 밤도와 연적(硯滴)의 물을 다 말릴 때까지 먹을 갈아야 할지도.

늙은 묵객(墨客)의 불면처럼 지루한 것도 없었다. 그 무한정의 시간 속에 선생은 무엇을 묵새기고 있었나. 그래 모른다. 알 수가 없다. 알까보아 두려웠다. 선생의 고요는 불안의 피막에 싸여 있었고 밤은 가릉가릉 불온한 전조의 숨을 고르고 있었다. 선생의 침묵은 걷잡을 수 없는 붓놀림을 자제하기 위한 안간힘 같기도 했다. 파천황(破天荒)의 찰나를 고대하며 갈무리해 두는 일격처럼 (후략). (「사제와 나그네」, 141~142쪽)

「사제와 나그네」의 도입 단락으로 이 단락의 분위기가 심상치 않다. 민경현은 소설의 한 단락을 쓰더라도 이처럼 가볍게 넘어가지 않는다. 그는 한 단락에서도 무언가 중대한 사건이 예고되는 분위기, 무언가 심각한 긴장이 다가오는 분위기를 만들어낸다. 그런데 이 단락만 그러할까? 독자들은 이 단락만이 아니라 민경현의 언어가 만들어내는 모든 단락과 단락 그리고 한 편의 소설에서 인간의 희로애락으로 얽어진 어떤 심상치 않은 기운, 가시적으로 포착되기 어려운 인간의 혼이 움직이고 있다는 점을 느낄 수 있다. 이처럼 민경현의 소설 언어는 지시 대상을 표현하는 재현의 언어이기는 하되, 더 근본적으로는 비가시적인 마음의 결, 영혼의 결을 환기하는 아우라의 언어로 이해될 만한 특징을 지니는 바, 이러한 특징 또한 민경현을 신중을 기하는 언어 세공사로 부를 수 있는 근거로 거론될 수 있다.

3. 예술가가 된다는 것의 의미

어느 작가든 몰두하며 쓰고 싶은 소설이 있다. 쓰고 싶은 욕망, 써야 한다는 당위성으로 쓰는 소설이 있다. 민경현에게도 이런 욕망과 당위성을 확인할 수 있는 소설이 있다. 그가 연작 형태로 발표하고 있는 예술가소설이 그런 예에 속한다. 이 소설집에 수록된 작품 중에서 예술가소설의 전형에 해당하는 예는 「너의 꿈을 춤추련다」, 「사제와 나그네」 등이다. 그런데 이 소설들은 작가가 1999년에 출간한 『청동거울을 보여주마』에 수록된 「내영」, 「꽃으로 짓다」의 후속편에 해당하는 작품들이라는 점을 먼저 알아둘 필요가 있다.

민경현이 연작 형태로 발표하는 예술가소설은 종래의 예술가소설과 구분되는 유별난 독창성을 보여주고 있다. 불교의 종교적 상징체계로부터 소설의 의미를 형성하고 있다는 독창성이다. 민경현의 소설을 읽어본 독자라면 누구나 불교에 관한 작가의 풍부한 식견에 놀라기 마련이다. 불교를 흉내내는 작가가 아니라 확실히 불교를 알고 쓰는 작가라는 말을 들어도 좋을 만큼 민경현의 예술가소설은 불교와 행복하게 소통하고 있다.

이런 까닭에 민경현의 예술가소설은 자연스럽게 예술의 완성을 구도의 차원으로 격상시키는 효과를 불러일으킨다. 예술의 창작은 수도 행위이며 예술가는 구도자와 다름없다고 그의 예술가소설들은 독자들에게 인식시키고 있다. 예술작품의 창작이 천재의 영감에서

기원한다거나 천재의 파격적인 자기 도취에서 비롯된다는 서양 낭만주의의 예술관이 민경현 소설에서는 확인되지 않는다. 예술가들은 도덕적으로는 파탄자이지만 예술적으로는 천재라는 서양의 예술관에서 민경현은 멀리 떨어져 있다.

그가 지지하는 예술관은 탁월한 예술은 예술가의 도덕적 성품에서 나온다는 동양적 예술관이며, 그가 지지하는 예술작품은 한 천재의 영감의 발산으로 만들어진 작품이 아니라 오랜 도제적 훈련의 결과로 만들어진 작품이다. 이 말의 의미를 그의 소설 속에서 더 살펴보기로 하자.

「너의 꿈을 춤추련다」, 「사제와 나그네」에서 독자들은 대조적인 이미지를 보여주는 두 명의 예술가를 만날 수 있다. 젊은 화승 이석과 당대 최고의 금어로 인정받는 노사는 사제관계로, 이들은 (인격의) 미성숙 / 성숙, (작품제작 능력의) 부족 / 완벽, (정신세계의) 혼돈/정돈 등의 대조적인 이미지를 보여준다. 요컨대 작가는 이석과 노사를 미성숙한 예술가와 완벽하게 성숙한 예술가의 전형으로 독자들에게 제시하면서 예술가가 된다는 것의 의미를 진지하게 탐색하고 있다.

어린 나이에 조고여생(早孤餘生) 처지가 되어버린 석이는 절집을 드나들던 할머니에 의해 당대 최고의 금어로 평가받는 노사에게 맡겨진다. 석이는 오랜 시간 동안 "나뭇결이나 닦고 아교풀이나 먹이는 가칠장이" 노릇을 하며 노사에게 화공일을 배운다. "그 긴 세월 노사의 곁을 지키고 있던" 석이는 이제 잔심부름이나 하는 가칠장이가 아니라 불화를 그리는 금어로 인정받고 활동하기를 원한다.

"남 앞에 내놓은 처녀작"이 한국화 부분 우수작으로 선정될 만큼 화가의 재질을 지니고 있는 석이였다. 한국화 부분 우수작으로 선정된 작품은 "모든 인력으로부터 벗어나 너울너울 환희용약으로 빨려

들고 있는 비구니의 승무"를 그린 승무도이다. 이 승무도의 모델은 누구인가? 석이는 이 모델을 "경내 너머의 컴컴한 동백숲 속의 깊푸른 소"에서 만나게 된다. 그녀는 "질감으로 가득한 피조물이었으며 물컹한 실재감을 자아내는 무한의 창조력"을 석이에게 느끼게 한다. 이 순간 석이는 그녀를 그리고 싶다는 욕망에 빠져든다. 그녀를 그리고 싶다는 욕망은 절제할 수 없는 것이어서 석이는 사흘을 호되게 앓으며 그림을 그리게 된다. 그리고 이 그림이 한국화 부문 우수작으로 선정된다.

그런데 석이는 노사의 무반응에 격노하여 한국화 부문 우수작으로 선정된 자기의 작품을 노사의 면전에서 불태워 없애버린다. 이처럼 석이에게 중요한 건 우수작 선정이 아니라 당대 제일의 금어인 노사의 인정이다. 그러나 석이의 갈망과는 다르게 노사는 석이가 그린 승무도에 대한 일언반구의 반응을 보여주지 않는다. 실망한 석이는 스승의 곁을 떠나고 승무도의 모델이었던 희명마저도 파킨슨증후군을 앓다가 석이의 곁을 떠난다. 죽은 희명의 재를 강물에 뿌려주던 석이는 순간적으로 그의 무의식 속에 내재되어 있던 기억 하나를 떠올린다.

중앙의 꽃술을 여덟 개 꽃잎으로 감싸야 한다. 네 분의 부처와 네 분의 보살이 꽃잎 속에 깃들이시나니. 여덟 개의 꽃잎을 동심원으로 놓되 서로 포개어두는 것은 그림 속 꽃잎에 시간을 흐르게 함이다. 꽃으로 하여금 소용돌이를 일으키게 하는 것이다. 소용돌이는 한 곳으로 모이는 법이니 그곳을 갈마(羯磨 Karma)라 이른다. 중심이란 뜻이다. 따라서 만다라란 여덟개의 깨달음과 보리심을 거쳐 더할 곳 없는 곳(無上正等覺)에 다다르려는 마음의 상징이다. 부처께서 법을 설하실 때 세상에 내리는 꽃을 두고 이르는 말이 곧 만다

라화니라. (「너의 꿈을 춤추련다」, 39~40쪽)

석이의 기억은 노사가 염두에 두고 있는 예술의 최고 경지를 파악할 수 있게 해주고 있으니 그 경지는 자아와 우주의 통합의 상징, 인간 영혼의 분열을 치유하는 상징인 만다라화를 한 폭의 그림으로 그려내는 일이다. 이로써 석이와 노사의 수준 차이는 확연해지고 있다. 석이가 인정 욕망에 사로잡힌 예술가, 예술가로서의 정체성을 확고하게 확립하지 못한 미성숙한 예술가라면, 노사는 인정 욕망을 뛰어넘은 예술가, 성숙한 구도자적인 예술가로 보인다. 민경현의 무게중심은 당연히 노사 쪽에 기울어져 있다. 민경현은 석이의 시점으로 예술가소설을 쓰고 있지만 결국 그가 도달하고 싶은 예술가의 자리는 노사의 자리이며 진정한 예술은 득도의 깨달음과 통한다고 독자들에게 얘기해 주고 있다.

작가가 그리고 있는 석이의 예술가 입문과정은 마치 신화의 기본적인 패턴인 아버지 세계에서의 출발－분리－귀환 과정을 연상시키기도 한다. 「너의 꿈을 춤추련다」에서 석이가 산사를 떠나는 행위는 오랜 시간 동안 석이에게 아버지로 존재했던 노사의 세계에서 자기를 분리시키는 의미로 해석될 수 있고, 「사제와 나그네」에서 석이가 당대 문인화의 대가를 만나면서 사제로서의 예술가의 위상을 내면화하게 되고 노사 작품의 미학성을 발견하는 행위는 성숙한 예술가로서의 귀환을 위한 준비의 의미로 해석될 수 있다.

이번에는 「사제와 나그네」를 잠시 살펴보기로 하자. 이 소설에는 석이에게 예술가는 사제여야 한다는 이른바 예술가 사제론을 설파하는 선생이 등장한다. 이 사람은 누구인가? 화가로서의 일생을 정리할 화집을 편집하는 선생, 친일 행각에 관한 논쟁에도 불구하고 자기의 작품은 자기의 작품이라고 일관되게 인정하는 선생, 아들의 자살로 내내 마음에 그늘이 어린 선생, 예술가는 작품으로 자신의 존재를 입증하는 사제여야 한다고 말하는 선생이었다. 이처럼 선생은 노사와는 경쟁적 위치에 놓일 수 있는 또 한 명의 예술가로서 석이에게는 노사의 공백을 메워줄 수 있는 스승일 수 있었다. 그러나 선생이 석이에게 보여준 절대예술의 세계는 그가 그린 작품의 세계가 아니라 노사가 그린 꽃단청이었다.

화집 제작을 둘러싼 우여곡절이 다소 정리된 어느 날, 선생은 석이에게 말한다. 꽃구경이나 가보자고. 그 꽃은 그러나 실제의 꽃이 아니라 노사가 그린 단청의 꽃이라는 걸 선생은 이미 알고 있었다. 탄복하며 바라보는 석이에게 선생은 이 단청을 그린 주인공이 노사라는 걸 넌지시 말해준다. 석이는 노사의 곁을 떠나고 나서야 노사 작품의 진면목을 발견하는 미학적 개안의 경험을 한다.

석이는 비로소 추녀를 따라 찬찬히 눈길을 돌렸다. 보면 볼수록 구석구석이 허튼 곳이 없는 단청공양이었다. 꽃이 피어나야 할 곳에 꽃을 두고 구슬을 드리워야 할 곳에 구슬이 있었다. 꽃무늬도 한량없지만 색깔만도 십만팔천 색이라는 단청이었건만 추녀끝 화문(花紋)은 그 꽃잎에 그 색이 아니면 결단코 용납될 것 같지 않은 형색이었다. 금어가 그린 것이 아니라 본디 나무에서 피어난 꽃이었다. 그러나 끝내 기둥마다 흐르는 구름(流雲)에 이르면 법당이 통째로 동풍을 타고 부유하는 느낌이 들었다. (「사제와 나그네」, 174쪽)

이 두 편의 소설은 민경현의 예술관 혹은 예술가가 된다는 것의 의미를 생각하게 하는 텍스트로 읽힌다. 이 두 소설에서 보여주는 예술은 키치적 형태의 대중 문화도 아니며, 대량생산되고 대량소비되는 일회성 상품도 아니며, 복제 가능한 물건도 아니다. 요컨대 민경현이 그려 보이려는 예술은 자본주의 근대를 초월한 영원성의 예술이며 불멸성의 예술이다. 그리고 예술가는 이러한 예술의 경지에 도달하기 위해 구도의 길을 걸어가는 수도자와 동일하게 인식되고 있다.

이런 맥락에서 민경현은 이채로운 작가로 보인다. 그는 고집스럽게 독자들을 영원성, 절대성, 현존성의 예술 세계로 안내하고 있으며 예술가로의 입문은 인격적 완성, 구도의 완성을 성취하는 고통의 길이라고 말하고 있다. 분명 민경현의 이채로움은 독자들에게 예술의 본래 성격을 다시 한 번 환기시키고 치열하게 사유하게 한다는 점에서 각별한 의미를 지닌다고 말할 수밖에 없다.

4. 종교와 철학의 프리즘으로 탐구하는 세상

민경현은 '맨눈'으로 세상을 직접적으로 바라보는 작가는 아니다. 그는 종교와 철학의 프리즘으로 세상을 간접적으로, 우회적으로 조망하면서 삶의 진리를 깊이 있게 드러내 보이려 한다. 맨눈으로는 세상의 표면을 볼 수 있지만 그 이면의 실상은 볼 수 없기에 민경현은 종교와 철학의 프리즘을 빌려 세상의 이면을 들여다보려고 한다. 이런 점에서 민경현은 겉으로 드러난 삶의 외관보다는 삶에 대한 깊은 숙고를 그의 소설에 드러내 보이고 싶은 창작 동기를 지닌 작가로 평가된다. 종교와 철학은 민경현에게 있어 세계 해석의 창이며 틀과 같다. 도대체 그가 발견한 삶의 진리는 어떠한 걸까? 먼저 종교의 프리즘으로 살펴본 삶의 진리를 알아보기로 하자.

「스타바트 마터」라는 소설이 있다. 총 세 개의 장으로 구성된 이 중편소설은 독자들을 참으로 낯선 비경의 세계로 안내한다. 특히 2장과 3장에서 장관이라 할 정도의 비경을 연출하는 이 소설은 무인 별하, 노화승 삼봉선사, 무녀 은례의 우주적 인연과 이 인연을 완성하는 환상적인 주술적 제의를 보여주고 있다. 두 차례의 호란 끝에 아내와 딸을 인질로 청국에 보내게 된 무인 별하, 도적으로 몰려 참사당하지만 그가 그린 〈극락구품변상도〉 안으로 입적해 버린 신기의 노화승, 노화승의 폐사지에서 접신의 춤을 추며 무녀로 입문하는 별하의 딸 은례의 이야기는 순환하는 인연이 만들어주는 번뇌와 이 번뇌로부터 초월하려는 해탈과 신성한 예술의 탄생과 소멸을 조명한다. 세속과 신성, 삶과 죽음, 존재와 부재의 이분화된 경계가 허물어지면서 혈연적 인연이 만들어준 고통의 번뇌가 해소되는 마지막 장면이 인상적인 이 소설은, 우리가 삶이라고 부르는 인간의 역사에는 인과 연, 업보의 씨줄 날줄이 무궁무진하게 펼쳐져 있다는 진리를 깨닫게 한다.

불교의 프리즘 계열에 합류하는 또 하나의 작품은 「꽁치는 빨간 눈으로 죽는다」이다. 이 소설은 인간이 저지르는 악행의 업보와 그 업보로 인한 비극적인 인간 파멸의 과정을 그리고 있다. 이 소설의 인물 배치와 사건은 이등항해사인 '나'에 의해서 서술된다. 이 배에 김인영이란 선원이 어렵사리 동승하게 된다. 이어 얼마 뒤 일등갑판원 강형달이 자살하는 사건이 발생한다. 그리고 이 배는 태풍에 휘말려 침몰 직전의 위기에 봉착한다. 그리고 김인영마저 실종된다. 어인 까닭일까? 사건의 진상은 갑판장에 의해 밝혀진다. 칠 년 전에 일어났던 사건이다. 느닷없이 불어닥친 바람이 서른다섯 명의 선원들 대부분을 집어삼킨다. 선장, 갑판장, 강형달, 김인영, 김인영의 동생 김인태 그리고 두 명의 선원이 구명정에 목숨을 부지하게 된다. 이중 얼마 있지 않아 죽은 두 명의 선원은 바다에 버려진다. 김인태는 혼수상태였고 김인영은 끝내 혼절한다. 선장, 갑판장, 강형달은

"죽지 않으려고 또 다른 죽음을" 씹게 되었으니 생존을 위해 김인태의 인육을 먹는 일을 저지르게 된다. 돌이킬 수 없는 업보의 잉태였으며 언젠가는 되돌림받을 업보의 뿌리였다. 그리고 그 업보는 칠년 만에 다시 나타난 김인영에 의해 또 하나의 비극적 사건으로 재현되고 있으니 이 소설은 인간의 인연이 만들어낸 업보의 순환적 고통을 잘 보여주고 있다.

다시 천천히 정리해 보기로 하자. 굳이 불교의 설명 방식을 빌리지 않더라도, 인간은 그들이 만든 인연과 업보로 인해 괴로워하는 존재임이 분명하다. 인연이 만들어낸 고뇌로부터 자유로운 인간은 그리 많지 않은 법이며 이 고뇌를 해탈하는 존재도 그리 많지 않은 법이다. 민경현의 이 두 소설은 인연과 업보가 만드는 인간의 고통과 한계를 유려하게 표현하고 있다. 간단하게 살펴본「스타바트 마터」,「꽁치는 빨간 눈으로 죽는다」이외에「평실이 익을 무렵」에서도 인간의 인연과 고통의 문제를 파악할 수 있다. 더는 이어지지 않는 한 여자와의 인연 때문에 평생 쓸쓸하게 살아가는 한 노인, 그 노인의 고향 친구로 월남한 엄동술, 노인이 낚시터에서 우연히 만난 탈북 동포 등은 하나같이 인과 연의 갈림길에서 괴로워하는 존재들의 동일한 표상들이다. 이 소설의 외관은 분단문제로 처리되어 있지만 그 밑바탕에는 불교의 인간론이 깔려 있다. 그런 점에서 이 소설은 분단문제를 치열하게 사유하는 소설이기보다는 인연과 업보로 괴로워하는 인간적 고통을 사유하는 소설에 더욱 가깝다.

이번에는 철학의 프리즘으로 바라본 삶의 진리를 살펴보기로 하자. 우리는 우리 자신을 의미 있는 존재로 인정하고 싶어한다. 그런데 인간이 의미 있는 존재로 인정받기 위해서는 한 가지가 전제되어야 한다. 자기의 자아를 분열된 자아가 아니라 통합된 자아로 구성할 수 있는 인간, 더 자세하게 말해 자기 삶의 과거와 현재, 미래를 서로 통합하여 개인의 자아를 일관된 정체성의 자아로 만들어갈 수 있는 기억의 능력을 소유한 인간이어야 한다는 것이다. 그러나 의미 있는 존재로서의 인간은 과연 존재할 수 있을까? 민경현이 그려내는 인간은 오로지 죄의 기억에 집착하여 기억 능력이 손상된 인간이거나 아예 기억 능력이 없는 인간, 즉 완전히 소외된 인간의 전형이거나(「말하는 벽」) 진실의 불확실성 혹은 진실 증명의 원천적 불가능성 때문에 감금되는 인간(「순회 법정」)들이다.

'뒤통수를 쫓아가는 길'이라는 부제를 달고 있는 「말하는 벽」은 표면적으로는 한 수인(囚人)의 정신착란의 고통을 서술하는 소설로 읽힌다. 그런데 작가가 비중 있게 다루려는 주제는 현대 인간의 존재론적 위상이 닫힌 공간에 갇힌 수인에 비유될 수 있고 수인 중에서도 기억 능력을 상실한 수인에 비유될 수 있다는 데 있다. 폐쇄된 공간에 감금되어 버린 존재, 그와 함께 자기의 자아를 망실해 버린 기억상실의 존재를 민경현은 「말하는 벽」에서 그려내고 있다.

이 소설의 수인은 어떤 이유로 언제 독방에 갇히게 되었는지를 기억할 수 없다. 그는 그 자신의 이름도 모르거니와 그의 죄목도 모른다. 태어나자마자 갇혀버린 사람처럼 살아가고 있다. 그는 마치 세상에 투기되어 버린 의미 없는 인간처럼 독방에 투기되어 버린 존재로 살아가고 있다. 어느 날 최갑수란 노인의 목소리가 벽을 타고 '나'에게 들려온다. 이 소설에서 최갑수 노인과 '나'는 기억하는 인간과 기억하지 못하는 인간이라는 관계를 보여준다. 기억하는 인간인 최갑수 노인은 '나'에게 인간의 기억 중 죄에 대한 기억은 "악령과 같아서 당신이 어디에 숨건 끈덕지게 당신의 발꿈치를 따라"붙으며 그렇기 때문에 자기는 기억의 감옥에 갇힌 사람이라고 말한다. 반면 기억하지 못하는 인간인 '나'는 희대의 탈옥범인 최갑수 노인에게 탈옥의 방법을 요청한다. 그런데 '나'의 요청을 받고 망설이던 최갑수 노인이 신중한 제안을 한다. 탈옥의 방법을 제공할 테니 과거를 망각하며 살아가라는 제안이다.

소설은 이 지점에서 끝난다. 이 소설에서 주인공 '나'의 탈옥 여부는 중요한 문제가 아니다. 최갑수 노인의 존재 여부도 그리 중요한 문제는 아니다. 최갑수 노인은 '나'의 이중자아로 해석될 수도 있고 그렇게 해석되지 않아도 상관없다. 이 문제들보다 더 중요하게 고려되어야 하는 건 죄의 기억만을 소유하여 기억의 감옥에 감금된 최갑수 노인이나 그 어떤 과거도 기억할 수 없는 '나'는 '존재하지만 존재하지 않는' 소외된 현대인의 표상으로 충분히 이해될 수 있다는 점이다.

이처럼 민경현은 단편소설 하나에서도 간단하게 처리할 수 없는 철학적 쟁점을 제기한다. 이런 점은 「순회 법정」에서도 반복되고 있다. 「순회 법정」의 주인공 K는 법정 서기로서 새로운 근무지 림보(林堡)로 발령받는다. 지상에 버려진 유형지처럼 보이는 림보는 어떤 공간인가? 독자들은 K의 새로운 근무지 림보에서 단테의 신곡에 나오는 지옥의 변방 림보(Limbo)를 연상할 수 있다. "천국과 지옥 사이에 존재"하는 공간, "무죄하지만 구원을 받지 못하는 영혼의 거처"를 일컬어 림보라고 단테는 신곡에서 묘사한 바 있거니와 K가 발령받은 근무지 림보 역시 정상과 비정상의 경계 구분이 모호한 공간으로 묘사되고 있다. 여기서 중요하게 고려해야 하는 쟁점은 진실과 거짓의 경계가 모호한 림보가 현대인들의 일상 세계의 은유일 수 있다는 점이며 결코 자기의 진실을 증명할 수 없었던 까닭에 감금되어 버린 K가 현대인들의 대리적 자아일 수 있다는 점이다. 「순회 법정」을 읽다 보면 혹시 우리가 몸담고 사는 여기가 림보는 아닐까 하는 착각에 빠진다. 결코 자기의 진실을 증명할 수 없게 만드는 부조리한 공간 림보, 의식의 소멸을 불러일으키는 림보, K로 하여금 자기 정직성을 포기하게 만드는 림보는 카프카 소설의 어둠에 잠긴 성이 주인공을 영원한 이방인으로 만들어버린 것처럼 K를 영원한 이방인으로 만들어버린다. 그 영원한 이방인의 얼굴은 혹 우리의 얼굴이 아닐까?

5. 민경현이 걸어갈 길

민경현의 소설은 흔히 전통의 미학적 복원으로 평가받기도 하고 현미와 망원을 접붙이려는 장인정신의 적극적 투영으로 평가받기도 했다. 그러나 이제까지의 평가에 작가가 그리 구속될 필요는 없다고 본다. 민경현이 걸어갈 길—전통을 수용하되 새롭게 창조하여 자기의 전통을 만드는 길—은 민경현이 새롭게 만들어야 하며 개척해야 할 까닭이다. 이 글을 마무리하는 과정에서 민경현의 소설 「패관(稗官) 林아무개」의 결말을 천천히 읽어보고 싶다.

오랜 전부터 나는 북국(北國)으로 가야겠다 생각하였다. 굴원(屈原)이 노래하기를 그곳은 혼이 귀일할 곳이 없는 땅이라 하였다. 붉은빛 탁룡(逴龍)이 한산(寒山)을 휘감고, 넓고 넓어 건널 수 없고, 깊고 깊어 헤아릴 수 없는 대수(代水)가 흐르는 땅. 깃들 곳 잃은 혼령이 가득 떠다닌다는 그 땅으로 나는 가려 한다.

그 빙백(氷白)의 땅 위에 내가 서리라. 남쪽나라 시인 굴원은 무엇에 홀려 북국을 헤매었는가. 그의 최고의 절창이 어찌하여 하늘에 대한 물음(天問)이어야 했는가 소리쳐 물어야겠노라.

시간이여, 나를 어디까지 걷게 할 것인가. 문자를 타고 누비면 삼억 리 땅끝을 모두 디딜 수 있다는 것인가. 하늘이여, 무엇을 꿈꾸

기 위해 내게 필묵을 쥐어준 것인가. (「패관(稗官) 林아무개」 347~
348쪽)

　소설의 본질 혹은 소설가의 존재 방식에 관한 훌륭한 고찰인 「패
관(稗官) 林아무개」의 결말은 고독한 비장미를 물씬 풍긴다. 그런데
이 고독한 비장미를 보여주는 이는 패관 임아무개가 아니라 민경현
이라고 말하면 억측일까? 그리 과장된 억측으로 여겨지지는 않는다.
패관 임아무개가 자기에게 묻듯 민경현은 자기에 묻고 또 묻고 있지
않을까? 무엇을 꿈꾸기 위해 필묵을 손에 쥔 소설가가 되었느냐고.
민경현은 민경현의 길을 걸으며 그 꿈의 정체를 탐색하기를 바란다.
작가의 꿈이 무르익기를 진심으로 고대한다.

(『붉은 소묘』, 문학동네, 2002)

물러가는 유토피아와 다가오는 환멸 사이에서

_____김종광의 『71년생 다인이』

1. 양다인을 만나기 전에

그날은 1991년 4월 26일이다. 교문 앞에서 시위를 하던 명지대 1학년 강경대가 공권력이 휘두른 쇠파이프에 맞아 죽은 날이다. 그날 저녁 학교에 나붙은 붉은 글씨의 대자보는 한 대학 새내기의 죽음을 알리고 있었다. 그리고 박승희, 김영균, 박창수, 김철수, 김귀정…… 그해 꽃잎이 떨어질 때마다 11명의 목숨이 스러졌다. 봄이 가는 줄도 모르고 91학번들은 최루탄 연기 자욱한 아스팔트 위에 있었다. (『한겨레 21』, 2001년 4월 24일)

90학번들에게 어떤 일이 벌어진 걸까? 도대체 1990년, 1991년에 누가 왜 분신하고 투신한 걸까? 김종광의 신작 소설 『71년생 다인이』(작가정신, 2002)는 우리들의 망각의 늪 속에 매몰된 1990년대 초반의 불편한 기억을 조심스레 들추어낸다. 작가는 우리들의 불명료한 기억을 소생시키기 위해 한 명의 명랑 소녀를 독자들에게 파견

한다.

그 파견 대상이 1971년생 양다인이다. 독자들은 이 건강하고 당찬 그리고 예쁘장하게 생긴 명랑 소녀 71년생 양다인을 만나면서 1980년대와 1990년대의 경계의 세대였던 90학번들의 자화상과 그들에게 있었던 우울한 과거를 파악하게 된다.

양다인은 누구인가? 양다인은 스스로 그의 정체를 고백하지 않는다. 작가는 양다인을 일인칭 인물로 설정하고 일인칭 양다인으로 하여금 구구절절이 자기의 20대를 독자들에게 설명하게 하지 않는다. 이로써 이 소설은 1990년대 초반에 집중 발표된 후일담 소설들이 반복해 온 위험성에서 한 발 비켜서 있다. 어떤 위험성을 말하는가? 그동안 출간된 후일담 소설들은 작가의 감상성 노출이라는 고질적인 악습을 반복하고 있었다. 후일담이란 장르 그 자체에 큰 문제가 있었다기보다는 작가들의 절제되지 않은 감상성이 문제였다. 후일담 장르가 어떤 장르보다 작가의 감상성을 유혹할 소지를 지닌 장르인 까닭에 감상성의 절제가 이 장르의 과제라 할 수 있었는데, 이 과제를 현명하게 해결한 작가는 거의 없어 보였다.

이런 점에서 김종광은 현명한 작가다. 감상성의 유혹에서 김종광의 소설은 멀리 비켜서 있다. 이 점이야말로 김종광 소설의 장점에 해당된다고 말할 수 있다. 그는 신파의 어법이 아닌 김종광적인 어법으로 김종광표 후일담 소설 한 편을 만들어내고 있다. 김종광은 이미 여러 편의 소설을 통해 자기의 소설 스타일을 독자들에게 예고했다. 김종광 소설의 스타일을 결정하는 미학적 요인 중 하나는 경쾌한 유머다. 이 유머에 매료되어 그의 소설을 읽어가노라면 김종광의 유머는 삶의 비애를 환기하는 속 깊은 유머라는 점을 어느새 깨닫게 된다. 예컨대 김종광의 소설집 『경찰서여, 안녕』(문학동네, 2000)에 수록된 일련의 단편들에 나타나는 경쾌한 유머는 풍속 묘사 차원의 유머로 그치지 않고 그 풍속 속에 살아가는 지방 민중의 애환을 동시에 보여주는 유머였다고 얘기할 수 있다. 요컨대 김종광은 삶의 비애를 비애스럽게 말하는 작가가 아니라 유머를 빌려 그것을 즐겁게 말하는 작가다. 이런 점에서 김종광의 유머는 그의 소설을 이끌어가는 핵심적인 문학적 방법론에 해당한다고 말할 수 있다.

이 소설은 어떤가? 이 소설에도 김종광적인 유머가 활약하고 있는가? 작가는 그의 생기발랄한 유머를 적어도 이 소설에서는 경쾌하게 펼치지는 않는다. 유머가 안 보인다는 말은 아니다. 양다인의 날라리 고교 친구 '나'의 입에서 줄기차게 이어지는 그 놀랄 만한 입담은 작가의 유머 재능을 다시 확인시킨다. 그러나 전반적으로 『71년생 다인이』에는 이전의 소설들에서 능란하게 표출되었던 경쾌한 유머가 적극적으로 표출되지 않고 있다. 왜 이런 걸까? 아마도 작가는 1971년생이며 90학번인 양다인의 20대 라이프 스토리를 유머만으로는 구성할 수 없다는 판단을 내린 게 아닌가 싶다. 도대체 양다인의 20대가 어떠하기에 작가는 그 경쾌한 유머를 절제하고 있을까? 이제 양다인을 만나보기로 하자.

2. 양다인은 누구인가

김종광은 어떤 방식으로 양다인의 정체를 밝혀가는가? 작가는 여섯 명의 관찰자를 동원하여 1971년생 90학번 양다인의 정체를 추적하고 있다. 작가는 사건의 진범을 추적하는 갱스터 혹은 추리영화의 모자이크식 구성을 설정해 놓고 양다인의 존재를 추적하고 있다. 여기서 우리는 서사 구성의 변모를 끊임없이 시도하는 김종광의 능력을 다시 주목하게 된다. 그는 이미 여러 단편들에서 형식적 기교의 실험으로 그치는 서사 구성의 변모가 아니라 작품의 문학적 의미를 깊게 하는 서사 구성의 갱신을 시도했고, 이 시도의 출중한 예를 독자들에게 선보였다. 소설집『경찰서여, 안녕』에 수록된「많이많이 축하드려유」가 그 대표적인 예의 하나이거니와, 김종광은 서사 구성에 새로운 탄력을 부여하여 소설 그 자체에 활발한 생명력을 주고 있다. 그러면 이 관찰자의 시선에 포착된 양다인의 관련 정보를 스토리 라인에 따라 정리해 보기로 하자.

① 남동생 양다석의 관찰 : 1998년 1월 누나라고 부르던 여자를 만난다. 그리고 '나'는 알아낸다. 누나와 내가 배다른 형제를 사실을. 그리고 다음과 같은 객관적인 사실을 입수한다. "누나는 90년 이곳 수원시에서 한 시간 거리인 언론시의 언론대학교에 입학했다. 그해 초여름부터 집에 들어오지 않았다. 95년에 졸업했다. 95년에는 몇 개월 동안 수배자였다. 95년부터 97년까지 집회 및 시위에 관한 법률과 국가보안법에 저촉된 행위를 하여 교도소 생활을 했다. 98년 1월 말에 귀가했다."

② 엄마의 관찰 : "붉은 방 사람들의 추적을 피하기 위해 숨어든 선배의 집에서 다인이"를 만난다. '나'는 선배와 결혼하게 되며 양다인의 엄마 노릇을 한다. 이 젊은 엄마의 눈에 비친 양다인은 "시험 성적은 늘 최고권이었고, 각종 대회에서 오만 가지 상을 타왔다. 그런 아이들이 갖게 마련인 성격적 편향을 찾아보기 어려운" 완벽한 아이였다.

③ 날라리 고교 친구 '나'의 관찰 : 양다인을 학교 상담실에서 만난 '나'는 여고생 날라리다. '나'는 학교에서 "선처해 주고 싶어도 선처

해 줄 수가 없는 학생"으로 유명한데, 상담실을 출입하던 의식화 학생 양다인을 만나면서 전교조 지지 데모에 합류한다. 이 날라리의 눈에 비친 양다인은 회장 직선제 쟁취를 선거 공약으로 내걸 정도로 "황당한 일을 버젓이" 일으키는 아이였고 필마단기로 전교조 지지 데모를 이끈 장본인이었다.

④ 대학 친구 '나'의 관찰 : '나'가 보기에 양다인은 원더우먼이었다. 주당 선배들을 압도하는 양다인이었고, 논리가 정연한 양다인이었고, 선배의 폭력마저 술집 마당에 뭉개버리는 공인 태권도 3단의 양다인이었다. 신입생의 신분으로 등록금 투쟁의 당위성을 동료들에게 역설하는 천부적인 운동권 학생이 바로 양다인이었다. 그러나 '나'가 보기에 양다인은 "우리 동기들 사이에서 가장 외로운 애라는 게 진실에 가까웠다."

⑤ 언론대학교 출신 전경 친구의 관찰 : 언론대학교를 2학년까지 다니다가 이듬해 5월에 입대한 '나'는 차량 검문 과정에서 양다인을 만난다. '나'가 보기에 양다인은 꿈을 꾸는 아이다. 양다인이 참석한 총학생회 술자리에 끼어들어 "통일이 되면 좋겠지만 통일이 되기 위해서는 수많은 노동자가 피를 뿌려야 하며 김일성은 독재자이며 김정일이 권력을 세습한다면 북한이 공산주의 체제가 아니라 절대왕정 체제였음을 더한층 증명하는 꼴"이라고 말해 "조선일보 같은 놈"이라고 욕 듣는 '나'는 양다인과 한총련 아이들의 주장을 빨갱이들의 주장으로 여기지는 않지만 그렇다고 신뢰하지도 않는다.

⑥ 다시 엄마의 관찰 : 다인이가 집을 나간 뒤 5년 만에 엄마는 양다인을 재판정에서 만난다. 엄마의 눈에 비친 양다인은 "감옥에서

최후변론만 했는지, 딱 부러지는 말투로 김영삼 정권을 비판하고 그 김영삼 정권에 맞서 싸우는 한총련을 정당화"하는 용감한 아이였다.

⑦ 아빠의 관찰 : 양다인의 아빠는 우리 사회의 기성세대의 한 전형에 해당한다. 어떤 전형을 말하는가? 박정희, 전두환, 노태우의 독재 정권이 선전한 한국식 민주주의를 당연하게 받아들인 아빠. 인맥과 학맥을 통해 부지런히 승진을 도모한 아빠. 그러면서 자식들의 데모를 빨갱이의 준동으로 받아들인 아빠. 그러다가 어느 순간 명퇴를 강요당한 아빠. 그리하여 어느 날 문득, 정신적 실업자가 되어버린 채 자기의 삶의 방식을 회의하는 아빠가 바로 양다인이의 아빠다.

이 아빠의 눈에 비친 양다인은 착한 딸이다. 양다인을 이해하려는 차원에서 아빠는 1996년 연세대학교에서 개최된 범민족대회를 참관한다. 아빠의 결론은 양다인의 행동을 빨갱이의 행동으로 이해한 과거의 결론과는 다르다. "그 아이들은 그리고 다인이는 나쁜 아이들이 아니라는 결론, 언론이 아무리 매도를 해도 이 아이들은 나쁜 아이가 아니라"는 결론을 아빠는 내리고 있다.

⑧ 다시 남동생 양다석의 관찰 : 한총련의 실체를 보고 싶은 '나'는 "2001년도 한총련 출범식에 갔다. 21세기의 한총련은 그들만의 잔치로 보였다. 경찰의 폭압적 진압도 없었다. 언론의 관심이 없고 국민의 관심이 없는 곳에서 경찰의 관심도 없는 모양이었다." 나는 누나에게 묻는다. 한총련은 누나의 신념이 아니었냐고. 누나가 말한다. "나는 신념이고 뭐고 다 잃어버렸어. 나는 입이 있어도 할말이 없어. 그냥 열심히 먹고 살아갈 뿐"이라고.

여섯 명의 관찰자들의 관찰 내용을 정리해 보기로 하자. 양다인은

1971년생 90학번으로 1995년에 대학을 졸업했으며 1995년부터 1997년까지 옥살이를 하고 1998년 1월에 귀가했다. 고등학교 재학 중에는 독서회 사건과 전교조 지지 시위를 이끈 문제아였다. 대학 신입생의 신분으로 등록금 인상 저지 시위를 이끌었으며 각종 데모에 참여한다. 분신을 시도했으나 실패하여 목숨을 부지한다. 최후변론에서 한총련을 정당화했고, 출옥 이후 현재는 한총련의 신념이 아니라 대박의 꿈을 키우는 생활인으로 살아간다.

작가는 이렇게 정리될 수 있는 양다인의 정보를 독자들에게 제공해 주면서 은근히 재촉한다. 이제 양다인의 정체를 파악할 수 있느냐고? 그런데 우리는 이 순간 정보의 역설을 깨달아야 한다. 정보의 양과 질은 반비례할 수 있다는 역설을 말이다. 여섯 명의 관찰자들은 독자들에게 양다인과 관련된 참으로 많은 양의 정보를 제공해 주고 있다. 그러나 그 많은 정보가 양다인의 정체성이나 존재성을 명징하게 설명하는 건 아니다.

이 점은 여섯 명의 관찰자들이 보여준 방관자적인 관찰 태도와도 관련이 되는 문제다. 이 관찰자들은 양다인과 은근하게 거리를 두고 관찰하고 있다. 관찰자로서의 가족과 그의 동료들 그리고 관찰 대상으로서의 양다인 사이에는 눈에 보이지 않는 심리적 거리가 존재한다. 양다인을 이해할 수 없는 존재로 파악하는 이 심리적 거리는 결말까지 지속된다. 요컨대 관찰자들의 관찰은 관찰 대상과의 동일시 과정을 거치면서 진행되는 '이해되어 가는' 관찰이 아니라는 것이다.

이렇게 얘기할 수도 있다. 독자들은 관찰자들이 보여준 양다인에 대한 판단과 기억과 해석을 신뢰하지 말아야 한다고. '신빙성 없는 화자'와 같은 관찰자들은 저마다 양다인에 관한 다양한 정보를 독자들에게 말해주고 있지만 실제 양다인은 설명되지 않고 있다. 왜냐하면 관찰자들의 관찰은 기본적으로 아이러니적인 성격을 보여주기 때문이다. 관찰자들은 양다인을 관찰하면서 양다인의 삶의 방식을 은근히 불신하고 비판하고 따돌리지만, 진짜 문제가 되는 인물은 관찰자 그들이라고 얘기할 수 있다. 다시 정리하기로 하자. 관찰자들의 관찰은 양다인을 이해하는 관찰이 아니라 관찰하는 척하는 관찰이다. 그리고 관찰자들의 관찰은 양다인의 삶의 방식을 이해할 수 없는 방식이라고 은근히 따돌리며 자기들의 삶의 방식을 합리화하는 관찰이다.

이런 까닭에 양다인은 설명되면 될수록 설명되지 않는 90학번 대학생으로 존재한다. 이 소설의 재미는 바로 여기에 있다. 시험 성적은 늘 최고권이었던 중학생 소녀, 독서회 가입 및 전교조 가입 교사 지지 시위를 이끈 고등학생 소녀, 입학하자마자 등록금 동결 시위를 주도하고 분신까지 시도한 운동권 대학생 아가씨, 출옥 이후 벤처를 차렸다가 돈을 다 날리고 이념의 전선이 아니라 생업의 전선에서 고투하는 숙녀인 양다인에 대한 총괄적 이해는 독자의 몫으로 돌아오고 있는 것이다.

3. 90학번 세대들의 비극적 현존

양다인은 관찰자들의 말처럼 이해되지 않는 혹은 이해되기 어려운 아이였을까? 엄마의 말처럼 양다인은 이해받지 못하는 싸움을 펼친 한 명의 어리석은 대학생에 불과한 걸까? '이해받을 수 없는' 싸움을 하거나 '이해받을 수 없는' 삶의 방식으로 살아가는 사람에게도 삶의 진실이란 게 있다. 1990년, 1991년을 아로새긴 90학번 세대들의 연이은 시위와 극적으로 표출된 분신과 투신은 보수대연합 정권의 탄생으로 요약되는 당대의 사회적 맥락 속에서 나름대로의 진실과 의미를 확보하고 있다. 우리 사회에 장기간 지속된 군부독재의 종식에도 불구하고 1990년대 벽두의 한국 사회는 실질적 민주주의의 진전이 보수연합 정권에 의해 왜곡되는 문제점을 보여주었는데, 90학번 양다인의 데모와 시위, 실제로 발생한 분신과 투신은 우리 사회의 진로가 비상적으로 전개되어 간다는 데에서 온 절망과 항의의 진실로 이해될 수 있다.

그런데 왜 90학번 양다인은 이해받을 수 없는 아이로 치부되는 걸까? 이 점이 바로 90학번 세대들의 비극적 현존을 증명한다. 양다인의 삶의 방식은 전형적인 1980년대의 골수 운동권을 연상케 할 뿐만 아니라 양다인 그 자신은 1980년대의 전형처럼 보인다. 그러나 양다인은 학생운동의 절대적인 영향력이 끝나가는 시점에 학생운동에 투신함으로써 학생운동을 혐오하는 1990년대와의 불화를 곤혹스럽게 경험하는 세대라는 점을 우리는 유념해야 한다.

양다인이 이해받을 수 없는 아이로 치부되는 데에는 더 중요한 이유가 있어 보인다. 양다인은 한국 사회가 '질적으로 변모하는' 경계에 선 세대이다. 군부독재 정권의 종식과 민간인 출신의 대통령 당선은 그리 중요한 이유가 아니다. 더 중요한 이유가 있다는 얘기다. 현실 사회주의의 몰락과 신자유주의의 태동으로 요약되는 전 지구적 차원의 세계 체제의 재편과 의사소통 방식으로서의 새로운 멀티미디어 매체의 등장, 보수대연합 정권 탄생으로 상징되는 우리 사회의 성격 변화는 20대의 존재 방식을 1980년대적 연대의 방식에서 1990년대적인 개인주의의 방식으로 급격하게 변모하게 한다.

이 경계의 지점에서 양다인적인 삶의 방식을 환멸스러워하고 혐오하는 우리 사회의 집단적인 알리바이가 유포된다. 그리고 한 발 더 나아가 우리 사회는 양다인의 세대들에게 이제 너희들은 운동권 세대가 아니라 신세대이니 신세대처럼 살아가라고 현란한 상징 조작을 시도하기 시작했는데, 이에 따라 양다인의 존재론적 입지는 1980년대와 근본적으로 다를 수밖에 없었다. 그렇다. 양다인의 세대는 오늘날 386세대로 불리는 선배들과는 다른 세대이다. 유토피아의 현현을 집단적으로 갈망하게 하는 사회적 토대가 훼손되지 않았던 시기에 20대를 보낸 386세대가 역설적으로 말해 양다인의 세대보다 행복한 세대에 속한다고 말할 수 있다. 유토피아가 점점 물러가는 자리의 끝에 서서 사라지는 유토피아를 붙잡으려고 한 세대가 바로 양다인의 세대였으니, 이들은 사라지는 유토피아와 다가오는 환멸 사이에서 존재의 파열을 겪게 된다.

작가는 우울한 명랑 소녀 다인이를 양부모에게 양육된 천애고아로 설정하고 있는데, 이는 90학번 다인이의 비극적 현존의 은유이기도 하다. 본래부터 양다인이 고아였다는 사실은 양다인의 90학번 세대가 우리 사회로부터 급격하게 망각된 사회의 고아, 시대의 고아로 해석될 여지를 제공한다. 정말 그런 게 아닐까? 1980년대 선배 학번들로부터는 학생운동을 흉내내는 후배 정도로, 주변 사람들로부터는 세월이 좋아졌는데 괜히 데모나 하는 이해할 수 없는 아이들로 인정되었다는 점에서 양다인의 세대는 고아로 비유되어도 좋을 학번으로 보인다.

명랑 소녀 다인이의 현재 모습은 어떠한가? 그 모습이 썩 좋아 보이지는 않는다. "386세대, 벤처, 주가, 이런 것들이 구국의 횃불처럼 펄펄 끓어오르더니, 언제부턴가 소나기 맞은 마른 땅처럼 푹 가라앉기 시작했다. 하필이면 그 막판에 누나는 자기가 운동을 주도해 보겠다고 물려받은 유산을 전부 들이다시피 해서 벤처를 차렸다. 운동도 하고 돈도 버는 획기적인 벤처라더니, 반 년도 못 가 폭삭 망해버렸다"는 진술에서 확인되듯 양다인은 도시의 룸펜프롤레타리아로 전락한다. 이 소설의 결말에서 양다인은 한총련의 신념으로 살아가는 게 아니라 '돈! 돈! 돈!'을 외치며 살아가는 소시민으로 그려지고 있다. 양다인의 미래는 어떨까? 그 미래를 상상하고 싶지 않다.

1971년생 양다인의 라이프 스토리를 들려준 김종광은 1971년생 작가다. 1971년생 양다인이 90학번이었듯 1971년생 김종광도 90학번 이다. 결국 김종광은 그와 그의 세대들의 라이프 스토리를 양다인을 통해 독자들에게 전해주고 있는 것이다. 그렇다면 김종광에게 이 소설은 어떤 의미를 지니는 걸까? 경쾌한 유머로 인생살이의 국면을 신속하게 때로는 능청스럽게 조명해 준 이 젊은 작가에게 『71년생 다인이』는 어떤 소설일까? 그의 자서전일까? 아니면 그의 세대를 위한 진혼곡일까?

작가들에게 20대의 시간, 20대의 삶의 방식, 20대의 경험 등은 소설의 형식을 빌려 언젠가는 이 세상에 내보내고 싶은 매력적인 서사의 하나로 여겨질 수 있다. 그 서사가 자서전의 형식을 취하든 세대를 위한 진혼곡의 형식을 취하든 관계없이 작가들은 20대의 성취와 좌절을 이 세상에 공개할 날을 묵묵히 기다리며 그리스 신화의 페넬로페처럼 살아갈 수 있다.

『71년생 다인이』는 김종광이 작성한 20대 소설의 완결판일까? 그렇게 보이지는 않는다. 이 소설은 김종광이 쓴 20대 소설의 완결판이 아니라 초판이다. 그는 다시 한 번 1971년생 90학번의 20대의 시간으로 회귀해야 한다. 그리고 다시 한 번 그들의 존재성과 자의식을 독자들에게 해명해 주어야 한다. 1980년대와 1990년대의 경계선에서 80년대 학번과는 다른 정신적 자의식을 지닐 수밖에 없었던 그들, 1990년대의 전 지구적 차원의 사회 변동 과정을 지켜보며 망연자실할 수밖에 없었던 그들, 화염병을 던지면서도 우리 사회에 본격적으로 유입된 자본제적 대중문화의 유혹을 물리치기 어려웠던 그들, 물러가는 유토피아와 다가오는 환멸 사이에서 당혹스러워야 했던 그들의 라이프 스토리를 다시 구성해야 한다. 철저하게, 너무도 김종광적인 방식으로 말이다.

(『71년생 다인이』, 작가정신, 2002)

시장 그리고 생활의 발견

_이명랑의 『삼오식당』

1. 시장에는 어떤 사람이 살고 있을까

　여성문학은 어떻게 여성문학일 수 있을까? 작가가 여성이면 무조
건 여성문학인가? 그럴 것이다. 일단 작가는 남성이 아닌 여성이 되
어야 할 것이다. 그렇다면 여성 작가가 쓴 모든 문학은 여성문학인
가? 그렇지 않을 것이다. 설령 작가가 여성이라 하더라도 '남성과는
다른' 여성의 존재론적 조건과 여성의 심리, 정체성 등을 이야기하
지 않는 문학을 여성문학이라고 말하기 어려울 것이다. 이렇기 때문
에 신경숙의 작품들은 대부분 여성문학일 수 있지만 비교적 최근작
에 해당하는 오수연의 『부엌』(이룸, 2001)은 여성문학의 경계를 뛰어
넘는 사례가 될 것이다.

　문제는 여성문학의 수준이다. 현재 여성문학은 문학적 저력과 개
성의 성취들로 독자들에게 인식되지 않는다. 남녀의 대립구도를 설
정해 놓고 다분히 자폐적인 여성인물의 기억이나 감각 아니면 남성
혐오의 심리를 드러내는 여성인물에 기대어 여성 존재의 의미를 조

명하는 여성문학은 어느새 갱신되어야 할 관습적 스타일로 굳어진 인상을 준다.

다행스럽게도 여성문학의 난관을 돌파하려는 노력들이 드물긴 하되 알찬 성과를 하나하나 만들어가고 있다. 오수연의『부엌』, 심윤경의『나의 아름다운 정원』(한겨레신문사, 2002), 김윤영의『루이뷔똥』(창작과비평사, 2002) 등은 여성문학의 관습화된 스타일에 합류하지 않으려는 노력의 예일 수 있겠는데, 여기에 이명랑의『삼오식당』(시공사, 2002)도 또 하나의 사례로 첨가될 수 있다.

참으로 반갑게도 이명랑은 자폐와 불모의 여성성의 세계로 독자들을 초대하지 않는다. 이명랑은 그의 최초 장편인『꽃을 던지고 싶다』(웅진닷컴, 1998)에서 다소 소란스럽게 묘사한 영등포시장으로 다시 독자들을 초대한다. 그리고 그는 독자들을 영등포시장의 한 좌판에 앉히고 도대체 세속 세계 중에서도 가장 세속스러운 시장판에서 어떤 일이 벌어지는가를 유쾌하게, 능청스럽게, 연민을 섞어가며 들려준다.

아마도 독자들은 유쾌, 불쾌, 연민, 동정, 풍자 등이 골고루 뒤섞인 이명랑의 어법에 매료되어 이 소설을 속독할 수 있겠으나 그래도 이 작품에서 주목해야 하는 건 영등포시장과 그 시장에서 삶을 영위하는 사람들의 성격이다. 영등포시장이 시장인 한 우리나라, 아니 지구상의 모든 시장과 똑같은 속성을 지닐 수밖에 없으니 그 속성은 돈의 현실적 위력을 인정하는 자본주의 원리의 작동이다. 어떻게 보자면, 영등포시장은 냉혹한 화폐가치가 작동하는 비인간화된 공간처럼 보이고 이 공간에서 하루하루를 살아가는 시장 사람들은 몰염치, 속물근성으로 뒤범벅된 시정잡배들 같기만 하다. 삼오식당의 여주인, 0번 아줌마, 봉투 아줌마, 고물장수 박씨, 똥할매, 당진상회 할머니 그 누구도 예외일 수 없다. 그들은 돈이 세상의 모든 문제를 해결해 주리라는 신념을 증거하는 사람인 양 한 푼의 돈을 더 벌기 위해 아등바등 다투며 산다.

그러나 이명랑은 영등포시장을 자본주의의 냉혹한 원리를 승인해 주는 '비인간화된' 공간으로만 처리하지 않는다. 이명랑은 영등포시장에서 펼쳐지는 시장 사람들의 생활의 세목을 구체적으로 그려냄으로써 어쩌면 시장이야말로 이 지상에서 가장 최고로 인간화된 공간일 수 있다는 시장에 관한 역설적 진리를 훌륭하게 만들어낸다.

1973년생의 젊은 작가로서 시장의 다층적 생리를 이렇게 생동감 있게 포착하기란 그리 쉬운 일이 아니다. 작가 약력에 관한 구체적인 정보가 없기에 작가의 전기적 경험과 소설의 상관관계를 단정적으로 말하기는 곤란하지만 그래도 얘기할 수 있는 건 작가의 경험이 이 소설의 창작 동력이 되고 있다는 점이다.

문제는 과연 이명랑의 삶의 경험이 작가나 독자 모두가 만족할 만한 작품의 탄생을 낳고 있느냐는 데 있다. 사과 경매에 관한 불필요한 설명적 서술이나 돌발 퀴즈의 제시와 같은 작가적 개입의 과잉은 소설의 자연스런 독서를 방해하는 문제점으로 여겨지지만 전체적으로 『삼오식당』은 이명랑이라는 작가의 이름을 기억하게 하는 참 잘 쓴 작품임에는 틀림이 없다. 이명랑의 경험의 힘은 『삼오식당』이란 텍스트에 구체적 생기와 활력을 부여하는 미덕으로 작용하는 게 분명하다.

이런 미덕과 함께 독자들이 주목할 만한 미덕이 한 가지 더 있으니 작가의 서술 태도이다. 작가의 서술 태도에는 영등포시장을 신화화하거나 아니면 그와는 반대로 난장화하려는 인위성이 없고, 독자들에게 시장 사람들의 이야기를 감동적으로 들려주어야 한다는 강박관념의 흔적도 없다. 이명랑은 예외적이라 할 만한 그의 경험을 권위의 경험으로 변질시켜 괜히 서술하는 과정에서 쓸데없는 객기를 부리지 않는다. 바로 이 점이 『삼오식당』의 또 하나의 미덕에 해당한다.

『삼오식당』은 총 7편의 작품으로 구성된 연작소설집이다. 「어머니가 있는 골목」, 「까라마조프가의 딸들」, 「엄마의 무릎」, 「보일러실 쟁탈전」, 「잔치」, 「결승전에서」, 「우리들의 화장실」 등 총 7편의 작품은 간과해서는 안 되는 주목할 만한 특징을 보란 듯이 분출하고 있다. 억척 어미들의 복수적(複數的) 현존이 그것이다. 한둘이 등장하는 게 아니다. 작가는 마치 억척 어미 열전의 작가가 되려는 듯 영등포시장에서 간난신고의 삶을 영위하는 억척 어미들을 하나하나 호출한다.

독자들은 『삼오식당』의 서두 격에 해당하는 「어머니가 있는 골목」에서 억척 어미들을 만나게 되는데, 이 어미들은 '나'의 허위성을 직시하게 하는 반성적 거울과 같은 존재들로 설정되어 있다. 이를 위해 작가는 작가의 대리적 자아인 '나'와 억척 어미들 사이에 심리적 거리감이 있음을 은근히 알려주면서 소설을 시작한다.

'나'는 영등포시장 출신이기는 하지만 시장 사람들, 심지어는 어머니에 대해서까지 이질감을 느끼는 인물이다. 그럴 만한 이유가 있다. '나'란 인물도 영등포시장에 성장의 추억을 아로새길 정도로 영등포시장 토박이이기는 하지만 영등포시장 바닥에서는 보기 드물게 "대학원에서 외국말을 전공하고" 있는 소위 '고학력자'인 까닭이다. "당신 딸이 이제 곧 신혼살림을 시작하게 될 저 2층 빌라에 무엇이든 가장 큰 사이즈의 가전제품과 터무니없는 가격의 장롱까지 들여"오는 "엄마의 노력"이 허위적이라는 비판이나 남편에게 "눈두덩이가 뭉그러지고 팔이 부러질 때까지 두들겨 맞고" 온 중학교 동창생 "정희의 살점 없는 몸뚱이를" 사진기로 찍어대며 정희가 위자료를 더

250

받을 수 있도록 조치한 뒤에는 '나'는 시장 사람들과는 다르다는 의식이 숨어 있다. 요컨대 대학으로 상징되는 교양교육의 세례를 받은 '나'와 온몸으로 밑바닥 인생을 살아온 영등포시장의 억척 어미들 사이에는 상대를 은근히 경원하는 심리적 거리감이 흐르고 있고, 이런 이유로 「어머니가 있는 골목」에서 '나'와 억척 어미들의 관계는 겉도는 관계로 그려지고 있다. 정희 엄마는 '나'를 비꼰다.

영등포시장이 고향이기는 하되 이 고향과 거리를 두려는 '나'의 심리는 『삼오식당』의 여러 대목에서 발견된다. 영등포시장에서 밥장사를 하는 "나약하다 못해 비루한" 집안 출신의 둘째딸이라는 사실을 인정하기 싫은 '나'였기에 몸은 영등포시장에 있어도 마음은 영등포시장을 벗어나려고 한 것이다. 그러나 이명랑은 이런 심리의 존속을 그대로 방치하지는 않는다. 이명랑은 정말 허위적인 사람은 '나'의 엄마나 정희 엄마가 아니라 몸 따로 마음 따로 살아가는 '나'이며, 어쩌면 "땀에 절어 후줄근해진 이 껍데기들"로 진짜배기 삶을 살아가지 않는 '나'라고 반성한다.

그래서 '나'는 시장 사람들의 삶 속으로 들어가려고 굳게 작심하고 이 작심을 실행하기 위해 약혼자 영철이 머무는 금성장여관으로 다시 향한다. "장터길 맨 끝자락에 붙어 있는 금성장여관으로 들어가 방문을 열어젖혔을 때 제일 먼저 나를 맞아들인 건 영철의 그 시큼한 땀냄새"지만 '나'는 "영철의 발에서 땀과 맥주로 범벅이 되어 있는 양말을 벗겨내고 발가락 끝에 코를 한번" 대보며 '나'가 은근히 경원한 시장 사람들의 삶 속으로 들어가려 하는 것이다. '나'는 억척 어미들이 "드글드글 북새통을 이루며 살아가는 저 장터길 안쪽"의 세계로 한 발 더 내디딘다. 영등포시장의 안과 밖의 경계선상에서 우중충한 모습으로 서 있던 '나'는 이제 이 우중충한 경계성을 털어버리고 시장 안의 세계로 들어가고 있는 것이다.

2. 생활의 발견

"드글드글 북새통을 이루며 살아가는 저 장터길 안쪽"의 세계에서 여러 유형의 인간들이 24시간 내내 그들만의 생활, 곧 시장의 생활을 만들어간다. 독자들은 「까라마조프가의 딸들」에서 한 사람 한 사람의 개별적인 사정에 관계없이 마치 흐르는 강물처럼 흘러가는 '시장의 생활'을 발견할 수 있다. 시장의 생활 그 한복판에 서 있는 사람은 0번 아줌마다.

「까라마조프가의 딸들」에서 '나'의 관찰 대상으로 내내 주목받은 0번 아줌마는 파탄나 버린 로맨스의 주인공처럼 존재한다. 0번 아줌마의 로맨스가 참으로 엉뚱하게 파탄나 버리기는 하지만 이 아줌마의 로맨스는 억척 어미들은 강한 모성성의 소유자라는 고정관념을 배반하면서 이루어지고 있기에 흥미롭다.

여기서 잠깐 억척 어미 계열의 작품을 꾸준하게 발표해 온 또 한 명의 작가를 기억하기로 하자. 바로 공선옥이다. 공선옥의 소설 세계에는 남편에게 버림받은 억척 어미들이 언제나 현존하고 있다. 이 억척 어미들은 부재하는 남편들을 대리해 적극적으로 가장의 역할을 떠맡는다. 이 역할을 떠맡게 된 계기가 어디에서 오든 공선옥 소설의 억척 어미들은 잡초 같은 생명력을 지닌 모성성으로 아이들을 감싼다. 그래서 공선옥 소설의 억척 어미들은 여성으로서의 자기 욕망을 스스로 억제하면서 어떤 일이 있더라도 아이들을 배반해서는 안 된다는 윤리적 모성성에 이끌린 특징을 보여준다.

이명랑은 어떻게 할까? 이명랑은 윤리적 모성성보다는 자기 욕망에 솔직하게 부응하는 억척 어미를 그려냄으로써 억척 어미의 존재 양상을 전통적인 모성의 신화에서 이탈시킨다. 이미 얘기했지만 이 주인공이 「까라마조프가의 딸들」의 0번 아줌마이다. 이명랑은 0번 아줌마의 로맨스를 극적으로 살려내기 위해 0번 아줌마의 남편이자 현미 아버지를 "한심하다 못해 밉기까지" 한 인물로 만들어버린다. 예컨대 이런 식으로 말이다.

현미 아버지라는 위인은 하는 일이라고는 기껏해야 밤새워 노름이나, 어울려봤자 마냥 그놈이 그놈인 시장 노름판에서 재수가 좋아 얼마라도 딴 놈이 있으면 그놈 딴 돈을 뜯어먹겠다고 거머리처럼 달라붙어 막걸리 몇 잔 공으로 얻어먹고는 그까짓 걸 가지고 무슨 큰일이라도 해낸 것처럼 마음이 뿌듯해가지고 돌아와서 초저녁부터 방 닦아라, 이불 깔아라, 베개 내놔라, 딸들에게 소리나 지르다 자빠져 자기나 하는 사람이었다. (45~46쪽)

이렇게 묘사되는 한 남자를 남편으로 둔 여인이 0번 아줌마였다. 0번 아줌마는 술과 도박으로 나날을 보내는 남편 대신 청과 도매가게를 연 억척 어미로 이 억척 어미의 로맨스 상대자는 가게의 "일개 종업원" 황씨였다. "일개 종업원" 황씨는 어느새 "0번 가게에서는 종업원이자 입찰을 해주는 동업자로, 0번 아줌마에게는 남편을 대신하는 든든한 버팀목으로, 현미를 비롯한 그 집 세 딸들에게는 아버지를 대신해 자기네 생활을 꾸려가 주는 고마운 오빠로, 악바리 할매에게는 팔자가 사나워 등이 휘도록 소처럼 일만 하고 멍 가실 날 없이 허구한 날 매만 맞고 살던 딸의 얼굴에 웃음꽃이 피게 해준 은인으로 대접받게 되었다."

그런데 0번 아줌마와 황씨 사이에 예기치 않은 사건이 일어나고야 만다. 0번 아줌마가 황씨의 아이를 임신, 출산까지 하게 된 것이다. 더 큰 문제는 0번 아줌마의 처지다. 부도가 난 0번 아줌마는 가게를 처분할 수밖에 없었고 집마저 딸들에게 빼앗기게 되어 홀로 거리로 내몰리게 되었다. 황씨가 0번 아줌마를 구원해 주는가? 그렇지 않다. 0번 아줌마의 딸들이 0번 아줌마를 구원해 주는가? 그렇지 않다. 그렇다면 아줌마의 남편이? 절대 그렇지 않다. 「까라마조프가의 딸들」이 빛나는 이유는 바로 여기에 있다.

이명랑이 「까라마조프가의 딸들」에서 중요하게 그려내는 건 "사랑 뒤에 한 마리 슬픈 동물이 되어" "김폰가 강환가의 어디 식당에서 주방 일을 보고 있다고도 하고, 어디서 늙은 홀애비 하나를 물어서 첩으로 들어가 잘 살고 있다고 하는" 소문만을 무성하게 남기고 있는 0번 아줌마의 행방이 아니라 0번 아줌마의 행방과 관련 없이 전개되는 장터 생활의 지속이다. 이와 같은 「까라마조프가의 딸들」의 결말은 오랜 여운을 남긴다.

한때는 0번 아줌마 가게의 종업원이었으며 0번 아줌마를 임신까지 시킨 황씨는 충청도상회를 열어 성업중이고, 0번 아줌마를 거리로 내몬 딸들은 집으로 돌아온 아버지를 보살핀다. 자취를 감추는 0번 아줌마의 모습은 처연해 보이지만 그렇다고 해서 '나'는 황씨나 딸들을 싸잡아 비난하지는 않는다. 또한 '나'는 0번 아줌마에 대해 어느 정도의 연민을 느끼지만 그렇다고 나서서 0번 아줌마를 두둔하지도 않는다. 0번 아줌마의 로맨스는 파탄나 버렸지만 영등포시장의 생활은 그 어느 날과 다름없이 전개되고 있다는 점을 우리는 오히려 더 인상적으로 확인할 수 있다. 그래서 다음과 같은 대목은 진한 여운을 남긴다.

"언니 나 담배 한 대만 피울게."
현미는 얼마 전까지는 겉담배밖에 못 피웠는데 이제는 속담배도 피울 줄 알게 됐다고, 앞니 사이로 한 줄로 길게, 진짜로 폼나게 담배 연기를 내뿜을 줄 알게 됐다면서 내게 담배 연기로 도너츠도 두

세 개 만들어줬다.

내가, 어른이 아니어서 할 수 없는 거, 그건 대체 뭐냐고 물었더니 현미는 눈물자국마저 깨끗이 닦아낸 얼굴로 쾌활하게 대답했다.

"아, 그거? 우리 작은언니가 그러는데, 그건 생활이래." (78쪽)

3. 즐거운 배설 그리고 행복

『삼오식당』에 수록된 마지막 작품 「우리들의 화장실」에서 우리는 이명랑의 유쾌한 상상력을 다시 한 번 만끽할 수 있다. 여러 유형의 억척 어미 이야기를 들려주던 이명랑은 독자들에게 유쾌한 상상력의 진수를 보여주면서 『삼오식당』을 끝낸다. 「우리들의 화장실」은 인간이란 존재가 아무리 형이상학적으로 고상하게 정의된다 하더라도 인간은 본질적으로 배설하는 존재라는 점을 다시 한 번 주지시켜 준다.

도대체 배설하지 않는 인간이 있을까? 삼오식당의 여주인도 배설하고, 괜히 "귀부인처럼 목걸이 귀걸이"를 걸고 0번 가게 앞에서 장사하는 김 여사도 배설하고, 장터 안의 모든 억척 어미들이 배설한다. '나'도 예외일 순 없다. 장터에서 유일무이하게 대학물을 먹은 '나', 작가를 자처하면서 억척 어미들을 관찰하는 '나'도 배설하는 장터의 한 사람에 불과하다.

배설의 존재인 인간들은 누구나 행복한 배설을 꿈꾼다. 배설 자체가 쾌락일 수 있고 배설 자체가 즐거움일 수 있는 배설을 꿈꾸지 않는 인간은 없으리라. 그러나 그 꿈을 성취하기란 얼마나 어려운가? 치매 증세를 보이던 똥할매가 어느 날 화장실 문을 걸어 잠그고 행방을 감춘다. 이 사건을 계기로 장터의 억척 어미들은 삼오식당 출입을 자주 한다. 이유는 단 하나! 삼오식당의 수챗구멍에서 일을 보기 위한 까닭이다.

「우리들의 화장실 이야기」의 상상력은 이렇게 유쾌하다. 마치 이 작품은 인간은 누구든 즐겁게 배설할 권리가 있으며 삶이란 이 권리를 쟁취하는 과정의 다름 아니라는 메시지를 독자들에게 이야기해 주는 듯하다. 그런데 작가는 즐겁게 배설한 권리를 쟁취하기 위해 집단적으로 노력하는 억척 어미들의 이야기와는 별도로 배설에 얽힌 작중 화자 '나'의 심리적 상처를 회고하면서 배설 이야기의 영역을 넓혀가기도 한다. '나'의 회고에는 수챗구멍에 배설하면서 삶의 누추함을 확인하는 한 소녀가 재현된다. '나'가 "지선이네 졸졸졸 따라왔더니 나한테 아무 데나 오줌 싸"라고 놀리는 애들을 찾아내어 "목숨 내걸고 싸워서 다들 반쯤 죽여"놓을 정도로 악만 남게 된 까닭, 반의 모범생에서 악만 남은 날라리가 된 까닭, 영등포의 미친개라는 닉네임을 얻게 된 까닭에는 하나같이 배설의 우울한 경험이 자리잡고 있다.

그런데 작가는 이 우울한 회고를 반전한다. 이 즐거운 반전을 주도하는 이는 '나'의 엄마로 그녀는 배설 체험을 한 개인의 비밀스런 생리 현상이 아니라 억척 어미들 전체가 참여하는 집단적인 축제처럼 만들어놓고 있다. 사연인즉 이렇다. 삼오식당의 수챗구멍에서 힘겹게 일을 보던 이 일련의 억척 어미들은 '나'의 엄마의 제안에 따라 저녁나절부터 운동을 하러 다닌다. 아래처럼 말이다.

이제 저녁이면, 장터길의 웬만한 아줌마들이 다 삼오식당 앞으로 모여들었다. 몸집 좋은 이 아줌마들이 옆으로 길게 늘어서서 걸어가는 걸 보고 있으면 장터길 골목이 다 좁게 느껴질 정도였다. 아줌마들은 같이 우르르 몰려갔다가 한 시간쯤 지나서 또 다들 우르르

몰려왔다. 아줌마들이 다시 돌아오면 장터길 안은 썰물 때 밀려나
갔던 물이 다시 밀려들어왔을 때의 갯벌처럼 한동안은 소란스럽기
이루 말할 수 없었다. 삼오식당 테이블에 둥그렇게 둘러앉아 실컷
재재거리다가 양재기에 물 한 대접씩 따라 마시고 나가는 장터길
여자들의 얼굴은 어쩌면 그렇게도 한결같은지 몰랐다. 다들, 오래
묵은 변을 방금 막 뽑아내고 나온 사람들처럼 개운한 표정이었다.
(225쪽)

이렇게 되면 배설은 한 개인의 생리 현상이 아니다. 적어도 이런
배설은 그동안 억척 어미들 간에 알게 모르게 형성된 반목과 갈등을
녹이는 축제의 배설이라 할 만하다. 개인의 우울한 배설 체험을 즐
거운 집단적 축제로 바꿔놓을 줄 아는 상상력을 지닌 작가 이명랑.
참 괜찮은 작가다.

(『문학마당』 2000년 여름호)

치욕의 삶에서 지켜야 할 생명으로

___이하석의 『금요일엔 먼데를 본다』

이하석은 『금요일엔 먼데를 본다』(문학과지성사, 1996)에서 시적 자아로서의 '나'에 대한 관심을 유달리 증대시키고 있다. 그렇다고 하여 '나'에 대한 관심 증대가 이 시집 전체를 관통하는 구조적 특징으로 진전했다고는 볼 수 없다. 그렇지만 시적 자아로서의 '나'에 대한 관심 증대는 이제 이하석의 시세계가 새로운 변모의 단계에 접어들고 있음을 알려주기에 충분한 근거로 작용한다.

익히 알려진 바와 같이 이하석은 시적 자아로서의 '나'보다는 '나'에 의해 관찰되는 세계의 묘사에 더 큰 관심을 보여준 시인이다. 그리고 그 관심은 대개 산업 사회의 우울한 풍경이나 아름다운 자연의 풍광을 도드라지게 보여주는 데에 압도적으로 경도되었다. 사정이 이렇다 보니 '나'의 감정을 드러내는 시적 진술은 이하석의 시에서는 대단히 드문 예외적인 경우에 속하고 있다.

그런데 이하석은 시적 자아로서의 '나'를 더는 감추어두지 않는다. 그는 '나'를 노출한다. 달리 말해 시적 자아의 감정을 의도적으로 감금하지 않는다. 시적 자아의 감정이 노출된다는 점에서 이하석의 시는 서정시의 본령으로 복귀하는 인상을 준다. 사실 이하석을 두고 서정시인이라고 말하기 곤란할 만큼 그는 감정의 노출을 통제하였고, 그런 까닭에 그의 시는 때때로 서정시의 본령과 직결되지 않는 모습을 보여주기도 했다. 아예 어떤 시들은 서정시보다는 한 편의 이야기를 연상시킨다는 점에서 극시라고 호칭해도 좋을 법한 특징을 보여주기까지 했다.

그렇다면 시적 자아의 감정을 노출하는 시인의 태도를 우리는 어떻게 이해해야 할까. 이 물음이 제대로 해명되기 위해서는 시적 자아의 감정을 노출한다는 진술의 의미가 먼저 이해되어야 한다. 여기서의 시적 자아는 서정적 자아의 등가적 표현으로 오염된 현실을 극복하려는 정신의 형성 과정과 관련하여 그 뜻이 헤아려질 수 있는 개념이다. 그리고 감정은 단지 기분의 문제로 이해해서는 안 된다. 그 어떠한 대상을 향해 투영되는 절실한 느낌의 심적 태도를 우리는 감정으로 볼 수 있다. 그렇기에 시적 자아의 감정을 노출한다는 진술은 첫째, 오염된 현실을 극복하려는 정신의 형성, 둘째, 순수 자연을 지향하는 심적 태도를 다 같이 함의한다. 그런데 우리가 그 진술을 예사로이 넘겨버릴 수 없는 까닭은 그 진술이 궁극적으로 삶의 새로운 가능성에 접근하려는 발상과 직결되기 때문이다. 달리 말해 이하석의 감정 노출은 푸르름의 세계로 요약되는 삶의 새로운 가능성을 이루어가려는 의지와 분명히 닿아 있다.

그런데 시적 자아로서의 '나'의 노출은 '마음'이라는 추상명사와의 긴밀한 교호 작용 속에서 일어나고 있음을 우리는 주목해서 보아야 한다.

바위와바위와풀과풀과나무와나무와물소리뿐인
낯선 곳으로

내 마음은 또 언뜻 벗어난다.

―「소광리 1」에서

내 떠나와 합친 마음이 놓아 비로소 감돌아내리는 강

―「남한강」에서

널 숨쉬기가 벅차다
더 가까워지려고 네 안에 둑을 쌓은
내 마음이 가두었다가 열어놓은 못물이 빛나고

―「현흥들 3」에서

절벽 아래 내던져진 내 마음의 생채기 그 아래 모든 한갓진 그리
움들이 열어보이는 거칠고 푸른 산맥

―「팔공산」에서

싸리나무 가는 가지 사이
갈참나무 낙엽이 버린 사람의 길이 가파르게
또 파릇파릇 풀로 돋아난다.
들짐승들은 낙엽 밟는 소리도 내지 않고
그들의 길을 내 마음 저 밖에 새겨둔다.
내 길은 감출 수 없는 그리움

―「이월」에서

주관적 감정을 엄격하게 절제시키던 이하석은 이처럼 '마음'이라
는 추상명사를 통해 '나'의 감정을 확연하게 드러낸다. 감정의 절제
를 의도적으로 추구해 온 그동안의 시작 태도를 고려하자면 변모의

징후라 아니할 수 없다. 그렇다고 하여 시작 태도의 변모가 반드시 이 시집에서 이루어진다고 말할 수는 없다. 1992년에 발간한 시집 『측백나무 울타리』에서 시작 태도의 변모는 이미 움을 틔우고 있었다. 그러다가 그 움은 이제 확 피어나고 있다.

그런데 극히 미묘하게도 시적 자아로서의 '나'의 마음은 자연이나 자연적인 것들로부터 거리를 멀리하면 멀리할수록 사라져버리고 그와는 반대로 거리를 가까이하면 할수록 평화롭게 부활한다. 비록 생채기가 진득하게 묻은 마음이라 하여도 그 마음은 자연을 통해 치유되어 부활한다. 그리고 그 부활하는 마음은 평화롭다.

> 소나무가 햇빛을 퉁겨올려 만든
> 초록 그림자에 싸여
> 내 마음이 서늘해진다
>
> ―「소나무 3」에서

소나무 아래에서 "내 마음"은 평화롭다. 소나무가 만들어준 "초록 그림자"에 "내 마음"이 감싸여 있기 때문이다. 오염된 세상에서 훼손되어 버린 "내 마음"은 소나무를 통해 평화의 안식을 얻는다. 그래서 "내 마음"은 새로이 부활한다.

그러나 언제까지나 부활하는 '나'의 마음이 평화로운 건 아니다. 그 마음은 평화롭다가도 곧 불편해진다. 자연 혹은 자연적인 것들과 대립항의 관계로 존재하는 인공 혹은 인공적인 것들이 '나'의 마음을 불편하게 만드는 원인이다. 자연으로부터 눈을 돌려 다시 우리가 사는 이 세상을 바라보니 시인은 기가 막힐 뿐이다. 세상은 오염 물질들이 판을 친다. 세상은 공해 물질들이 판을 친다. 세상은 쓰레기들이 판을 친다. 자연적인 것들은 점차로 소멸되어 버린다. 자연적인 것들의 소멸 앞에서 이하석은 불편하고 착잡하다.

나무들이 목재가 되어 쌓인 곳, 무참히 부러진 가지들이 어둠 앞으로 어디로든 뻗길 멈추었다. 원래는 속에 물 흐르는 흰 빛, 검은 빛, 푸른 빛 나무들이었으나, 누가 베어낸 뒤, 그 위에 노란 칠을 해놓았다. 햇빛에 그 색깔은 강렬하지만, 어둠 속에서도 그 빛깔이 강렬하다. 장수하늘소들도 노란 칠을 덮어쓴 채 나무를 빠져나갔다. 나무들은 풍우와 등진 채, 새로운 세계로 자신들을 데려갈 그 무엇을 기다리며, 막연하게 누워 있다. 죽음의 표시만이 확실하다.

— 「노란 나무」 전문

오염된 이 세상에는 죽음의 표시만이 확실한데, 그것은 나무의 거세로 묘사된다. 나무는 이하석에게 자연의 압축적 기호로 이해되는데, 그렇게 이해될 때의 나무는 대개 직립의 상태로 하늘을 향해 서 있다. 가령 이하석의 시에서 나무는,

설 자리가 땅이 아니라면
바위 틈의 흙에 뿌리를 묻고 물어서
가혹한 사랑의 물을 뽑아올려
하늘로 향기 뿜는다.

— 「지리산 소나무」에서

이와 같이 생장 조건이 아무리 척박하다 해도 하늘을 향해 직립해 있다. 줄기와 가지는 하늘을 향하고 뿌리는 땅 안으로 파고 들어간 나무는 이하석에게는 대단히 의미심장한 자연의 기호로 받아들여진다. 그러한 나무에게서 시인은 구원의 희망을 암시받는다. 그래

서 시인은 "철근의 녹슨 힘이 밀어낸 벽돌들이/자꾸 세상의 바닥에 떨어져내린다/나무들은 폭풍에 휩싸이고/해일은 쓰레기들을 해안으로 쓸어내고/나는 그 나무에 기대어 구원의 편지를 쓴다"(「편지」)라고 표현한다. 그러나 그 나무들은 하나하나 거세된다. 이 거세를 일으키는 것은 인간의 폭력이다. 인간의 폭력은 자연을 지상에서 거세한다. 하여 인간의 폭력은 나무를 "막연하게" 누워 있게 한다. 그리고 인간은 거세된 나무에 노란 색깔을 입힌다. 심지어는 장수하늘소마저 노란 색깔을 덮어쓴 채 죽은 나무 사이를 헤쳐나간다. 노란 나무, 노란 장수하늘소에서 보이는 노란 색깔은 자연적인 것들에 칠해 놓은 훼손의 표시이다. 그 표시는 한마디로 죽음의 표시이다. 죽음의 표시를 또 다른 시에서 확인해 본다.

> 물 아래 구르는 돌들 서로 부딪쳐 부서진
> 사랑의 욕망이 잘게 부서져 이룬
> 모래의, 반짝이는 마음들로 넓은
> 저 강
>
> 다가가면 보랏빛 깡통들 기름들
> 모래와 자갈들 틈으로 뒤엉켜
> 숨죽은
>
> 강
>
> —「강 1」에서

　멀리서 관찰하면 강은 "사랑의 욕망"이 출렁이는 강이고 "반짝이는 마음"들로 무늬 놓인 강이다. 그러나 다가가서 보면 그 강은 "숨

죽은" 강, 바로 죽은 강이다. 죽은 강에 "사랑의 욕망"이 출렁일 리 없고 "반짝이는 마음"들이 무늬 놓일 리 없다. 다가가면 "보랏빛 깡통"들과 기름들로 범벅된 강. 그 강은 자연의 죽음을 환기하고 있다.

이렇게 하여 기본적으로 이하석의 시는 '자연/인공'의 대립항을 통해 시적 의미가 형성된다고 볼 수 있다. 그런데 '자연/인공'의 대립항은 이하석의 시 전반을 통해 끊임없이 변전된다. 이 대립항은 '자연⊃인공'의 관계로 나타나기도 하고 '자연⊂인공'의 관계로 바뀌어 나타나기도 한다.

이 대립항의 관계 중에서 '자연⊂인공'의 관계는 시인을 무척이나 고통스럽게 만든다. 푸르름의 순수 자연 세계를 지향해 온 그의 시적 여정을 환기해 본다면 그 고통의 정도가 얼마나 심각한가를 어렵지 않게 추론할 수 있다. 푸르름의 자연 세계가 소멸된다는 판단은 삶에 대한 절망적인 인식을 유발한다. 그 인식은 "삶이 치욕"이라는 시적 진술로 정리된다.

삶이 치욕일진대
용담정에 이르는 길도 치욕이다
그의 아픈 삶이 푸른 나무들 속으로 길을 느끼듯
마음의 상처만이 길을 새로 물어
길 밖에 내놓은 신발들을 햇볕에 널어 말린다.
　　　　　　　　　　　　　　　　　　─「용담정 가는 길」에서

시인에게 삶은 치욕이다. 그러다 보니 "용담정에 이르는 길"도 치욕이며 존재한다는 그 자체가 치욕이다. 시인이 "삶이 치욕"이라는 시인의 시적 진술을 내세우게 된 데에는 어떤 곡절이 있을 법하다. 그 곡절을 보면 다음과 같다.

264

① 멀리 공단의 높은 지붕들에선 불꽃이 피어오르고
　빗줄기에도 그 뜨거움이 느껴진다.

―「비」에서

② 누가 불을 질러
　나무 밑이 검게 드러난다.
　거기 잡다한 통들이 버려진 채 쌓여 있고
　그 사이로 나무 뿌리가 얽혀, 들어,
　퍼져나가는 게 보인다.

―「야적 5」에서

③ 나는 창을 닫은 자동차로
　아침에 철근들 쌓인 공터를 지나쳤다.

―「야적 6」에서

　①이 그리는 건 현대 산업 사회의 우울한 풍경이다. 공단의 높은
지붕들에서 피어오르는 불꽃은 결코 축제적 의미의 상징일 수 없다.
그와는 정반대로 그 불꽃은 이 세상을 오염시킨다. 그래서 빗줄기마
저 뜨겁다. 그뿐인가. ②에서와 같이 나무들은 불태워지고 잡다한
쓰레기들이 넘쳐나고, ③에서와 같이 날카로운 금속성 철근들은 우
리 삶의 복판에 진을 치고 있어서 이 세상은 푸르름을 상실한 오염
의 세상으로 변질되어 버린 것이다. 오염 물질로 가득한 이 세상은
녹슬고 있다. "다가갈수록 강에는/오래된 철모와 번쩍이는 변기,/버
스였던 것의 바퀴 빠진 쇠와/그 녹슨 안과, 양은 그릇이/엉긴 채 흐
르고 있"(「낙동강 1」)는 낙동강에서 시인은 녹슬어버린 오염 물질들
을 보고 있다. 그것들은 세상에 녹물을 묻힌다. 보기에도 흉물스러

운 불그스레한 녹물. 시인은 흐린 물결을 묘사하면서도 "녹슨 시간의 푸르스름한,/예민한 살로 맺히며 쓸리는 흐린 물결 속"(「密魚」)이라고 녹을 끌어들이기도 한다.

녹물이 질질 흐르는 오염된 세상에서 살아가고 있다는 자괴감은 이하석으로 하여금 "삶이 치욕"이라는 시적 진술에 이끌리게 한다. 그러나 "삶이 치욕"이라는 시적 진술에 이끌리면 끌릴수록 이하석은 자연에 대한 동경을 더욱 강렬하게 드러낸다. 그래서 시인은,

우리가 살다 놓친 새들
저 산에서 날아와 지저귄다

—「지리산 1」에서

새들은 조금씩 더 멀리 난다.
쓰레기들이 이룬 자연과 인간의 경계의 위험을
나보다 먼저 알았을까.

—「경계」에서

또 봄이 와, 여름에서 가을까지 이곳에는 며느리밥풀, 산비장이, 산꼬리풀, 등골나무, 냉초, 구절초, 개시호, 수리취, 잔대, 마타리, 바디나물, 뚝깔, 패랭이, 쉽사리, 짚신나물, 층층이꽃, 털동자, 할미, 비비추, 애기원추리, 솔나물, 꿩의다리, 바위채송화가 어우러지네.

—「성묘」에서

라고 지저귀는 새를 노래하고, 봄에서 가을까지 피어나는 식물의 이름을 호명해 본다. 하늘을 나는 새를 보고, 묘지에 마구 피어나는 꽃과 풀을 보며 시인은 자연을 그리워한다. 그리고 그 그리움은 그리

266

움으로만 끝나지 않고 삶의 새로운 가능성을 향한 시인의 강력한 의
지로 비화한다. 시인은 그의 의지를,

이 시의 서두에서 어둠을 제시한 건
고된 겨우살이를 짐작했기 때문일까?
어쨌든 겨울은 오고 나는 준비를 해야 한다.
잘라낼 것은 잘라내고
짚으로 감싸고 비닐로 막아야 한다.
이제 곧 땅은 얼어붙고 북풍이 흰 이를 드러낸 채
나의 지붕을 핥고 지나가리라.

그러나 난 지켜야 할 생명들로 안이 그득하다.
진달래 가지 끝에 뾰족한 꽃망울.
그걸 보호하기 위해 그 아래 어둠을 이해하고
어둠 속의 죽음을 모든 씨와 뿌리 안에 묻으며
그 무덤의 가슴이 꽃꿈임을 내 시는 애써 강조한다.
— 「월동 준비」에서

라고 당당하게 선포한다. 지켜야 할 생명이 있다고 선언하는 시인의
생명 선언은 삶을 치욕스럽다고 받아들이면서도 결코 그러한 삶에
주눅들지 않으려는 정신적 반전의 드러냄을 의미한다. 이를 보다 극
명하게 하기 위하여 시인은 어둠 속의 죽음을 "모든 씨와 뿌리 안
에" 묻어버린다. 이 세상이 오염되어 버리고 죽음의 표시가 난무하
지만 시인은 삶의 새로운 가능성을 포기하지 않는 고투의 정신은 잃
지 않으려 한다. 시인은 그 고투의 정신을 죽음을 통한 삶의 구현이
라는 통찰로 구체화한다.

봄은 너무나 쉽게 통일을 이룬다.
황사바람에 흙으로 메워진 틈서리마다 바랭이풀이 눈트고
움막 위 쌓인 먼지가 흙이 된 곳엔
작년에 꽃피웠던 제비꽃의 새싹도 돋는다.

                                       —「집」에서

    "황사바람에 흙으로 메워진 틈서리마다 바랭이풀이" 눈튼다. 그리고 "움막 위 쌓인 먼지가 흙이 된 곳"에 "제비꽃의 새싹도 돋는다." 그러니까 흙의 기운에 힘입어 바랭이풀, 제비꽃이 생명을 새로이 영글어간다. 흙에서 생명이 탄생된다는 시적 발상법은 「비무장 지대」에도 이어지고 있어서 "일간지의 비무장 지대 화보는/인간 없는 세계의 환한 빛깔을 보여준다./흙의 시간이 솟구쳐올린 토끼풀꽃 햇빛에 반짝이고/그 위에 앉아 참알락팔랑나비가 오월의 솔직함에 젖어/날개의 바람을 읽는다"는 놀라운 시적 진술을 낳고 있다. 반복해 다시 읽어본다면, 흙은 토끼풀꽃을 피워내고 있다. 그리고 그 토끼풀은 "죽은 이의 썩은 살과 뼈로 자란"(「비무장 지대」) 것이다. 시인이 보기에 하찮아 보이는 토끼풀도 새로운 생명의 탄생을 약속하는 밑거름으로 작용한다. 하여 "죽은 이의 썩은 살과 뼈"는 토끼풀의 어머니이다. "죽은 이의 썩은 살과 뼈"가 토끼풀을 잉태한다. 자연을 공격하고 괴롭히는 일체의 부정적인 것들이 결국은 땅 안에서 다 녹아버리고 다시 그것들은 새로운 생명 탄생의 자양분이 되고 있다는 통찰. 이 통찰에 기대어 이하석은 "삶이 치욕"이라는 시적 진술을 단지 체념적으로 받아들이지 않는다. 요컨대 "삶이 치욕"이라는 진술은 "난 지켜야 할 생명들로 안이 그윽하다"라는 진술로 전환되고 있는 것이다.
    그렇기에 날카로운 광물질과 인공적인 것들이 아무리 세력을 얻어간다 해도 푸르름의 세계를 추구하는 그의 문학적 관심은 소멸되지 않을 것으로 보인다. 산과 바다가 썩고 강에 폐수가 들끓는다 해도 계절은 바뀌고 나무에서는 새잎이 돋아나게 마련이다. 진정 시인이 통찰과 같이 죽음이 죽음으로 끝나지 않고 거기에서 새로운 풀이 돋아나고 생명이 탄생하는 것이라면 이하석의 문학적 관심은 결코 위축되지 않을 것이다. 이런 맥락에 서서 그는 무엇보다도 인간과 자연이 공존할 수 있는 지혜에 대하여 발언해야 한다. 앞으로 우리의 문학이 환경 생태적인 문제들에 대해 더욱 큰 관심을 기울일 것으로 전망되는 시점이기에, 푸르름의 세계를 일관되게 지향해 온 이하석에게는 그 지혜의 정도가 남다를 수 있을 것으로 생각된다. 그러나 그 지혜가 더욱 새로운 가능성으로 구현되기 위해서는 이제까지 자연을 바라보는 시인의 관점 — 다분히 낭만주의적인 — 에 대한 재점검이 필요할 것으로 여겨진다.

(『금요일엔 먼데를 본다』, 문학과지성사, 1996)

그리움 속에서 그리움을 넘어서

　　박두규 시인의 시에는 지워지지 않는 그리움, 시간이 흐를수록 명료하게 기억되는 그리움이 녹아들어 있다. 그런데 이렇게 말해놓고 보니 마치 박두규 시인의 시에만 그리움이라는 시적 소재가 출현한다는 얘기로 들린다. 그러나 그리움은 우리 시대의 많은 시인들에게 개방된 시적 소재가 아니었던가. 한국 시의 절반이 그리움을 놓고 만들어진 시라고 해도 과언이 아닐 정도로 많은 우리 시인들이 그들의 시를 그리움에서 시작하여 그리움에서 마무리해 왔다.

　　사정이 이런데도 박두규의 시를 해설하는 자리에서 그리움을 꺼내고 있는 주된 이유는 박두규 시인의 그리움이 값싼 감상으로 떨어지지 않는 무게와 의미를 지니고 있기 때문이다. 한국시의 절반이 그리움을 놓고 만들어진 시라고 하지만 그 시의 대부분이 그리움을 세일즈하는 감성의 시였다는 걸 감안한다면, 그리움을 육화한 박두규의 시세계는 상찬을 받을 만하다.

　　박두규의 시는 그리움을 시적 소재의 차원에서 머물지 않고 작품의 심층적인 의미 지층으로까지 이끌고 간 성취로 읽힌다. 시인은

270

절제된 언어적 표현 마디마디에 그리움들을 숨겨 놓고 있다. 독자들은 박두규 시인의 시를 읽으며 시인이 숨겨둔 그리움들을 만나면서 시인 박두규의 슬픔과 고뇌의 정체를 파악하게 되고 해원의 염원을 주목하게 된다.

끝내 버려지지 않는다.
발뒤꿈치 어디쯤 군살이 되었는지
이젠 데리고 살 만하다.
흐르고 또 흘렀어도
세월의 수채 구멍에 끝내 걸려 있는
못난 찌꺼기 같은 그리움들.

그래, 어쩌면 이 질긴 것들이
결국 내 하얀 뼛가루로 남을지 몰라.
사람도, 사람들의 흔적도 가버린 지금
마음의 끄트머리에 걸려 있는 너라도 있어
이만큼이라도 버티는지 몰라.
아니, 이제 너도
생물(生物)이 다 되었는지 몰라.

— 「못난 그리움」 전문

신작시 「못난 그리움」에서 시인은 그리움을 "끝내 버려지지 않는" "세월의 수채 구멍에 끝내 걸려 있는" "못난 찌꺼기 같은 그리움"으로 비유하고 있다. 그러나 이 비유에 이어 시인은 "사람도, 사람들의 흔적도 가버린 지금/마음의 끄트머리에 걸려 있는 너라도 있어/이만큼이라도 버티는지" 모른다고 고백함으로써 그리움은 "못난 그리움"이 아니라 자기를 살리는 그리움이라는 걸 밝히고 있다. 시인을 살리는 그리움이라?

이로써 박두규 시인의 그리움의 정체 한 가지를 파악하게 되었다. 박두규 시인의 그리움은 미우나 고우나 시인의 현존을 가능하게 하는 그리움이다. 이 훼절의 시대를 대면하고 있는 시인을 살게 하는 힘이 "마음의 끄트머리에 걸려 있는" 그리움에서 비롯된다고 시인 스스로 밝히고 있다. 이렇게 얘기하고 보니 박두규 시인의 그리움의 의미가 더 궁금하다. 아무래도 박두규 시세계의 그리움의 의미를 온전하게 이해하기 위해서는 『당몰샘』(실천문학사, 2001)의 세계 안으로 잠시 들어가야 할 듯하다.

새 한 마리 날아왔다.

사람은 내 안에서조차 가버렸는데

버릇처럼 또 창문을 열었구나.

어리석음이여

속살이 아리도록 눈부신 햇살도

毁折한 세월도

이 아침을 맞아 그대로 살건만

내 어느 구석 탐욕처럼 살아 있는

케케묵은 그리움 하나

나는 아랑곳 없이

제 늙은 목만 길게 뺀다.

—「그리움」 전문

「그리움」은 시집 『당몰샘』을 여는 시로, 박두규 시인이 기본적으로 그리움의 충동을 직조하여 시 창작에 매진하는 시인이라는 것을 독자들에게 예시하고 있다. 박두규 시인은 이 시에서 시인의 내면에 죽지 않고 존재하는 "케케묵은 그리움"의 실체를 조명하는데, 마치 이 시에서의 그리움은 살아 있되 조용히 미동하는 생명체를 연상시킨다. 이 시에 뒤이어 시인은 자신이 발 딛고 선 자리는 훼절한 세월이며, 이 훼절의 한복판에서 "허리까지 잠기는 이 눈밭에 묻혀/한 발 내디딜 수 없던 그대"(「빗점골을 오르며」)인 빨치산 이현상을 그리워하고, "언젠가 두고 온 잃어버린 사랑 하나"(「전화 속의 풍경」)를 그리워하고, "까닭도 없이 시와 경제 동인지"(「시와 경제」)를 그리워하고, "毁折한 세월 하나 붙들고 그토록" "물가의 나무 하나"(「물가의 나무 하나」)를 그리워하고 있음을 토로하고 있다.

정리하자면 이렇다. 박두규의 시세계에는 대조적인 두 가지 시간대가 설정되어 있다. 훼절 이전의 과거 시간과 훼절된 현재의 시간이 그의 시세계에서 대립항을 형성한다. 그리고 이 시간의 대립항은 "金剛의 세월을 꿈꾸었던"(「어둠 저편 5」) 시절과 그런 꿈조차 꾸지 않는 시절이라는 의미론적 대립항과도 상응한다. 이 단절적인 시간의 대립, 의미론적 대립 속에서 만들어지는 시인의 그리움은 훼절된 현재에서 훼절 이전의 과거를 호명하는 그리움이며, 그럼으로써 훼절된 현재의 남루함을 확인시키는 그리움이다.

그러나 시인은 훼절된 시대의 한복판을 걸으면서도 "소란스런 도심의 새잎들을 보며", "누추해진 것들의 버릴 수 없는 꿈"(「도심의 숲길에서」)을 꾼다. "거대한 자본"들이 "온몸으로 기립하여" 자본의 꿈을 실현한 세상에서 시인은 누추하지만 버릴 수 없는 인간의 꿈을 꾼다. 요컨대 박두규 시인의 그리움은 훼절 이전의 시대에 존재했던 투쟁, 사랑, 문학에 대한 그리움이며, "거대한 자본"의 틈에 소생하는 인간적 가치들을 그리워하는 그리움이다.

그런데 흥미로운 건 그의 시세계가 비탄과 통탄으로 채색된 시가 아니라는 점이다. 훼절 이전의 투쟁, 사랑, 문학을 그리워하는 시인이기에 애절한 비탄과 통탄이 그의 시를 감쌀 것처럼 보이지만 실제 그의 시에는 비탄과 통탄을 절제하는 지혜가 있다. 그 지혜는 그리움과 동고동락하는 포용과 인정의 자세에서 오고 있다. 현 시점에서 시인에게 중요한 건 그리움 그 자체라기보다는 그리움과 함께 살아가는 지혜의 확보라고 시인은 판단할 수 있다. "그래, 어쩌면 이 질긴 것들이/결국 내 하얀 뼛가루로 남을지 몰라./사람도, 사람들의 흔적도 가버린 지금/마음의 끄트머리에 걸려 있는 너라도 있어/이만큼이라도 버티는지 몰라./아니, 이제 너도/생물(生物)이 다 되었는지 몰라."(「못난 그리움」)라는 시적 전언에는 그리움을 부정하는 태도가 아니라 더불어 공존하려는 동고동락의 지혜가 반영되어 있다. "생물이 다" 되어버린 그리움과 동고동락하는 시인은 고향의 창조와 발견으로 요약되는 주제들을 또 다른 신작시들에서 드러내고 있다. 먼저 고향 창조의 의미를 살펴보기로 하자. 시인은 그의 마음 안에 절대

평화의 이미지를 띠는 내면적 고향을 창조하기를 바라고 있다.

"이승의 남은 세월 데리고 살/고향 하나 키우고 싶다/왜소한 몸 깊은 곳에/살구꽃잎 날리는 고향집 하나 짓고/어떤, 어떤 세상 꿈꿀 것 없이/내가 그런 고향이고 싶다."(「욕심」)고 말할 때의 고향은 지상에 존재하는 특정 고향을 지칭하지 않는다. 그 고향은 지상의 갈등들이 무화된 고향, 지상의 탐욕들이 사라진 고향으로 시인 마음 안에 존재하는 고향이다.

시인은 유토피아의 이미지를 발산하는 내면의 고향을 그의 마음에 구축해 보려고 한다. 그리하여 시인은 이 내면의 고향으로 돌아가 온전하게 보관되어 있는 그리움의 실체를 만나보려 하고, "헐벗은 영혼"을 위탁시키려 하고, 불화의 감정과 세속의 갈등을 치유하려고 한다. 그리고 이 내면의 고향에 푸른 대나무를 식목하여 자신의 존재를 푸르게 갱신시키려 한다. 요컨대 마음 안에 고향을 창조하려는 시도는 마음의 근본을 청소하여 생의 의지를 충전하려는 의미를 지니고 있다.

청승맞은 소슬바람에도
대나무들 낭창낭창 흔들리더니
대숲에 가라앉았던 푸른빛들
눈부시게 되살아난다.
탄력을 받은 푸른빛들은
온 숲을 흔들며 바람을 타는데
내 안의 푸른 것들은 어디로 갔을까.
세상을 꿈꾸는 일은 자꾸만 멀어지고
몸마저 누추해지니
늙은 숲에는 바람이 일지 않는구나.

아, 사라진 푸른 넋들이여.

탄력의 세월이여.

나는 다시 한 번 흔들리고 싶다.

머잖아 내 작은 땅에 고향을 일구고

몸 속 깊이 푸른 대나무를 심어

낭창낭창 흔들리고 싶다.

                                      —「푸른 탄력」 전문

　　"몸마저 누추해진" 시인의 시선은 주변을 살피고 있다. 시인의 시
선에 포착되는 푸른빛을 띠는 대나무는 훼절의 시대를 꿰뚫는 직립
의 상징으로 보인다. 시인은 "푸른 대나무"를 응시하면서 "몸 속 깊
이 푸른 대나무를" 식목하기를 갈구한다. 그래서 시인 그 자신이 훼
절의 시대에 "낭창낭창" 흔들리는 푸르른 생명이 되기를 희구한다.
시인은 마음과 몸이 누추해지는 존재의 위기를 넘어서서 다시 세상
과 마주하기를 희구하고 있다. 시인의 내면 안에 창조되는 고향은
역사적 차원의 고향 발견과 등가의 의미를 지닌다. 이 두 가지 고향
은 서로 다른 고향이 아니라 서로 소통하는 고향이다.

　　이번에는 고향 발견의 의미를 정리해 보기로 하자. 여기서 얘기
하는 고향은 역사적 차원의 고향을 지칭한다. 박두규 시인의 신작
시 「고향 이야기 9」와 「고향 이야기 10」에서 역사적 차원의 고향에
존재했던 아버지 세대들의 삶을 이야기시의 양식으로 독자들에게
들려주고 있다. 이 두 편의 시 중에서 「고향 이야기 10」에는 "동네에
서 함석으로 만든 간판을 단 점방인", "삼성상회"의 창업기가 산문
의 리듬을 타고 전개되고 있다. 이 시에서 시인은 아버지의 꿈("자식
들의 밥그릇")과 자식의 꿈("자본의 꿈")이 다르다는 걸 얘기하고 있지
만, 이 시는 삼성상회 개업을 위해 돼지 장사에 전력을 다한 아버지

세대의 건강한 노동을 집중적으로 묘사하는 데 더 큰 비중을 두면서 아버지 세대의 순박한 헌신을 노래한다. 그런데 시인은 그 고향에서 아버지 세대의 건강한 노동만을 발견하지는 않는다. 빨치산에 가담하고 죽어간 아버지들을 시인은 발견하고 있다.

> 고향을 떠나 구례에서 살던 10여 년 동안
> 지리산을 오르며 빨찌산을 찾아 다녔다.
> 산을 내려오던 어느 날
> 저무는 햇살 속에 굽이치는 능선 자락과
> 어두워질수록 빛나는 섬진강 물줄기를 보며
> 나는, 저게 역사였구나 하며 탄식했다.
> 내가 찾던 빨찌산은 토벌대를 따돌리고
> 산죽밭에서 단풍나무 담배를 말아 피며
> 늙은 어머니의 기침 소리를 생각했을 것이다.
> 어린 손자의 손을 잡고 강을 건너는
> 그 세월이 정지되면서 나는 비로소 빨찌산을 만났다.
> 유년의 고향에서 들었던 그 무시무시한
> 회문산 자락의 빨찌산을 만날 수 있었다.
> ―「고향 이야기 9」에서

한 사람이 유아에서 어른으로 성장해 간다는 것의 진정한 의미는 자기의 영혼과 육체를 잉태한 고향을 지리적 차원의 공간이 아니라 역사적 차원의 공간으로 이해하는 정신적 각성을 가리킨다. 그러나 고향을 역사적 공간으로 파악하는 정신적 각성은 누구에게나 가능하지 않은 법. 자기가 나고 자란 고향의 알려지지 않은 슬픈 역사를 주목하는 박두규 시인에게서 정신의 각성은 아름답게 돋보인다.

시인이 독자들에게 들려주는 고향의 한가운데에는 회문산이 우람하게 서 있다. 시인이 회문산에서 발견한 것은 무엇일까? 시인은 회문산에서 우리 역사의 슬픈 상징인 빨치산의 존재를 발견한다. 새로운 역사의 한 장을 펼치려고 한, 그러나 그 기도가 좌절된 우리 역사의 슬픈 상징을 시인은 회문산에서 발견하면서 역사의 극점에 도달하려고 한 인간 존재의 희망과 좌절을 체득한다.

그런데 고향 발견의 소중한 의미를 슬픈 역사와의 만남에서 찾으려는 시인은 괜히 자기의 삶의 방법론이 부질없는 게 아닌가 하는 회의에 빠지기도 한다. 이런 회의에 빠질 때마다 시인은 "아이들 가르치는 일", "전교조 연가투쟁", "여순사건 진혼시를 쓰는" 일 등이 "먹고사는 일에 불과"할 수 있다고 자탄하기도 한다. 그러나 시인의 자탄은 자탄만으로 끝나지 않는다.

지금껏, 아이들 가르치는 일도
전교조 연가투쟁으로 여의도에서 노숙하는 것도
고향 찾아가는 길이라고 생각했다.
여순사건 진혼시를 쓰는 것도
사회단체에서 이러저런 일 하는 것도
복사꽃 날리는 고향 언덕을 넘는 거라고 생각했다.
하지만, 그것도 잠시 다른 생각하면
그저 먹고사는 일에 불과했다. 그렇게
세상일이 한순간에 먹고사는 일에 불과해질 때
나는 내 안에 처참하게 죽어 있는
고향의 주검을 다시 한 번 뒤집어본다.
자살인지 타살인지 확인해보고 싶은 것이다.
어질어질한 아침 출근 길이

고향 가는 길인지, 그저 먹고사는 일에 불과한 건지.

　　　　　　　　　　　　　　　　　—「고향 가는 길」 전문

　시인은 "세상일이 한순간에 먹고사는 일에 불과"해질 때 자기의
마음 안에 "처참하게 죽어 있는 고향의 주검"을 다시 한 번 살펴보
겠노라고 고백한다. 그의 고백이 힘겨워 보이지만, 그래서 참으로
안타까워 보이기도 하지만 시인은 시인이 고백한 대로 고향의 주검
을 살피며 시인의 일상이 그저 먹고사는 일상이 아닌 고향의 의미를
발견하고 의미 있는 삶이 될 수 있음을 확인하고자 한다.
　진정성을 쟁취한 그리움이 있고 그렇지 않은 그리움이 있는 게
아닐까? 진정으로 상처받은 자들의 그리움과 그렇지 않은 자들의
그리움은 그 수준이 다를 수밖에 없다고 생각한다. 박두규의 그리움
은 포즈로서의 그리움이 아니다. 박두규의 그리움은 진짜배기 그리
움이다. 박두규의 그리움은 그의 상처받은 영혼, 앓는 영혼이 직조
하는 숨결이다. 박두규의 그리움은 이현상으로 상징되는 우리의 슬
픈 현대사에 닿고 싶은 그리움이고, 자본의 위력이 압도적으로 팽배
해진 상황 속에서도 누추한 존재들이 꾸는 인간적 가치를 염원하는
그리움이다.
　시인의 말처럼 우리는 훼절의 시대를 살아가고 있다. 그러나 그렇
기 때문에 우리 인생이 고통스럽거나 환멸스럽다고 말할 필요는 없
어 보인다. 중요한 건 한탄과 비통이 아니라 훼절의 시대를 살아가
는 지혜의 확보가 아닐까 한다. 박두규 시인의 시에는 한탄과 비통
이 절제되어 있지만 이후의 시편들에서는 그를 더 강인하게 존재하
게 하는 지혜가 더욱 강렬하게 표출되어야 할 것으로 보인다. 회고
해 보면, 우리의 현대사는 언제나 훼절의 현대사였다. 어느 순간 훼
절의 역사가 아니었던 적이 있었을까? 이제 박두규는, 아니 우리의

민중시는 훼절의 시대를 건너갈 지혜를 치열하게 참으로 치열하게 탐구해야 한다.

　앞으로 박두규 시인에게 주어진 과제는 훼절의 시대를 건너갈 지혜의 확보이다. 그의 시는 그를 붙잡고 있는 그리움을 뛰어넘는 그 자리에서 새롭게 탄생해야 한다. 박두규 시인은 그럴 수 있는 시인이고, 충분히 그럴 만한 시인이다.

(『작가』 2002년 여름호)

제
3
부

작
품
의

단
상

망명의 욕망과 민중의 초상

_김영현의 『내 마음의 망명정부』

　

김영현의 소설집 『내 마음의 망명정부』(강, 1998)는 지독한 악몽에 가위눌려 괴로워하는 자의 고통을 느끼게 한다. 그의 고통을 바라보노라면 우리들의 삶이 삭막한 폐허에 구축된 환영이거나 거품에 불과하다는 사실을 깨닫게 된다. 우리 주위의 모든 것들이 훼손되었다는 혼돈스런 현실의 리얼리티를 그의 소설은 확인시켜 주고 있다.

이른바 1990년대 주류문학의 감수성에 매료된 독자들은 김영현의 소설을 두고 도대체 언제까지 이런 분위기로 나갈 것이냐는 힐난을 할 만도 하다. 그러나 인간 존재론적 진실과 정신의 고뇌 등을 드러내는 글쓰기 작업이 여전히 의미 있는 것으로 받아들여진다면, 김영현의 소설은 힐난이 아니라 경청할 만한 성과로 인정될 수 있다.

이 소설집에 수록된 소설은 크게 두 계열로 분류된다. 하나는 「새장 속의 새」, 「내 마음의 망명정부」와 같은 자서전적 계열의 소설이며 다른 또 하나는 「벚꽃 아래로」, 「개다리 영감의 죽음」과 같은 민중전기 계열의 소설이다. 그러니까 김영현의 『내 마음의 망명정부』는 자서전적 계열과 민중전기 계열로 혼합 구성된 특징을 보여준다는 평가를 받을 수 있다.

두 계열의 소설 중에서 특히 자서전적 계열의 소설들은 이 세상으로부터의 망명을 꿈꾸는 욕망을 강력하게 드러낸다는 점에서 독자의 시선을 끈다. 자서전적 계열의 소설들에서 유독 망명의 욕망이 두드러지게 분출된다는 말은 그만큼 작가와 세상과의 불화관계가 심화되었다는 것을 의미한다. 도대체 어떤 세상이기에? 그 세상은 "세상을 바꿀 수 있다는", "즐거운 상상력"이 마비된 세상, 1980년대의 변혁 논리가 더는 먹혀들지 않는 세상이다. 작가의 표현에 따르면 목숨을 걸 만한 절대적 가치가 붕괴된 세상이다. 오늘날의 세상은 진보, 혁명 등의 언어가 상품광고의 문구 정도로 격하되어 버릴 정도여서, 변혁의 상상력은 농담으로 회자될 뿐 그 어떤 의미의 기호로도 이해되지 않는다는 것이 작가의 판단이다.

그래서 작가는 세상과의 거리를 확대하려는 심리에 몰입되어 있고 그러한 심리로부터 망명의 욕망은 적극적으로 분출되는 것이다. 그러나 바로 여기서 작가의 딜레마는 깊어진다. 이 세상 어디에도 망명할 공간이 없다는 것. 그러므로 망명의 욕망은 진정으로 실현될 수 없는 욕망이라는 딜레마 속으로 작가는 빠져들고 있다. 이 세상 그 어디로도 망명할 수 없다는 것. 망명할 도피처가 이 세상에 없다는 것. 세상은 어디나 두루 초토의 공간이어서 진정한 의미의 망명은 허락되지 않는다는 것. 그리하여 작가는 마음 안으로 망명하여 외부와의 단절을 꿈꾼다.

「내 마음의 망명정부」는 새장 안에 갇힌 새의 죽음을 통해 세상이라는 감옥에 감금되어 소멸되는 인간들의 "밑도 끝도 없는 막막한 외로움"과 1980년대의 시대적 억압의 기억을 되새긴다. "막막한 외로움"과 억압 체험을 환기하는 기억 행위는 「고통」에서도 분명하게 확인된다. '작고 무의미한 몇 개의 이야기들'이라는 부제가 삽입되어 있는 이 소설에서 작가는 영원히 지워지지 않는 악몽, 예컨대 고문의 악몽, 감금 체험의 악몽과 스스로 자기 목숨을 앞당기는 한 궁핍한 청춘의 외로움을 묘사한다.

이와 같이 자서전적 계열의 소설에서 작가는 세상과의 불화, 망명의 욕망, 의미 없는 세상에서 정처 잃은 인간의 고독과 외로움, 영상처럼 떠오르는 고문과 감금 등의 악몽 등을 중층적으로 그려낸다.

그런데 그의 소설은 절대 비관의 어조로만 일관하지는 않는다. 왜냐하면 민중전기 계열의 소설에서 우리들은 절망적 현실을 극복하려는 건강한 낙관을 확인할 수 있기 때문이다. 예컨대 「벚꽃 아래서」에서 우리는 건강한 낙관을 읽을 수 있다. 이 낙관은 억척 어멈의 이미지를 보여주는 명자 누나의 생애를 통해 성취되는데 그 성취는 고통 속의 행복으로 비유될 만하다.

비관과 낙관의 상이한 분위기를 자아내는 자서전적 계열의 소설과 민중전기 계열의 소설로 구성된 『내 마음의 망명정부』는 김영현 문학의 새로운 출발을 예고하고 있다.

그런데 이 출발이 실속을 획득하기 위해서는 더욱 치열한 자기반성이 요구될 것이다. 작가의 판단처럼 이 세상은 망명의 욕망을 부채질하는 황폐한 세상처럼 보인다. 그러나 황폐하고 절망스러운 세상으로 판단되면 될수록 더 과감하게 시비를 걸어야 하지 않을까? 이후의 소설들에서는 세상에 시비를 거는 작가의 전복적인 상상력을 기대하고 싶다.

(『실천문학』 1999년 봄호)

공력으로 완성된 소설

_전성태의 『매향』

　한 젊은 작가의 작품집이 독자들의 환영을 받고 있다. 바로 전성태의 『매향』이다. 그의 작품들은 공력을 다 바쳐 만든 예술품을 연상시킨다. 흠 없어 보이는 완성된 예술품의 이미지. 그 이미지를 독자들은 전성태의 작품에서 확인할 수 있다. 작가 후기의 문장 하나가 독자들의 마음 안으로 날카롭게 파고든다. '내가 한때 죽자사자 만지작거린 작품'이라는 문장. 문학을 향한 작가의 고투가 확연하게 느껴지는 이 문장은 전성태의 문학적 태도를 충분히 설명해 주고 있다.

　전성태의 나이 올해 서른. 이 정도 나이의 작가라면 도시적 감수성 혹은 자본주의적 대중 문화의 감각을 반영하는 소설을 쓸 법한데 그는 그렇지 않다. 이 나이에 어떻게 이런 소설을. 이런 말이 자연스레 나올 정도로 그의 소설은 1990년대 문학의 주류 경향과는 거리를 둔다. 그의 작품 어디에도 화려한 영상적 이미지와 재기발랄한 상상력이 보이지 않는다. 어디 이뿐인가. 작가는 이 시대 젊은 작가들처럼 가상 현실이나 새로운 미디어 매체에 대한 관심을 보여주지도 않는다.

그의 소설은 놀랍게도 전통 공동체로서의 농촌을 주되게 그려 보여준다. 디지털이 세상을 바꾼다는 이 시점에서 그는 서술의 초점을 농촌으로 제한한다. 그는 전통 중시의 복고주의자인가? 아니면 자연 예찬의 낭만적 목가주의자인가? 그렇지는 않다. 그는 주변화된 농촌 세계를 당대의 관점으로 서술하면서 지방인들의 생활 세계의 역동적 양상을 재현하는 현실주의자이다. 요컨대 작가에게 있어 농촌은 전통 옹호의 상징도 아니며 낭만적 전원 공간도 아니다. 작가에게 있어 농촌은 산업화에 의해 원형과 가치를 훼손당하고 소멸의 운명을 보유한 지방 공간이지만 여전히 주목해야 하는 1990년대의 삶의 현장으로 이해된다. 그는 이 현장을 근대적 합리성에 완전하게 포섭되지 않은 행복한 공동체로 비유하기도 하고, 유토피아적인 고향의 이미지를 보여주기도 하고, 홀홀 털고 도망가 버릴 주변부로 변주하기도 한다.

여기서 우리는 한국문학사의 '아름다운 전통'을 상기할 필요가 있다. 자세하게 말해, 전통적 민중 공동체로서 농촌을 묘사하는 전통 말이다. 이 전통의 문학사회학적 의미는 각별하다. 이 전통은 근대 중심의 세계에서 비근대적 공동체적 세계를 탐구하는 의의, 자본주의적 교환 가치의 세계에서 훼손되지 않은 인간적 가치 등을 탐구하는 의의를 지닌다. 이 전통의 계보를 연 작가가 김유정과 이기영이고 그 계보를 현대적으로 계승한 중견 작가가 방영웅, 이문구라면 그 계보를 창조적으로 수렴하는 작가는 전성태이다. 더구나 전성태는 첨단적인 인공 문명을 예찬하는 시점에서 이 전통을 계승하고 있어서 더욱 그 노력이 귀해 보인다. 이 아름다운 전통의 계보 형성이 중지될 수 있다는 독자들의 우려를 전성태는 말끔하게 고쳐주었다.

이 가을에 처음으로 작품집을 세상에 내놓았으니 신예 작가로 불려질 만한데 작가의 언어 구사력은 신예의 수준을 훨씬 뛰어넘는다. 천천히 그의 소설을 읽어보라. 그의 언어들은 꿈틀거리는 생명력을 지니고 있다. 죽은 언어가 아니라 살아 움직이는 언어로 이루어진 소설이 바로 전성태의 소설이다. 예외 없다. 어떤 독자라도 그의 소설 언어가 만들어내는 압도적인 풍광에 압도되지 않을 수 없다. 작가야말로 누구보다 모국어에 대한 자의식이 강렬해야 하는 존재여야 한다고 말할 때, 전성태는 이 진술에 합당한 작가임이 분명하다. 그래서일까. 그의 소설을 읽노라면 한국어의 아름다운 속살이 느껴진다. 특히 자연환경에 대한 작가의 묘사력은 보기 드문 수준이어서, 자연 묘사 장면들은 독자들의 오감으로 파악되는 구체 세계로 느껴질 정도이다. 그런데 그의 언어의 질감을 더욱 풍요롭게 만드는 자질은 방언이다. 「매향」의 한 구절을 읽어보라

　　댓잎싹이 몬자서 우르르 울면 필경에는 저어 감은돌이재로 눈이 마악 몰레와서무네 금방 보리밭 몰랑이 흐옇게 되야. 그람 그 해 보리농새는 대풍이라고 온 동네가 기양 갱아지들모냥 들뜨는디, 그럴 것이 거긴 양지뜸이라 고런 눈 쌓인 삼동이 드물었거덩. 유월 타작마당이 끝나믄 보리밭마동 북데기를 모닥그라서 사무 태와싸. 그래야 풍년든다고. 그 매운 냉기가 또 으뚱게나 고롷게 흐열꼬! 온 부락이 기양 자우룩한 논 속이야. (26쪽)

이 얼마나 풍요로운 방언의 잔치인가. 그런데 방언 그 자체가 중요하지는 않다. 그의 소설에서 방언들은 예술 언어로 구조화되는 특징을 보여준다. 즉, 그의 방언 서술은 방언이어서 좋은 게 아니라 작중 인물의 정서를 구체적으로 환기하거나 소설의 극적인 서사성을 반영하는 서사 전략으로 적절하게 활용되고 있어서 좋은 평가를 받

을 수 있다. 요컨대 전성태의 방언 서술은 지방성의 경계를 뛰어넘어 예술의 경지를 확보하고 있다는 평가를 받을 수 있다.

그런데 전성태의 소설이 아름다운 향기를 띠는 진정한 이유는 이 부황한 근대의 복판에서 소멸되어가는 존재, 주변부로 몰려진 존재들인 농촌 총각, 할머니, 할아버지 등의 인간 군상들의 존재 가치를 허심탄회하게 긍정하는 작가의 열린 자세에서 나온다. 오랜만에, 정말 오랜만에 공력을 들인 작품, 작품이란 말의 본래 의미를 충족하는 작품을 독자들은 읽게 되었다. 21세기의 한국 문학의 미래는 어둡지만은 않다.

(『문학동네』 1999년 겨울호)

'김종광적인 것'의 의미

_김종광의 『모내기 블루스』

　　1998년에 등단한 젊은 작가가 두 권의 작품집과 한 권의 장편소설을 출간하기란 쉬운 일이 아니다. 등단 4년 만에 이런 결과를 세상에 내놓은 작가의 활약은 소설로 상상하고 소설로 말하고 소설로 연애하는 소설꾼을 연상시킨다. 그런데 이 소설꾼이 가짜가 아니라 진짜로 여겨지는 이유는 뭘까? 4년 동안 김종광이 걸어온 문학의 길은 '김종광적'이라는 말을 써도 좋을 정도로 독특한 자기 세계를 구축하며 펼쳐져 온 것이었다. 현재 적지 않은 이들이 문학의 길을 걸어가고 있지만 그들 모두가 '자기 세계'를 만들면서 걸어가고 있는 것은 아니다. 소설가임을 자처하되 자기 세계를 만들어가지 못하고 변죽만 울리는 젊은 작가가 한둘이 아니라는 걸 감안한다면, 김종광의 활약은, 좀 과장되게 말해 눈부신 것이다.

　　김종광은 그의 첫번째 작품집 『경찰서여, 안녕』(문학동네, 2000)에서 선보인 농담의 어법을 이번에 새롭게 출간된 『모내기 블루스』(창작과비평사, 2002)에서도 능란하게 구사하고 있다. 이 작품집의 표제작인 「모내기 블루스」와 「노래를 못하면 아, 미운 사람」, 「윷을 던져라」, 「언론낙서백일장」 등에는 김종광적인 농담의 어법이 발랄하게 작용하고 있다. 이 작품집의 표제작을 보기로 하자. 모내기 블루스라? 도대체 어떤 블루스를 말하는 걸까? 의뭉스런 충청 방언이 소설 읽기의 재미를 한결 깊게 하는 이 소설은 피폐해진 농촌 현실을 직접적으로 폭로하는 고발형 농촌소설을 지향하지 않는다. 제목 그대로 이 소설이 강조하는 건 블루스, 달리 말해 '함께 하는 자세'이다. 그렇다면 누구와 누구의 블루스를 이 소설은 그려내는가? 그들이 바로 도시 술집 출신 아가씨인 서해와 농촌 출신 총각인 대춘이다. 독자들은 이와 같은 인물 설정에서 두 인물의 이질성을 감지하기 마련이다.

그러나 이 소설의 최종 방향은 이질성의 확대에 놓여 있지 않다. 충청 방언이 오고가는 농촌 현장에서 서울말을 함부로 쓰는 서해는 낯선 존재로 여겨질 수 있지만, 그 낯섦이 대춘과의 긴장관계를 형성하지는 않는다. 서해는 서서히 대춘과 그들 부모의 세계로 편입되는 존재 혹은 적응하는 존재로 설정되고 있으니, 이 소설에서 작가는 농촌을 망해가는 주변부가 아니라 사람들의 자연스런 교감이 오고가는 공동체적 공간으로 그려내는 데 초점을 두고 있다.

이런 점에서 김종광의 농담은 건강하다. 냉소와는 거리를 두는 그의 농담은 희로애락으로 불리는 인생살이의 스펙트럼을 적절하게 보여주고 있다. 이러한 농담의 어법은 「윷을 던져라」에서도 돋보이게 나타나고 있다. 「윷을 던져라」의 주된 배경은 안골이며, 주된 사건은 안골 남자들의 친목회이다. 「모내기 블루스」가 이질적인 인물들의 공존 가능성에 무게를 싣고 있다면 이 소설은 동질적인 인물들의 이질성을 중요하게 다루고 있다. 이름과 나이를 병기한 채 등장하는 작중 인물들 모두가 안골 출신이라는 점에서 이들은 동질적인 인물들이다. 그러나 이들의 동질성은 이질성에 압도당하고 있다.

"자본이라는 에일리언"에 포위된 안골 사람들은 연례행사처럼 친목회를 열지만 그 행사는 그들의 이질성을 감추는 의도된 연극과 같아서 생기가 없다.

친목회에 참여한 이들은 마치 무대 위에 올라온 연극배우들이 그들의 차례가 돌아올 때마다 대단히 기민한 동작으로 육성의 대사를 발설하듯 순간순간 교체되면서, 농가 부채, 구제역 파동, 농민 시위 등 농촌 현장의 사회적 쟁점들을 실감나게 들려주고 있다. 이를 통해 독자들은 1990년대에 우리 농촌에 도대체 어떤 일들이 벌어졌는가를 여실히 깨닫게 되지만 이와 동시에 우리 농촌 내부에 미묘하게 상존하는 관계의 균열을 파악하게 된다.

이 소설에서 아프게 다가오는 대목은 「윷을 던져라」의 농촌이 더는 축제를 즐기기 어려운 인간관계의 이질성이 농후해지는 현장이며, 그에 따라 예전의 활력과 생기를 잃어간다는 데 있다. 어느새 "자고 나면 흰머리 한 움큼이 늘어나 있고 밥 먹고 자고 나면 잔주름살이 한두 줄기씩 새로 패어 있는, 늙어가는 사람들이나 남아" 있는 안골의 비루한 현실과 뿔뿔이 흩어지는 안골 사람들의 행보가 남기는 착잡한 울림은 깊은 것이다.

그런데 붕괴되어 가는 주변부 세계의 애환을 농담의 어법과 발빠른 장면 교체로 마구 들추어내는 김종광의 스타일이 새로운 스타일이 아니라는 걸 독자들은 이미 알고 있다. 이 스타일은 『경찰서여, 안녕』에서 독자들에게 선을 보인 스타일이다.

이런 점을 고려하자면 「서울, 눈 거의 내리지 않음」과 「열쇠가 없는 사람」은 또 하나의 주목할 만한 성과로 보인다. 이 두 작품이 전혀 다른 스타일을 보여준다는 얘기는 아니다. 이 두 소설은 다른 차원에서 주목할 만한 성과를 성취하고 있다. 이 두 작품은 우리 시대 실업대란의 현주소를 우울하게 환기시킨다. 실업대란이란 말이 언론매체의 관습적 표현으로 등장할 정도로 실업이 만성화된 사회에서 살아가고 있지만 우리 작가들은 이 문제를 문학적으로 탐구하는 데 다소 인색했다.

다행스럽게도 김종광의 두 작품은 이런 우려를 불식시키고 있다. "희망? 너 지금 희망이라고 말했냐? 희망은 없어. 희망 같은 건 없는거야"(「서울, 눈 거의 내리지 않음」)라고 게거품을 물고 강변하는 젊은이 광호가 있다. 희망이 없다고 자신 있게 말하는 광호의 취업 실패의 과정을 하나하나 살피는 작가는 이 소설에서 농담의 어법을 비켜가고 있다. 의뭉스런 농담의 어법이 사라진 자리를 채우는 건 사실주의적인 진담의 어법이다. 작가는 이 소설에 괜히 익살과 능청의 분위기가 따라오게 하지는 않는다. 그러지만 이 어법도 다분히 '김종광적'이다. 광호를 중심인물로 설정한 작가는 발 빠른 장면전환의 구도 속에서 서사를 진행시켜 나가면서 취업 인터뷰의 좌절, 강요된 카드 대출, 하릴없는 도서관 유람, 이박 삼일 간에 걸친 선배와의 바둑 두기, 노가다 행세, 폭행당하기 등 우리 시대의 전형적인 룸펜의 생존 방식을 보여주고 있다. "어떻게든 살아남아야" 하지만 그 살아남이 착잡한 숙명일 수밖에 없는 농촌 출신의 취업 실패기를 작가는 그의 스타일로 제작하고 있다.

「열쇠가 없는 사람」은 마치 지하실로 내몰린 인간 군상들의 수기를 연상시킨다. 수부빌딩 지하에 입주해 있는 '21세기 캠퍼스'는 이윤을 전혀 창출하지 못하면서도 악착같이 간판을 내거는 우리 사회의 도처에 산재한 전형적인 룸펜 회사처럼 보인다. 어느 날 엉뚱한 사건이 일어난다. 이 기획사의 지하 출입문이 열리지 않는 것이다. 닫혀버린 출입문 앞에서 직원들은 서성거릴 수밖에 없다. 이 소설은 바로 이 지점에서 본격적으로 시작한다. 닫힌 출입문 앞에서 서성거리는 직원들을 두루 관찰하면서 작가는 이간과 협잡, 무능과 의욕상실로 얼룩진 도시 3류 인생들의 이전투구를 그려내고 있다. 결국 작가가 보여주고 싶은 건 인생의 위기를 해결할 열쇠 없이 살아가는 이 시대의 수많은 실업자들의 초라한 실상을 자기 스타일로 재현하는 데 있는 게 아닐까 한다. 요컨대 김종광은 실업이라는 당대의 핵심 쟁점을 그의 스타일로 포착하여 그려냄으로써 그의 소설이 농촌 변방에만 머물지 않는다는 것을 독자들에게 알려주고 있다.

이런 점에서 이 두 소설을 (다른 소설들도 그렇지만) 1980년대적 의미의 리얼리즘 소설의 계보에 밀착된 사례로는 볼 수 없다. 김종광에게 중요한 건 어디까지나 그의 스타일이다. 그렇지만 등단 4년 만에 두 권의 작품집과 한 권의 장편소설을 세상에 내놓은 이 젊은 작가는 이제 그의 독특한 스타일을 그대로 밀고 나갈지 아니면 이 스타일의 한계를 점검하면서 나갈지 숙고해야 할 단계에 도달한 것 같다. 빠른 속도로 교체되는 장면의 전환이 작가의 의도와는 다르게 서사성을 약화시키거나 주제 의식을 빈곤하게 만든 원인은 아니었는지, 농담의 어법이 때로는 농담으로 그치는 게 아니었는지 작가는 스스로에게 물어야 할 듯하다. 김종광적인 스타일을 문학적 관습으로 추락하지 않게 해야 할 책임은 김종광에게 있다. 김종광은 이 책임을 회피하지 않을 작가라고 나는 믿는다.

(『실천문학』 2002년 겨울호)

대화하는 비평, 넘어서는 비평

_방민호의 『비평의 도그마를 넘어』

현 시점에서 문학의 위기라는 표현은 문학비평의 위기라는 표현
과 별다른 의미의 차이를 보여주지 않는다. 문학비평을 두고 이루어
지는 시인·소설가들의 야유와 조소, 확산되는 비평무용론을 듣거
나 읽어보면 문학비평이 도려내야 할 환부로 여겨질 정도이다. 좀
과장되게 비유하자면, 치유하기 어려운 상처, 썩어 문드러진 상처를
지닌 채 숨을 헐떡거리는 환자가 문학비평처럼 여겨진다.

굳이 그렇지 않다고 문학비평을 옹호할 마음은 없다. 비평적 자의
식이 결여되어 버린 문학비평, 작품 해설이 되어버린 문학비평, 출
판 산업에 종속되어 버린 문학비평, 환전성이 농후한 대중문학을 환
대하는 비평들, 요컨대 사이비 비평들이 득세하는 실정이어서 이 자
리에서 정색하며 문학비평을 옹호할 여력이 나에게는 없다.

그러나 문학비평이 야유받는 풍토 속에서도 새로운 문학비평의
위상을 고민하며 씌어진 비평이 전혀 없는 게 아니라고 말하고 싶
다. 방민호의 평론집 『비평의 도그마를 넘어』(창작과비평사, 2000)는
문학비평이 문학비평이기를 포기했다는 독자들의 비판을 경청하며

작성된 진지한 모색의 기록으로 읽힌다.

『창작과비평』 1994년 가을호에 「현실을 바라보는 세 개의 논리」로 제1회 창비신인평론상을 수상하며 비평가로 등단한 방민호는 그동안 5년여에 걸쳐 발표한 글을 이 신작 평론집에 수록하고 있다. 이 평론집에 수록된 글을 읽어본 독자들은 그의 평론집의 제목 '비평의 도그마를 넘어'가 의미 없는 기호가 아니라는 사실을 깨닫게 된다. 진정으로 그의 비평들은 비평의 도그마, 특히 1980년대적 비평의 도그마를 넘어서려는 노력을 치열하게 보여주고 있다.

1990년대에 등단한 비평가로서 1980년대를 무심하게 바라볼 수는 없는 법. 어떻게 하든지 그의 비평은 1980년대를 사유해야 하는 운명을 처음부터 지니고 있었다. 방민호가 보기에 1980년대의 비평은 의의가 어떠하든 재단비평, 도그마의 비평이다. 작가의 창조성을 인정하며 논의하는 비평이 아니라 작가를 계몽시키는 스타일을 반복하는 비평, 그리하여 대단히 권위적인 성격의 비평이 1980년대의 비평이라고 방민호는 판단하고 있다. 바로 이 맹점을 강렬하게 반성하면서 그의 비평은 출발하고 있는 것이다.

그의 반성은 「리얼리즘론의 비판적 재인식」에서 자세하게 정리되어 있다. 그는 이 글에서 당파적·현실주의적 성격을 지닌 1980년대의 리얼리즘론을 과감하게 비판하고 있다. 그에 따르면 "당파적 현실주의론의 핵심적 범주가 되는 당파성에의 요구는 타당하지도 않고 적절하지도 않다." 그래서 그는 우려한다. 당파성이라는 범주를 강요하는 비평은 결국 도그마를 넘어서는 비평이 아니라 도그마에 갇힌 비평으로 귀결될 수밖에 없다고. 그리하여 그는 "리얼리스트가 되고자 하는 작가는 원칙적으로 어떤 문학적 방법이나 기법의 자유도 향유할 수 있어야 하며" 작가는 "생생한 실체로서의 개인, 그 개인들의 총화로서의 현실"에서의 비의를 찾아내야 하는 존재로 인정되어야 한다는 결론을 내린다.

요컨대 방민호의 비평은 기본적으로 작가의 창조성을 적극 옹호해 주되 그 창조성이 단지 기법의 차원이 아니라 작가들이 만든 낱낱의 현실에 대한 강렬한 문제의식으로 연관되는 창조성이어야 한다는 점을 확인하는 비평이다. 이처럼 방민호는, 리얼리즘론과 민족문학론의 영역에서 비평의 입지를 구축한 비평가이면서도 당파성이라는 추상적 범주에 갇힌 비평가가 아니라 작가의 창조성을 적극 인정하며 작품과 대화하는 열린 비평가의 모습을 보여준다.

방민호의 비평 전략은 문학비평을 야유와 조소 그리고 비평무용론에서 구출하는 현명한 방법론으로 인정받을 수 있다. 문학비평의 전제를 리얼리즘론에서 출발하든 민족문학론이라는 거대담론에서 출발하든 문학비평에서 중요한 건 작품과의 대화라는 점을 그는 철저하게 인식하고 있다. 그는 지난 5년 동안 1990년대의 문학을 종횡으로 가로지르며 읽고 있었다. 그는 1980년대의 진영 개념에 얽매이지 않는다. 그는 1990년대에 발표된 작품들을 두루 읽어가면서 비평의 세계를 건설하고 있다. 이 과정에서 그는 작가들을 함부로 매도하거나 과찬하지 않았다. 그의 비평은 작가의 창조성을 인정하고 작가가 구성한 현실 속에서 삶의 비의를 작가가 얼마나 깊이 있게 찾아내고 제시했는가를 탐구하려는 노력의 성과이다.

이런 독법으로 보자면, 신경숙과 은희경의 문학은 읽어보기도 전에 매도당할 문학이거나 현기경의 문학은 읽어보기도 전에 과찬될 문학이 아니다. 그는 이들의 문학이 똑같이 현실의 무게를 감당해내면서 여러 담론들의 각축 속에서 자기 입지를 가진 작품들로 인정해주고 있다.

이처럼 방민호의 평론집『비평의 도그마를 넘어』에는 1980년대적 비평의 도그마를 넘어서서 작가의 창조성과 직접 만나려는 한 젊은 비평가의 의지가 투영되어 있다. 앞으로 방민호는 독자들에게 더욱 보여주어야 한다. 그의 비평의 창조성을 말이다. 작품에 대한 열린 긍정성이 출간된 모든 작품들에 대한 체념적 승인이 아니라 자기의 비평적 사유와 논리에 입각한 치열한 작품 읽기로 더욱 정교화되는 창조성을 말이다. 언젠가는 출간될 그의 두번째 평론집에는 독자로서의 나의 바람이 반영되기를 소망한다.

(『실천문학』 2000년 여름호)

놋쇠하늘 아래서 쓰는 비평

_윤지관의『놋쇠하늘 아래서』

윤지관의 세번째 평론집『놋쇠하늘 아래서』(창작과비평사, 2001)는 오늘날 우리가 마주하고 있는 부정적인 삶의 환경과 문학의 위기 상황을 강렬하게 환기시킨다. 그에 따르면, "우리는 도저히 꿰뚫을 수 없는 견고한 지배질서에 포위되어 있으며, 이 질서는 사회의 모든 국면에 뿌리깊이 자리잡은 속물성"의 모습으로 나타나고 있다. 그리고 이 속물성은 날이 갈수록 심화되고 있으며, 그에 따라 문학의 위기도 깊어가는 것이라고 윤지관은 판단한다.

윤지관의 판단을 과장된 판단으로 넘겨버려야 하는 걸까? 정말 우리는 놋쇠하늘 아래서 고통스럽게 생존하고 있으며 문학의 위기는 날로 깊어가는 걸까? 비평가들마다 비평의 관점이 다른 까닭에, 모두가 윤지관의 상황 인식에 동의하지는 않으리라 여겨진다. 그러나 나는 전 지구에 자본주의 체제를 영구화하는 지구화의 현상이 너무나도 강력한 지배질서를 형성하고 있다는 윤지관의 상황 인식에 흔쾌하게 동의한다.

그런데 윤지관의 이 세번째 평론집을 주목하는 진짜 이유는 놋쇠하늘의 상황에 대응하는 윤지관의 비평 전략이 좀더 거시적인 구도 속에서 새롭고 치밀하게 설정되기 때문이다. 자세히 설명하면 이렇다. 윤지관은 지구화 혹은 지구 시대의 개념을 사유하면서 이 개념을 그가 그동안 일관되게 숙고해 온 비평의 화두인 민족 혹은 민족문학에 도입시킨다. 그리하여 민족과 민족문학의 논의를 변화하는 삶의 환경과 긴밀하게 연결시키면서 왜 지구화 현상이 심화될수록 민족과 민족문학은 더 강력한 자기 생존의 계기를 만들어가고 있는지 설득력 있게 파악하고 있다.

자, 여기서 잠깐 이 점을 지적하고 넘어가기로 하자. 윤지관의 비평은 오래전부터 자동화된 비판을 받아왔다. 그의 비평은 민족문학과 리얼리즘의 정당성을 되풀이 확인하는 구태의연한 비평이라는 요지의 비판이다. 이와 같은 비판은 여전하여서 『놋쇠하늘 아래서』가 출간된 직후 발표된 여러 매체의 서평에서 나는 또다시 자동화된 비판의 일단을 확인할 수 있었다.

나는 윤지관의 평론에 대해 자동화된 비판을 관성적으로 표출하는 이들에게 이 평론집의 제1부인 '지구화와 민족문학'을 정독하기를 권유하고 싶다. 제1부는 「환태평양적 상상력과 민족문학의 경계」, 「영어, 내 마음의 식민지」, 「지구화 시대의 지역문학」, 「지구화에 대한 고찰」 등 네 편의 글로 구성되어 있는데, 이 글에는 민족문학을 지구화의 현실과 관련하여 이해하려는 윤지관의 역동적인 문제의식이 적절하게 반영되어 있다. 그의 문제의식은 과거의 문제의식을 반복하지 않는다는 점에서 답습적이지 않고, 지구화 현실의 일면만을 바라보지 않는다는 점에서 평면적이지 않다. 그는 지구화 현상과 민족 혹은 민족문학의 관계를 '대단히 역동적'으로 살펴보고 있다. 대단히 역동적으로 살핀다는 말의 핵심은 이렇게 정리될 수 있다. 「지구화에 대한 고찰」에서 윤지관은 지구적인 것과 국지적인 것의 동시 발생을 변증법적으로 인식하면서 지구 시대의 민족문학이 어떠한 위상을 지니는가를 고찰해야 한다고 주장하고 있는데, 이 주장은 21세기 민족문학의 미래를 파악하는 중요한 이론적 제언으로 여겨진다. 윤지관은 지구화 현상을 부인할 수 없는 객관적 사실로 인정하되 이 현상을 맹목적으로 추종하지 않으면서 민족과 민족문학의 운명을 조심스럽게 진단하고 있다.

그렇다면 그는 어떤 진단을 내리고 있는가? 지구화 시대에서 민족문학은 소멸되어 버리는 건가? 서구의 주류 학계에서 만들어진 지구화 담론을 반성 없이 받아들이는 비평가들은 가속적으로 진행되는 지구화 현상에 의해 민족문학만이 아니라 민족 자체가 소멸되어 갈 수밖에 없다는 판단을 내리는 데 주저하지 않는다. 그렇기에 이들이 보기에 윤지관은 시대감각을 잃어버린 완고한 구물 비평가처럼 보일 수 있다. 그러나 진짜 문제는 서구 담론을 반성 없이 인용하거나 그 담론에 기대어 사유를 전개하는 서구주의 비평가들 혹은 서구의 담론을 보편주의적 담론으로 착각하는 비평가들이 일으키고 있다. 자본과 상품의 이동, 언어와 정보의 공유가 민족의 경계를 초월하며 활발하게 이루어지는 지구화 시대가 우리 눈앞에 현실로 펼쳐지고 있지만 그럴수록 지구 국지화(localization) 형태인 민족국가는 더 강력한 자기 보존성을 보인다는 게 지구화 시대의 숨은 진실이라고 윤지관은 예리하게 지적하고 있다.

과연 그렇다. 지구화의 현실적 추동 세력인 미국을 중심으로 한 소수 서구 국가들이 유포하는 지구화 담론을 아무런 반성 없이 받아들이게 되면 우리는 우리의 제3세계적 특수성과 계급 문제가 작동하는 공간으로서의 민족국가의 범주를 망실할 수 있고, 나아가 민족의 국제적 연대를 통한 저항의 계기들을 잃어버릴 수 있다. 지구화의 시대이므로 민족문제는 없거나 소멸되고 있다는 안이한 판단보다는 미국이 이끌어가는 지구화의 성격을 객관적으로 파악하고 이에 대한 대응을 국지의 현실에서 모색하는 윤지관의 이해 방식은 '민족을 악마화하는' 신자유주의의 논리가 팽배한 오늘날 중요한 의의를 지니고 있다.

이와 함께 우리가 윤지관의 비평에서 주목해야 하는 건 모더니즘과 리얼리즘에 대한 그의 태도이다. 흔히 윤지관은 모더니즘을 과소평가하고 리얼리즘을 과대평가하는 비평가로 비판받기도 한다. 그러나 이 평론집을 정독하노라면, 이와 같은 비판이 다분히 근거를 결여한 비판이라는 사실을 알 수 있다. 정확하게 말하자면, 윤지관이 모더니즘 그 자체를 과소평가하는 건 아니다. 그는 식민권력에 의해 "보들레르의 빠리를 가능하게 했던 저 혁명의 기억과 기대가 살아숨쉬는 거리의 활력"이 없는 우리의 모더니즘을 비판하고 있다(「1930년대 모더니즘을 보는 눈」). 요컨대 아래로부터 뜨겁게 분출되어 나오는 현실의 동력이 결여된 한국적 모더니즘의 업보를 윤지관은 비판하고 있다. 그래서 그는 이 맥락을 고려하지 않은 모더니즘의 수용을 촉구하는 주장을 날카롭게 비판하고 있는 것이다(「문제는 '모더니즘의 수용'이 아니다」).

실제로 유럽 모더니즘의 기원이 거리의 모더니즘이고 현실의 역동성을 담보한 모더니즘이라는 건 잘 알려진 역사적 사실이다. 그러나 우리의 모더니즘은 그 기원에서부터 식민권력에 의해 애초부터 활력을 잃어버렸으며, 그 후의 전개 과정에서도 현실 탐구의 동력을 함유한 제3세계의 특유한 성과를 낳을 수 없는 업보를 반복한 것이 사실이다. 윤지관은 모더니즘의 한국적 현상을 비판하고 있는 것이지 이데올로기 차원에서 리얼리즘을 옹호하고 모더니즘을 격하하는 것이 아니라는 것을 이 평론집은 자세히 밝히고 있다.

윤지관의 『놋쇠하늘 아래서』는 민족과 민중의 현실이 비평의 주요 논점으로 여전히 중요하되 그와 함께 변화하는 삶의 환경에 대한 면밀한 파악도 중요하다는 점을 우리들에게 말해주고 있다. 그는 텍스트의 현실이 중요한 게 아니라 텍스트 바깥의 역동적으로 변모하는 현실에 대한 파악이 더 중요하다고 말해주고 있다. 텍스트 바깥의 현실의 동력을 텍스트와 만나게 하는 노력이 새삼 요청된다고 그의 평론집은 얘기한다. 민족과 민중의 현실보다는 복제된 가상현실이 더 진짜 현실이라고 믿거나 믿고 싶어하는 오늘날, 지구화 현상을 당연한 추세로 여기는 오늘날 윤지관의 비평은 '법고창신'의 모범을 보여주고 있다.

(『실천문학』 2002년 봄호)

작가는 어떻게 문학사와 만날까

_이문구 선생의 죽음에 비추어

2003년 2월 25일, 소설가 이문구 선생께서 작고하셨다. 그리고 2월 28일, 서울 동숭동 마로니에공원에서 고인을 추모하는 문인장이 열렸다. 이례적인 문인장이었다. 민족문학작가회의, 한국문인협회, 한국펜클럽 등 탄생의 배경이 전혀 다른 문인 단체들이 손을 맞잡고 고인을 기리는 문인장을 공동 주관했으니, 이례적인 문인장이었다는 말은 결코 과장된 표현이 될 수 없다.

내로라 하는 우리나라의 언론사들은 세상을 떠난 이문구 선생을 한국의 대문호, 대문장가로 극찬하기를 마다하지 않았고, 그를 기억하는 지인들과 후배 문인들은 애절한 통한을 이문구 선생의 영전에 바쳤다. 이제 이문구 선생의 육신은 이 지상과 작별했지만 이문구 선생의 문학은 지워지지 않는 돌올한 인상으로 독자들 앞에 존재하고 있다.

작가의 육신이 존재하지 않더라도 그가 남긴 좋은 작품은 영원한 생명을 성취한다는, 참으로 오묘한 진리를 문학은 오래전부터 증명하고 있다. 이상, 김유정, 윤동주 등은 이르고도 이른 나이에 요절했지만 그들의 문학은 장수하고 있다. 좋은 작품은 그 작품을 낳은 작가보다 더 오랜 삶을 살아가고 있다. 이문구의 문학은 어떠할까? 이문구의 문학은 자연인 이문구보다 더 길고 오랜 생명력을 성취하게 될까?

1966년 『현대문학』에 단편 「백결」이 추천되어 문단에 등단한 이문구 선생은 한국창작문학상, 요산문학상, 만해문학상, 동인문학상 등을 수상하면서 문학적 역량을 여러 차례 확인받았을 뿐만 아니라 『월간문학』의 편집장과 『실천문학』의 발행인으로 활약했고 신춘문예와 문예계간지의 문학상 심사위원으로 참여하면서 신인 발굴에 남다른 기여를 한 공로를 지닌 문인이다. 이런 까닭에 이문구 문학에 관한 평가는 이미 완료된 게 아니냐는 말이 자연스레 나올 수 있겠으나 진정으로 중요한 건 이문구 문학의 의미를 재발견하는 독서가 아닐까 한다. 작고한 한 문인을 신화와 전설의 주인공으로 미화하는 일이 아주 부당하다고야 할 수 없겠으나 그보다 더 중요한 건 작고 문인의 문학적 정신과 문학적 의미를 새롭게 주목하면서 우리 문학사의 어떤 지점과 작고 문인의 문학과 만날 수 있는가를 고민하는 일이 아닐까 한다. 그리고 그 고민은 성과는 성과대로, 한계는 한계대로 인정하는 객관적인 토론과 사심 없는 비평 작업이 곁들어질 때 좀더 바람직한 논의 결과를 낳게 될 것이다.

안타까운 일이지만 이문구 문학에 바쳐진 그간의 여러 상찬이 무색할 정도로 그의 문학에 관한 본격적인 연구는 그리 많지가 않다. 이런 일이 이문구 문학에 대해서만 나타나는 문제가 아니기에 다행(?)이라면 다행일 수 있겠으나 이제 좀더 차분한 태도로 작고한 한 문인의 문학사적 위상을 밝혀내는 후속 작업이 요청된다고 하겠다. 이문구 선생을 기리는 추억은 추억대로 의미 있겠지만 이문구의 문학과 우리 문학사가 어떻게 만날 수 있는가를 본격적으로 고민하는 일이 그의 독자들에게 남겨진 과제가 된다는 것이다.

이럴 경우 독자들이 이문구 문학에서 새롭게 주목해야 할 문제가 한둘이 아니겠지만 특히 문체의 문제를 잘 살펴야 할 것이다. 그동안 우리 문단에서는 이문구를 농촌소설 작가로, 이문구의 문체를 토착어 지향의 문체로 부르는 관행이 있었다. 이런 관행에 결정적인 오류가 있는 건 아니지만 이문구의 문체는 농촌과 토착어 지향만으로 설명되기를 거부하는 속성을 보유하고 있는 게 사실이다. 요컨대 이문구 문학의 문체는 완전한 답사를 허용하지 않는 원시림 같다고 할 수 있다.

이문구 선생 스스로 『관촌수필』의 「일락서산」에서 밝혀놓은 것처럼, "내가 그리워해 온 선대인은 어머니나 아버지, 그리고 동기간들"이 아니라 "고색창연한 이조인이었던 할아버지"였다. 선생은 "이조 왕조에서 이백 명을 배출한 목은 이색 선생의 후손이며 많은 상신과 문인을 낸 한산 이씨의 후예"로서 "고색창연한 이조인이었던 할아버지"에게서 한학을 배우며 자라난 작가였다. 스스로 밝히듯, 이문구 선생의 삶의 원천에는 고색창연한 할아버지에게서 내림받은 양반 전통이 흐르고 있다. 그러나 더 놀라운 건 이색 선생의 후손이며 한산 이씨 후예인 이문구 선생이 젊은 시절 공사장 잡역부, 십장 등 밑바닥 민중의 간난신고를 거친 인생 경력의 소유자라는 점이다. 이문구의 문체는 이처럼 생래적으로 물려받은 양반 전통과 후천적으로 경험하게 된 민중 체험의 동시적 발현으로, 우리 문단에서는 그 유례를 찾아보기 어려운 독특한 스타일을 창조하고 있다.

그리고 그의 문체는 그의 소설의 뿌리가 서구식 근대소설(novel)보다는 동아시아의 전통적인 서사 양식인 인물전이나 녹(錄)에 긴밀하게 닿아 있음을 알려주는 징표로도 이해된다. 그의 대표작인 『관촌수필』, 『우리 동네』, 『매월당 김시습』, 『내 몸은 너무 오래 서 있거나 걸어왔다』 등에는 인물들의 행적을 서술하되 행적의 선악추미를 세상에 널리 공표한다는 기록의 충동이 강하게 흐르고 있다.

이런 점에 비춰보면, 이문구의 문학은 근대에 대한 강한 거부의 문학으로 존재한다는 생각을 갖게 한다. 이 거부가 반근대를 의미하는지 아니면 전근대를 의미하는지 앞으로 밝혀야 할 문제가 되겠으나, 분명하게 얘기할 수 있는 건 이문구의 문학이 근대와는 거리를 두려는 문학이 되고자 했다는 것이다. 왜 그랬을까? 왜 그의 문학은 근대와 갈등할 수밖에 없었을까? 그렇다면 그의 문학이 도달하고자 한 자리는 어디였을까?

이문구 선생의 육신은 이 지상에 존재하지 않지만 선생의 문학은 관촌의 아름드리 나무처럼 우람하게 존재하고 있다. 차분하게 그렇지만 신중하게 이문구 선생의 문학을 다시 탐구해 그의 문학이 문학사와 어떻게 만날 수 있는가를 고민해 볼 일이다.

(『민족예술』 2003년 4월호)

전망의 발견

2003년 5월 1일 초판 1쇄 찍음
2003년 5월 5일 초판 1쇄 펴냄

지은이 / 양진오
펴낸이 / 김영현
만든이 / 박문수, 정은영, 홍진
관리·영업 / 김경배, 김태일, 이용희
펴낸곳 / (주)실천문학
등록 10-1221호(1995. 10. 26.)

(121-839) 서울특별시 마포구 서교동 384-15
전화 322-2161~3(영업), 322-2164~5(편집)
팩스 322-2166, 홈페이지 www.silcheon.com

ⓒ 양진오, 2003

ISBN 89-392-0457-3 03810